신조협려

8

신조협려 8 – 화산의 정상에서

1판 1쇄 발행 2005. 2. 5.
1판 16쇄 발행 2019. 5. 26.
2판 1쇄 발행 2020. 4. 1.
2판 3쇄 발행 2024. 2. 26.

지은이 김용
옮긴이 이덕옥
발행인 박강휘
편집 임지숙 디자인 박주희 마케팅 정성준 홍보 강원모
발행처 김영사
등록 1979년 5월 17일 (제406-2003-036호)
주소 경기도 파주시 문발로 197(문발동) 우편번호 10881
전화 마케팅부 031)955-3100, 편집부 031)955-3200 | 팩스 031)955-3111

값은 뒤표지에 있습니다.
ISBN 978-89-349-8588-4 04820
      978-89-349-8580-8 (세트)

홈페이지 www.gimmyoung.com   블로그 blog.naver.com/gybook
인스타그램 instagram.com/gimmyoung 이메일 bestbook@gimmyoung.com

좋은 독자가 좋은 책을 만듭니다.
김영사는 독자 여러분의 의견에 항상 귀 기울이고 있습니다.

일러두기

1. 이 책은 김용이 직접 여덟 차례에 걸쳐 수정한 3판본(2003년 12월 출간)을 저본으로 번역했다.
2. 본문에 실려 있는 삽화는 홍콩의 강운행姜雲行 화백이 그린 것이다.

신조협려

神鵰俠侶

화산의 정상에서

김용 대하역사무협

이덕옥 옮김

8

무협소설사에 길이 남을 불멸의 고전
김용 소설 중 가장 많은 찬사를 받은 작품

我小說裏的武功是假的，精神卻是真的。希望讀者們注重正義、公正、公平，重情義，對父母、兄弟、姊妹、朋友、同學、愛人、夫妻，要有真正愛心！

敬

韓國讀者諸君

恭賀新年快樂

金庸

내 소설의 무공은 비록 허구이지만 그 정신만은 진실입니다. 독자 여러분은 정의와 공정, 공평을 중시하고, 순수한 감정을 중히 여기길 바랍니다. 그리고 늘 부모와 형제자매, 친구, 동료, 사랑하는 사람, 남편, 아내에게 진정한 애심愛心을 지녀야 합니다.

한국 독자 여러분께
즐거운 새해가 되길 기원합니다.

김용 드림

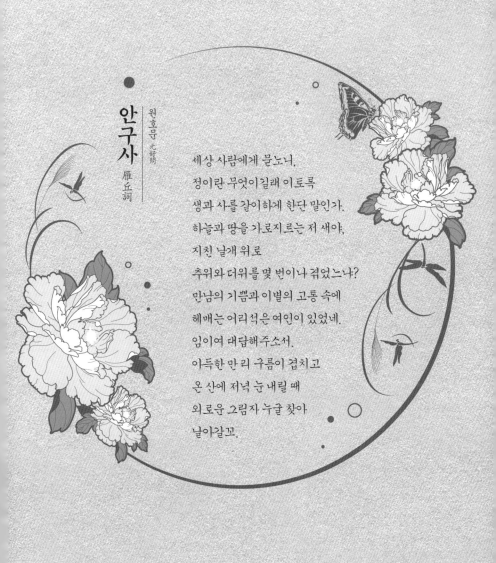

안구사 雁丘詞

원호문 元好問

세상 사람에게 묻노니,
정이란 무엇이길래 이토록
생과 사를 같이하게 한단 말인가.
하늘과 땅을 가로지르는 저 새야,
지친 날개 위로
추위와 더위를 몇 번이나 겪었느냐?
만남의 기쁨과 이별의 고통 속에
헤매는 어리석은 여인이 있었네.
임이여 대답해주소서.
아득한 만 리 구름이 겹치고
온 산에 저녁 눈 내릴 때
외로운 그림자 누굴 찾아
날아갈꼬.

8권

화산의 정상에서

▲ 부포석의
〈대세파강산도화待細把江山圖畵〉

부포석傅抱石은 근대의 국전 화가이다. 제기題記에 보면 '만유태화漫遊太華 귀래사차歸來寫此'라는 글이 있다. 이는 '태화를 여유롭게 유람하고 돌아와서 그렸다'라는 뜻이다. 태화는 화산을 일컫는다.

◀ 아명의 〈화산〉

아명亞明은 당대의 국전 화가이다.

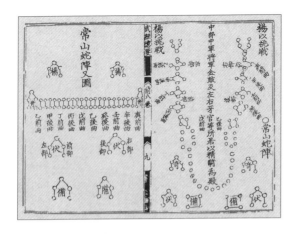

▲ 송군 진법 '상산사진常山蛇陣'

보병이 좌, 우, 전, 후, 중 5부에 모두 4,000명이 있다. 기병은 양楊, 기奇, 비備, 복伏, 8대八隊에 모두 2,000명이다. 그림에 있는 동그라미 하나는 50명을 뜻한다. 100명을 대隊라 하고, 2대를 관官이라 한다. 2관은 곡曲이고, 2곡을 부部라 한다. 그림 좌측 부분을 속칭 '일자장사진一字長蛇陣'이라 한다. 《무경총요武經總要》에서 발췌했다.

▼ 송군 진법 '충방진衝方陣'

이것은 송나라 군사 8진 중 하나다. 이 진법은 진괘震卦에 속하고, 청색 깃발을 들게 되어 있다. 즉 목진木陣이고, 청룡진靑龍陣이다. 손자孫子는 이것을 충방진이라 했고, 오기吳起는 직진直陣이라고 했으며, 제갈공명은 절충진折衝陣이라고 했다. 《무경총요》에서 발췌했다.

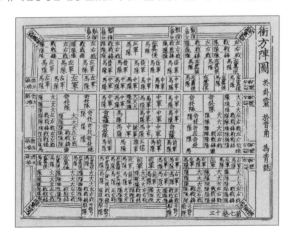

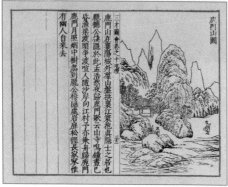

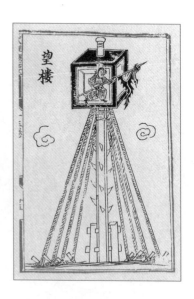

▲ 〈양양부강역도襄陽府疆域圖〉

　《고금도서집성古今圖書集成》에서 발췌했다.

▲ 〈양양녹문산도襄陽鹿門山圖〉

　명나라 때 출간한 《삼제도회三才圖會》에서
　발췌했다.

▶ 송대의 망루望樓

　높이가 팔 장에 달한다. 평상시에는 깃발을 말아
　놓았다가 적이 쳐들어오면 깃발을 펼친다. 깃대
　가 수평일 때는 적군이 가까이 왔다는 뜻이고,
　수직일 때는 쳐들어왔다는 뜻이다.

◀ 중국 고대 진법의 군기軍旗

위쪽은 항금룡亢金龍이다. 항亢은 28숙二十八宿 중 동방칠
숙東方七宿의 하나다. 아래쪽은 정사신장丁巳神將. 사巳는
곧 뱀으로 신장神將을 뱀 머리, 즉 사두蛇頭라 한다.

▼ 홀필열의 〈등황제보위조登皇帝寶位詔〉

경신년庚申年은 서기 1260년이다. 헌종憲宗 몽가蒙哥는
1259년 7월에 송을 공격하다 죽었다. 그래서 홀필열이
등극하는데 그의 조서詔書에는 다음과 같이 쓰여 있다.
"선황이 즉위할 때 바람이 거세게 불고 천둥번개가 몰
아쳐 위업을 이룰 것을 암시했다. 항상 자신보다 백성
을 걱정하는 마음이 앞섰고, 유능한 인재를 모으는 데
최선을 다하셨다. 이제 정호鼎湖하니 슬프도다." 일설에
황제가 정호에서 용을 타고 승천했다고 한다. 정호는
황제가 별세했다는 뜻이다.

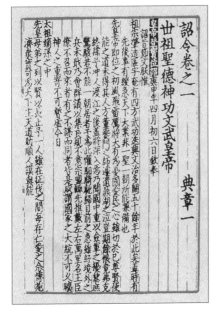

세 가 지 생일 선물

36

生辰大禮

서산 일굴귀가 각자 들고 있던 상자를 열어 폭죽을 터뜨리자 '공축곽이고랑다복다수恭祝郭二姑娘多福多壽'라는 글자가 만들어졌다. 열 글자의 색깔이 각각 달라 화려하고 아름답기 그지없었다. 허공을 밝게 수놓은 글자는 한참 후에야 사라졌다. 대교장에 모인 사람들이 일제히 환호성을 내지르며 갈채를 보냈다.

다음 날에도 영웅대연은 계속되었다. 곽양의 방에서도 다시 영웅소연이 펼쳐졌다. 황용은 딸을 위해 맛있는 요리를 준비하도록 미리 주방에 일러두었다. 곽부는 남편이 개방의 방주 자리를 차지해야 한다는 생각에 온 정신이 쏠려 있어 동생의 엉뚱한 행동에 신경 쓸 겨를이 없었다.

　며칠 동안 열린 영웅대연에서는 각지의 영웅호걸들이 힘을 모아 몽고군을 물리치고 성을 지키는 문제를 논의했다. 어떤 이들은 몽고군과 한바탕 큰 싸움을 벌이게 되어 즐거운지 연신 손을 비벼댔다. 그러나 몽고군의 강한 화약과 화포의 위력에 어떻게 대처해야 할지는 쉽게 대처 방안을 모색하지 못했다.

　곽정은 모두가 한마음이 되어 나라를 지키려는 모습을 보며 흐뭇해했다. 그러나 몽고군 진영에서 오래 기거한 적이 있는 그는 몽고군의 병력이 얼마나 강한지 잘 알고 있었다. 그렇기 때문에 수천 명의 무림 인사가 힘을 모은다 해도 결코 화약과 화포를 당해낼 수는 없는지라 걱정이 되지 않을 수 없었다.

　9월 24일은 영웅대연의 마지막 날이었다. 이제 점심 식사 후 개방의 방주를 뽑는 순서만 남아 있었다. 점심 식사를 마친 손님들이 하나둘 성 서쪽에 있는 대교장大校場으로 모여들었다. 대교장 중앙에 단을

신조협려

마련하고, 단의 남쪽으로 1,000여 개의 탁자와 의자가 줄지어 놓였다.

개방은 원래 노 장로, 간 장로, 양 장로, 팽 장로의 통솔을 받았다. 그중 간 장로는 노환으로 세상을 떠났고, 팽 장로는 개방을 배반하고 나간 후 자은에게 살해되었다. 노유각은 방주가 되었다가 이번에 세상을 떠났으니 남은 사람은 양 장로뿐이었다. 지금은 양 장로가 수석 장로이고 그 밑에 세 명의 장로가 더 있었는데, 이들은 모두 제8대 제자들에 속했다. 개방의 제자들은 단 주위를 둘러싸고 땅바닥에 앉았다. 개방의 규칙에 따르면 개방의 제자들은 거지의 본분을 지키기 위해 어떤 모임이나 집회에서든지 반드시 땅바닥에 앉도록 되어 있었다.

단 밑에는 이미 2,000여 명의 개방 제자가 모여 있었다. 이들은 개방 제자들 중에서도 영향력과 무공이 모두 뛰어난 사람들에 속했다. 그중 신분이 가장 낮은 사람이 제4대 제자였다. 이 2,000여 명의 제자는 각기 장로 네 명의 통솔을 받았다.

손님 접대를 책임진 제자가 여러 영웅호걸을 자리에 모신 뒤 의식을 참관하도록 했다. 야율제와 곽부, 무돈유와 야율연, 무수문과 완안평 등은 아직 젊은 데다 영웅대연을 개최하는 주인의 신분이므로 끝줄에 자리를 잡았다. 이들은 지난 10여 년 동안 열심히 무공을 연마했기 때문에 실력이 크게 향상되었다고 자부했다. 그래서 많은 사람들 앞에서 무공 실력을 선보일 수 있는 기회만을 엿보았다.

곽파로는 큰누나인 곽부 옆에 앉아서 모인 사람들을 하나하나 살펴보았다. 그는 강호를 주름잡는 대단한 인물들이 한자리에 모인 것을 보고 기쁨과 흥분으로 가슴이 설렜다. 연신 두리번거리던 그가 작은 목소리로 말했다.

"둘째 누나는 참 이상해. 이렇게 신나는 구경거리를 마다하다니."

곽부가 입을 삐죽거리며 맞장구를 쳤다.

"그 애 속을 누가 알겠니?"

그때 동편에 앉아 있던 개방 제자들 중 제8대 제자 중 한 명이 자리에서 일어나더니 큰 소라를 입에 대고 길게 세 번 불었다. 그러자 황용이 단 위로 올라가 예를 갖추며 인사했다.

"자리에 계시는 여러 영웅호걸께서 저희 개방의 중요한 행사에 참여해주시니 참으로 영광입니다. 진심으로 감사드립니다."

황용은 다시 한번 예를 갖추어 인사했다. 참석한 모든 사람이 일제히 자리에서 일어나 답례했다.

"저희 개방의 전임 방주이던 노 방주께서는 인후仁厚하고 의를 지키며 평생 동안 나라와 백성을 위해 수고를 아끼지 않으셨습니다. 그러나 불행히도 얼마 전 현산 양태부 묘에서 간사한 곽도에게 살해당하고 말았습니다. 만약 이 원수를 갚지 못한다면 우리 개방의 큰 수치가 될 것입니다."

개방의 제자들은 공평하고 정직하며 관대하고 후덕했던 노 방주를 떠올리며 슬픔을 감추지 못했다. 어떤 이들은 숨을 죽여 흐느껴 울었고, 어떤 이들은 큰 소리로 통곡을 했다. 또 어떤 이들은 이를 갈며 복수를 다짐하기도 했다.

"그러나 몽고 대군이 양양성을 침범하려 하고 있는 지금, 우리 개방의 사사로운 원한으로 인해 나라의 대사를 그르칠 수는 없습니다. 그래서 원수를 갚는 일은 잠시 접어두기로 했습니다. 우선 나라의 큰 적을 물리치는 것이 더 중요하기 때문입니다."

자리에 모인 영웅호걸들은 일제히 박수를 치며 찬사를 보냈다. 선공후사先公後私, 즉 공을 위해 사를 희생하는 것이 바로 영웅호걸의 정신이었기 때문이다.

"그러나 10만여 명이 넘는 개방의 제자를 통솔하기 위해서는 한시바삐 방주를 세워야만 합니다. 하여 오늘 우리는 덕과 재능을 겸비하고 문과 무를 두루 갖춘 영웅을 개방의 방주로 추대하고자 합니다. 구체적인 방법에 대해서는 양 장로께서 말씀해주실 것입니다."

호령을 받은 양 장로가 단 위로 올라갔다. 그는 비록 머리가 백발이었지만, 허리가 곧고 몸놀림도 가벼웠다. 단 위로 뛰어오르는 모습에서 그의 무공이 결코 쇠하지 않았음을 느낄 수 있었다. 모두들 박수와 함성으로 양 장로를 맞이했다. 이곳에 모인 4,000~5,000명에 달하는 사람들은 모두 무공이 상당한 수준에 올라 있었다. 그런 그들이 동시에 함성을 지르니 마치 천둥이 치는 것만 같은 소리가 울려 퍼졌다. 양 장로는 포권의 예를 갖추어 답례했다. 이윽고 좌중이 조용해지자 천천히 입을 열었다.

"과거 황 방주께서는 지혜가 넘치고 총명해서 말과 행동에 실수가 없으셨습니다. 그러나 당신께서 극구 사양하시며 우리 네 명의 장로와 여덟 명의 제8대 제자가 상의해서 결정하라 하셨습니다. 부족한 저희가 오랫동안 상의한 끝에 겨우 한 가지 방법을 생각해냈습니다."

대교장은 쥐 죽은 듯이 조용했다.

"개방의 제자들은 전국에 널리 흩어져 활동하고 있습니다. 비록 무슨 큰 능력이 있거나 대단한 공을 세우지는 못했지만 그 수는 실로 적지 않습니다. 10만이 넘는 제자를 통솔하기 위해서는 황 방주께서 말씀하신 것처럼 덕과 재능을 겸비하고 문과 무를 두루 갖춘 지도자가 필요합니다. 오늘날 우리 개방에 인재가 없는 것은 아니나 홍 방주, 황 방주 같은 훌륭한 지도자는 다시 만날 수 없을 것이고, 노 방주처럼 모든 제자가 진심으로 따를 수 있는 인품을 지닌 사람도 많지 않을 것입니다. 가장 좋은 방법은 황 방주께서 다시 한번 10만 제자를 통솔해주시는 것입니다."

그가 이렇게 말하자 우레와 같은 박수와 함성이 끊이지 않았다. 모두들 같은 생각을 했다.

'개방뿐만 아니라 천하를 다 뒤져봐도 황 방주만 한 지도자를 찾기는 어렵겠지.'

양 장로는 좌중이 조용해지기를 기다린 뒤 말을 계속했다.

"만약 황 방주께서 거절하시면 끝까지 간청을 드려야 마땅할 것입니다. 그러나 어려운 문제가 하나 있습니다. 머지않아 몽고 놈들이 양양성을 대거 침략할 것입니다. 황 방주께서는 곽 대협을 도와 적을 물리칠 대계大計를 도모하셔야 합니다. 그런데 만약 우리가 방내의 사소한 문제들로 심려를 끼쳐드리면 큰일을 그르칠 수 있습니다. 그리되면 세간 사람들의 비웃음을 면치 못할 것입니다. 하여 심사숙고한 끝에 결국 다른 사람을 방주로 세우기로 결정했습니다."

모두들 감탄한 듯 고개를 끄덕였다.

'저렇듯 선공후사의 정신을 잘 지키니 수백 년 동안 강호 최대 방파의 명성을 유지할 수 있었던 거지.'

"현재 방내에는 방주직을 감당할 만한 인물이 없고, 황 방주는 당분간 다른 데 정신을 쏟을 틈이 없으니 이제 남은 방법은 단 한 가지, 즉

외부에서 능력 있는 인물을 모셔와서 10만이 넘는 우리 개방의 제자를 통솔하도록 하는 것입니다. 과거 개방의 군산대회에서 황 방주를 방주로 천거했을 당시, 황 방주 역시 개방의 제자가 아니었습니다. 솔직히 말해서 당시에는 저도 그 점에 대해 불만이 많아 황 방주와 무공을 겨루기까지 했습니다. 뭐, 결과에 대해서는 말씀드릴 필요가 없겠지요. 황 방주와 무공을 겨룬 후 저는 진심으로 그분을 방주로 인정할 수 있었습니다. 그분이 우리 개방의 방주가 된 후 개방은 크게 번창했습니다. 군산대회 당시 황 방주는 스무 살이 채 되지 않은 어린 나이였습니다. 그런데도 죽봉 하나로 개방의 네 장로를 물리쳤으니 정말 대단한 분이지 않습니까?"

모두들 감탄의 눈빛으로 황용을 바라보았다. 개방의 제자들 중 나이 지긋한 사람들은 대부분 군산대회에 참가한 바 있어 새삼 가슴이 벅차올랐다.

"여기 계시는 분들은 모두가 강호에 이름을 날리는 영웅호걸들이십니다. 여러분 중에서 누가 우리 개방의 방주가 될지는 모르겠지만 우리는 그를 마음으로 따를 것입니다. 그러나 여러분 모두를 방주로 모실 수는 없습니다. 하여 감히 제안을 하건대, 저희 개방의 방주가 되기를 원하시는 분들은 오늘 이 자리에서 무공을 겨뤄주시기 바랍니다."

양 장로의 말이 끝나자 좌중이 술렁이기 시작했다.

"그러나 한 가지 분명히 말씀드릴 것은 오늘의 싸움은 승부를 가리는 것이 목적이기 때문에 결코 상대방을 해쳐서는 안 됩니다. 만약 그런 일이 생긴다면 저희 개방은 얼굴을 들 수가 없습니다. 설사 서로에게 원한이 있어 무공을 겨루게 된다 해도 오늘만큼은 원수를 갚으려

하지 말아주십시오. 그러지 않으면 우리 개방에 도전하는 의미로 받아들이겠습니다."

양 장로는 단호한 눈빛으로 좌중을 훑어보았다. 자리에 모인 사람들 중 나이가 많은 사람들은 대부분 그 나름대로의 지위를 지니고 있었다. 한 문파의 장문이나 혹은 한 방파의 방주 신분인 사람들은 당연히 개방 자리를 놓고 다툴 수 없었다. 또 무림의 고수로 이름이 높지만 아무 곳에도 속해 있지 않은 사람도 적지 않았는데, 그들은 무림에서 명성을 얻는다는 게 결코 쉬운 일이 아니란 걸 알고 있었기 때문에 비록 자신이 고강한 무공 실력을 지녔다고는 하나 워낙 고수가 많이 모인 자리인지라 누구와 싸워도 이길 거라고 자신할 수는 없었다. 만약 섣불리 나섰다가 지게 되면 지금까지 쌓아온 명성이 하루아침에 무너질 터였다. 젊은 고수들 중에는 도전해보려는 자가 많았지만 먼저 나설수록 불리하다는 것을 잘 알고 있기 때문에 역시 쉽사리 나서려 하지 않았다.

"지금 이 자리에는 일부 연로하신 선배님들과 은둔 생활을 하는 고수들을 제외하고는 천하의 영웅호걸이 모두 모였다 해도 과언이 아닙니다. 만약 여러분이 개방의 명성을 인정하신다면 망설이지 말고 나서주십시오. 물론 개방의 제자들 중에서도 원하는 사람이 있다면 출전하셔도 좋습니다. 혹시 제4대 제자 중 숨은 실력자가 있을지도 모르니까요."

양 장로가 몇 차례 독촉하자 마침내 누군가가 무대 위로 올라왔다.

"제가 한번 도전해보지요."

우렁찬 목소리를 내지르며 단 위에 올라선 사람을 보고 모두들 깜짝 놀랐다. 어찌나 키가 크고 몸이 비대한지 족히 300근은 되어 보였다. 그가 올라서자 견고하게 만든 단이 휘청거렸다. 단 위에 올라선 그는 좌중을 향해 예를 갖추지도 않고 양손을 허리에 얹은 채 쩌렁쩌렁한 목소리로 말했다.

"나는 천근정千斤鼎 동대해童大海라고 하오. 개방의 방주처럼 어려운 직책을 제가 맡을 수는 없지만 누구든지 나하고 붙을 자신이 있는 사람이 있으면 한번 나와보시오!"

모두들 웃음을 터뜨렸다. 말하는 모양새를 보아하니 장난삼아 한번 겨뤄보려는 모양이었다.

양 장로가 웃으며 말했다.

"동 대형, 이 자리는 무술 대회가 아닙니다. 개방의 방주가 되기 위한 목적이 아니라면 그만 내려가주시지요."

동대해가 고개를 저으며 말했다.

"결국은 무술 대회가 아닌가요? 자신 있는 사람이 있으면 나오라면서 왜 나보고는 내려가라고 하는 겁니까?"

양 장로가 막 대답을 하려는데 동대해가 공격할 태세를 갖추며 말했다.

"좋아요. 댁이 나와 겨루겠다면 상대해주겠소."

동대해는 다짜고짜 양 장로를 향해 주먹을 뻗었다. 양 장로는 뒤로 훌쩍 뛰어 물러났다.

"나 같은 늙은이가 어찌 동 대형의 상대가 되겠습니까?"

"그러게 진작 비키라니⋯⋯."

동대해의 말이 채 끝나기도 전에 휙, 하고 사람 그림자가 지나가는

36. 세 가지 생일 선물

가 싶더니 남루한 옷을 입은 한 거지가 단 위로 뛰어올라왔다. 서른 살 정도 되어 보이는 이 거지는 개방의 제6대 제자로 양 장로의 사손師孫이었다. 평소 성격이 급하고 거칠었으나 사조를 극진히 섬기는 제자인지라 천근정 동대해가 너무 무례하게 굴자 참지 못하고 나선 것이었다.

"사조님께서 당신 같은 후배와 겨룰 수는 없지요. 내가 상대해드리리다."

"좋소이다!"

동대해는 상대방의 이름도 묻지 않고 다짜고짜 커다란 주먹을 내뻗었다. 거지는 몸을 돌리며 한 발 앞으로 나섰다. 퍽, 소리가 나며 등에 달려 있는 마대에 동대해의 주먹이 적중했다. 그런데 이상하게 동대해의 주먹이 닿은 곳이 딱딱하지 않고 물컹한 느낌이 들었다.

"대체 마대 안에 뭐가 들어 있는 거요?"

거지가 냉랭한 표정으로 대답했다.

"거지가 뭘 잡는지는 알고 계시지요?"

동대해는 깜짝 놀라 더듬대며 말했다.

"배, 뱀?"

"그렇소이다."

동대해는 주먹으로 뱀을 쳤다고 생각하니 어쩐지 구역질이 날 것 같았다. 그래서 이번에는 거지의 얼굴을 겨냥해 주먹을 날렸다. 그러나 거지는 또다시 허공으로 뛰어올라 몸을 돌리더니 동대해를 향해 등을 들이댔다.

마대가 눈앞에 다가오자 동대해는 뱀한테 주먹을 물리거나 뱀의 독 이빨에 주먹이 닿기라도 할까 봐 얼른 손을 거두었다. 동대해는 오른

발로 거지의 하반신을 걷어찼다. 거지는 동대해가 뱀을 두려워하는 것을 보고 속으로 비웃으며 몸을 굴렸다. 이번에는 등에 메고 있던 마대가 허벅지로 옮겨져 있었다. 동대해의 발은 또다시 마대를 걷어찼다. 사실 마대 안에 있는 뱀은 훈련이 잘되어 있었고, 독 이빨도 이미 제거한 상태였다. 그러나 그런 사실을 알 리 없는 동대해가 잠시 소름이 끼쳐 당황하고 있는 사이 거지는 오른팔을 뻗어 동대해의 멱살을 거머쥐었다.

"오자서伍子胥가 천근정을 들어 올려주겠소."

거지는 큰 소리로 외치며 동대해를 머리 높이 치켜들었다. 동대해는 거지에게 가슴의 자궁혈을 잡히자 온몸이 마비되면서 꼼짝도 할 수가 없었다. 화가 머리끝까지 났지만 어찌해볼 도리가 없었다. 동대해의 별명인 천근정은 1,000근의 무게를 받쳐 들다'라는 뜻인데, 별명에 걸맞지 않게 그런 꼴을 당하자 좌중은 웃음바다가 되었다. 양 장로가 웃으며 거지에게 명령했다.

"어서 내려드려라. 무례하게 행동해서는 안 된다!"

"예!"

거지는 즉시 동대해를 내려놓고 단에서 내려갔다. 동대해는 얼굴색이 흙빛이 되어 사람들 속으로 사라져가는 거지를 가리키며 욕을 퍼부었다.

"거지 새끼! 무기를 들고 정식으로 겨루자! 비겁하게 뱀 따위로 장난을 치다니, 이것이 사내대장부가 할 짓이냐? 더러운 거지 새끼."

그러나 모두들 웃기만 할 뿐 아무도 그를 상대하려 들지 않았다. 그때 또 한 사람이 가볍게 단 위로 올라섰다. 단 끝에 발을 살짝 대고 서서 휘청거리는 모습이 곧 떨어질 것만 같았다.

"조심하시오!"

동대해가 손을 내밀어 그 사람을 부축하려 했다. 그러나 그 사람은 여러 영웅이 보는 앞에서 상승의 무공을 선보이기 위해 일부러 그런 동작을 한 것이었다. 그는 자신을 부축하려고 내뻗은 동대해의 팔을 잡아 대금나수법 중 도질금강倒跌金剛 초식을 사용해 바깥으로 꺾어 메쳤다. 그러자 동대해의 몸이 단 밖으로 날아가 쿵, 소리와 함께 땅바닥에 처박혔다. 깔끔하고 단정한 옷을 입은 잘생긴 이 남자는 바로 곽정의 제자 무수문이었다.

곽정은 단의 왼쪽 첫 번째 줄에 앉아 이 모습을 지켜보았다. 무수문의 금나수법은 비록 교묘하고 멋스럽기는 했으나 곽정이 보기에는 가볍고 경솔하기 그지없었다. 곽정은 순간 불쾌해서 표정이 어두워졌다. 과연 여기저기서 비웃는 소리가 들려왔다.

"무공 실력이 좋군. 한 수 배워볼까."

"별로 대단할 것도 없군."

"좋은 뜻에서 부축해주려는데 도리어 기습을 하다니!"

그때 동쪽과 서쪽에서 동시에 세 명이 단 위로 올라섰다. 무수문은 곽정과 황용에게서 무공을 배운 데다 가전의 무공도 상승의 무공인지라 기초가 매우 튼튼했다. 게다가 부친과 사숙에게서 일양지신공을 전수받기 때문에 젊은 세대 중에서는 최고 수준이라 할 만했다. 그는 동시에 세 사람이 자신에게 도전해오는 것을 보고 오히려 잘됐다는 생각이 들었다.

'동시에 세 사람을 굴복시키면 내 무공 실력이 더 돋보이겠지.'

무수문은 행여 세 사람이 하나씩 나누어 공격할까 봐 아무런 말도 없이 순식간에 셋 모두를 향해 일 초식을 날렸다. 세 사람은 미처 단위에 자리도 잡지 못한 터라 공격을 받자 급히 손을 들어 막았다. 무수문은 틈을 주지 않고 쌍장을 크게 휘둘러 세 사람을 장력으로 포위했다. 세 사람은 무수문의 장력을 피하느라 가운데로 몰렸고 서로 부딪치느라 제대로 초식을 펼치지 못했다. 지켜보던 사람들은 감탄을 금치 못했다.

'역시 곽 대협의 명성이 괜히 높은 게 아니군. 제자의 실력이 저렇게 대단하다니.'

셋은 원래 서로 알던 사람이 아니었기 때문에 서로의 무공 내력을 알지 못했다. 그런 상태에서 무수문에게 포위를 당하자 서로에게 도움이 되기는커녕 방해가 될 수밖에 없었다. 몇 차례 시도해보았지만 무수문의 장법이 만든 포위망을 빠져나갈 수 없었다.

완안평은 남편이 우위를 점하자 기분이 좋아 얼굴이 환해졌다. 그 모습을 본 곽부가 참지 못하고 한마디 빈정거렸다.

"저런 형편없는 자들이 어찌 무 형의 적수가 되겠어요? 벌써부터 나서서 힘을 뺄 필요는 없잖아요. 나중에 진짜 고수들이 나서면 상대하기 힘들 텐데요."

완안평은 미소만 지을 뿐 아무 말도 하지 않았다.

평소 곽부와 말싸움하는 것을 즐기는 야율연은 곽부의 속내를 눈치 채고 한마디 했다.

"도련님이 먼저 조무래기들을 처리하고, 그러다 힘에 부치면 우리 남편이 나서서 또 한차례 정리해주고, 그러다 안 되면 그때 오빠가 나서서 나머지를 물리치면 언니는 손쉽게 방주 부인이 되는 거죠. 그럼 얼마나 좋아요?"

정곡을 찌르는 야율연의 말에 곽부는 얼굴을 붉혔다.

"손쉽게라니요? 여기 모인 영웅호걸들 중 상당수가 방주 자리를 탐낼 터인데 손쉽게 얻는다는 게 말이 돼요?"

"사실 오빠가 나설 필요도 없지요."

"무슨 뜻이에요?"

"조금 전 양 장로가 그랬잖아요. 개방의 군산대회 당시 스무 살도 안 된 사모님이 죽봉 하나로 고수들을 물리치고 방주가 되셨다면서요? 그 어머니에 그 딸이라는 말도 있는데 언니도 직접 나서보세요. 우리 오빠가 나서는 것보다 쉽겠죠."

"아이참, 또 시작이군. 계속 놀릴 거예요?"

곽부는 웃으면서 야율연의 겨드랑이를 간질였다. 야율연이 야율제 등 뒤로 숨으며 말했다.

"방주님, 살려주세요. 방주 부인께서 절 괴롭히려고 해요."

곽부와 무씨 형제 등은 모두 서른이 넘은 나이였다. 그러나 서로 농담하고 장난치는 것이 습관이 되어 있는지라 지금까지도 만나기만 하면 농담과 장난이 끊이지 않았다.

황용은 대교장 주변에 개방의 제자들을 미리 배치해두고 무슨 일이 있으면 즉시 와서 보고하도록 분부했다. 그녀는 곽정 곁에 앉아 수상한 사람이 있지나 않은지 사방을 살폈다. 성인사태, 한무구, 장일맹 등이 와서 소동을 부릴지도 모르는 일이었다. 그러나 사방은 고요하기만 했다.

'그들이 무엇 때문에 양양에 온 것일까? 만약 무슨 음모가 있다면 왜 아직까지 아무런 기척이 없지? 정말 양이의 생일을 축하해주러 왔을 리는 없는데.'

생각에 잠겨 있던 황용이 고개를 들어보니 무수문이 이미 두 사람을 단 밑으로 물리치고, 마지막 남은 한 사람과 싸우고 있었다. 힘겹게 버티고 있는 상대방의 모습을 보니 길어야 다섯 초식 내에 패하고 물러날 것 같았다.

'과연 누가 끝까지 남아 우리 개방의 방주가 될까?'

사실 황용뿐 아니라 그 자리에 모인 모든 사람이 과연 누가 최후의 승자가 될 것인지 궁금해하고 있었다. 그러나 방주를 뽑기 위한 무술대회에 전혀 관심 없는 딱 한 사람이 있었다. 바로 곽양이었다.

'오늘은 내가 열여섯 살이 되는 날이야. 그날 내가 금침을 큰오빠에게 주면서 열여섯이 되는 생일날 꼭 와달라고 부탁했지. 오빠가 꼭 오겠다고 약속했는데 왜 아직 안 오시는 걸까?'

그녀는 작약정芍藥亭에서 난간에 팔을 기대고 앉아 붉은 해가 점점 서산으로 기울어가는 것을 보고 있었다. 곽양의 마음속에는 오직 양과에 대한 생각뿐이었다.

'이제 곧 해가 질 텐데 지금 당장 온다 해도 만날 시간이 그리 길지 않아…….'

곽양은 작약꽃을 바라보면서 손가락으로 남은 한 개의 금침을 만지작거렸다.

'아직 한 가지 부탁이 남아 있는데……. 어쩌면 아예 나란 존재를 잊었을지도 모르지. 오늘 나를 보러 오기로 한 약속마저도 까마득히 잊

고 있을지 모르는데 부탁은 무슨……'

이런 생각에 슬퍼졌지만 곽양은 금세 고개를 저었다.

'아니야, 그럴 리가 없어. 당대의 영웅 대협이라면 무엇보다 신의를 중시할 텐데 자기가 한 말은 꼭 지키겠지. 조금만 더 기다려보자. 곧 올 거야.'

머지않아 양과를 보게 될 거라는 생각을 하자 자기도 모르게 얼굴이 붉어지고, 금침을 잡은 손가락이 가늘게 떨렸다. 그러다 문득 또다시 한숨을 내쉬었다.

'비록 약속을 중시한다고 할지라도 어쨌든 난 아직 어린아이잖아. 만약 아버지와 한 약속이라면 무슨 일이 있어도 반드시 지키겠지. 그렇지만 큰오빠 생각에 난 그저 장난치기 좋아하는 어린아이에 불과할 텐데 나와의 약속을 지키려고 할까? 나와 한 약속을 떠올린다 해도 그냥 웃어넘길지도 몰라.'

곽양은 길게 그림자를 드리운 꽃을 보며 안타까운 마음을 달랬다.

한편 대교장에 있던 황용 역시 이런저런 생각으로 머리가 복잡했다.

'양태부 사당에서 부와 양이가 위험에 처했을 때 다행히 어떤 고수가 구해주었다. 정 오빠의 말로는 현재 무림에 단 두 사람만이 그런 막강한 내공을 지녔다고 했어. 그러나 홍 사부님은 이미 돌아가셨고, 정 오빠는 물론 아니니 그럼 대체 누구란 말인가? 설마 오늘 사도의 무리들을 보내 양이의 생일을 축하하게 한 사람이 그날 니마성을 물리친 고수일까? 노완동 주백통은 비록 이런 장난을 좋아하기는 하지만 이렇게 세심하고 치밀하진 않아. 일등대사는 점잖으신 분이니 이런 일을 할 리가 없고. 서독 구양봉, 구천인은 모두 죽었고……. 그렇다면 혹시

아버지일까? 아니야, 그럼 대체 누구란 말인가?'

황용은 이미 10년이 넘게 아버지를 만나지 못했다. 워낙 흐르는 구름처럼, 철새처럼 강호를 떠돌아다니는 황약사인지라 그 누구도 그의 행방을 아는 사람이 없었다. 황약사의 성격이라면 이런 엉뚱한 일을 꾸밀 가능성도 있었다. 강호를 떠돈 지 10여 년 동안 황약사는 '황노사黃老邪'라고 알려지며 여전히 명성이 자자했다. 그런 만큼 어제 왔던 사도의 무리도 황약사의 구미에 맞는다고 볼 수 있었다. 만약 황약사가 직접 나서서 그들을 청했다면, 황약사의 체면을 봐서라도 거절할 수 없었을 것이다. 혹시 아버지일지도 모른다는 생각이 들자 황용은 은근히 기쁘기도 하고 놀랍기도 했다. 사실 상식적으로 생각하면 황약사가 딸과 외손녀를 상대로 이런 장난을 친다는 것은 말이 안 되지만, 평생 동안 워낙 괴상하고 엉뚱한 행동을 많이 했기 때문에 가능성이 아주 없는 것은 아니었다. 딸인 황용조차 아버지의 행동을 이해하지 못할 때가 많았다. 그가 사도의 무리를 대거 초청해 외손녀의 생일을 축하한 데에는 뭔가 심오한 뜻이 숨겨져 있을지도 몰랐다. 생각이 여기까지 미치자 황용은 손짓으로 곽부를 가까이 불렀다.

"양이가 풍릉 나루터에서 이틀 동안 어딘가를 다녀왔다고 했지? 그때 돌아와서 외할아버지에 대한 말은 하지 않았니?"

"아뇨, 걔는 외할아버지 얼굴도 모르잖아요?"

"자세히 생각해봐. 양이가 풍릉 나루터에서 서산 대두귀와 함께 나갔다고 했지? 그때 다른 사람에 대한 말은 전혀 없었어?"

"없었어요."

사실 곽부는 그날 동생이 양과를 만나고 왔다는 것을 어렴풋이 짐

작은 했지만, 부모님 앞에서 그의 이야기를 꺼내고 싶지 않았다. 어머니는 몰라도 아버지는 양과 이야기만 나오면 어두운 표정을 지으며 며칠 동안 자신과 말도 하지 않았다. 그러니 동생도 꺼내지 않은 이야기를 굳이 자신이 나서서 꺼낼 필요는 없을 것 같았다. 게다가 이미 지나간 일인데 무엇 때문에 이제 와서 양과 이야기를 다시 꺼내겠는가.

황용은 곽부의 안색이 약간 달라지는 것을 보고 뭔가 숨기는 것이 있다고 확신했다. 그녀는 눈을 빛내며 다그쳤다.

"중요한 일이다. 네가 본 대로 들은 대로 말해다오."

곽부는 어머니의 진지한 표정을 보고 더 이상 숨길 수가 없었다.

"사실은 그날 저녁에 사람들이 신조대협, 그러니까 양과에 대한 이야기를 했어요. 양이가 그것을 듣더니 양과를 만나러 가겠다고 하기는 했어요."

황용은 깜짝 놀랐다.

"그래, 과를 만났다더냐?"

"그럴 리가 있겠어요? 만났으면 틀림없이 떠들어댔을 거예요."

'정말 과란 말인가?'

황용은 양과일지도 모른다는 생각이 들었다.

"양태부 사당에서 니마성을 죽인 사람이 과였을까?"

"설마요. 양 형의 무공 실력이 그렇게 뛰어날 리가 있겠어요?"

"양이와 양태부 사당에서 무슨 이야기를 했니? 처음부터 끝까지 한마디도 빼놓지 말고 자세히 이야기해보아라."

"별 이야기 안 했어요. 양이가 원래 사소한 일에도 저한테 말대꾸하는 것을 좋아하잖아요."

곽부는 그날 밤 곽양이 영웅대연에는 가지 않을 것이며, 개방의 방주를 뽑는 행사 역시 보지 않을 것이고, 생일날 젊은 영웅이 축하하러올 거라고 했던 것 등을 낱낱이 이야기했다.

"과연 친구들이 많이 오긴 왔더군요. 그런데 젊은 영웅은커녕 모두중이나 비구니 아니면 노인네들이었잖아요?"

황용은 곽양이 말한 젊은 영웅이 틀림없이 양과일 거라고 확신했다. 양이와 양과가 양태부 사당에서 만나기로 했는데 곽부가 나타나만나지 못했고, 곽부의 비웃는 말을 들은 양과가 곽양의 얼굴을 세워주기 위해 강호의 고수들을 보낸 것이 분명했다.

'그러나 과가 왜 양이를 위해 그런 일을 했을까?'

그러고 보니 요 며칠 곽양의 정서가 매우 불안정하고 가끔 몽롱한눈빛으로 생각에 잠겨 있기도 하고, 때로는 이유 없이 얼굴을 붉히기도 했다. 황용은 가슴이 철렁 내려앉았다.

'설마, 양이가 풍릉 나루터에서 이틀 동안 사라졌다 나타났다더니그새 양과와 일을 저지른 건 아닐까? 양과는 내가 제 아버지를 죽이고, 부가 자기 팔을 자른 데다 독침으로 소용녀를 다치게 한 것에 원한을 품고 있을 거야. 가만있자, 소용녀와 16년 후에 다시 만나기로 했는데 그러고 보니 올해가 바로 16년째 되는 해구나. 그렇다면 양과가복수를 하러 나타난 걸까?'

황용은 양과가 복수를 하러 왔을지도 모른다는 생각이 들자 등에식은땀이 흘렀다. 양과는 소용녀에 대한 정이 매우 깊었다.

'만약 오랜 세월 동안 힘들게 기다렸는데 결국 소용녀를 만나지 못하면 틀림없이 곽씨 집안을 증오할 거야. 16년 동안 한을 품어왔으니 양과의 성격상 복수를 한다면 부를 한칼에 죽이는 걸로 끝내지 않을 거야. 무언가 독하고 끔찍한 방법을 생각해내서 복수를 하려 들겠지. 아! 설마 우리 양이의 마음을 사로잡아서 자기 말을 절대적으로 따르도록 한 뒤에 평생 동안 두고두고 괴롭히려는 것은 아닐까? 그래, 양과라면 충분히 그러고도 남을 거야.'

황용은 며칠 동안의 의혹이 모두 풀리는 것 같았다. 양과가 니마성을 죽여 양이를 구하고 무림의 고수들을 불러 생일을 축하하도록 한 것도 모두 양이의 마음을 사로잡으려는 수작이 틀림없었다. 황용은 가슴이 답답해졌다.

'그래도 이해가 안 가는 점이 있어. 16년 전 양이가 태어나고 몇 개월이 지난 후에야 과와 소용녀가 헤어졌는데, 그렇다면 두 사람이 헤어진 지 아직 만 16년이 안 됐잖아. 소용녀를 만날 수 없게 되면 그때 가서 복수를 하는 게 정상 아닌가? 16년이라는 약속이 너무 막연하기는 하지만 어쨌든 분명 소용녀가 직접 남긴 말이었어. 설마, 아버지가…… 설마 납해신니가…….'

황용은 생각할수록 마음이 불안해졌다.

'어쨌든 양이가 과를 다시 만나게 되면 큰일이야. 양이처럼 순진하고 천진난만한 아이가 세상 물정을 뭘 알겠어.'

황용은 한번 양과에 대한 부정적 생각을 품기 시작하자 모든 것이 그런 식으로밖에 보이지 않았다.

사실 양과는 얼굴도 예쁘고, 성격도 착하고, 온화하면서도 밝고 명랑한 곽양이 마음에 들었다. 게다가 곽양이 태어났을 때 목숨을 걸고 구해낸 것이 바로 자신이었기 때문에 아끼는 마음도 각별했다. 또 곽양이 워낙 자신을 좋아하고 따르기 때문에 자연히 호의가 생겼다. 아마도 누군가가 곽양을 해치려 한다면 목숨을 버려서라도 지키려 할 터였다.

"아이코!"

갑자기 누군가의 비명 소리가 들렸다. 고개를 들어보니 무수문이 막 장력으로 뚱뚱한 승려를 단 아래로 밀어내고 있었다. 황용은 곽정의 곁으로 다가가 귓속말을 했다.

"이곳을 맡아주세요. 난 양이에게 좀 가봐야겠어요."

"양이는 안 왔나?"

"가서 불러오려고요. 참 특이한 아이예요."

곽정은 미소를 지었다. 곽정이 황용을 처음 만났을 때 그녀는 남자 옷에 거지 차림새를 하고 있었다. 황용이야말로 특이한 아이였던 것이다.

황용은 남편의 따뜻한 미소에 싱긋 웃어 보이고는 급히 밖으로 나갔다. 비록 걱정스럽고 조급한 마음이 들기는 했지만 남편의 웃는 모습과 건장한 어깨를 보니 하늘이 무너진다 해도 걱정하지 않아도 될 것 같았다. 황용은 든든한 마음에 혼자 미소를 지었다.

황용이 내실에 도착했을 때 곽양은 방에 없었다. 시중드는 계집아이에게 물어보니 후원에 있다고 했다. 황용은 가슴이 서늘해졌다.

'대교장의 무술 대회도 보지 않고 혼자 후원에 나가 있는 걸 보니 양과와 만나기로 약속한 것이 틀림없군.'

황용은 우선 자기 방으로 돌아가 몸에 금침을 숨기고 허리에 단검을 찬 후 죽봉을 들고 후원으로 갔다. 양과는 무공 실력이 크게 향상되어 지금은 막강한 적이 되어 있을 터였다. 황용은 이 점을 잘 알고 있었기 때문에 조금도 방심하지 않았다. 황용은 아란석鵝卵石으로 된 길로 가지 않고, 가산석假山石 뒤의 오솔길을 빙 돌아 작약정 곁으로 다가갔다. 곽양의 우울한 한숨 소리가 들렸다.

"왜 아직까지 안 오실까? 정말 속상해."

곽양의 혼잣말을 들은 황용은 다소 안심이 되었다.

'아직 안 온 모양이군. 미리 막아야지.'

곽양이 또 혼잣말을 했다.

"매년 생일 때마다 어머니는 내게 세 가지 소원을 말하라고 하셨지. 조금 있다가 어머니 앞에서 이런 말을 하기는 불편할 테니 혼자 있는 지금 하늘에 대고 소원을 말해야겠다."

막 곽양에게 말을 건네려던 황용은 곽양의 말을 듣고 주춤했다.

'내가 엄마이기는 하지만 양이가 무슨 생각을 하는지 잘 알지 못하잖아. 이 기회에 양이가 무슨 소원이 있는지 들어봐야겠군.'

"첫 번째 소원은 어머니와 아버지가 군사들을 이끌고 여러 영웅호걸과 함께 몽고군을 물리쳐 양양 백성을 태평하게 살 수 있도록 힘을 주세요."

황용은 안도의 한숨을 내쉬었다.

'엉뚱한 행동을 많이 하기는 하지만 그래도 역시 내 딸이군.'

"두 번째 소원은 아버지와 어머니가 건강하게 장수하고, 하시는 일이 모두 잘될 수 있도록 해주세요."

곽양이 태어났을 때부터 지금까지 계속해서 전란을 겪고 있는 상황이었기 때문에 곽정과 황용은 곽부를 키울 때처럼 정성을 들이지 못했다. 그런데 이런 진심 어린 소원을 들으니 황용은 자신도 모르게 눈시울이 붉어지며 딸에 대한 애정과 사랑이 진하게 되살아났다.

곽양은 잠시 침묵을 지키다가 이윽고 세 번째 소원을 빌었다.

"세 번째 소원은 신조대협 양과와……."

황용은 딸의 세 번째 소원이 양과와 관련 있을 것이라고 예상은 했으나 막상 딸의 입에서 '양과'라는 말이 나오자 가슴이 철렁 내려앉았다. 그러나 세 번째 소원은 황용이 생각지도 못한 것이었다.

"아내 소용녀가 하루빨리 상봉해 행복한 삶을 살 수 있게 해주세요."

황용은 양과가 온갖 감언이설로 딸을 꾀어내려 했을 것이라고 생각했는데, 뜻밖에도 딸이 양과와 소용녀의 관계를 알고 있었다. 그러나 황용은 또다시 불안한 생각이 들었다.

'이런, 큰일이구나. 이것도 모두 양과가 철저하게 계산한 결과일 거야. 일편단심으로 소용녀를 기다리는 모습을 보여주면 우리 양이가 양과를 더욱 좋게 생각할 것 아닌가. 맞아, 틀림없이 양과가 일부러 그런 걸 거야. 젊었을 때 정 오빠가 나를 만난 후 화쟁공주를 냉대하니까 내가 도리어 무정한 사람이라고 욕했잖아.'

황용은 원래 양과에 대해 선입견을 가지고 있는 데다 딸을 걱정하는 마음이 강하다 보니 모든 것이 다 부정적으로만 보였다. 그때 툭, 하는 소리가 나더니 담벼락 위에서 누군가가 뛰어내렸다. 키는 작지만 머리는 유달리 큰 사람이었다. 곽양은 그 이상하게 생긴 사람을 보고 자리에서 벌떡 일어났다.

"대두귀, 대두귀 아저씨, 오…… 오빠는요?"

대두귀는 작약정으로 걸어 들어가더니 손을 모으고 예를 갖추었다.

매우 공손한 태도였다.

"아이참, 대두귀 아저씨, 왜 그렇게 장난을 치세요?"

"대두귀 아저씨라고 부르지 마세요. 그냥 대두귀라고 부르면 됩니다. 신조대협께서 저더러 낭자께 말씀을 전해달라고 하셨습니다."

대두귀의 말에 곽양은 실망한 나머지 눈시울이 붉어졌다.

"날 보러 올 시간이 없나 보군요. 그렇지만 분명히 약속했는데……."

곽양은 속상한 나머지 눈물이 흘러내릴 것만 같았다.

"대협께서 오지 않는다고 말씀드리려는 게 아니라, 낭자를 보러 오지 않는 게 아니라고 말씀드리려던 거예요."

대두귀의 말에 곽양이 웃음을 터뜨렸다.

"그게 무슨 말이에요. 말을 똑바로 하셔야죠."

대두귀가 미소를 지었다.

"신조대협께서 낭자를 위해 세 가지 생일 선물을 준비하느라 조금 늦게 오시겠다고 전해달라 하셨습니다."

곽양의 얼굴이 환하게 밝아졌다.

"이미 여러 사람에게서 선물을 많이 받았는걸요. 난 없는 게 없이 다 있어요. 그러니 아저씨는 가서서 오빠에게 선물 때문에 신경 쓰실 필요는 없다고 전해주세요."

대두귀가 고개를 저었다.

"세 가지 선물 중 첫 번째는 이미 준비하셨고, 두 번째는 대협께서 형제들을 시켜 준비하게 하셨는데 지금쯤 준비가 되었을 것 같네요."

곽양이 답답한 듯 한숨을 쉬었다.

"선물 때문에 늦게 오시느니 선물이 없어도 좋으니 일찍 오셨으면 좋겠어요."

"세 번째 선물은 신조대협께서 대교장 개방 대회에서 직접 낭자께 건네주시겠다고 했어요. 그러니 낭자께서는 대교장으로 가시면 됩니다. 오실 시간이 거의 다 되었어요."

곽양이 인상을 찌푸렸다.

"언니에게 개방 대회에 안 가겠다고 큰소리쳤는데 어떡하죠? 오빠가 그렇게 말씀하셨다니 하는 수 없군요. 좋아요, 우리 함께 가요."

대두귀가 고개를 끄덕이더니 휘파람을 몇 번 불었다. 그러자 무언가 시커먼 것이 담장 안으로 툭, 떨어졌다. 자세히 보니 바로 양과와 함께 다니던 신조였다.

곽양은 신조를 보자 얼른 달려가 목을 껴안았다. 마치 오랫동안 헤어져 있던 친한 벗을 만난 것 같은 기분이 들었다. 그러나 신조는 도리어 두어 걸음 뒤로 물러나더니 고개를 빳빳하게 쳐들었다.

"누가 수리 형이 아니랄까 봐. 날 모른 척할 거예요? 난 기어이 반갑게 인사하고 말 테야."

곽양은 다시 가까이 다가가 신조의 목을 껴안았다. 이번에는 신조도 피하지 않았다. 곽양에게 안겨 고개를 비스듬히 하고 서 있는 것이 마치 말썽 많고 귀여운 딸이 엄격하고 위엄 있는 아빠를 껴안고 애교를 부리는 듯한 모습이었다.

"수리 형, 우리 같이 가요. 맛있는 음식으로 대접할게요. 술도 마시나요?"

대두귀가 웃었다.

"좋아하실 거예요."

두 사람은 신조와 함께 대교장으로 갔다. 신조가 대회장에 들어서자 그 괴상하고도 위엄 있는 모습을 보고 모두들 혀를 끌끌 차며 신기해했다. 곽양은 대두귀와 신조를 이끌고 단 가까이로 다가가 빈자리에 앉았다. 손님 대접을 책임진 개방의 제자가 대두귀를 보자 이름을 물었다. 대두귀는 냉랭한 태도로 말했다.

"난 이름도 없고 아무것도 몰라요. 그저 곽 낭자가 함께 가자고 해서 왔을 뿐이오."

잠시 후 황용도 대교장에 나타났다.

'양과가 여기 나타날 모양이군. 한바탕 난리가 날 듯하니 미리 준비를 단단히 해두어야겠다.'

황용은 만일의 사태를 가정해보며 대책을 생각했다.

그때 무돈유와 무수문은 이미 다른 사람에게 패해 단에서 물러나 있었다. 주자류의 조카, 점창어은의 제자 세 명, 개방의 제8대 제자 중 세 명도 역시 패한 모양이었다.

현재 단 위에는 야율제가 연이어 세 명의 적을 물리치고 주백통에게서 배운 72로 공명권을 사용해 마흔 살 정도 되어 보이는 건장한 사내를 공격하고 있었다. 이 건장한 사내의 이름은 남천화藍天和로 귀주貴州의 묘족苗族 사람이었다. 어릴 때 사천四川의 청성산靑城山에서 약초를 캐다가 발을 헛디뎌 절벽에서 떨어진 적이 있는데 거기서 한 기인을 만나 상승의 외문 무공을 배웠다. 그가 장력을 발할 때면 우렁찬 바람 소리가 나는 게 확실히 위풍이 대단했다.

반면 야율제의 권법은 전혀 소리가 나지 않았다. 그는 춤을 추는 듯 혹은 날아다니는 듯 가볍게 초식을 펼쳐 보였다. 한 사람은 강함으로,

또 한 사람은 부드러움으로 승부를 걸고 있었다. 한참이 지났건만 좀처럼 승부가 나지 않았다. 두 사람이 무공을 겨루는 모습을 보며 도전하려던 많은 사람은 매우 부끄럽게 생각했다.

'경솔하게 나서지 않아서 다행이군. 하마터면 망신을 당할 뻔했잖아. 두 사람의 내공과 무공 실력을 보니 난 10년이 걸려도 당해낼 수 없을 것 같다. 난 저들의 적수가 못 돼.'

남천화의 장력은 비록 매우 강하기는 했으나 오래 지속되지는 못했다. 그의 장력이 일으키는 바람 소리는 갈수록 커져갔지만 장심에서 발하는 힘은 오히려 점점 떨어졌다. 야율제의 권법 초식 역시 전보다 빨라지지는 않았지만 그렇다고 느려지지도 않았다. 그는 시종일관 상대방의 초식을 막아내는 데 온 정신을 집중했다. 오늘의 싸움은 한두 명을 물리친다고 해서 끝날 일이 아닌 데다 앞으로 상대할 적은 갈수록 강할 터이므로 힘을 아껴둬야 한다는 것을 그는 잘 알고 있었다.

남천화는 계속해서 승부가 나지 않자 점점 마음이 조급해졌다. 서남 지역에서 20년을 살아오면서 그 어느 누구도 그와 30초식 이상을 겨루지 못했다. 그런데 오늘 천하의 영웅호걸들이 모두 모인 자리에서 자기보다 어린 후배를 쉽게 이기지 못하니 체면이 말이 아니었다. 남천화는 운기하여 장력에 더욱 힘을 가했다. 두 사람은 또다시 20여 초식을 겨루었다.

그때 야율제의 초식에 빈틈이 생겼다. 남천화는 기회를 놓치지 않고 "얏!" 하는 고함 소리와 함께 구귀적성九鬼摘星 초식으로 야율제의 가슴을 향해 일장을 날렸다. 야율제는 재빨리 오른손을 휘둘렀다. 두 사람은 서로 장을 맞부딪친 채 잠시 꼼짝도 하지 않았다. 이제 내공을 겨루는 상황이 되었다. 그러나 얼마 지나지 않아 남천화의 안색이 잿빛으로 변하면서 비틀거리며 뒤로 두어 걸음 물러서더니 양손을 모으며 말했다.

"대단하십니다."

그는 단의 계단 입구로 다가가서 큰 소리로 말했다.

"야율 형께서 저를 죽이지 않고 살려주셨습니다. 과연 영웅이라 할 만합니다. 진심으로 승복하겠습니다."

남천화는 깊이 심호흡을 한 번 한 후 고개를 숙였다. 그러고는 야율제를 향해 허리를 굽히며 예를 갖춘 후 단을 내려갔다. 야율제도 손을 모아 답례했다.

"양보해주셔서 감사합니다."

남천화와 야율제가 서로 장을 맞대고 있을 때, 남천화는 급히 내공을 운기했다. 그런데 그때 손바닥 끝이 갑자기 서늘해지더니 마치 물속에 손을 넣고 있는 듯한 기분이 들었다. 아무것도 없는 것 같기도 하고 또 무언가가 있는 것 같기도 했다. 그러면서도 어떤 끈끈한 힘이 장을 끌어당기고 있었다.

그런데 이 서늘한 느낌이 순식간에 장심에서 팔로, 팔에서 가슴으로 전해지더니 곧 단전으로 내려갔다. 이윽고 아랫배가 끓는 물처럼 부글거리더니 곧 터질 것만 같았다. 깜짝 놀란 그는 급히 장을 거두려 했으나 상대방의 끌어당기는 힘이 너무 세서 겨우 반 척 정도밖에 손을 떼지 못했다.

남천화가 그의 사부님에게 무공을 전수받을 때 이 장법이면 강호에서 어떤 적을 만나더라도 별문제가 없을 것이라고 했지만, 만약 내가內家

의 고수를 만나 그의 내력內力이 단전까지 침투하면 그 자리에서 생명을 잃을 수도 있고 설사 죽지 않더라도 무공을 잃게 되니 조심하라 당부했다. 사부님의 말씀이 떠오르자 남천화는 가슴이 서늘해졌다. 마침내 삶을 체념한 그는 두 눈을 꼭 감고 죽기만을 기다렸다. 그런데 갑자기 손바닥을 끌어당기던 힘이 없어지는가 싶더니 단전 주위에서 끓어넘치던 기가 천천히 사라졌다. 남천화는 조금씩 운기해보았다. 무공에는 전혀 손상이 없는 것 같았다. 물론 야율제가 힘을 거두었기 때문이었다. 그래서 남천화는 고맙고 부끄러운 생각이 들어 모두를 향해 야율제가 자신의 생명을 살려주었다고 알린 것이었다.

조금 전 두 사람이 치열한 싸움을 벌이고 있을 때 사람들은 남천화의 장력이 얼마나 강한지 똑똑히 보았다. 그런데 야율제가 남들은 느끼지도 못하는 사이에 그런 남천화를 제압했으니 무공을 볼 줄 아는 사람들은 감히 더 이상 도전할 생각을 하지 못했다. 게다가 야율제는 곽정과 황용의 사위였기 때문에 개방과도 관계가 깊었다.

4대 장로와 제8대 제자들은 야율제가 방주가 되기를 원했다. 야율제는 또한 전진파의 어른인 주백통의 제자였다. 그래서 전진파의 제자들 대부분이 야율제의 후배가 되는 셈이었다. 그러다 보니 곽정 부부 및 전진파와 교분이 있는 고수들은 모두 더 이상 야율제와 겨루려 들지 않았다. 몇몇 주제를 모르고 날뛰던 장정들이 도전을 하기는 했으나 모두 몇 초식을 버티지 못하고 패하고 말았다.

곽부는 남편이 승승장구하니 더할 나위 없이 기분이 좋았다. 자랑스러운 눈길로 사방을 둘러보니 문득 괴상하게 생긴 커다란 새가 동생 곁에 앉아 있는 것이 눈에 들어왔다. 동생의 다른 쪽 옆에는 풍릉 나루터에서 본 적이 있는 괴상한 남자가 앉아 있었다. 사실 곽양과 대두귀, 신조가 대교장에 도착했을 때는 야율제와 남천화가 한창 격렬한 싸움을 벌이고 있을 때였다. 그래서 온 관심이 남편에게 쏠려 있었기 때문에 미처 보지 못한 것이다.

'양이는 오지 않겠다더니 뭐 하러 왔담?'

그러자 문득 불길한 예감이 들었다.

'이런, 양과의 별명이 신조대협이라 했지. 그렇다면 저 못생긴 큰 수리가 신조인 모양인데, 저 새가 여기 있다면 양과도 틀림없이 근처에 있다는 소리잖아? 만약 그가 와서 방주 자리를 빼앗으려 한다면……'

남편의 승리로 한껏 부풀어 있던 가슴이 일순간 싸늘하게 식었다. 과거 양과가 옷소매로 자신의 장검을 휘게 만들었던 모습이 눈앞에 생생하게 떠올랐다.

'오빠가 비록 무공이 강하기는 하지만 양과를 이길 수 있을까? 아, 양과는 정말 내 천적인가 봐. 어릴 때부터 나와 도대체 맞지가 않았어. 하고많은 날을 두고 하필 오늘 나타나다니.'

곽부는 사방을 두리번거렸다. 그러나 양과의 모습은 어디에도 보이지 않았다.

날이 점차 어두워졌다. 야율제는 계속해서 일곱 사람을 물리쳤다. 그런 뒤 한참을 기다렸으나 더 이상 도전하는 사람이 없었다. 그러자 양 장로가 단 위로 올라가 외쳤다.

"야율 대형은 진정 문과 무를 함께 갖춘 인재이십니다. 우리 개방은 모두 야율 대형을 환영하는 바입니다. 만약 대형께서 우리 개방의 방주가 되신다면……."

양 장로의 말이 끝나기도 전에 단 주위에 앉아 있던 개방의 제자들이 일제히 일어나 환호성을 질렀다.

"혹시 아직도 도전하실 분이 더 계십니까?"

양 장로가 연이어 세 차례를 물었으나 대답하는 사람이 아무도 없었다.

곽부는 기쁨으로 가슴이 벅차올랐다.

'양과가 지금 나타나지 않으면 기회는 이미 지나간 거야. 야율 오빠가 방주에 취임하고 나면 그때는 양과가 나타나서 소동을 부린다 해도 소용없지.'

그런데 그때 말발굽 소리가 요란하게 들리더니 두 필의 말이 대교장을 향해 달려왔다. 말발굽 소리로 미루어보아 무언가 급한 용건이 있는 듯했다. 곽부는 가슴이 철렁 내려앉았다.

'마침내 왔구나!'

질풍처럼 달려온 두 필의 말 등에는 회색 옷을 입은 남자 두 명이 타고 있었다. 바로 곽정이 파견한 정탐꾼이었다. 곽정은 비록 개방의 방주를 뽑는 무술 대회를 구경하고 있기는 했으나 계속 몽고군에 대한 경계를 늦추지 않고 있었다. 곽정은 자신이 보낸 정탐꾼이 급히 돌아온 것을 보고 역시 가슴이 철렁 내려앉았다.

'마침내 왔구나!'

그러나 곽정과 곽부가 마침내 왔다고 생각하는 대상은 결코 같은 사람이 아니었다. 곽부는 양과를, 곽정은 몽고 대군을 가리킨 것이었다.

두 정탐꾼은 단에서 얼마 떨어지지 않은 곳에서 말을 멈추었다. 그리고 말에서 내려 곽정 앞으로 달려가 인사를 올렸다. 곽정과 황용은 급히 두 사람의 안색을 살폈다. 그런데 이상하게도 두 사람은 매우 당황스러우면서도 기쁨이 넘치는 표정이었다. 마치 예상치 못한 횡재를 얻은 사람들 같았다.

"곽 대협, 몽고 대군의 좌익 선봉 천인대가 이미 당주唐州에 도착했습니다."

곽정은 깜짝 놀랐다.

'이렇게 빨리 오다니.'

다른 한 명의 정탐꾼이 말을 이었다.

"몽고 대군의 우익 선봉 천인대가 이미 등주鄧州에 도착했습니다."

"음."

곽정이 신음에 가까운 소리를 내뱉었다.

'북측으로 들어오는 적군이 두 길로 나뉘어 진군하는구나. 진군 속도가 이토록 빠르니 그 위력 또한 대단하겠군.'

당주와 등주는 양양에서 불과 100리 남짓 떨어진 곳이었다. 두 곳에서 양양 맞은편인 번성까지는 모두 평야 지대였다. 진군하는 데 장애가 되는 산 같은 것이 전혀 없었기 때문에 만약 몽고군이 말을 달려 진군한다면 이틀이 걸리지 않아 번성에 도착할 것이었다.

그런데 그때 두 번째 정탐꾼이 들뜬 목소리로 말했다.

"그런데 이상한 일이 있습니다. 등주성 외곽에 도착한 몽고군 천인대가 모두 죽어 있었습니다. 군관이고 사병이고 간에 어느 한 사람도 살아 있지 않았습니다."

곽정이 이상해서 물었다.

"그게 어찌 된 일이냐?"

첫 번째 정탐꾼이 말했다.

"당주 쪽도 마찬가지입니다. 사방이 몽고군의 시체로 뒤덮여 있었습니다. 그런데 이상한 것은 시체의 왼쪽 귀가 모두 잘려 있었습니다."

"등주의 상황도 똑같았습니다. 죽은 사람들의 왼쪽 귀가 없었습니다."

곽정과 황용은 놀랍고도 의아한 표정으로 서로를 마주 보았다.

'선봉대가 전멸했다니, 몽고군의 사기가 크게 꺾였겠군. 몽고군의 수가 10만 명이 넘으니 그중 2,000명이 죽었다 해도 군력에는 큰 영향이 없겠으나 선봉대가 전멸했다는 소식이 전해지면 전의가 크게 떨어질 거야. 잘된 일이군. 그런데 대체 무슨 일이 있었던 것일까?'

곽정이 물었다.

"당주와 등주의 수군守軍은 어찌 되었느냐?"

두 명의 정탐꾼이 동시에 대답했다.

"성문을 굳게 닫아걸고 나오지 않고 있습니다. 아마 몽고군이 전멸한 사실을 아직 모르고 있는 듯합니다."

황용이 말했다.

"어서 가서 여 대수께 보고드려라. 틀림없이 큰 상을 내리실 것이다."

두 정탐꾼은 머리를 숙여 절한 후 기뻐하며 대교장을 떠났다.

황용이 단 위에 올라가 몽고군 선봉대가 양양의 수군과 교전을 벌이기도 전에 전멸했다는 소식을 알리자 장내는 기쁨의 환호성으로 가득 찼다.

"개방이 새로운 방주를 세우는 일도 기쁜 일이나 어찌 이 소식에 비하겠습니까? 양 장로, 하인들을 시켜 술을 내오게 하세요. 함께 축하해야지요."

오늘 밤 개방의 방주가 뽑히면 축하 잔치를 열 계획이었기 때문에 술상은 금방 마련되었다. 게다가 몽고군의 선발대가 전멸했다는 소식을 들으니 모두들 흥이 나서 술을 마셨다. 무돈유 등은 비록 패하기는 했으나 모두가 기뻐하고 흥겨워하니 덩달아 기분이 풀렸다.

개방의 연회는 탁자와 의자를 놓지 않았다. 이쪽저쪽에서 무리를 지어 땅바닥에 술과 음식을 놓고 먹었다. 비록 보기에는 초라해 보였지만 술과 음식은 풍성했다. 곽양은 신조에게 큰 잔으로 술을 따라 먹여주었다. 신조는 연이어 세 사발의 술을 단숨에 들이켰다.

사람들은 모두 곽정과 황용의 전략으로 몽고군이 전멸당한 것이라고 생각했는지 칭찬을 아끼지 않으며 두 사람에게 술을 권했다.

곽정은 결코 자신들이 한 일이 아니라고 연신 설명했지만, 그의 사람됨이 원래 겸손했기 때문에 모두들 믿으려 하지 않았다.

"정 오빠, 정말 아무리 생각해도 어찌 된 일인지 알 수가 없네요. 어쨌든 제자들을 보내 정황을 알아오라 했으니 곧 소식이 들리겠지요."

황용은 정탐꾼의 보고를 듣고 의심이 들어 뛰어난 개방의 제자 여덟 명을 즉시 당주와 등주로 보내 정확한 상황을 알아오도록 지시했다.

곽양과 대두귀, 신조는 다른 사람들과 떨어져 있었는데 신조의 위엄 있고 괴상한 생김새 때문에 감히 아무도 그 곁으로 접근하지 못했다. 곽양이 말했다.

"오빠 왜 아직 안 오실까요?"

대두귀가 대답했다.

"오신다고 했으니 반드시 오실 겁니다. 어! 들어보세요. 무슨 소리가 들리지 않습니까?"

과연 멀리서 짐승들이 울부짖는 소리가 들려왔다. 그러자 곽양의 얼굴이 환히 밝아졌다.

"사씨 형제들이 왔나 봐요."

짐승들의 울음소리가 점점 가까워지니 교장에 모여 있던 사람들의 표정이 굳어졌다. 하나둘 무기를 뽑아 들고 자리에서 일어나기 시작하자 좌중은 금세 소란스러워졌다.

"웬 짐승들이 이렇게 많이 몰려오는 걸까?"

"사자 소리예요. 호랑이도 있는 것 같아요."

곽정이 무수문을 향해 말했다.

"가서 궁수 2,000명을 불러오너라."

"예."

무수문이 막 돌아서려는데 멀리서 누군가가 크게 외치는 소리가 들려왔다.

"만수산장 사씨 형제가 신조협의 명을 받들어 곽양 낭자의 생일을 축하드리러 왔습니다."

한 사람의 목소리가 아니라 사씨 오 형제가 한꺼번에 외치는 소리였다. 다섯 사람은 비록 최고 수준의 고수는 아니었지만, 그들이 발하는 소리가 궁상각치우宮商角緻羽의 조화를 이루며 쩌렁쩌렁하게 울려 퍼졌다.

황용은 무수문에게 어서 가라고 손짓했다. 비록 사씨 형제가 곽양의 생일을 축하하기 위해 왔다고는 하지만 사람 일은 모르는 것이라 혹시 다른 의도가 있을지도 몰랐다. 궁수를 배치시켜 준비를 해두었다가 무슨 일이 생기면 즉시 명령을 내릴 생각이었다. 아무 일도 생기지 않으면 다행이지만, 준비 없이 당하는 것보다는 낫다고 생각했다.

무수문은 말 등에 올라타 궁수를 데리러 갔다. 곧이어 제1대 궁수가 도착했다. 곽정은 그들을 교장 옆에 배치시켰다. 곽정은 몽고에서 배운 기사술騎射術로 양양의 병사들을 훈련시켰고, 이것으로 10년 넘게 몽고군의 침략을 이겨낼 수 있었다. 양양 궁수들의 실력은 결코 몽고군에게 뒤지지 않았다.

궁수들의 배치가 막 끝났을 때, 호랑이 가죽을 걸친 한 남자가 100마리의 호랑이를 이끌고 대교장에 도착했다. 바로 백액산군 사백위였다. 100마리의 호랑이는 질서 정연하게 줄을 서 땅바닥에 엎드렸다. 뒤이어 관견자 사중맹이 100마리의 표범을 이끌고 도착했다. 청갑사왕 사숙강은 100마리의 사자를, 대력신 사계강은 100마리의 코끼리를, 팔수선원 사소첩은 100마리의 커다란 원숭이를 이끌고 교장 주위에 정렬했다. 맹수들은 끊임없이 낮은 소리로 울부짖었다. 그러나 질서 정연하게 늘어서서 한 치의 흐트러짐도 없었다.

교장에 모인 사람들은 모두 산전수전을 다 겪은 호걸이었지만 이렇게 많은 맹수를 한꺼번에 본 적은 없는지라 놀라지 않을 수 없었다.

사씨 오 형제는 각자 가죽 부대를 하나씩 들고 곽양에게 다가가 허리를 굽혀 인사했다.

"낭자의 생일을 축하드립니다. 100세까지 장수하시고 모든 소원을 이루시기 바랍니다."

곽양은 급히 일어나 예를 갖추었다.

"감사합니다. 사 삼숙, 몸은 좀 어떠세요? 사 오숙, 가슴의 상처는

다 나았나요?"

사숙강과 사소첩이 동시에 대답했다.

"덕분에 좋아졌습니다."

사백위가 다섯 개의 가죽 부대를 가리키며 말했다.

"이것은 신조협께서 낭자에게 보내는 첫 번째 선물입니다."

곽양이 활짝 웃으며 말했다.

"이런, 저게 뭔데요? 알았다. 여기에는 작은 호랑이가 들어 있고, 저기에는 작은 표범이 들어 있군요. 그렇죠? 정말 재미있겠는데요."

사백위가 고개를 저었다.

"아닙니다. 이 선물은 신조협께서 700여 명의 고수를 데리고 얻어낸 것입니다. 이 선물을 마련하기 위해 애를 많이 쓰셨습니다."

사백위가 손에 들고 있던 가죽 부대를 열어 보였다. 가죽 부대 안을 들여다본 곽양은 깜짝 놀랐다.

"사람의 귀가 아닌가요?"

사백위가 말했다.

"그렇습니다. 다섯 개의 부대 안에 2,000개의 귀가 들어 있습니다. 모두 몽고 군사의 것입니다."

곽양은 무슨 뜻인지 얼른 이해하지 못했다.

"이렇게 많은 사람의 귀를 왜 제게 선물로 보냈죠?"

듣고 있던 곽정과 황용이 자리에서 일어나 사백위에게 다가갔다. 부대 안의 귀를 들여다보고 조금 전 정탐꾼의 말을 생각해보니 어떻게 된 일이지 짐작할 수 있었다.

"사 대형, 당주와 등주의 몽고군을 섬멸시킨 사람이 바로 신조협입니까?"

사씨 형제는 곽정과 황용을 향해 절을 했다. 곽정 부부도 절을 하여 답례했다. 사백위가 말했다.

"신조협께서 오늘이 곽양 낭자의 생일인데 그런 좋은 날에 몽고군이 침범해 낭자를 놀라게 해서는 안 된다고 하시며, 강호의 고수들을 이끌고 선봉대를 전멸시키셨습니다."

곽정이 말했다.

"신조대협은 지금 어디 계십니까? 직접 뵙고 양양의 백성을 대신해 감사 인사를 올리고 싶습니다."

최근 10여 년 동안 곽정은 몽고군에 대항해 성을 지키느라 강호의 일에 관심을 기울일 여유가 없었다. 그동안 양과는 이름을 숨기고 정도도 아니고 사도도 아닌 무리들을 벗 삼아 신조협이라는 별명으로 강호를 누볐다. 곽정이 양과가 바로 신조대협이라는 사실을 모르는 것도 무리는 아니었다.

사백위가 대답했다.

"신조협께서 말씀하시기를 자신은 곽 대협과 곽 부인의 후배이나 따님의 생일 선물을 장만하느라 바빠서 먼저 찾아뵙고 인사드리지 못함을 용서해달라 하셨습니다."

그때 멀리서 누군가가 큰 소리로 외쳤다.

"서산 일굴귀가 신조협의 명을 받들어 곽양 낭자의 생일을 축하드리러 왔습니다."

매우 가늘고 날카로운 목소리가 끊어질 듯 끊어질 듯 들려왔으나 사람들은 모두 똑똑히 알아들을 수 있었다.

곽정은 첫 번째 선물로 너무 큰 것을 받았던지라 급히 일어나 맞이했다.

"찾아주셔서 영광입니다."

두껍고 우렁찬 목소리가 멀리까지 울려 퍼졌다. 곽정은 대교장 입구로 걸어 나갔다. 황용이 곽정과 어깨를 나란히 하고 걸으며 낮은 목소리로 물었다.

"신조협이 누군지 아세요?"

"모르겠는데."

"양과예요."

곽정은 잠시 놀라서 멍해 있다가 이내 활짝 웃음을 지었다.

"대단하군, 대단해! 이렇게 큰 공을 세우다니 우리 송나라의 복이로구나."

"두 번째 선물이 뭘까요?"

"과가 워낙 똑똑하고 영리해서 그 아이의 생각을 알 수 있는 사람은 용이 너밖에 없을 거야."

그러나 황용이 고개를 저었다.

"이번엔 저도 잘 모르겠어요."

'과가 양양을 위해 큰 공을 세웠는데 말로는 계속 양이를 위해서라고 하는군. 우리 부부와 부에 대한 원한이 전혀 풀리지 않은 모양이야.'

잠시 후 장수귀 번일옹이 나머지 팔귀를 이끌고 교장에 도착했다. 이들은 곽정 부부에게 예를 갖춘 후 곽양에게 다가갔다.

"생일을 축하드립니다. 만수무강하시고 홍복洪福을 누리십시오."

"감사합니다."

서산 일굴귀는 각기 손에 나무 상자를 하나씩 들고 있었다. 곽양은 혹시 첫 번째 예물처럼 끔찍한 물건이 들어 있을까 봐 겁이 났다.

"이상한 물건이면 절대 열지 마세요."

대두귀가 웃으며 말했다.

"이번엔 아주 예쁜 물건이랍니다."

번일옹이 상자를 열었다. 안에는 큰 유성 폭죽이 들어 있었다. 번일옹이 바로 폭죽에 불을 붙여 쏘아 올렸다. 하늘로 날아오른 폭죽이 터지면서 화려한 불꽃이 사방으로 흩어지더니 '공恭' 자를 만들었다. 그것을 보고 곽양이 박수를 치며 웃었다.

"와, 신기하다. 너무 예뻐요."

그다음은 조사귀가 상자를 열어 폭죽을 터뜨리자 이번에는 '축祝' 자가 만들어졌다. 서산 일굴귀가 각자 들고 있던 상자를 열어 폭죽을 터뜨리자 '공축곽이고랑다복다수恭祝郭二姑娘多福多壽'라는 글자가 만들어졌다. 열 글자의 색깔이 각각 달라 화려하고 아름답기 그지없었다. 허공을 밝게 수놓은 글자는 한참 후에야 사라졌다. 대교장에 모인 사람들이 일제히 환호성을 내지르며 갈채를 보냈다. 이 폭죽은 한구진漢口鎭에서 매우 유명한 장인인 황일포黃—砲가 만든 것으로 그 기술이 매우 뛰어났다.

곽정은 미소를 지었다.

'여자아이들은 저런 걸 좋아하게 마련이지. 과가 솜씨 좋은 장인을 찾아낸 모양이군.'

열 글자가 막 공중에서 터졌을 때 북쪽 하늘에서 유성이 떠올랐다. 대교장에서 얼마 떨어지지 않은 곳이었다. 뒤이어 좀 더 먼 북쪽에서 또다시 유성이 떠올랐다. 황용은 잠시 생각했다.

'봉화처럼 저 유성도 무언가 신호를 보내려는 것일 거야. 저것으로 순식간에 수백 리 떨어진 곳까지 신호를 보낼 수 있지. 대체 무슨 신호일까? 양과가 보낸 두 번째 선물은 결코 양이에게만 보여주려고 한 것이 아니야.'

황용은 개방의 제자들에게 분부해 술상을 마련하게 하고, 사씨 형제와 서산 일굴귀를 대접했다. 술이 한 순배 돌기도 전에 멀리 북쪽에서 우레와 같은 소리가 들려왔다. 사씨 형제와 서산 일굴귀가 이 소리를 듣더니 일제히 자리에서 일어나 높은 소리로 환호했다.

"성공했구나, 성공했어!"

모두들 의아한 눈초리로 이들을 바라보았다. 대두귀가 머리를 흔들며 북쪽을 가리켰다.

"대단해, 대단해!"

날이 완전히 저문 뒤였는데 북쪽 하늘 끝에서 어슴푸레 붉은빛이 비쳤다.

황용은 깜짝 놀라면서도 얼굴빛이 밝아졌다.

"남양南陽에 불이 났구나."

곽정이 무릎을 치며 외쳤다.

"맞아, 남양이야!"

황용이 번일옹을 바라보았다.

"자세히 좀 말씀해주세요."

번일옹이 대답했다.

"이것이 신조협께서 곽양 낭자께 드리는 두 번째 선물입니다. 몽고

20만 대군의 군량미를 불태운 것이지요."

황용은 이미 어느 정도 짐작은 했지만 번일옹에게서 확실히 듣고 나니 기쁨을 감출 수가 없었다. 황용과 곽정은 서로 마주 보며 활짝 웃었다.

몽고 대군은 양양을 공격하면서 남양을 군량의 집산지로 삼아왔다. 수년 전 몽고군은 남양에 대규모 곡식 창고를 짓고 사방에서 쌀, 보리, 건초 등을 가져왔다. 속담에 "군대가 움직이기 전에 군량이 먼저 움직인다"는 말이 있는데 쌀과 보리는 병사들의 식량으로 쓰는 것이고 건초는 말에게 먹일 사료였다. 그러므로 남양은 군대의 명맥을 쥐고 있는 곳이라 해도 과언이 아니었다. 게다가 몽고군은 기마병이 위주였기 때문에 날마다 대량의 사료가 필요했다.

곽정은 이미 여러 차례 군사를 보내 남양을 치려 했으나 몽고군이 워낙 철저히 방비했기 때문에 성공하지 못했다. 그런데 뜻밖에 양과가 단 한순간에 남양을 불살라버린 것이었다. 곽정은 북쪽의 불길이 점차 거세지는 것을 보고 걱정이 되어 번일옹에게 물었다.

"남양을 공격한 사람들은 어찌 되었는지요? 우리가 가서 도와줘야 하는 게 아닐까요?"

번일옹은 역시 곽정이 대단한 인물이라는 생각이 들었다.

'결과보다 병사들의 안위를 먼저 생각하다니 역시 인의를 중시하는 사람이구나.'

"염려해주셔서 감사합니다. 신조협께서 미리 잘 계획해두셨기 때문에 별일 없을 겁니다. 남양성을 불 지른 것은 성인사태, 인주자, 장일맹, 백초선 등 고수들입니다. 모두 300여 명이 갔습니다. 몽고의 무사들은 그들의 적수가 되지 못합니다."

곽정은 무언가를 깨달은 듯 고개를 끄덕이며 황용을 바라보았다.

"역시 그랬구나. 과가 여러 고수를 모은 것은 이런 큰 공을 세우기 위함이었어. 많은 고수가 함께했기에 이런 일이 가능했지 혼자 힘으로 어찌 2,000명의 몽고군을 전멸시킬 수 있었겠어?"

번일옹이 다시 말했다.

"우리가 알아본 바로는 몽고군은 화포로 양양을 공격하려 했습니다. 남양성의 지하 땅굴에는 수십만 근의 화약이 보관되어 있더군요. 우리의 축포와 유성이 터지면 남양성에 잠입해 있던 고수들이 동시에 움직여 먼저 화약에 불을 붙인 다음 식량을 불사르기로 했습니다. 이제 몽고군은 식량이 부족해 모두 굶어 죽게 될 것입니다."

곽정과 황용은 기쁜 얼굴로 서로를 마주 보았다. 두 사람은 젊었을 때 테무친을 따라 서정에 나선 적이 있기 때문에 몽고군의 화포 공격이 얼마나 대단한지 잘 알고 있었다. 그러나 화약과 철포를 구하기가 쉽지 않아 그동안 몽고군은 여러 차례 양양을 공격하면서도 화포를 사용하지 않았다. 그런데 이번에는 몽가 황제가 친히 남정에 나섰기 때문에 가장 위력 있는 무기를 사용할 계획이었다. 만약 양과가 화약을 없애버리지 않았다면 양양성의 군민은 큰 재난을 면치 못했을 것이다. 두 사람은 다시 생각에 잠겼다.

'2,000명의 선발대를 전멸시킨 것도 적의 사기를 크게 꺾을 수 있는 대단한 공이지만, 몽고군이 여러 해 동안 모은 식량과 화약을 불태운 효과는 그것과 비교할 수도 없는 공이다. 군량 공급이 제대로 되지 못하면 몽고군은 군사를 물려야 할지도 모른다. 이건 정말 대단한 공이야!'

곽정 부부는 사씨 형제와 서산 일굴귀를 향해 연신 감사의 뜻을 표했다.

"저희는 그저 신조협께서 시키는 대로 한 것일 뿐입니다. 저희에게 감사하실 필요는 없습니다."

멀리서 화약 터지는 소리가 계속해서 들려왔다. 잠시 후 소리가 조금 강하게 들리는가 싶더니 땅이 흔들리는 것 같은 큰 충격이 느껴졌다. 번일옹이 웃으며 말했다.

"가장 큰 화약고가 폭발한 모양입니다."

교장에 있던 사람들은 모두 환호성을 지르며 서로 축배를 들었다. 모두들 입을 모아 신조협의 공로를 칭찬했다.

곽부는 남편이 여러 영웅호걸 앞에서 고수들을 물리치고 개방의 방주 자리를 차지할 것이라 생각해 기쁨을 감추지 못했는데, 갑자기 이런 일이 생기니 기분이 좋지 않았다. 비록 몽고군의 선봉대가 전멸하고 화약고와 곡식 창고가 불탄 것은 더없이 기쁜 일이었지만, 한편으론 서운하고 불편한 마음을 어찌할 길이 없었다. 폭죽으로 허공에 쓴 글씨 때문에 사람들은 모두 이것이 다 동생 덕이라고 생각했다. 게다가 사씨 형제와 서산 일굴귀가 이 모든 일이 동생을 위한 선물이라고 하니 상대적으로 자신은 더욱 초라해지는 기분이 들었다. 곽부는 화가 나서 견딜 수가 없었다.

'내가 자기 팔을 잘랐다고 일부러 내 체면을 깎으려는 속셈이군.'

양 장로는 야율제, 곽부와 함께 앉아 있었다. 그는 모든 사람이 기뻐하고 즐거워하는데 유독 곽부만이 어두운 표정을 짓고 있자 그 이유를 짐작했다.

"어이쿠, 제가 늙어서 깜박했군요. 몽고군이 당했다는 소식에 기쁜 나머지 그만 오늘의 중요한 행사를 잊고 있었습니다."

양 장로는 단 위로 올라가 큰 소리로 말했다.

"여러분, 몽고군이 두 차례나 크게 당했다니 이는 분명 기쁜 소식입니다. 그러나 우리에게는 또 한 가지 기쁜 일이 있습니다. 바로 야율 대형이 여러 고수를 물리치고 우리 개방의 방주 자리를 차지하신 일입니다. 혹시 이의가 있으면 지금 말씀해주십시오."

양 장로가 세 차례 물었으나 아무도 이의를 제기하지 않았다.

"그렇다면 야율 대형, 단 위로 올라와주십시오."

야율제는 단 위로 올라가서 사방을 향해 포권의 예를 갖추었다. 막 몇 마디 인사말을 하려는 순간 갑자기 누군가가 큰 소리로 외쳤다. 목소리의 주인공은 개방의 제자인 것 같았다.

"잠깐, 제가 감히 여쭙고 싶은 말이 있습니다."

야율제가 대답했다.

"얼마든지 물어보십시오."

개방의 제자들 중 한 사람이 자리에서 일어났다.

"야율 대형의 부친께서는 몽고에서 재상을 역임하신 바 있고, 대형의 형님께서도 몽고의 고관이셨습니다. 몽고는 우리 개방의 적인데 어찌 야율 대형이 우리 개방의 방주가 될 수 있단 말입니까?"

야율제가 다소 흥분한 목소리로 말했다.

"선친께서는 몽고 황후에 의해 독살되셨습니다. 형님 역시 몽고인에 의해 억울하게 죽음을 당하셨습니다. 그 후 저는 어머니와 누이를 데리고 남조로 도망쳐 난민이 되었습니다. 몽고의 폭군은 저의 불공대

천지 원수입니다."

"말씀은 그렇게 하십니다만 부친의 사인도 매우 애매하고, 독살되셨다는 것도 그저 소문에 불과할 뿐 확증은 없지 않습니까? 대형의 형님께서는 법을 어기고 벌을 받으신 것이니 당연한 결과라 할 수 있지요. 그러나 우리 개방은……."

곽부는 남편이 공격당하는 모습을 보고 더 이상 참을 수가 없어 큰소리로 말했다.

"댁은 뉘시오? 어디서 감히 함부로 지껄이는 거요? 자신 있으면 단위로 올라와서 이야기하시오."

거지는 고개를 쳐들고 큰 소리로 웃어젖혔다.

"좋소, 좋아. 남편이 방주가 되기도 전에 방주 부인의 위세가 대단하군요."

거지는 몸이 잠깐 휘청거리는가 싶더니 금세 단 위에 올라섰다. 그모습만 봐도 경공술이 얼마나 뛰어난지 알 수 있었다. 모두들 그의 경공 실력에 깜짝 놀라는 눈치였다. 수천의 눈길이 모두 그 거지에게 쏠렸다.

'대단한 무공이군. 대체 누구지?'

거지는 때가 꾀죄죄하게 묻은 낡고 헐렁한 옷을 입고 손에 술잔 굵기의 철장을 들고 있었다. 헝클어진 머리에 누렇게 뜬 얼굴에는 크고작은 상처 자국이 나 있어 굉장히 험악해 보였다. 등에 다섯 개의 마대를 메고 있는 것으로 보아 개방의 제5대 제자인 듯했다. 개방에는 용모가 준수한 사람이 적지 않았다. 그런데 이자는 외모가 매우 기괴했다. 개방의 제자들은 당연히 그를 알고 있었다.

그의 이름은 하사아何師我로 평소 매우 과묵하고 자기주장을 내세우지 않는 사람이었다. 여러 해 동안 묵묵히 개방을 위해 일해온 공으로 점차 지위가 상승해 제5대 제자가 되었다. 그러나 무예나 재주가 평범해 아무도 그를 중시하지 않았고, 제5대 제자까지 오른 것이 그의 한계라고 여겼다. 그런데 그 평범하던 하사아가 감히 야율제에게 도전할 뿐만 아니라 뛰어난 무공 실력을 지니고 있다니 개방의 제자들은 모두 깜짝 놀라고 말았다.

'하사아가 언제 저런 무공을 배웠을까?'

하사아는 비록 평범한 사람이기는 했으나 외모가 워낙 기괴해 한번이라도 그를 만난 적이 있는 사람이라면 절대로 잊을 수가 없었다. 그 때문에 야율제 또한 그를 잘 알고 있었다.

"하 형께서 무슨 가르침을 주시려는지요?"

하사아가 냉소를 지었다.

"제 주제에 감히 가르침이라니요. 다만 두 가지 일을 여쭤볼까 합니다."

"어떤 것입니까?"

"첫 번째, 우리 개방은 전·후임 방주를 교체할 때 타구봉을 증표로 삼습니다. 오늘 야율 대형께서 새로 방주에 오르실 모양인데, 우리 개방의 보물인 타구봉이 어디에 있는지 아시는지요?"

하사아의 말에 개방의 제자들은 찬물을 끼얹은 듯 조용해졌다.

'정말 예리한 질문이군.'

야율제가 침착하게 대답했다.

"노 방주께서 간사한 적의 손에 목숨을 잃었고, 그때 타구봉도 적에게 빼앗겼습니다. 이는 우리 개방의 수치라 할 수 있지요. 무릇 개방의 제자들이라면 책임을 지고 반드시 타구봉을 되찾기 위해 최선을 다해야 할 것입니다."

"두 번째 질문은 노 방주의 복수를 할 의사가 있는지에 관한 것입니다."

"노 방주는 곽도에게 살해되었습니다. 이는 우리 모두가 잘 알고 있고, 모든 무림 사람이 이 일로 분개하고 있습니다. 여러 날 동안 곽도의 행방을 뒤쫓고 있으나 아직 찾지 못했습니다. 그러나 이 세상 끝까지 모두 뒤지는 한이 있더라도 꼭 그자를 찾아내어 노 방주를 위해, 우리 개방을 위해 복수할 것입니다."

하사아가 코웃음을 쳤다.

"그렇다면 방주 선정이 너무 성급한 이유를 말하겠습니다. 그 첫째가 타구봉을 되찾지 못했고, 둘째는 노 방주를 살해한 자를 아직 죽이지 못했기 때문입니다. 우리 개방의 가장 중요한 두 가지 일을 해결하지도 못했으면서 방주가 될 생각만 하니 너무 서두르는 것은 아닌가요?"

정곡을 찌르는 하사아의 말에 야율제는 뭐라 대답할 말이 없었다.

양 장로가 나서서 상황을 수습하려 했다.

"하사아의 말에도 일리가 있습니다. 그러나 10만이 넘는 개방 제자의 힘을 하나로 모으기 위해서는 지도자가 필요합니다. 타구봉을 되찾고 복수하는 것은 말처럼 그렇게 쉬운 일이 아닙니다. 즉 시간이 필요한 일이지요. 그리고 누군가 그 두 가지 일을 주도할 사람이 필요합니다. 우리가 서둘러 방주를 세우려는 이유도 바로 그 때문이 아닙니까?"

하사아가 고개를 저었다.

"양 장로의 말씀은 크게 잘못되었습니다."

양 장로는 개방의 4대 장로 중 수석 장로였다. 방주가 죽은 후 모든 일을 그가 도맡아 처리하고 있는데 겨우 제5대 제자가 공개적으로 말대꾸를 하니 참으로 어처구니가 없었다. 양 장로는 버럭 화를 냈다.

"뭐가 틀렸단 말이냐?"

"타구봉을 빼앗는 사람, 즉 곽도를 죽여 노 방주의 원수를 갚는 사람을 우리 개방의 방주로 추대해야 한다고 생각합니다. 만약 곽도가 갑자기 여기 나타난다고 칩시다. 무공이 가장 강한 사람을 방주로 삼을라치면 곽도의 무공이 야율 대형보다 뛰어날 터인데, 그렇다면 곽도를 방주로 삼아야 한단 말씀이십니까?"

개방의 제자들은 서로 얼굴을 마주 보았다. 하사아의 말에 일리가 있었다.

곽부가 단 밑에서 소리를 질렀다.

"쓸데없는 소리! 곽도의 무공이 어찌 야율 오빠보다 강하단 말이에요?"

하사아가 냉소를 지었다.

"야율 대형의 무공이 강하기는 하나 그렇다고 천하무적이라는 뜻은 아니겠지요? 내 비록 개방의 제5대 제자에 불과하지만 제 무공도 야율 대형보다 못하지는 않습니다."

곽부는 그러지 않아도 그의 무례한 태도 때문에 화가 났다.

"저 무례한 놈에게 한 수 가르쳐주세요."

하사아가 냉랭한 말투로 말했다.

"개방의 사무는 방주와 4대 장로만이 결정할 수 있습니다. 방주 부인은 그런 권한이 없지요. 하물며 야율 대형께서 아직 방주가 되신 것도 아닌데 부인께서는 무슨 권한으로 개방의 제자를 함부로 대하시는 겁니까?"

곽부는 무안한 나머지 얼굴이 붉게 달아올랐다.

"이, 이런, 무, 무례한……."

하사아는 더 이상 곽부를 상대하지 않고 양 장로를 향해 고개를 돌렸다.

"양 장로, 만약 야율 대형을 이기면 제가 방주가 되겠군요. 그렇죠? 누군가 타구봉을 되찾고 복수를 할 때까지 기다렸다가 그를 방주로 추대하는 것이 어떻겠습니까?"

양 장로는 갈수록 분수를 모르는 그의 말에 화가 치밀었다.

"누구든지 무공과 실력이 다른 사람보다 뛰어나지 못하면 개방의 방주가 될 수 없소이다. 물론 타구봉을 되찾지 못하고, 노 방주의 원수를 갚지 못하면 개방의 방주 자격이 없는 셈이오. 야율 대형이 우리 개방의 방주가 되시면 이 두 가지 일을 해결할 것입니다. 그러나 만약 야율 대형이 하 사제를 이기지 못하면 어찌 우리 개방의 방주가 될 수 있겠습니까?"

"양 장로의 말씀이 맞습니다. 그렇다면 제가 감히 야율 대형께 한 수 배운 후 가서 타구봉을 되찾고 노 방주의 원수를 갚아야겠군요."

하사아의 말은 야율제를 이길 자신이 있다는 뜻이었다.

야율제는 원래 차분하고 신중한 사람이었다. 그러나 이런 말을 듣고도 가만히 있을 사람은 아니었다.

"제가 비록 재주가 미천해 방주 자격을 갖추지 못한 것은 사실이나 하 형께서 한 수 가르쳐주시겠다니 거절할 수는 없지요."

"좋습니다."

하사아는 철장을 단에 꽂아두고 야율제를 향해 획, 하고 장을 휘둘렀다. 비록 장력이 매우 강한 것은 아니었으나 그 장력이 미치는 범위가 일 장이 넘었다. 미처 피하지 못한 양 장로는 그의 장력에 뺨을 얻어맞았다. 얼굴이 얼얼해진 양 장로는 급히 단의 가장자리로 물러섰다.

야율제는 왼손으로 하사아의 장력을 막은 후 오른손 주먹으로 72로 공명권 중 한 초식인 심장약허深藏若虛 초식을 구사했다. 그러자 본격적인 싸움이 시작되었다.

이미 시간은 술시戌時에 가까워져 달과 별이 점차 빛을 잃어가고 있었다. 그러나 단 주변에는 여러 개의 횃불이 타고 있었기 때문에 단 위에서 싸우는 두 사람의 모습을 모두 똑똑히 볼 수 있었다.

황용은 두 사람의 모습을 주의 깊게 살폈다. 야율제가 결코 우세한 것 같지 않았다. 아무리 자세히 살펴보아도 하사아의 무공이 어느 문파에 속한 것인지 알아낼 수 없었다. 초식이 매우 난잡할 뿐 별다른 특징은 없어 보였다. 그러나 공력이 매우 깊은 듯했고, 적어도 40년 이상 꾸준히 무공을 연마한 것 같았다.

'최근 10여 년 동안 가끔 하사아가 무공을 쌓았다는 말을 듣기는 했으나 그의 무공에 대한 자세한 내용을 들어본 적은 없었다. 그의 실력으로 보아 최근 들어 갑자기 무공이 향상된 건 아닌 것 같다. 그럼 지금까지 드러내지 않고 몸을 사리고 있었던 이유가 바로 오늘을 위해서였단 말인가?'

야율제는 오늘 여러 사람을 상대로 싸웠지만 남천화를 제외하고는 모두 별 볼일 없는 상대들이었기에 그다지 체력 소모가 크지 않았다. 그러나 하사아는 만만한 상대가 아니었다. 몸놀림이 가볍고 일정치 않아 공격을 예측하기가 쉽지 않았다. 야율제는 권법을 사용하다가 순식간에 장법으로 바꾸어가며 공격했다. 주백통의 쌍수호박술은 아무나 배울 수 있는 것이 아니었다. 야율제가 비록 주백통의 제자이기는 하나 쌍수호박술을 제대로 배우지는 못했다. 그러나 전진교 현문 정종은 제대로 배워 이미 상당한 수준에 이르러 있었다. 야율제가 장을 휘두를 때마다 단 주변에 세워둔 횃불의 불꽃이 바깥쪽을 향해 펄럭였다. 그것 하나만 봐도 장력이 얼마나 강한지 짐작할 만했다. 불빛 아래 두 사람이 권과 장을 주고받으며 움직이는 모습이 매우 화려하고 멋있어 보였다.

황용이 곽정에게 물었다.

"어느 문파의 무술인 것 같아요?"

"무공의 내력을 감추려 하는 것 같아. 80초식 정도를 더 겨루고 나면 야율제가 우세를 차지할 수 있겠군. 그때가 되면 저자도 자기 문파의 무공을 쓰지 않을 수 없을 거야."

두 사람의 신법이 갈수록 빨라졌고 순식간에 네댓 초식을 주고받았다. 얼마 지나지 않아 80초식을 겨루고 나니, 과연 곽정의 말대로 야율제의 장풍이 상대방을 압도했다.

곽정과 황용은 하사아의 무공을 주의 깊게 살폈다. 만약 이런 불리한 상황에서도 자신의 원래 무공을 사용하지 않고 잡다한 초식으로 상대하면 이기지 못할 게 뻔했다. 야율제도 그 점을 꿰뚫어보고 장력에 힘을 더했다. 그러나 결코 서두르거나 맹목적으로 공격하지 않고, 신중하고 차분하게 움직였다.

이제 하사아는 초식을 바꾸지 않으면 안 되는 상황이 되었다. 그때 하사아가 갑자기 양손의 소매를 한 번 휘둘렀다가 다시 당겼다. 그러자 강풍이 일고 횃불의 불꽃이 크게 흔들리더니 곧 꺼져버렸다. 눈앞이 캄캄해지자 사람들은 아무것도 볼 수 없었다. 다만 어둠 속에서 야율제와 하사아의 고함 소리로만 싸움을 파악할 뿐이었다. 둘 중 누군가가 단에서 밀려나는 소리가 들리더니 잠시 후 단 위에서 하사아의 웃음소리가 들려왔다. 모두들 깜짝 놀라 아무 말도 하지 못했다. 하사아의 의기양양한 웃음소리만이 침묵을 뚫고 울려 퍼지고 있었다.

"횃불을 밝혀라!"

양 장로가 소리치자 10여 명의 제자가 횃불에 불을 붙였다. 단 밑에 서 있는 야율제의 얼굴에서 피가 흐르고 있었다. 하사아가 왼손을 내밀며 비웃었다.

"좋은 철갑이로군. 좋은 철갑이야."

하사아의 왼손에서도 피가 뚝뚝 떨어졌다. 남편이 다칠까 봐 걱정한 곽부가 미리 남편에게 연위갑을 입혔고, 그 때문에 야율제를 공격한 하사아가 연위갑의 가시에 찔려 손을 다치고 말았던 것이다. 그러나 야율제가 어떻게 얼굴에 부상을 입었고, 어떻게 단 위에서 밀려났는지는 어둠 속에서 이루어진 일이라 알 길이 없었다.

하사아가 조금 전 소매를 휘두른 것은 대풍수大風袖라는 초식이었다. 그가 이 대풍수 초식으로 단 주변의 횃불을 모두 꺼버리자 당황한 야율제는 급히 장을 뻗어 몸을 지키려 했다. 그런데 갑자기 손가락 끝에

찬 기운이 느껴졌다. 무슨 철기鐵器 같은 것이 몸에 닿은 듯했다. 야율 제는 하사아가 오랜 싸움 끝에 점차 수세에 몰리자 어둠 속에서 무기를 사용해 간계奸計를 쓰려는 것임을 알았다.

야율제는 비록 손에 무기를 들고 있지는 않지만 상대방이 무기를 쓴다고 해도 전혀 두렵지 않았다. 야율제는 대금나수를 사용해 상대방의 무기를 빼앗아 모든 사람이 보는 앞에서 그의 야비한 술수를 폭로하려 했다. 그는 교수팔타巧手八打 초식으로 손을 뻗어 하사아에게서 약이 척 정도 떨어진 곳에서 오른손 손목을 뒤집으며 상대방의 무기를 손에 잡았다. 또한 동시에 좌장을 뻗어 상대방의 얼굴을 공격했다. 하사아는 무기를 놓지 않으면 안 되는 상황이 되었다. 그러자 과연 그는 옆으로 비켜서며 손을 놓았고, 야율제는 그의 무기를 빼앗았다.

바로 그때 왼쪽 뺨이 무언가에 찔리는 듯한 느낌이 들더니 픽, 소리와 함께 가슴에 일장을 맞고 말았다. 야율제는 그만 중심을 잡지 못하고 단 밑으로 밀려났다. 알고 보니 상대방이 가지고 있던 무기는 매우 특이한 것이었다. 그것은 양쪽으로 분리할 수 있는 특수 장치가 되어 있었다. 야율제는 무기를 빼앗았다고 생각했지만 그가 빼앗은 것은 무기의 윗부분뿐이었다.

하사아는 손에 쥔 무기의 아랫부분으로 야율제의 얼굴을 찔렀고, 야율제의 상처는 매우 깊어서 뼈가 다 보일 지경이었다. 그러나 요혈을 다친 것은 아니었다. 뒤이어 하사아는 야율제의 가슴에 일장을 가했으나 연위갑 때문에 도리어 손을 다쳤다.

곽부는 남편이 단 밑으로 밀려난 것을 보고 급히 다가가 부축했다. 양 장로 등은 하사아가 어둠 속에서 무언가 간계를 부렸다는 것을 짐작했지만 이를 증명할 도리가 없었다. 게다가 두 사람이 동시에 피를 흘리니 어느 한쪽이 '승부만 가리기로 한 약속'을 어겼다고 할 수도 없었다. 두 사람 모두 부상을 당했는데 야율제가 단 밑으로 밀려났으니 야율제가 패했다고 볼 수밖에 없었다.

그러나 곽부는 결과에 승복할 수 없었다.

"저 사람이 간계를 썼어요. 야율 오빠, 어서 올라가서 마저 승부를 가리세요."

야율제가 고개를 저었다.

"지혜로 이긴 것도 이긴 것이오. 설사 다시 겨룬다 해도 반드시 내가 이기리라는 보장도 없소."

황용은 손짓으로 야율제를 불러 그가 빼앗은 무기를 자세히 살폈다. 그것은 5촌 길이의 강조鋼條였는데, 무림인 중 누가 이런 무기를 쓰는지 얼른 생각이 나지 않았다.

하사아가 누렇게 뜬 얼굴을 쳐들고 말했다.

"제가 비록 야율 대형을 이기기는 했으나 감히 이대로 개방의 방주가 되고 싶은 생각은 없습니다. 타구봉을 되찾고 곽도를 죽인 후, 그때가서 다시 평가받도록 하겠습니다."

매우 공정한 말이었다. 비록 애매한 방법으로 이기기는 했으나 무공이 강한 것만은 사실이었다. 그런 데다 당장 방주 자리를 탐내지 않고 제대로 공을 세운 후 다시 평가를 받겠다고 하니 어떤 이들은 갈채를 보내기도 했다. 하사아는 단의 계단 입구에 서서 좌중을 향해 예를 갖추었다.

"또 가르침을 주실 분이 있으시면 얼마든지 올라오시지요."

하사아의 말이 끝나기도 전에 갑자기 사백위가 큰 소리를 질렀다. 그 소리를 듣고 대교장 주변을 에워싸고 있던 500마리의 맹수가 일제히 일어나 포효했다. 호랑이 한 마리가 큰 소리로 울부짖어도 그 소리가 무섭고 공포스러울 지경인데, 500마리가 한꺼번에 울부짖으니 더 말할 필요도 없었다. 그야말로 산이 무너지는 듯한 소리였다. 그 바람에 대교장의 모래가 허공으로 날아올라 사방이 먼지로 자욱해졌다. 앞에 놓인 술잔과 접시들이 쟁쟁, 소리를 내며 서로 맞부딪쳤다. 어느새 서산 일굴귀와 사씨 형제가 동시에 단 주변을 둘러싸며 무기를 빼 들고 섰다.

그때 돌연 대교장 입구가 밝아져서 사람들이 깜짝 놀라 고개를 돌려보니 여덟 명이 횃불을 들고 이쪽으로 다가오고 있었다.

"신조협의 명을 받들어 곽양 낭자의 생일을 축하하기 위해 세 번째 선물을 가져왔습니다."

말을 마친 여덟 사람은 마치 미끄러지듯 대교장 안으로 걸어 들어와 곽양 앞으로 다가갔다. 대단한 경공술이었다. 가운데 서 있는 네 사람이 큰 마대의 네 모서리를 각각 들고 있었다. 세 번째 선물이 그 마대 안에 들어 있는 모양이었다.

여덟 사람은 곽양을 향해 예를 갖추고 각자의 이름을 말했다. 모두가 그들의 이름을 듣고 깜짝 놀랐다. 늙은 승려는 오대산五臺山 불광사佛光寺의 방장 담화曇華대사였다. 담화대사는 소림사의 방장 천명선사天鳴禪師와 이름을 나란히 하는 스님이었다. 나머지 조노작, 농아두타, 곤륜파崑崙派 장문 청령자靑靈子 등 역시 모두 무림에서 오랫동안 명성을 떨쳐온 선배들이었다.

그러나 곽양은 이들이 얼마나 유명한 사람인지 모르는지라 그저 천진한 얼굴로 일어나 답례하며 활짝 웃을 뿐이었다.

"오시느라 수고 많으셨습니다. 그건 또 뭔가요?"

마대를 들고 있던 네 사람이 동시에 팔을 당기니 찌직, 소리와 함께 마대가 네 조각으로 찢어졌다. 마대 안에서 대머리 중이 굴러떨어졌다.

삼대에 걸친 은원

한 명은 백발에 청포를 입고, 한 사람은 남색 도포를 입었는데 한쪽 소매가 바람에 흩날렸다. 바로 황약사와 양과였다. 두 사람은 저 높은 깃대에서 나는 듯 뛰어내렸다. 그리고 서로 거리가 가까워지자 황약사가 오른손을 내밀어 양과의 왼손을 잡았다.

중은 마대에서 굴러떨어지자마자 어깨를 바닥에 퉁기며 몸을 일으켰다. 그 몸놀림이 민첩하기 그지없었다. 화가 나 씨근덕거리며 연신 뭐라 큰 소리로 떠들어대는데 아무도 알아듣는 이가 없었다.

곽정과 황용은 그가 금륜국사의 제자 달이파라는 것을 알아보았다. 그러나 그가 어쩌다 담화대사, 조노작 등에게 붙잡혀 마대에 들어갔는지는 알 수가 없었다.

곽양은 자루에 뭐가 들어 있는지 자못 흥미진진하게 기대하고 있었는데 난데없이 험상궂은 몽고 중이 튀어나오니 적잖이 실망했다.

"큰오빠가 보내주신 이 중은 별로 마음에 들지 않아요. 그런데 오빠는 왜 안 오시는 거죠?"

세 번째 선물을 가지고 온 여덟 명 중 청령자는 서하西夏에서 오래 살아 몽고말을 할 줄 알았다. 그가 달이파의 귓가에 대고 몇 마디를 속삭이자 달이파의 얼굴빛이 크게 바뀌었다. 그는 깜짝 놀란 듯 눈이 커지더니 단 위에 서 있는 하사아를 쳐다보았다. 청령자는 또 몽고말로 무어라 속삭이며 등에 지고 있던 황금저를 달이파에게 건네주었다. 그것은 원래 달이파의 무기로 그가 8대 고수의 협공을 받아 붙잡힐 때 이 무기도 빼앗겼다.

달이파는 황금저를 받아 들더니 괴성을 지르며 단상으로 뛰어올랐다.

청령자는 곽양을 향해 웃어 보였다.

"곽 낭자, 이 중이 재미있는 걸 보여줄 겁니다. 신조협께서 그렇게 하도록 하셨으니까요."

곽양은 그제야 손뼉을 치며 표정이 밝아졌다.

"그런 거였군요. 큰오빠가 이렇게 신경을 써주셨는데 시시할 리가 없죠."

달이파가 하사아에게 고함을 치며 말을 걸자 하사아가 소리쳤다.

"뭐라는 거냐. 하나도 못 알아듣겠다!"

달이파는 앞으로 한 걸음 다가서며 괴성과 함께 금강저를 휘둘러 하사아의 머리를 내리쳤다. 하사아는 얼른 옆으로 몸을 피했다. 달이파의 금강저가 춤을 추듯 움직이며 하사아를 계속 압박해갔다. 육중한 무기의 잇따른 공격 앞에 빈손의 하사아는 어찌할 도리 없이 뒤로 밀리기만 했다. 개방 사람들은 몽고 중의 무공이 대단한 것을 보고 적개심이 불타오르는 듯 일제히 고함을 지르며 자리에서 일어났다. 그러나 달이파는 아랑곳하지 않고 힘차게 금강저를 휘둘렀다. 윙윙, 바람 소리가 위력적으로 들렸다.

양 장로가 소리 질렀다.

"몽고의 중은 공격을 멈추시오. 그분은 장차 우리 개방의 방주가 될 사람이오!"

그러나 곽정과 황용은 달이파의 몽고말을 듣고 내막을 어느 정도 파악할 수가 있었다. 그래서 양 장로에게 군이 막지 말라 일렀다.

하지만 개방 제자 예닐곱은 이미 더 참지 못하고 단상 주위로 모여들어 여차하면 뛰어올라가 도울 준비를 하고 있었다. 그러나 청령자 등 8대 고수, 사씨 오 형제, 서산 일굴귀 등이 단 주위를 둘러싼 채 가로막고 있어 개방 제자들의 수가 많기는 했지만 더 접근하지는 못했다. 이들이 혼란스러워하는 사이, 청령자가 몸을 날려 단상으로 뛰어오르더니 하사아가 단 옆에 둔 철봉을 뽑아 들었다. 하사아는 깜짝 놀라 철봉을 다시 빼앗으려 달려들었으나 이번에는 달이파의 금강저가 앞을 가로막아 더 나아갈 수가 없었다.

"영웅 여러분, 이게 뭔지 한번 보십시오!"

청령자는 철봉을 치켜들고 고함을 쳤다. 그가 오른손을 휘둘러 철봉 허리를 내리치자 뜻밖에 철봉이 두 동강 났다. 청령자가 이번에는 부러진 양쪽을 당기자 푸른 죽봉이 나타났다. 개방 제자들은 순간 숨이 멎는 듯했다.

"방주의 타구봉이다!"

사씨 형제, 서산 일굴귀에게 덤벼들려던 개방 제자들이 분분히 뒤로 물러섰다. 모두들 의아한 표정으로 수군거리기 시작했다.

"타구봉이 어찌 저 철봉 안에 있는 거지? 어쩌다 하사아 손에 들어간 거야? 그는 또 왜 그걸 숨겨두고도 말을 하지 않았을까?"

사람들은 청령자가 이 의문에 대해 설명해주기만을 기다렸다. 하지만 청령자는 더 이상 아무런 말도 없이 단에서 내려왔다. 그리고 나서 두 손으로 공손하게 타구봉을 받쳐 들고 곽양에게 건네주었다.

"고마워요."

곽양은 타구봉을 조심스레 받아 들었다. 타구봉을 보니 노유각의 목소리며 모습이 떠올라 눈물이 솟구쳤다. 곽양은 울상이 되어 타구봉을 들여다보다가 어머니에게 드렸다.

한편 달이파의 금강저는 이미 더욱 거세게 하사아를 몰아붙이고 있었다. 하사아는 그저 신법에만 의지해 이리저리 몸을 날리며 겨우 위기를 모면했다. 개방 제자들은 타구봉을 본 후 청령자 등이 달이파를 붙잡아 하사아를 상대하게 하는 과정에서 뭔가 사연이 있을 것이라 짐작했다. 그래서 아무도 단상으로 올라갈 생각을 하지 않았다. 달이파가 금강저를 휘두르자 하사아가 몸을 솟구쳐 피했다. 달이파는 이번에는 금강저를 위로 치켜들었고 하사아는 공중으로 뛰어올랐다. 아무래도 이번 공격은 피할 재간이 없을 듯했다.

그때 날카로운 금속성 소리와 함께 무기가 서로 부딪치며 불꽃이 튀었다. 하사아는 이 틈을 타고 뒤로 물러섰는데, 그의 손에 작은 무기가 들려 있었다. 달이파는 잔뜩 화가 난 얼굴로 소리를 지르며 금강저를 더욱 거칠게 휘둘러댔다. 하사아는 무기를 손에 얻자 순식간에 전세를 역전시켰다. 비록 작은 무기였지만 초식이 더할 나위 없이 정교해 달이파와 백중세를 이루었다.

주자류는 잠시 두 사람을 바라보다가 뭔가 생각난 듯 황용을 찾았다.

"곽 부인, 저자가 누군지 알았소. 하지만 아직 한 가지가 분명치 않군요."

황용은 가만히 미소를 짓더니 설명해주었다.

"풀과 꿀, 밀가루와 석고를 가지고 바른 거예요."

곽부와 곽양 자매는 모두 황용 옆에 서 있었다. 그래서 자매도 두 사람의 대화를 듣기는 했지만 아무래도 무슨 말인지 알 수가 없었다. 곽부가 물었다.

"주 백부, 누가 누구라는 거예요?"

"저기 단상에 있는 자 말이다."

"뭐라고요? 저자는 하사아가 아닌가요? 그가 아니라면 누구란 말씀이세요?"

"자세히 한번 보거라. 그가 어떤 무기를 사용하는지."

주자류의 말에 곽부는 깜짝 놀랄 수밖에 없었다. 곽부는 잠시 자세히 살펴보았다.

"길이가 일 척 정도밖에 되지 않네요. 아미자娥眉刺도 아니고, 판관필判官筆도 아니고, 점혈을 하려는 것도 아니에요."

이번에는 황용이 곽부에게 암시를 던져주었다.

"잘 생각해보거라. 그는 왜 계속 무기를 쓰지 않고 위급한 상황이 되어도 이리저리 피하기만 했을까? 그리고 목숨이 위험해지고 나서야 무기를 빼 든 것이 아니냐. 또 왜 야율제보다 무공이 뛰어나면서도 그 전에 기선을 빼앗기려 했을까?"

곽부는 미간을 찌푸리고 곰곰이 생각해보았다.

"그가 교활해서 그런 거지, 뭐 다른 이유가 있겠어요?"

"아마 여기 있는 사람들이 그의 신법을 알아챌까 봐 그랬을 거예요. 자신의 진짜 모습을 보여주지 않으려고요."

곽양이 대답하자 주자류가 감탄한 듯 칭찬했다.

"허어, 둘째 낭자가 아주 총명하구나."

곽부는 주자류가 제 동생을 칭찬하자 새침해졌다.

"무슨 진짜 모습을 보여주지 않는다는 거야? 분명 단상에 올라가 있는 사람인데, 누가 봐도 알 거 아니에요!"

곽양은 아까 어머니가 한 말이 생각났다.

"아, 저 사람 얼굴에 있는 울퉁불퉁한 상처는 풀과 밀가루로 만들어 붙인 거야. 나는 너무 무서워서 한 번 보고 나서는 다시는 보고 싶지 않았어."

황용이 말했다.

"무섭게 변장을 할수록 허점을 들키지 않는 거란다. 사람들이 모두 끔찍해서 자세히 보려 하지 않거든. 그러면 오랫동안 쓰고 있으면서 모양이 변해도 다른 사람들은 잘 모르지. 아! 이렇게 오랫동안 속일 수 있었다니 정말 대단한 일이야."

황용의 말에 주자류도 맞장구를 쳤다.

"가면은 바꿀 수 있어도 무공과 신법은 감출 수 없지요. 수십 년을 갈고닦은 무공인데 그게 변할 리 있겠소?"

곽부는 여전히 빈정거렸다.

"모두들 하사아가 가짜라고 하시는데, 그럼 도대체 저 사람이 누구란 말이죠? 양이 네가 그렇게 똑똑하다면 좀 말해보렴."

"내가 똑똑하긴 뭘…… 나도 전혀 모르겠는걸."

곽양이 고개를 젓자 주자류가 미소를 지으며 말했다.

"큰낭자는 저 사람을 본 적이 있지. 그때 둘째 낭자는 아직 태어나지도 않았을 때이니 모르는 게 당연해. 17년 전 대승관 영웅대연에서 나와 어떤 이가 수백 합을 겨룬 적이 있는데, 그가 누구였지?"

"곽도요? 아니, 그가 아닌데. 그가 사용한 부채는 지금 저 무기와 조금 비슷하긴 했지만……. 아, 그렇구나. 저자가 지금 사용하는 것은 부채면은 없고 살만 있는 것이군요."

주자류가 말했다.

"그땐 정말 대단했지. 내 어찌 그의 신법과 초식을 잊을까. 지금 저 사람이 곽도가 아니라면 주자류가 눈이 먼 것이지."

곽부는 하사아를 다시 자세히 뜯어보았다. 그의 가벼운 몸놀림하며 출수를 보아하니 당시 영웅대연의 곽도인 듯도 했다. 그러나 아무래도 석연치 않은 구석이 남아 있었다.

"만일 저자가 정말 곽도라면 몽고 중은 그의 사형이잖아요. 그런데 왜 저렇게 죽을힘을 다해 싸우는 거죠?"

이번에는 황용이 대답해주었다.

"지금 상대가 자신의 사제라는 것을 달이파는 알고 있는 거야. 그래서 저렇게 싸우는 것이지. 종남산 중양궁에서 싸울 때 양과가 현철중검으로 달이파, 곽도 두 사람을 제압하자 곽도는 제 목숨이 위태로울 것을 알고는 꾀를 내어 사부를 배신하고 도망쳐버렸거든. 그 일은 전진교 사람이라면 누구나 알고 있으니 너도 들어본 적이 있겠지?"

곽부가 말했다.

"아, 그래서 달이파가 그렇게 곽도를 미워하는 거로군요."

곽양은 양과가 그 이전에도 사도들을 제압했다는 이야기가 나오자 그의 위풍당당한 모습이 떠올라 저도 모르게 얼굴을 붉혔다. 또다시 곽부가 물었다.

"그런데 저자가 왜 거지꼴을 하고 있죠? 또 우리 타구봉이 어찌 그의 손에 있는 거죠?"

황용이 말했다.

"그래도 모르겠느냐? 곽도가 사문을 배신했으니 당연히 사부와 사형에게 붙잡힐까 봐 모습을 바꾸고 개방에 섞여 든 거지. 그리고 10여 년 동안 조금씩 신분이 높아져 제5대 제자가 된 거고. 개방에서는 아무도 의심하는 자가 없었으니 금륜국사도 그를 찾아내지 못한 거야. 하지만 간악한 자는 절대 조용히 살 수 없는 법이란다. 노 방주가 순찰을 나갔을 때도 그가 몰래 기습해 독수를 쓴 뒤 제 모습을 드러냈지만 여전히 도망갈 구멍은 만들어둔 거야. 그리고 타구봉을 빼돌려 철봉 속에 감춰두었다가 방주를 뽑는 무술 대회에서 타구봉을 찾는 자가 방주가 된다고 한 거지. 하, 곽도가 참으로 간악하지만 이렇듯 치밀한 계획을 세우는 것을 보면 인물은 인물이로구나."

"하지만 곽 부인이 계시니 잠시 사람들을 속일 수는 있어도 영원히 감출 수는 없었을 것이오."

주자류 말에 황용은 대답 없이 미소만 지었다.

'곽도가 개방 무리 사이에 숨어 모습을 드러내지 않았다면 나를 능히 속일 수 있었을 것이다. 감히 방주가 되겠다고 나서다니, 이 황용을 너무 쉽게 봤구나.'

주자류가 계속 말을 이어갔다.

"양과도 참 대단합니다. 곽도의 꿍꿍이를 알아채고, 타구봉을 되찾고, 그의 본색을 사람들 앞에 밝히다니요. 노유각 방주의 복수도 함께 갚게 되었으니 금상첨화로군요. 둘째 낭자에게 보내준 선물치고는 참 대단합니다."

곽부가 빈정대며 말했다.

"운이 좋았던 것뿐인데 뭐가 대단하다고 그래요?"

곽양은 혼자서 생각에 잠겼다.

'전에 양태부 사당 근처에서 내가 노 할아버지 때문에 슬퍼하는 것을 보고 그가 나의 친구라는 사실을 큰오빠도 알게 된 거야. 그래서 나를 위해 복수해주려는 거지. 아, 정말 내게는 너무나 큰 선물이야. 큰오빠의 마음은 정말……'

그러다가 갑자기 다른 생각이 떠올라 다급히 말했다.

"곽도가 거지 모습으로 개방에 숨어 있으면서 때로는 본모습을 드러내고 밖에서 일을 꾸몄을 거예요. 사씨 형제 중 사 삼숙은 그에게 부상을 당하고 복수를 할 일념으로 그의 행적을 찾기도 했어요."

황용도 고개를 끄덕였다.

"그래, 강호에 가끔 곽도의 행적이 나타나곤 했지. 하지만 아무도 개방의 하사아가 그와 동일 인물이라고는 생각지 못했어. 하사아, 하사아. 그의 가명을 봐도 스스로 제가 사부라 칭하는 뜻이 담겨 있지 않으냐. 사람이 너무 자신을 높게 생각하면 이렇게 낭패를 보는 날이 오는 것이란다."

곽부는 여전히 납득이 가지 않는 모양이었다.

"어머니, 그러면 하사아는 어찌 제 입으로 곽도를 죽이겠다고 이야기했을까요? 제 스스로를 죽이겠다니, 너무나 어리석잖아요."

"그게 다 자기 본색을 감추려는 것 아니냐. 그러면 일단 사람들의 의심을 피할 수 있을 테니 말이다."

곽부가 아쉬워하며 말했다.

"양…… 양과 오빠가 진작 하사아가 곽도라는 것을 말했다면 우리 야율제 오빠가 하사아 손에 부상을 입지 않았을 텐데……."

"양과가 신선도 아닌데, 네 남편이 그렇게 당할 줄 알았겠느냐."

"그럼 언니야말로 신선이네요. 미리 연위갑을 형부에게 입혔잖아요."

곽양의 말에 곽부는 동생을 흘겨보면서도 조금 의기양양해졌다.

곽정과 황용은 청령자, 조노작, 농아두타 등 고수들과 사씨 형제, 서산 일굴귀 등에게 일일이 인사를 올리고 감사를 표했다. 또 어떤 이에게는 술을 권하기도 했다. 호걸들이 양과의 부름을 받아 양양 백성과 개방에 큰 은혜를 베푼 셈이니 모두가 알고 보면 곽양의 덕이라 할 수 있었다.

단 아래에서 이야기를 나누는 사이, 달이파와 곽도는 더욱 맹렬하게 공격을 주고받았다. 두 사람은 같은 사부에게서 무공을 전수받았기 때문에 상대의 무공을 속속들이 알고 있었다. 달이파는 힘과 내공에서, 곽도는 기교와 속도에서 각각 상대를 압도했다. 그러나 수백 합을 주고받았는데도 도무지 승부가 날 기미가 보이지 않았다.

그때 달이파가 괴성을 지르면서 곽도를 향해 금강저를 내던졌다. 황금저는 무게가 50여 근에 달하는 무기였다. 그 기세가 어찌나 무시무시하던지 곽도는 덜컥 겁을 집어먹었다. 그는 사형이 이런 초식을 쓰는 것을 본 적이 없었다.

'승부가 나지 않으니까 짜증이 나서 저러는 걸까?'

곽도는 일단 몸을 옆으로 피했다. 달이파는 앞으로 나서며 금강저를 손으로 밀었다. 금강저는 방향을 바꿔 다시 곽도를 향해 날아갔다. 곽도는 대경실색했지만 그제야 달이파의 공격을 이해할 수 있었다. 달이파는 10여 년간 사부를 모시면서 스승의 심후한 무공을 더 전수받은 것이다. 금강저를 날리는 기술은 바로 사부가 사용하던 오륜을 날리는 무공의 변형이라 할 수 있었다. 금강저가 날아오는 기세는 사뭇 대단해 결코 부채로 막아낼 수 없었다. 곽도는 우선 몸을 비틀어 피했고, 금강저는 그의 정수리를 스치고 지나갔다. 겨우 이 촌 정도를 피해갔을 뿐이었다.

달이파의 금강저는 점점 가속이 붙었다. 주위에 꽂혀 있던 횃불들도 금강저가 일으키는 바람에 심하게 흔들렸다. 곽도는 금강저를 이리저리 피하기에 급급했다. 단 아래에서 지켜보던 호걸들은 모두 숨을 죽이고 이 장면을 지켜보았다. 달이파가 갑자기 기합을 지르더니 두 손으로 금강저를 밀었다. 금강저는 세차게 튕기며 쏜살같이 날아갔다. 곽도는 마침 단 입구에 서 있어서 옆으로 피할 만한 공간이 없었다. 둔탁한 소리와 함께 금강저가 그의 가슴에 적중했다. 곽도는 힘없이 주저앉더니 단상에 그대로 쓰러졌다. 그의 몸은 더 이상 움직임이 없었다.

달이파는 금강저를 거두고 사제 앞에 무릎을 꿇고 앉아 왕생주往生呪를 읊었다. 한참을 읊고 난 그는 단상에서 뛰어내려와 청령자 앞으로 가더니 금강저를 내밀었다. 청령자는 그가 내미는 금강저는 받지 않고 몽고말로 나직이 말했다.

"사문의 배신자를 없앤 것을 축하하오. 신조협께서 당신을 용서하시며 그만 몽고로 돌아가라 하셨소. 마음을 깨끗이 하여 불도를 닦고 다시는 중원에 오지 마시오."

"신조대협께 감사드립니다. 소승, 명을 받들겠습니다."

달이파는 예를 올리고는 조용히 물러났다.

곽부는 쓰러져 있는 곽도를 살펴보았다. 퉁퉁 부은 듯 울퉁불퉁한 얼굴이 참으로 기괴했다. 하지만 이 얼굴이 가짜라는 사실이 도무지 믿기지 않았다. 그녀는 검을 빼 들고 단상으로 올라갔다.

"이자의 진짜 모습을 확인해봅시다!"

그녀가 검을 들어 그의 코를 베려는 순간 기괴한 목소리가 들렸다.

"으하하하! 그렇게 쉽게 죽을 내가 아니다."

죽은 줄 알았던 곽도가 괴성을 지르며 몸을 솟구치더니 두 손으로 허공을 갈랐다. 그는 금강저에 맞아 중상을 입고 잠시 정신을 잃었지만 목숨이 끊어진 것은 아니었다. 일부러 꼼짝도 하지 않고 달이파가 가까이 다가와 그를 살필 때 최후의 일격을 가해 함께 죽을 작정이었다. 그러나 달이파가 앞에 앉아 독경을 외우며 죄를 씻고 좋은 세상으로 가기를 기원해주니 그 정성에 마음이 움직여 손을 쓰지 않은 것이다.

그런데 곽부가 자신의 얼굴을 확인하겠다며 검을 들이대자 있는 힘껏 부챗살을 내질렀다. 이미 죽었다고 생각한 자에게 공격을 당했으니 곽부는 막을 생각조차 하지 못했다. 연위갑도 이미 남편에게 빌려준 터라 이제 그녀의 목숨은 경각에 달려 있었다. 곽정과 황용, 야율제가 동시에 달려들어 구하려 했지만 이미 늦은 듯했다. 그때 가벼운 바람 소리와 함께 어디선가 암기 두 개가 날아오더니 각각 곽도의 가슴에 명중했다. 마치 조약돌처럼 생긴 작은 암기였으나 그 위력이 실로 대단해 곽도의 몸을 뚫고 허공으로 날아갔다. 곽도는 시뻘건 선혈을 내뿜으며 그 자리에서 쓰러졌다.

사람들은 모두 놀라 눈이 휘둥그레진 채 암기가 날아온 쪽을 살펴보았다. 그러나 달빛 아래로 적막만 흐를 뿐 아무것도 눈에 띄는 것이 없었다. 암기는 단 앞에 세워둔 두 개의 깃대 위에서 각각 날아온 듯했다. 황용은 아버지의 탄지신통이 아니고는 이런 무공을 지닌 사람은 없을 것이라 생각했다. 그러나 깃대는 높이가 수 장이나 되며 서로 10여 장이 떨어져 있는데 어떻게 양쪽에서 동시에 암기를 발할 수 있단 말인가? 그녀는 더 생각할 것도 없이 큰 소리로 아버지를 찾았다.

"아버지, 어디 계세요?"

그때 왼쪽 깃대 위에서 누군가 웃으며 말하는 소리가 들렸다.

"이보게 양과, 우리 함께 내려가세."

"예!"

이번에는 오른쪽 깃대 위에서 답하는 소리가 들리더니 양쪽 깃대 위에서 두 사람이 미끄러져 내려왔다. 달빛 아래 두 사람의 옷자락이 휘날리며 동시에 단상으로 떨어져 내렸다. 한 명은 백발에 청포를 입고, 한 사람은 남색 도포를 입었는데 한쪽 소매가 바람에 흩날렸다. 두 사람은 바로 황약사와 양과였다.

두 사람은 저 높은 깃대에서 나는 듯 뛰어내렸다. 서로 거리가 가까워지자 황약사가 오른손을 내밀어 양과의 왼손을 잡았다. 두 사람은 손을 잡고 사뿐히 단상에 내려섰다. 모인 사람들은 둘이 깃대 위에서 주고받은 말을 듣지 않았다면 천상의 장군들이 강림하는 줄 알았을 터였다.

곽정과 황용은 얼른 단 위로 뛰어올라가 황약사에게 예를 올렸다. 뒤이어 양과가 곽정 부부에게 인사를 했다.

"양과, 곽 백부, 백모님께 인사 올립니다."

곽정은 얼른 손을 뻗어 양과를 일으켰다.

"과야, 네가 보내준 이 세 가지 선물은, 아…… 참으로…… 참으로……."

곽정은 너무나 고마운 마음이 들어 더 이상 말을 잇지 못했다. 곽부는 아버지가 양과에게 목숨을 구해준 것에 대해 인사를 하라고 할까봐 얼른 황약사 곁으로 다가갔다.

"할아버지, 마침 와주셔서 다행이에요. 할아버지의 탄지신통이 아니었으면 저자에게 당할 뻔했어요."

양과는 단 아래로 내려서서 곽양에게 다가갔다.

"누이, 내가 조금 늦었지?"

곽양은 가슴이 뛰고 얼굴이 달아올라 정신이 멍해졌다.

"큰오빠께서 이렇게 신경 써서 선물을 세 가지나 보내주셨는걸요. 정말…… 정말 감사드려요."

"누이의 생일을 핑계로 모두들 한바탕 흥겹게 놀아본 건데. 별것 아니야."

양과는 말을 마치고는 왼손을 흔들었다. 그러자 대두귀가 고함을 쳤다.

"모두 가져오너라!"

문 옆에 서 있던 자가 대두귀의 고함을 받아 외쳤다.

"모두 가져오너라!"

저 멀리서 또 누군가 외치는 소리가 들렸다.

"모두 가져오너라!"

이렇게 고함 소리가 점점 멀어지며 이어졌다.

얼마 후 한 무리의 사람들이 밀려왔다. 어떤 이는 횃불을 들고, 어떤 이는 바구니를 메고, 또 어떤 이는 목재며 판자를 들고 있었다. 이들은 각자 흩어져 목재를 세우고 판자를 깔며 통탕통탕 일을 하기 시작했다. 잠시 후 동쪽에는 단이, 서쪽에는 장식이 세워졌다. 아직도 사람들은 끊임없이 밀려오고 있었다. 그러나 이들은 모두 질서 정연하게 말 한마디 없이 분주하게 움직였다.

자리에 있던 영웅들은 모두 아까 양과가 보낸 선물을 보고는 그의 세심함에 감탄하고 있던 터였다. 그리고 이렇게 많은 사람을 끌어올 정도라면 뭔가 대단한 일을 꾸미고 있을 것이라 기대했다. 잠시 후 드디어 남서쪽의 단이 먼저 만들어졌다. 그들은 북을 두드리며 〈팔선하수八仙賀壽〉라는 극을 시작했다. 그리고 동북쪽에 만들어진 단에서는 분장을 한 사람이 나와 〈만상홀滿床笏〉이라는 노래를 불렀다. 이 내용은 곽씨 집안 자손의 생일날 일곱 명의 아들과 여덟 명의 사위가 축수를 한다는 내용이었다.

순식간에 한편에서는 불꽃을 터뜨리고 한편에서는 노랫소리가 흘러나오니 주위가 온통 흥겨운 잔칫집 분위기로 변했다. 훌륭한 재주를 지닌 사람들이 최선을 다해 온갖 재주를 펼쳐 보이니 모여 있던 영웅들은 각자 자신이 좋아하는 단 앞으로 가 넋을 잃고 구경을 했다. 간간이 박수 소리와 환호성이 여기저기에서 터져 나왔다. 이렇게 흥겨운 잔치가 벌어지고 있는 사이 사씨 형제는 소리 없이 맹수들을 데리고 길을 떠났다. 그리고 서산 일굴귀와 신조, 청령자 등 고수들도 살며시 물러났다.

곽양은 자신의 생일이 이렇게 거창하게 진행될 줄은 꿈에도 생각지 못했다. 양과가 잊지 않고 찾아준 것만도 고마운데 이렇게까지 마음을 써준 것이 눈물 날 정도로 감격스러웠다. 그녀는 양과를 똑바로 쳐다보지도 못하면서 그의 곁을 떠나지 않았다.

이 광경을 곁눈질로 훔쳐보던 곽부는 괜히 심술이 났다. 그녀는 동생이 양태부 사당에서 어느 젊은 대협이 생일을 축하해주기 위해 오기로 했다고 한 말이 떠올랐다. 그 주인공이 바로 양과였다니! 그녀는 분한 생각이 들었지만 어찌할 수 없었다. 양과는 그녀의 힘으로 도저히 어찌지 못하는 영웅이 되어 있었다. 그래서 일부러 황약사를 붙잡고 이런저런 이야기를 나누며 주변의 떠들썩한 분위기를 애써 무시하려 했다.

황용은 양과가 딸을 위해 이렇게 일을 크게 벌인 것이 썩 즐겁지만은 않았다. 그러나 원래 양과가 남다른 면이 있다는 것을 알고 있고, 또 오늘 하루 동안 그가 이 양양성과 개방을 위해 세 가지나 도움을 준 것도 사실이므로 그저 할 수 없다는 듯 고개를 끄덕이며 미소를 지었다.

"아버지, 저 깃대 위에 숨어 있기로 과와 약속하신 거예요?"

황용의 물음에 황약사가 싱글벙글 웃으며 고개를 저었다.

"아니다. 일전에 내가 동정호에서 달을 보고 있는데, 갑자기 누군가 연파조수煙派釣叟를 찾아와 무슨 신조협이라 하면서 양양성에서 만나자고 하는 소리를 들었다. 이 연파조수라는 자가 무공은 상당한데 성질이 괴상한 구석이 있어 호기심이 동했지. 혹 너나 사위에게 무슨 안 좋은 일이 있을까 봐 몰래 따라온 거야. 그런데 그 신조협이라는 자가 알고 보니 내 친구 양과가 아니겠느냐. 진작 알았더라면 걱정할 필요도 없었을 텐데 말이다."

황용은 부친이 비록 강호를 떠돌아다니지만 마음속으로는 언제나 자신을 걱정하고 있었음을 알고 웃으며 말했다.

"아버지, 이제 떠나지 마세요. 앞으로는 함께 살아요."

황약사는 대답 없이 손짓으로 곽양을 불렀다.

"얘야, 이리 오너라. 얼굴 좀 보자꾸나."

곽양이 얼른 다가가 외할아버지에게 인사를 올렸다. 황약사는 그녀의 손을 잡고 얼굴을 찬찬히 들여다보았다.

"닮았구나, 닮았어."

황용은 아버지가 돌아가신 어머니를 생각하고 있다는 것을 알았다. 곽양은 제 외할머니의 젊은 시절 얼굴을 쏙 빼닮았다. 그러나 황용은 혹 아버지가 마음 아파할까 봐 아무 말도 하지 않았다. 곽부가 옆에서 시큰둥한 표정으로 말했다.

"닮은 게 또 있어요. 할아버지는 동사, 애는 소동사……."

"부야, 할아버지게 버릇없이!"

곽정이 딸을 꾸짖었다. 그러나 황약사는 오히려 기쁜 얼굴이었다.

"양아, 네 별명이 소동사더냐? 거 잘되었구나, 이 동사에게 후계자가 생겼으니!"

곽양의 얼굴이 조금 붉어졌다.

"처음에는 언니가 그렇게 불렀는데, 나중에는 사람들이 다 그렇게 불러요."

한쪽에서는 개방의 4대 장로들이 양과의 공적을 입에 침이 마르게 칭찬하고 있었다.

"저 사람, 신조협! 정말 대단한 사람이야. 총명한 데다 재주도 많고 의협심도 강하잖아."

"이번에는 또 양양성을 위해 큰 공을 세웠고 타구봉도 찾아주었어."

"어디 그뿐인가. 곽도의 음모도 깨끗이 밝혀주었고 노 방주의 원수까지 갚아주었지."

"저 사람이 우리 개방의 방주가 된다면 더 바랄 게 없겠는데……."

양과는 사람들이 웅성거리며 하는 이야기를 간간이 들었다. 그래서 이들이 입을 열 기회를 주지 않고 먼저 말을 꺼냈다.

"야율 대협은 문무를 겸비하고 인의를 중히 여기시는 분입니다. 또한 제 친구이기도 하고요. 이분이 개방의 방주가 되신다면 틀림없이 홍칠공, 황용, 노유각 방주님의 뜻을 잘 이을 수 있을 겁니다."

그런 뒤 혹 개방 장로들이 방주 자리를 맡아달라 부탁할까 봐 서둘러 자리를 떴다.

황약사는 곽양의 무공에 대해 이것저것 물어보고는 양과를 부르기 위해 고개를 돌렸다. 그러나 그는 이미 문을 나서고 있었다.

"이보게, 양과. 같이 가세!"

그의 소맷자락이 흔들리는가 싶더니 어느새 양과 곁에 다가가 있었다. 두 사람은 손을 잡고 어둠 속으로 모습을 감추었다.

원래 황용은 아버지와 긴히 상의할 얘기가 있었다. 그러나 옆에 사람이 많아 이야기를 꺼내지 못하던 차였는데 이렇게 갑자기 아버지가 자리를 뜨니 놀라 황급히 뒤를 쫓았다. 그러나 황약사와 양과는 이미 멀리 가버린 후였다. 황용이 따라나섰을 때는 이미 10여 장이나 떨어져 있었다.

"아버지, 과야! 며칠 있다가 가세요!"

멀리서 황약사의 웃음소리가 들려왔다.

"우리는 워낙 제멋대로라 묶여 있는 것이 싫구나! 그냥 가게 두거라!"

그나마 몇 마디는 저 멀리서 희미하게 들려와 똑똑히 전해지지 않았다. 황용은 이미 틀린 것을 알고 할 수 없이 뒤돌아섰다. 아직도 사람들은 떠들썩하게 잔치를 즐기고 있었다.

개방의 4대 장로는 머리를 맞대고 상의를 했다. 우선 곽도가 끼어들지 않았다면 야율제가 이미 방주가 되었을 것이고, 또한 개방이 크게 은혜를 입은 양과의 추천도 있고 하니 이참에 아예 이 일을 매듭짓고자 했다. 네 사람은 황용에게 이를 알리고 단상으로 올라가 야율제가 개방의 방주가 되었음을 선포했다.

개방 사람들은 전해오는 관례에 따라 차례로 야율제에게 침을 뱉었다. 개방 외의 다른 영웅들은 너도나도 축하 인사를 전했다. 분위기는 개방 방주의 축하 잔치로 바뀌었다.

곽양은 양과가 찾아와주었는데 몇 마디 나눠보지도 못하고 그저 서로 웃고만 있다가 헤어진 것이 못내 아쉬웠다. 그녀는 그 자리에 더 있고 싶은 생각이 없어 슬그머니 뒤로 빠졌다. 몇 걸음 옮기는 사이 황용이 옆으로 다가와 손을 잡았다.

"양아, 왜 그러느냐? 기분이 좋지 않으냐?"

"아니에요, 그냥······."

말을 잇지 못하는 그녀의 눈에서 눈물이 방울방울 떨어졌다. 황용은 딸의 마음을 모르는 바 아니었으나 짐짓 모른 척하고 아까 본 연극 중에 재미있는 부분을 이야기하며 곽양을 달래주려 했다. 그러나 곽양은 끝내 아무 말도 하지 않고 걷기만 했다. 집에 도착하자 황용은 곽양의 방에까지 따라 들어갔다.

"양아, 피곤하지?"

"괜찮아요. 한숨도 못 주무셨을 텐데 그만 돌아가서 쉬셔야죠."

황용은 곽양의 손을 잡아끌고 침상 위에 나란히 앉았다. 그러고는 딸의 머리를 가만히 쓰다듬으며 입을 열었다.

"양아, 양과에 대한 이야기는 너에게 해준 일이 없구나. 말을 하자면 길다만, 네가 피곤하지 않다면 처음부터 소상히 이야기해주마."

힘없이 처져 있던 곽양이 눈을 반짝거리며 대답했다.

"어머니, 어서 말씀해주세요."

"음······, 네 할아버지 대까지 거슬러 올라가는 일이란다······."

황용은 곽소천과 양철심이 임안 우가촌에서 결의한 일부터 두 집안이 서로 사돈을 맺기로 한 일, 그리고 아버지와 양강이 형제로 결의한 일, 양강이 일신의 부귀를 위해 나라를 배신하고 비명에 죽은 일 등을 차근차근 말해주었다. 또 양과가 어린 시절 도화도에서 자란 일, 곽양이 태어난 날 그가 목숨을 구해주고 표범 젖을 먹이며 돌봐준 일, 곽부가 그의 팔을 자른 일, 그리고 절정곡에서 소용녀와 헤어진 사연도 세세히 이야기해주었다.

곽양은 그저 놀라울 뿐이었다. 그녀는 어머니 손을 꽉 쥔 채 눈도 깜빡이지 않고 이야기를 들었다. 어느새 그녀의 손바닥이 땀으로 흥건해졌다. 그동안 자신이 가슴속에 품고 있던, 도무지 잊히지 않는 큰오빠가 자기 집과 그런 깊은 인연으로 맺어져 있는 줄은 꿈에도 생각지 못했다. 또한 그의 한 팔을 제 언니가 베었고, 그가 아내 소용녀와 헤어진 것도 제 언니가 잘못 쓴 독침 때문이었다는 사실은 더더욱 예상하지 못했다. 곽양은 양과가 자신이 찾은 한 사람의 젊은 영웅인 줄로만 알았다. 그의 끝없이 깊은 인의, 협을 중히 여기며 과감하게 행동하는 배포, 날렵한 몸놀림 같은 것이 마음을 사로잡았는데 그의 행동에 이런 복잡한 은원이 깃들어 있는지 어찌 알았겠는가. 삼대로 이어지는 깊은 은원의 관계…… 황용의 이야기가 모두 끝날 무렵, 곽양은 술에 취한 듯 정신을 잃을 것만 같고 머릿속이 어지러워 견딜 수가 없었다.

황용은 길게 한숨을 내쉬었다.

"사실, 나는 처음에 오해를 했단다. 양과가 너와 알게 된 것이 사실은 나쁜 뜻으로 그러는 것이라 생각했다. 그런데 오늘 양양성을 위해 큰 공을 세웠고, 또 그 이전에도 여러 차례 네 아버지와 나, 네 언니, 그리고 네 목숨을 구해주었지. 그러니 우리 모두가 과에게 큰 은혜를 입은 셈이야. 그런데 과는 평생 힘들게 사는구나. 30년을 넘게 살았건만, 정말 행복한 시간은 며칠 되지 않았을 거다. 그 행복을 우리가 빼앗았던 거야. 아무튼 그가 선의로 한 것이 아니었더라도 크게 신세를 졌으니 그저 고마울 따름이구나."

"어머니, 큰오빠가 왜 선의로 한 것이 아니겠어요? 그분이 그런 나쁜 마음을 가졌을까요?"

"내가 처음에 오해를 했다는 게 그것이다. 그가 우리 곽씨 집안에 원한이 깊어 네게 복수를 하지 않을까 생각한 거지."

곽양은 고개를 저었다.

"그럴 리가요! 절 죽이려고 했으면 어디에서든 쉽게 해쳤을 거예요."

"너는 아직 어려서 모른다. 만일 그가 너를 괴롭혀서 우리 애간장을 태울 생각이었다면…… 사실 그것은 차라리 죽이는 것보다 괴로울 거야. 아…… 그런 이야기는 하지 말자꾸나. 나도 이제는 그가 그러지 않을 것이라 생각하니까. 하지만 아무래도 한 가지가 마음에 걸려 불안하구나."

"어머니, 뭐가 걱정이세요? 큰오빠는 옛일은 이미 마음에 두고 있지 않는 것 같았어요. 이제 곧 부인을 만나면 그런 일쯤은 모두 잊을 거예요."

"바로 소용녀를 만나지 못할까 봐 걱정이란다."

곽양은 놀라 잠시 멍해졌다.

"왜요? 큰오빠가 직접 이야기해주었어요. 부인이 중상을 입어 치료를 하러 간 것이고, 16년 후에 다시 만나기로 했다고요. 두 사람의 정이 깊어 이제껏 기다렸는데 못 만날 리가 있나요?"

황용이 미간을 찌푸렸다.

"그런데 말이다……."

"큰오빠가 그러는데 부인이 단장애 아래에 검으로 새겨놓은 걸 봤대요. '16년 후에 이곳에서 다시 만나요. 부부의 정이 깊다면 약속을 잊지 않겠지요'라고 새겨져 있었다고 했어요. 그리고 '서로를 아끼니 반드시 만나요'라고도 써놓았대요. 설마 이 글들이 가짜라는 건 아니겠죠?"

"그 글자들은 틀림없는 진짜야. 하지만 소용녀가 양과를 진심으로 사랑하기 때문에 어쩌면 끝내 못 만날지도 모른다는 거야."

곽양은 어머니의 말뜻을 알 수가 없었다.

"그게 무슨 말이에요? 진심으로 사랑하는데 왜 만나지 못한단 말이에요?"

황용은 그때의 광경이 새삼 눈앞에 어른거렸다.

"16년 전, 양과 부부는 모두 중상을 입었단다. 양과는 그나마 치료할 약이라도 있었지만, 소용녀는 독이 이미 깊은 곳까지 퍼져버렸지. 아내가 괴로워하는 것을 보면서 양과도 더 살고 싶은 마음이 없었단다. 영약이 있었음에도 그것을 깊은 계곡에 던져버렸지."

황용은 마음이 아픈지 목소리가 점점 구슬퍼졌다.

"양아…… 너는 아직 어려서 잘 이해할 수 없을 거다."

곽양은 너무나 슬퍼 목까지 울음이 차올랐다. 그녀는 잠시 아무 말도 하지 않다가 고개를 들었다.

"어머니, 만일 제가 그 부인이라면 저는 괜찮은 척하고 큰오빠에게 약을 먹였을 거예요."

황용은 깜짝 놀랐다. 아직 어린아이인 줄 알았는데 이렇게 다른 사람을 생각하는 마음이 깊을 줄이야.

"그래, 내가 걱정하는 것도 혹 소용녀가 그런 마음으로 양과를 떠난 것이 아닌가 하는 거야. 그녀는 부부의 정이 깊다면 약속을 잊지 말자고 했지. 또 서로를 아끼니 반드시 만나야 한다고도 했어. 나는 서로를 아낀다는 그 글을 보면서 소용녀가 갑자기 사라진 것이 혹 양과에게 16년 동안 조용히 지내보도록 한 것이 아닌가 싶다. 16년이라는 긴 세월을 보내고 나면 양과의 정도 조금은 옅어질 거라고 생각했는지 모르지. 또 그 당시에 양과가 괴로운 나머지 스스로 제 목숨을 버리지 않을까 두려웠던 거겠지."

"그러면 그 남해신니는요?"

"남해신니는 내가 꾸며낸 거란다. 애초부터 세상에 그런 사람은 없어."

"남…… 남해신니가 없다고요?"

곽양의 목소리가 심하게 떨렸다.

"그때 절정곡 단장애 앞에서 양과의 처연한 모습을 보니 참으로 마음이 아프더구나. 남해신니 이야기라도 지어내서 위로하는 수밖에 없었다. 그러면 16년을 조금은 편하게 견딜 수 있지 않을까 싶었지. 또 남해신니는 대지도大智島에서 산다고 했는데, 세상에 그런 섬은 없단다. 그리고 남해신니가 네 외할아버지에게 장법을 가르쳐주었다고 한 것도 양과가 믿게 하기 위해 한 말이었어. 과는 워낙 영리해서 내가 그렇게 구체적으로 이야기하지 않았다면 틀림없이 내 말을 믿지 않았을 거야. 그 아이가 믿지 않는다면 소용녀의 배려가 물거품이 될 테니까."

곽양은 어찌할 바를 몰라 황용을 물끄러미 바라보다 갑자기 울음을 터뜨렸다. 황용은 그녀의 등을 가만히 토닥이며 달래주었다. 한참이 지나서야 곽양의 울음이 그쳤다.

"어머니, 그럼 큰오빠의 부인은 이미 죽은 건가요? 16년 후를 기약한 것은 모두 거짓이었나요?"

"아니, 그렇지 않아! 소용녀는 아마 살아 있을 거다. 그녀가 자신이 약속한 날에 돌아와준다면 정말 고마운 일이지. 그녀는 고묘파의 유일한 계승자란다. 고묘파의 창시자 임조영 조사는 학문이 깊어 내공과 외공이 모두 대단한 경지에 이르셨던 분이지. 분명 소용녀에게 자신의 몸을 지킬 수 있는 무공을 전수해주었을 거야."

곽양은 마음이 조금 놓이는 듯했다.

"그래요! 저도 그렇게 생각해요. 그렇게 좋은 분이고, 또 큰오빠가 그렇게 사랑하는데 그냥 죽을 리가 없죠. 그런데 만일…… 만일 약속한 날 큰오빠가 그분을 못 만나게 되면 오빠는 미쳐버리지 않을까요?"

"오늘 네 외조부께서 오셨기에 그 문제를 좀 상의하고 싶었는데 그럴 수 없게 되었구나. 남해신니에 대해 거짓말한 것도 말씀드리고 방법을 좀 찾아보려고 했지."

"지금 큰오빠는 외할아버지와 함께 있잖아요. 혹 오빠가 남해신니에 대해 물어보면 어쩌죠? 할아버지는 사정을 모르시니까 사실대로 말씀하시지 않겠어요? 제가 할아버지를 찾아볼게요!"

"이미 떠났는데 무슨 수로 찾아? 이제는 소용녀와 과가 다시 만나기만을 간절히 바랄 뿐이야. 약속한 날이 되어서도 그녀를 만나지 못한다면 그때는……. 어쩌면 덧없이 16년을 기다리게 한 나를 뼛속 깊이 원망할 수도 있겠지."

"어머니! 걱정 마세요. 어머니는 큰오빠를 위하는 마음으로 그러신 거잖아요."

곽양은 이렇게 말했지만 마음은 불안했다.

'큰오빠가 정말 부인과 만나지 못한다면 미쳐버릴지도 몰라.'

"과는 정이 많고 무슨 일이든지 최선을 다하는 성격이란다. 어려서부터 고난을 겪어 남다른 면이 있다 보니 때로는 예상치 못한 행동을 하기도 해서……"

그때 곽양이 갑자기 끼어들었다.

"그럼 외할아버지와 나, 그리고 큰오빠까지 모두 사파邪派네요?"

황용이 살짝 눈을 흘기며 말했다.

"그래, 예상치 못한 일을 저질러서 주위 사람들을 놀라게 만들지? 그는 좋은 사람임이 틀림없지만 만약 좋지 않은 일이 생기면 어찌 변할지 모르겠다. 그래서 말인데, 만일 소용녀가 이미 죽기라도 했다면 그와 다시는 만나지 말거라."

황용은 조금도 웃지 않고 말했다. 어머니의 반응이 워낙 뜻밖이라 곽양은 흠칫 놀랐다.

"왜요? 왜 다시는 만나지 말라는 거죠?"

황용은 딸의 손을 꼭 잡았다.

"만일 그와 소용녀가 만나게 된다면 상관없다. 그들과 함께 놀러 가도 좋고, 그들의 집에 가서 지내도 좋아. 또 어디든 함께 세상을 둘러본다고 해도 나는 마음을 놓을 수 있을 거야. 하지만 그가 소용녀를 만나지 못한다면……. 양아, 넌 과의 사람됨을 몰라. 그는 정말 이성을 잃으면 뭐든 할 수 있는 사람이란다."

황용은 잠시 말을 멈추고 천천히 고개를 저었다.

"그는 다른 사람의 말을 듣지 않을 거야."

곽양은 대답 없이 생각에 잠겼다.

'만일 큰오빠가 우리 집을 원망한다면……. 나를 죽여버리면 화가 좀 풀리시겠지. 그러면 미치지도 않을 거야.'

잠시 말이 없던 곽양이 또 물었다.

"어머니, 큰오빠가 부인을 못 만났다고 해서 16년이나 지났는데 스스로 목숨을 끊을까요?"

황용은 낮게 신음 소리를 냈다.

"나는 사람들의 생각을 어느 정도는 예상하곤 한단다. 하지만 양과는 도무지 그 속을 모르겠더구나. 내가 그 마음을 알 수 없기 때문에 너에게 만나지 말라고 하는 거야. 물론 그가 소용녀와 만나게 된다면 이야기는 달라지겠지."

곽양은 무슨 생각을 하는지 초점 없는 눈동자로 어머니를 바라보았다.

"양아, 내가 하는 말은 모두 널 위한 거란다. 만일 내 말을 듣지 않으면 분명 후회하게 될 거야."

황용은 딸의 머리를 쓰다듬었다.

"양아, 한 가지를 더 알려주마. 이건 양과의 아버지 양강에 대한 이야기인데……."

그녀는 양철심이 목염자를 의붓딸로 삼은 일이며 비무초친比武招親을 통해 양강을 만난 일, 또 양강의 악행에도 불구하고 그만을 사랑한 목염자의 지고지순한 마음과 그러다 양과를 낳고 결국 생을 마친 일 등을 차근차근 들려주었다.

"목염자 언니는 미모가 뛰어나고 품성도 참으로 훌륭하셨다. 세상에 보기 드문 분이셨지. 그러나 사람을 잘못 선택해 평생 마음고생을 하다가 일생을 마감했단다.”

“어머니, 그분도 어쩔 수 없었을 거예요. 양강 숙부를 진심으로 사랑하게 되었다면 그분이 무슨 잘못을 하더라도 마음을 줄 수밖에 없었겠죠.”

황용은 딸의 작은 얼굴을 가만히 들여다보았다.

‘아직 나이도 어린것이 생각이 깊구나.’

곽양은 피곤한지 눈꺼풀이 점차 무거워지는 모양이었다. 황용은 곽양의 옷을 벗기고 이부자리를 봐주었다. 그녀는 이불을 덮어주며 가만히 속삭였다.

“그만 자거라. 네가 잠드는 걸 보고 나가마.”

곽양은 두 눈을 꼭 감았다. 지난밤 한숨도 못 잔 탓에 정말 온몸이 녹초가 된 상태였다. 잠시 후 그녀는 잠이 들어 쌔근쌔근 고른 숨을 쉬었다. 그러나 무슨 꿈을 꾸는지 알 수 없는 소리를 내기도 했다. 황용은 잠든 딸의 얼굴을 가만히 들여다보았다.

‘세 아이 중 네가 가장 걱정이다. 부디 무사히 커다오.’

황용은 조심스럽게 방을 나가 자신의 방으로 돌아가 잠자리에 들었다.

다음 날 양양성은 새벽부터 분주했다. 무씨 형제가 발 빠른 말을 보내 이곳저곳의 소식을 가지고 왔다. 남양에 있는 몽고 대군의 군량미가 모조리 불에 타 없어졌고, 화약이 폭발해 적지 않은 몽고 군사가 목숨을 잃었으며, 아직 불길을 잡지 못해 100여 리나 후퇴해 당분간은 병사를 움직일 수 없다는 소식이었다. 이 소식을 전해 들은 양양성은 기쁨으로 한껏 들떴고 신조대협이란 이름이 사람들의 입에서 떠날 줄을 몰랐다. 어떤 이는 더욱 과장해 양과를 무슨 머리 셋에 팔이 여섯 달린 초인처럼 꾸미기도 했고, 그가 어떻게 몽고군을 무찔렀는지, 어떻게 남양에 불을 질렀는지 등을 침을 튀겨가며 제 눈으로 직접 본 듯 떠들어댔다.

곽정 부부는 안무사 여문환의 초대를 받아 함께 군사 정황을 논의한 후 밤이 늦어서야 돌아왔다. 그날은 각자 자신들의 맡은 일을 하느라 바쁘게 하루를 보냈다.

다음 날 새벽 야율제, 곽부, 곽파로가 후당으로 와 곽정 부부에게 문안 인사를 올렸다. 그러나 한참을 기다려도 곽양은 오지 않았다. 황용은 혹시 어디가 아프지는 않은지 걱정되어 몸종에게 곽양의 방에 가보라고 일렀다. 잠시 후 몸종이 곽양의 몸종인 소봉두와 함께 돌아왔다.

"저…… 둘째 아가씨는 어젯밤 방으로 돌아오지 않으셨습니다."

황용은 소스라치게 놀랐다.

"어찌 어젯밤에 알리지 않았느냐?"

"어젯밤에는 부인께서 늦게 돌아오셔서 감히 알리지 못했고, 저도 아가씨께서 늦게라도 돌아오실 줄 알았습니다. 그런데 지금까지도……."

황용은 나직이 신음을 뱉으며 딸의 방으로 달려갔다. 딸은 옷가지나 무기, 돈은 하나도 가지고 가지 않았다. 의아한 생각이 들어 이리저리 둘러보니 딸의 베개 아래로 하얀 종이가 삐죽이 나와 있었다.

'이런!'

황용은 뭔가 심상치 않은 일이 벌어진 걸 직감하고 얼른 종이를 뽑아 들고 펼쳤다.

아버지, 어머님께.

소녀 큰오빠께 어리석은 생각을 하지 않도록 권유하기 위해 떠납니다. 큰오빠께서 제 말을 들으시면 바로 돌아오겠습니다. 매사에 조심할 것이니 너무 걱정하지 마세요.

양 올림.

황용은 굳은 듯 움직일 줄을 몰랐다.

'이 아이는 정말 너무 천진하구나. 양과가 소용녀 말고는 누구의 말도 듣지 않는 사람이거늘! 다른 사람의 말을 들으려 한다면 그는 이미 양과가 아니라는 걸 모르는구나.'

마음 같아서는 당장이라도 뛰어나가 딸을 찾고 싶었으나 남북쪽 두 방향에서 몽고 대군이 호시탐탐 양양을 노리고 있는 터라 사사로운 일로 몸을 뺄 수 있는 상황이 아니었다. 그녀는 우선 곽정과 상의한 뒤 네 통의 편지를 썼다. 그러고 나서 특히 눈치가 빠르고 날랜 개방 제자 여덟 명을 불러 편지를 주며 네 조로 나뉘어 곽양을 찾아 나서게 했다.

곽양은 어머니에게 양과에 대한 이야기를 듣고 밤새 악몽에 시달렸다. 양과가 검을 휘둘러 스스로 목숨을 끊는가 하면, 남아 있는 다른 팔이 잘리기도 하고, 또 높은 절벽에서 뛰어내려 온몸이 산산조각 나기도 했다. 악몽에 시달리다 일어나보니 온몸이 식은땀으로 흠뻑 젖어 있었다. 그녀는 침상에 앉은 채 곰곰이 생각에 잠겼다.

'큰오빠는 내게 금침 세 개를 주면서 세 가지 부탁을 들어주겠다고 했어. 금침이 하나 남았으니 이걸 쓰면 되겠구나. 큰오빠에게 절대 자진은 하지 말라고 부탁해야지. 영웅호걸이니 반드시 약속을 지키실 거야. 큰오빠를 찾아가야겠어.'

그녀는 침상에서 일어나 편지를 남기고는 그길로 성을 빠져나갔다. 그러나 양과는 황약사와 함께 성을 떠난 후 어디로 갔는지 전혀 종잡을 수가 없었다. 곽양은 무작정 30여 리를 걸었다. 한참을 그렇게 걸으니 배 속에서 꼬르륵거리는 소리가 들렸다. 그래서 우선 요기를 해야겠다는 생각에 객점을 찾아보았으나 양양성 주변 백성은 이미 적의 공격을 피해 도망간 터라 객점은 고사하고 사람 사는 집조차 찾기 힘들었다. 곽양은 혼자서 성 밖으로 나온 게 처음이라 이런 어려움이 있으리라고는 생각조차 하지 못했다. 그녀는 길가에 있는 바위 위에 앉아 가만히 생각에 잠겼다.

'객점이 없으면 나무 열매를 따 먹으면 되지, 뭐.'

그녀는 우선 허기를 면하기 위해 주위를 둘러보았다. 근처는 그리 깊은 숲이 아니라서 과일이 열리는 나무가 보이지 않았다. 다시 방법을 궁리하며 앉아 있는데, 갑자기 말발굽 소리가 들리더니 말 한 필이 동쪽에서 서쪽으로 달려가는 것이 보였다. 가까이 왔을 때 자세히 살펴보니 누런 색 도포를 입은 깡마른 노승이 타고 있었다. 말이 워낙 빨라 눈 깜짝할 사이에 곽양 옆을 스쳐 지나갔다. 그런데 노승이 갑자기 말 머리를 돌려 곽양에게 다가와 멈추더니 물었다.

"낭자는 누구시오? 어찌 이런 곳에 혼자 있소?"

그의 형형한 눈빛을 보고 곽양은 괜히 움찔했다. 그러나 흑룡담에서 만난 일등대사를 떠올리고 스스로를 안심시켰다.

'일등대사님이 얼마나 자상한 분이신데……. 이 스님도 틀림없이 좋은 분일 거야.'

"제 성은 곽씨이고 사람을 찾으러 나왔습니다."

"누굴 찾으려고?"

"내가 찾는 사람을 모르실 테니 더 대답하지 않겠습니다."

"낭자가 찾고 있는 사람이 어떻게 생겼는지 말씀해보시오. 혹시 내가 오는 길에 그런 사람을 봤다면 알려드리리다."

곽양은 그것도 괜찮겠다 싶어 마음을 바꾸었다.

"제가 찾는 사람은 정말 기억하기 쉬워요. 오른쪽 팔이 없는 젊은 남자입니다. 또 커다란 수리와 함께 다니기도 하고 혼자 다니기도 해요."

이 노승은 바로 금륜국사였다. 그는 곽양이 찾는 사람이 양과라는 것을 금방 알아챘다. 그는 내심 놀라면서도 얼굴에는 애써 웃음을 띠었다.

"아, 찾는 사람이 성은 양이고 이름은 과가 아닌가요?"

"맞아요. 그분을 아세요?"

"모를 리가 있겠소? 내 친구인데요. 내가 그 친구를 알게 되었을 때, 낭자는 아직 태어나지도 않았지."

곽양의 얼굴에 홍조가 떠올랐다.

"스님, 법명이 무엇인지요?"

"내 이름은 주목낭마珠穆朗瑪라 하오."

주목낭마*는 토번 지역에 있는 산의 이름으로 그 봉우리가 천하에서 가장 높다 할 만했다. 국사가 배운 불법과 무공은 모두 토번 지역에 기원을 두고 있었다. 그는 아무렇게나 둘러댄 것이었지만 그 말 속에는 무공이 다른 사람들이 따라오지 못할 정도로 높다는 의미가 은연 중에 깔려 있었다.

---

* 지금의 에베레스트산.

곽양은 천진난만하게 미소를 지었다.

"법명이 참 어렵네요."

"주목낭마."

금륜국사가 다시 한번 또박또박 일러주자 곽양이 고개를 끄덕이며 말했다.

"예, 주목낭마 대사님. 그런데 우리 큰오빠가 어디 계시는지 아시나요?"

"큰오빠라?"

"예, 양과 오빠 말씀이에요."

"아, 양과를 큰오빠라 하시오? 가만, 성이 곽씨라고 했던가?"

곽양은 저도 모르게 얼굴이 붉어졌다.

"대를 이어 친분이 있거든요. 오빠는 어려서 우리 집에서 자랐어요."

국사는 뭔가 짚이는 것이 있었다.

"내게 친구가 한 명 있는데, 친분이 아주 깊지요. 무공이 높고 널리 이름을 떨친 인물이라오. 역시 성이 곽씨지. 이름은 외자로 정. 혹 낭자께서는 그를 아시오?"

곽양은 가슴이 덜컥 내려앉았다.

'몰래 빠져나왔는데 하필이면 아버지 친구를 만날 게 뭐람. 성으로 돌아가라고 혼낼지도 몰라. 차라리 숨기는 게 낫겠어.'

"곽 대협을 말씀하시는군요? 그분은 우리 집안의 어른이세요. 대사께서는 그분을 만나러 가시는 길인가요?"

원래부터 총명한 데다 경험이 많아 눈치 빠른 금륜국사가 표정이 바뀌는 곽양의 서툰 거짓말에 속아 넘어갈 리 없었다.

"나와 곽 대협은 함께 죽음을 넘나든 사이라오. 벌써 20년이나 만나지 못했구면. 얼마 전 북방 지역에 갔다가 곽 대협이 죽었다는 소식을 듣고 그의 영전에 절이라도 한번 올리고 싶어 가는 길이라오. 아……그렇게 정의로운 대영웅께서 명이 짧다니, 참으로 하늘도 무심하시오."

그는 소매가 젖을 정도로 눈물을 흘렸다. 내공이 깊다 보니 온몸의 근육을 자유자재로 움직일 수 있었기에 눈물을 짜내는 것 역시 어려운 일이 아니었다.

슬피 우는 그의 모습을 보며 곽양은 마음이 묘해졌다. 아버지가 돌아가시지 않은 것을 알고 있으면서도 갑자기 눈자위가 붉어졌다.

"스님, 슬퍼하실 것 없어요. 곽 대협은 죽지 않았어요."

"낭자가 모르고 있는 거요. 그는 죽었소. 어린아이가 어른들 일을 어찌 알까!"

"제가 지금 양양에서 나오는 길인데 왜 모르겠어요? 바로 어제도 곽 대협을 본걸요?"

국사는 그제야 큰 소리로 웃으며 외쳤다.

"그래, 낭자가 바로 곽 대협의 딸이로군!"

그러다 갑자기 고개를 저었다.

"아니지, 아니지. 곽 대협의 딸은 이름이 곽부라고 했지. 나도 본 적이 있어. 올해 서른다섯은 됐을 텐데 말이야. 낭자는 가짜로군!"

결국 곽양은 금륜국사의 꾀에 넘어가 입을 열고 말았다.

"곽부는 우리 언니고요, 저는 곽양이에요."

금륜국사는 쾌재를 불렀다.

'오늘 정말 운이 좋군. 이 기회를 놓칠 수는 없지!'

"그렇다면 곽 대협이 정말 죽지 않은 모양이군."

곽양은 그가 얼굴 가득 웃음을 지으며 이야기하자 정말 자기 아버지가 죽지 않아서 기뻐하는 줄 알고 그를 완전히 믿게 되었다.

"그럼요! 우리 아버지가 돌아가셨다면 저도 울다가 죽었을 거예요."

"그래그래, 널 믿으마. 그렇다면 난 양양에 갈 필요가 없겠구나. 네가 아버지 어머니께 옛 친구 주목낭마가 안부 전하더라고 말씀드리거라."

그는 곽양이 자신을 붙잡고 양과에 대해 물을 것이 뻔하므로 더 이상 볼일이 없다는 듯 합장을 하고 말안장을 만지작거렸다.

"잠깐, 대사님! 이렇게 그냥 가시겠다는 건가요?"

"그럼 뭘 하자는 것이냐?"

"저는 우리 아버지 소식을 전해드렸는데 대사님은 큰오빠 소식을 아직 전해주지 않으셨잖아요. 그분은 도대체 어디 계신 거예요?"

"아, 어제 남양 북쪽 계곡에서 양과와 한참 동안 이야기를 나누었지. 거기서 검술을 연마한다던데, 아마 아직 떠나지 않았을 거야. 그러니 어서 그쪽으로 가보거라."

곽양은 스님이 양과를 만났다고 하자 마음이 조급해졌다.

"여기 계곡이 얼마나 많은데, 어디 가서 큰오빠를 찾아요? 좀 더 자세히 말씀해주세요."

국사는 짐짓 뭔가 생각하는 것처럼 잠시 뜸을 들이더니 고개를 들었다.

"그래, 내가 원래 북상하던 길이었으니 널 데리고 가마."

"와! 감사합니다!"

금륜국사가 말을 당기며 말했다.

"어린 낭자가 말을 타고, 나는 걸어가지."

"그럴 수는 없죠."

"이 말이 비록 다리가 넷이지만, 두 다리 달린 나보다 빠르지는 않을 거야. 그러니 어서 타."

곽양은 부담 없이 말에 올라타고는 금륜국사를 돌아보았다.

"아 참, 대사님, 저 배가 너무 고파요. 뭐 먹을 것 없어요?"

국사는 주머니에서 마른 곡식과 떡을 조금 꺼내주었다. 곽양은 떡을 두 개 먹고는 말을 몰았다. 국사는 바쁘게 걷지 않는데도 말과 똑같은 속도로 가고 있었다. 곽양은 아까 금륜국사가 한 말이 떠올랐다.

'말이 비록 다리가 넷이지만 두 다리 달린 나보다 빠르지는 않을 거야……'

곽양은 갑자기 장난이 치고 싶었다. 그녀는 미소를 지으며 말고삐를 흔들었다.

"대사님, 제가 먼저 가서 앞에서 기다리고 있을게요."

곽양은 말을 마치기도 전에 바람처럼 말을 몰았다. 곽양은 귓가로 바람이 스쳐가는 소리를 들으며 달렸다.

"대사님, 따라오실 수 있어요?"

곽양은 고개를 돌려 막 웃어 보이려다가 갑자기 표정이 굳어졌다. 뒤에 있어야 할 금륜국사의 모습이 어디에도 보이지 않았다. 그녀는 두리번거리며 사방을 살폈다. 그런데 앞쪽에서 외치는 소리가 들렸다.

"말이 영 느린 것 같은데, 채찍질을 더 해야겠구나!"

"어떻게 제 앞에 계신 거죠?"

금륜국사는 저만치 10여 장 앞에 서 있었다. 곽양은 채찍을 휘둘러 말을 더 빨리 몰았다. 그러나 금륜국사와의 거리는 도무지 좁혀지지 않았다. 두 사람은 이미 양양성 북쪽 큰길에 접어들었다. 끝없이 펼쳐진 평원 위로 말이 일으킨 흙먼지가 자욱하게 일었다. 그러나 국사의 발아래로는 먼지조차 일지 않았다. 마치 그는 바람을 타고 달리는 것만 같았다.

곽양은 감탄을 금치 못했다.

'하긴, 저 정도 무공이 아니면 우리 아버지와 친구가 될 수도 없었겠지.'

그러자 존경심이 절로 일었다.

"대사님! 대사님이 선배이시니 말을 타세요. 제가 천천히 따라갈게요."

국사는 슬쩍 고개를 돌리고 웃어 보였다.

"길 위에서 시간 보낼 것 있나. 네 큰오빠를 빨리 찾아야지."

전력으로 질주하던 말이 힘에 부쳤는지 조금씩 속도가 떨어졌다. 그러니 오히려 국사와의 거리가 더욱 벌어졌다.

그때 북쪽에서 말발굽 소리가 들리더니 말 두 필이 맞은편에서 다가왔다. 금륜국사가 그들을 가리켰다.

"잘됐군. 저 두 마리를 잡아 세 마리를 번갈아 타면 더 빨리 갈 수 있겠구나."

국사가 외치는 사이 두 필의 말이 점점 가까워졌다. 국사는 두 손을 힘껏 뻗으며 고함쳤다.

"빨리 말에서 내리거라!"

말들이 놀라 길게 울부짖으며 앞발을 치켜들었다. 그래도 말을 타고 있는 사람들의 솜씨가 보통이 아니었던지 그들은 말 위에서 떨어지지 않았다.

"누구냐? 죽고 싶은 거냐!"

말 위에 타고 있던 사람이 고함을 치며 채찍을 휘둘렀다. 그 목소리를 듣고 곽양이 반갑게 소리쳤다.

"대두귀, 장수귀 아저씨예요! 우리 편이에요."

말에 타고 있던 사람은 바로 장수귀와 대두귀였다. 국사는 왼손을 휘둘러 대두귀가 휘두르는 채찍을 잡아 뿌리쳤다. 뜻밖에 대두귀가 몸은 작아도 힘이 장사였다. 게다가 채찍은 소가죽으로 만들어 대단히 질겼다. 국사의 힘이 실로 엄청났지만 채찍은 대두귀의 손에서 빠져나오지 않았다.

"제법이군!"

국사는 감탄을 하며 팔에 더욱 힘을 주었다. 그러자 힘껏 버티던 대두귀가 결국 말에서 떨어졌다. 대두귀는 분한 마음이 드는지 씩씩거리며 채찍을 팽개치고 국사를 향해 달려들었다.

"오제, 잠깐 기다려!"

옆에서 장수귀가 그를 막고는 곽양을 돌아보았다.

"곽 낭자, 왜 금륜국사와 함께 있는 거죠?"

금륜국사가 양과 등과 절정곡에 갔을 때 장수귀 번일옹도 그 자리에 있었다. 곽양은 가볍게 미소를 지었다.

"사람 잘못 보셨어요. 이분은 주목낭마 대사이며 아버지의 오랜 친구예요. 금륜국사는 아버지의 적인걸요."

장수귀는 의아해하며 두 사람을 번갈아 바라보며 물었다.

"저 중을 어디서 알게 되었소?"

"이제 막 만났어요. 이분이 글쎄 우리 아버지가 돌아가신 줄 알고 계시더라고요. 제가 얼마나 웃었겠어요? 어쨌든 지금은 저를 우리 큰오빠에게 데려다주는 중이에요."

대두귀가 말했다.

"낭자, 어서 이쪽으로 와요! 이자는 좋은 사람이 아니오."

곽양은 반신반의하는 얼굴이었다.

"무슨 말씀이세요? 그럼 이분이 절 속인 건가요?"

대두귀도 마음이 급해졌다.

"신조협은 지금 남쪽에 있어요. 이자는 지금 낭자를 북쪽으로 데리고 가잖아요!"

금륜국사가 피식 웃었다.

"두 난쟁이가 무슨 헛소리냐!"

국사의 몸이 흔들리는가 싶더니 순식간에 그들 옆으로 다가와서는 두 사람의 천령개를 향해 쌍장을 내질렀다. 지난 10여 년간 금륜국사는 몽고에서 용상반야공龍象般若功을 연마했다. 이것은 금강종의 지고무상한 호법 신공이었다. 이 용상반야공은 전체가 13층으로 나뉘어 있는데 제1층의 무공은 누구든 전수받기만 하면 1~2년 안에 익힐 수가 있었다. 그러나 단계가 높아질수록 연마하는 시간도 오래 걸려 제3층에 이르는 데 7~8년이 걸리기도 했다. 이렇게 연마에 필요한 시간이 배가되면서 성과를 보는 것도 갈수록 어려웠다. 제5층에 이르게 되면 다음 단계로 넘어가는 데 30년 이상이 걸리기도 했다.

금강종은 고승이 적지 않았지만 용상반야공을 10층 이상 익힌 사람은 단 한 명도 없었다. 이 무공은 점차적으로 순서가 올라가지만 본래 다 수련할 수는 없게 되어 있었다. 만약 천수를 누리는 사람이 있다면 끝내는 제13층의 경지까지 도달할 수 있겠지만, 사람 목숨이란 유한한 것이니 결국 고승이라고 해도 제7~8층까지 배우고 나면 마음이 조급해지게 마련이었다. 그러다 무리하게 수련하면 커다란 위험에 빠지곤 한다. 북송 연간에 토번의 한 고승이 9단계까지 연마하고 드디어 절정에 이르렀을 때 가슴이 확 트이는 것을 느꼈는데 다음 순간을 넘기지 못했다. 그는 결국 쓰러졌고, 7일 밤낮으로 미친 듯 돌아다니다가 스스로 경맥을 끊고 죽어버렸다.

그러한 용상반야공을 수련한 금륜국사는 실로 불세출의 기재였다. 그는 용상반야공에 심취해 놀랍도록 빠른 속도로 제9층을 지나 제10층의 경지에까지 다다랐다. 이는 전대의 선배들이 결코 이루지 못한 업적이었다. 이 용상반야공의 무공은 일장을 격출하면 십룡십상十龍十象의 괴력을 지니게 된다고 했다. 하지만 제11층을 연마하는 데는 오랜 시간이 걸릴 테니 그는 더 이상 정진해보아도 희망이 없다는 것을 알았다.

예전에 그는 양과와 소용녀의 검에 패해 평생 처음 큰 치욕을 맛보았다. 하지만 지금은 이전보다 무공이 몰라보게 높아졌다고 스스로 자부했고, 그래서 당당하게 몽고 황제의 어가를 따라나섰다. 그는 기필코 양과와 소용녀 부부를 굴복시키고 과거 원한을 갚고 싶은 생각뿐이었다.

금륜국사는 두 손으로 대두귀와 장수귀를 한꺼번에 공격했다. 대두귀는 팔을 들어 막았지만 오히려 팔이 부러지고, 다음 순간 뇌문을 맞아 비명조차 내지 못한 채 절명하고 말았다. 장수귀는 내공이 깊어 적의 공격이 심상치 않은 것을 보고 탁천세托天勢로 두 손을 들어 막았다. 그러나 이미 1,000근 무게가 몸을 짓누르는 것 같더니 눈앞이 캄캄해지며 곧 땅에 쓰러졌다.

지켜보던 곽양은 얼굴이 하얗게 질려버렸다.

"이 두 분은 내 친구인데 왜 죽었어요?"

장수귀는 선혈을 토해낸 뒤 벌떡 일어나 국사의 두 다리를 붙잡았다.

"낭자, 어서 도망가시오!"

국사는 왼손으로 그의 등을 움켜쥐고 내던지려 했다. 그러나 장수귀는 곽양을 살리기 위해 죽을힘을 다해 국사의 다리를 끌어안았다.

곽양은 놀라면서도 분해 견딜 수가 없었다. 이제 국사의 속셈을 눈치챘지만, 그렇다고 장수귀를 버리고 혼자서 도망갈 수는 없었다. 그녀는 두 팔로 국사의 허리를 잡고 흔들었다.

"이 나쁜 중아! 이게 무슨 짓이야! 어서 장수귀를 놓아줘. 내가 가면 될 거 아냐!"

"어서 도망가요……. 나는 상관하지 말고…….."

장수귀는 말을 채 맺지도 못하고 그만 숨을 거두고 말았다.

국사는 장수귀의 시신을 들어 옆으로 내던진 뒤 능글맞게 웃으며 말했다.

"도망가려거든 말을 타야지?"

곽양은 평생 누군가를 이렇게 미워해본 적이 없었다. 노유각이 곽도의 손에 죽었을 때도 곽도가 죽이는 것을 직접 보지 못했기 때문에 가슴이 아팠을 뿐, 그가 이렇게까지 밉지는 않았다. 지금은 국사의 악랄한 수법을 목도하고 나니 너무 미워 견딜 수가 없었다. 그녀는 국사를 똑바로 노려보았다. 전혀 두려워하는 기색이 없었다.

"정말 나쁜 중이군!"

"내가 무섭지 않으냐?"

"나는 하나도 무섭지 않다. 날 죽이려면 마음대로 해라!"

국사는 엄지손가락을 치켜세웠다.

"역시! 대영웅의 딸이로군!"

곽양은 국사를 매섭게 쏘아보았다. 두 친구를 잘 묻어주고 싶었지만 가지고 있는 게 아무것도 없어 그저 두 팔을 늘어뜨린 채 신음만 내뱉을 뿐이었다. 곽양은 두 사람의 시신을 들어 올려 장수귀의 말 위에 신고 잘 묶었다.

"말아, 말아, 네 주인을 집에 잘 모셔다 드리거라."

곽양은 말을 힘껏 걷어찼다. 그러자 말은 울음소리를 내더니 바람처럼 내달렸다.

한편 양과와 황약사는 양양을 떠나서 남쪽으로 가고 있었다. 경공술로 달리니 진시辰時가 넘었을 때는 의성宜城에 다다랐다. 두 사람은 주루에 들어가 술과 음식을 시켰다.

황약사는 정영, 육무쌍 자매와 함께 10여 년 동안 고향 가흥에서 살았다. 그는 원래 두 사람을 데리고 강호를 떠돌아다니며 바람이나 쐴까 했는데 둘이 한사코 나오려 하지 않았다. 양과는 황약사의 이야기를 들으며 가만히 한숨을 내쉬었다. 정영과 육무쌍에게 죄스러운 마음이 드는 것을 어찌할 수가 없었다. 두 사람은 술을 마시며 이야기를 계속했다.

"황 도주님, 근 10여 년 동안 저는 여기저기 선배님을 찾아 안 가본 곳이 없었습니다. 꼭 여쭤보고 싶은 것이 있었는데 오늘에야 이렇게 뵙게 되었군요."

"나야 여기저기 가고 싶은 대로 떠돌아다니니까 날 찾기가 쉽지 않았겠지. 그래, 뭘 물어보고 싶었던 것이냐?"

양과가 막 대답하려는데 그때 주루 문이 콰당 열렸다. 그러고는 계단에서 요란스러운 발소리가 울리며 세 사람이 올라왔다. 둘은 발소리를 듣고 그 세 사람의 무공이 상당하다는 것을 눈치챘다. 침착하게 앉아 있다가 흘깃 보니 앞장선 사람은 바로 소상자였다. 그리고 그 뒤를 따르는 사람은 얼굴이 유난히 검었는데 아는 인물이 아니었다. 세 번째 올라온 사람은 윤극서였다. 소상자와 윤극서는 양과를 보고는 걸음을 멈추었다. 두 사람은 어지간히 놀란 듯 서로 마주 보더니 그대로 내려가려고 했다.

양과는 피식 웃음을 지었다.

"오랜만에 만났는데 어찌 그냥 가려 하시오?"

윤극서가 얼른 두 손을 모아 예를 올리며 웃어 보였다.

"양 대협, 그간 무고하셨습니까?"

그러나 소상자는 종남산에서 팔이 잘린 일을 수치스럽게 생각해 눈길조차 주지 않고 그대로 계단을 내려가버렸다. 그간 무공이 늘었다고는 해도 그는 자신이 양과의 상대가 될 수 없다는 걸 잘 알고 있었다.

얼굴이 검은 사내는 홀필열 막사의 무사였다. 윤극서, 소상자와 성내 상황을 정탐하기 위해 의성에 들어와 있던 그는 소상자가 급히 아래로 내려가는 것을 보고 큰 소리로 외쳤다.

"잠깐 기다리십시오. 자리를 망치는 손님이 있으면 제가 쫓아내겠습니다."

그는 말을 마치자마자 양과에게 다가가 어깨를 잡았다. 그러고는 계단 아래로 밀어버리려는 듯 팔에 힘을 주었다. 양과는 그의 손바닥에 자색 기운이 은근히 감도는 것을 보고 그가 독사장毒砂掌 종류를 배웠음을 알았다.

'이 세 사람을 이용해 남해신니에 대해 확인해봐야겠다.'

양과는 손을 뒤집어 상대방의 손바닥을 밀어내며 보기 좋게 그의 따귀를 때렸다. 계단을 내려가고 있던 소상자 역시 세 차례나 따귀를 맞았다. 아까 예를 갖춘 윤극서는 아무 일도 없었다. 이것은 양과가 스스로 만들어낸 무공이었다.

황약사는 깜짝 놀랐다.

"동생, 자네가 만든 장법인가 보군! 참으로 놀랍네. 어떤 것인지 모두 다 보여줄 수 있겠나?"

황약사가 웃으며 부탁하자 양과는 곧바로 자세를 취했다.

"가르침을 받고 싶었습니다."

그는 소매를 휘날리며 부드럽게 왼손 초식을 펼쳐 보이며 암연소혼장법을 시전했다. 타니대수의 일 초식을 선보인 뒤 배회공곡으로 넘어가며 소상자, 윤극서 일행을 모두 자신의 장풍 안에 가두었다. 세 사람은 이내 마치 거센 파도에 갇힌 듯 이리저리 부딪치며 양과의 장풍에 끌려다녔다. 땅바닥에 발을 디디고 서 있는 것조차 어려울 정도로 몸이 말을 듣지 않았다.

이 모습을 지켜보던 황약사가 잔을 들었다.

"옛사람들은 한서漢書를 안주 삼아 술을 마셨다는데, 나는 동생의 장법을 안주로 삼으니 이 얼마나 호방한가."

"선배님께서 가르침을 주십시오."

양과는 손을 거두며 장력의 방향을 바꾸어 소상자를 황약사 쪽으로 보냈다. 황약사는 주저하지 않고 왼손을 휘둘러 소상자를 돌려보냈다. 이어서 얼굴이 검은 사내가 끌려오자 잔을 들어 술을 마시고는 그 역시 양과에게 보냈다. 양과는 정신을 집중해 황약사의 장법을 살펴보았다. 심후한 내공이 엿보이기는 했지만 그리 특이할 것은 없었다.

'음, 내가 전력을 다하지 않으면 남해신니에게 배운 장법을 쓰지 않겠구나.'

양과는 기를 단전에 모으고 소상자, 윤극서, 검은 얼굴의 사내를 향해 장력을 발했다. 황약사는 세 사람이 마치 파도에 쓸리는 것처럼 힘없이 당하는 것을 보며 내심 감탄을 금치 못했다.

'이 친구의 장력이 갈수록 세지는군. 확실히 무공의 기재야!'

순간, 얼굴이 검은 사내가 갑자기 공중으로 튀어 오르며 황약사를 향해 날아왔다. 황약사가 손을 비스듬히 기울여 그를 막는 사이, 오른손이 흔들리며 술잔에 있던 술이 쏟아졌다. 뒤이어 윤극서와 소상자가 동시에 떠올라 서로 부딪쳤다.

"그래, 좋다."

황약사는 마침내 술잔을 내려놓고 오른손으로 장력을 발했다. 황약사와 양과는 서로 몇 장을 떨어져서 장력을 주고받았다. 세 사람은 졸지에 장난감처럼 둘의 장력에 쓸려 이쪽저쪽으로 날아다녔다.

암연소혼장을 반쯤 쓰자 황약사의 도화낙영장법이 조금씩 밀리는 듯했다. 황약사는 윤극서가 쏜살같이 다가오는 것을 보고 이에 맞설 장력이 부족함을 느꼈다. 그가 손가락을 튕기자 바람 소리와 함께 날카로운 힘이 바람을 가르며 양과의 장력을 무력화시켰다. 연달아 세 차례 손가락을 튕기자 바람 소리와 함께 소상자 등은 쓰러져 정신을 잃어버렸다. 이 탄지신통의 위력이 양과의 암연소혼장과 비슷해 두 사람은 우열을 가릴 수가 없었다. 두 사람은 서로 마주 보며 웃음을 터뜨린 뒤 다시 자리에 앉아 술잔을 기울였다.

"자네의 장법은 곽정의 항룡십팔장에 버금갈 만한 위력을 지녔군. 내 도화낙영장은 상대가 되지 않아."

양과는 손사래를 쳤다.

"저야 선배님께서 가르쳐주신 탄지신통과 옥소검법의 덕을 톡톡히 본 것뿐입니다. 그때는 참으로 스승님이나 다름없는 은혜를 입었습니다. 벌써 아시고 계시겠지만, 제가 만든 장법도 상당 부분 선배님께서 가르쳐주신 무공에서 비롯한 것입니다. 듣자 하니 선배님께서는 남해신니에게 장법을 배우셨다던데, 제게도 한 수 가르쳐주실 수 있는지요?"

"남해신니? 그게 누군가? 난 처음 듣는 이름인데."

뜻밖의 대답에 양과는 얼굴이 창백해진 채 벌떡 일어났다.

"설마…… 설마…… 세상에…… 남해신니가 없는 것은……?"

황약사는 그의 얼굴 표정이 심상치 않은 것을 보고 역시 크게 놀라 덧붙였다.

"요즘 강호에 나온 사람인가? 나야 워낙 새로운 소식에 어두우니 못 들은 모양이군."

양과는 멍하니 선 채 꼼짝도 할 수 없었다. 머릿속이 하얗게 변하고 가슴이 온통 비어버리는 듯한 느낌이 들었다.

'곽 백모가 분명 말씀하셨는데……. 남해신니가 용이를 데려갔다고……. 그럼 모든 게 거짓말이라는 건가? 그녀가 날 속인 건가?'

양과는 하늘을 쳐다보며 포효하듯 소리를 내질렀다. 그러자 주루의 지붕이 요란하게 흔들렸다. 양과의 볼에는 두 줄기 굵은 눈물이 흘러내렸다.

"무슨 일인지 어서 말을 해보게. 이 늙은이가 도와줄 수 있을지도 모르니."

양과는 대답은 하지 않고 절을 올렸다.

"제가 마음이 어지러워 무례를 범할 듯하니 부디 용서해주시기 바랍니다."

양과는 목이 메어 더 말을 이을 수가 없었다. 그는 그대로 소매를 휘날리며 몸을 돌려 주루를 내려갔다. 거친 발소리가 울리더니 주루의 계단이 모두 그의 발아래에서 무너져 내렸다.

황약사는 어안이 벙벙했다.

"남해신니라, 남해신니…… . 그가 도대체 누굴꼬?"

양과는 미친 듯이 내달렸다. 며칠 동안 먹지도, 자지도 않고 바람처럼 달리고 또 달릴 뿐이었다. 곧 쓰러져 죽을 것 같았지만 소용녀를 생각하는 마음을 어쩌지는 못했다. 이제 어디서 다시 그녀를 만날 수 있을까…… . 지금으로서는 생각조차 할 수 없었다. 어느덧 강가에 닿았다. 그의 마음은 더 지탱할 힘이 없을 정도로 피폐해질 대로 피폐해졌다. 배 한 척이 강가 옆으로 지나가는 것을 본 그는 그 위로 뛰어올라 다짜고짜 은자를 던져주었다. 그러고는 어디로 가는 배인지 묻지도 않고 그대로 쓰러져 잠이 들었다.

강은 동쪽으로 흘러갔다. 양과가 탄 배는 장강을 오르내리며 무역을 하는 상선이어서 시장이 있는 곳마다 며칠씩 정박해 물건을 팔기도 하고 또 싣기도 했다. 양과는 가슴속이 휑하니 비어버린 듯한 느낌이 들어 이 배가 어디로 흘러가든, 얼마나 정박하든 그저 뱃전에 앉아 밤낮으로 술을 마시며 한숨만 내쉬었다. 그러니 날짜가 얼마나 흘렀는지조차 알 수 없었다. 뱃사람들은 그가 그저 강호를 떠도는 미치광이인 줄만 알고 상관하지 않았다.

양과는 배를 강가에 대던 중 누군가 가흥, 임안으로 실을 사러 간다는 말을 들었다. 그는 가흥이라는 말에 정신이 번쩍 들었다.

'내 아버지가 가흥 철창묘에서 황용에게 죽었다고 했지. 시신은 까마귀밥이 되었다고 했는데……. 설마 유골이 여기저기 흩어져 있는 것은 아니겠지? 유골이라도 수습해 묻어드렸어야 했는데 불효를 범했구나!'

양과는 곧바로 배에서 내려 뭍으로 올라갔다.

때는 벌써 10월, 강남이 강북보다는 덜해도 추위가 빨리 닥쳐서인지 제법 날씨가 쌀쌀했다. 요 며칠은 비까지 내려서 날씨가 더욱 추웠다. 양과는 얇은 옷만 걸치고 헝클어진 머리를 한 채 비를 맞아가며 남쪽을 향해 걸었다.

사흘째 되는 날, 양과는 가흥에 도착했다. 성에 들어서니 이미 황혼 녘이었다. 그는 주루를 찾아들어 술과 밥을 먹고 명왕 철창묘로 가는 길을 물었다. 그런 뒤 비를 맞으며 걸음을 옮겼다. 철창묘에 도착하니 시간은 이미 이경이 넘어 있었다. 비가 조금 잦아들었지만 북풍은 더욱 거세졌다.

날이 저물어 어슴푸레 보이는 철창묘는 이미 오랜 세월 손보지 않은 탓인지 낡을 대로 낡아 있었다. 문은 다 썩어 있어 살짝 밀었는데도 그대로 쓰러져버렸다. 사당 안으로 들어가니 부서진 신상이 보였다. 반쯤 기울어진 채 먼지가 수북이 쌓여 있고, 사람이 다녀간 흔적은 찾아볼 수 없었다.

양과는 그 앞에 서서 30년 전의 모습을 그려보았다. 이곳에서 독을 당해 쓰러진 아버지 모습을 생각하니 마음이 더욱 무거워졌다.

그는 사당 안을 천천히 둘러보았다. 아버지가 돌아가신 지 이미 오래되었으니 흔적이 남아 있을 리 없었다. 사당 뒤쪽으로 가보니 나무 두 그루 사이에 무덤이 보였다. 양과는 무심히 그 앞에 서 있는 비석으로 눈길을 돌렸다. 뭔가 글자가 새겨져 있어 손으로 먼지를 쓸어내고 한 글자 한 글자 읽어 내려가던 그는 소스라치게 놀랐다. 두근거리는 가슴을 억누를 길이 없었다.

불초제자양강지묘
不肖弟子楊康之墓

그 옆에 작은 글씨로 또 한 줄이 새겨져 있었다.

부재업사구처기서비
不才業師丘處機書碑

양과는 울컥 화가 났다.

'구처기 이 늙은이가 참으로 무정하구나. 이미 아버지는 돌아가셨는데 왜 비를 세워 생전의 잘못을 들춘단 말인가? 우리 아버지가 왜 불초제자라는 거야? 흥! 그따위 썩은 도사는 뭐가 그리 대단하다고……. 전진교로 쳐들어가 한바탕 분풀이라도 해야겠군.'

양과는 비석을 부숴버리기 위해 팔을 치켜들었다. 그때 북서쪽에서 발소리가 들려왔다. 그런데 이상한 것이 무공 높은 고수들의 발소리 같은데 그 뒤를 야수 두 마리가 바짝 쫓고 있는 듯 왼쪽의 발소리는 무겁고 오른쪽은 가벼웠다. 양과는 행동을 멈추고 고개를 갸웃거리며 소리를 세심하게 들어보았다. 마침 발소리는 철창묘 쪽을 향하고 있었다. 양과는 사당 속으로 들어가 신상 뒤에 몸을 숨기고 동태를 살폈다.

잠시 후 발소리가 사당 앞까지 와 멈췄다. 혹 사당 안에 누군가 숨어 있을까 봐 주저하는 것 같았다. 한동안 사당 앞에서 머뭇거리더니 천천히 사당 안으로 들어왔다. 양과는 고개를 내밀고 이들을 살피다가 하마터면 웃음을 터뜨릴 뻔했다. 사당에 들어온 자들은 네 명인데 모두 왼쪽 다리를 절어 각자 지팡이를 하나씩 짚었고 오른쪽 어깨를 서로 쇠사슬로 연결하고 있었다. 그래서 걸음을 걸을 때 지팡이 네 개가 한꺼번에 땅을 짚고 또 오른쪽 다리가 동시에 땅을 디딘 것이다.

맨 앞에 있는 자는 머리가 벗겨지고 왼팔이 반이나 없었다. 두 번째 사람은 이마에 혹이 세 개가 나 있고 왼팔이 겨드랑이부터 없었다. 두 사람은 그야말로 완전히 망가진 모습이었다. 세 번째 사람은 체구가 작으면서 단단해 보였고 네 번째 사람은 키가 큰 중이었다. 네 사람 모두 나이가 상당히 많은 늙은이들이었는데 부자연스럽게 더듬거렸다.

'도대체 뭘 하는 사람들이기에 저렇게 붙어 다니지?'

양과는 궁금증이 일어 이들이 뭘 하려는지 더 지켜보기로 했다.

우두머리인 듯한 대머리가 부싯돌을 부딪쳐 반 토막쯤 남은 초에 불을 붙였다. 그제야 양과는 이들의 모습을 정확히 살필 수 있었다. 대머리를 제외하고 나머지 세 사람은 앞을 보지 못해서 그렇게 붙어 다니는 것이다.

‘대머리가 저들을 데리고 다니는 것이었군.’

대머리 늙은이가 초를 들고 사당 여기저기를 살폈다. 그러는 동안
에도 네 사람은 마치 묶어놓은 게처럼 줄줄이 함께 움직였다. 양과가
이미 몸을 숨긴 데다 네 사람 모두 거동이 불편하고 그나마 세 명은
앞을 보지 못하니 이들은 신상 뒤에 숨은 양과를 보지 못하고 그냥 지
나쳤다. 네 사람은 다시 사당 가운데로 갔다.

“가 노인이 우리의 행적을 누설하지는 않았겠지만, 혹 한패가 있다
면 이 주위에 있을 거야.”

대머리가 먼저 입을 열자 세 번째 노인이 맞장구를 쳤다.

“절대 말하지 않기로 했으니까 그럴 리 없겠지.”

네 사람은 나란히 바닥에 앉았다. 혹이 난 두 번째 노인이 입을 열었다.

“사형, 가 노인이 올까요?”

대머리가 대답했다.

“그야 모르는 일이지. 이치를 따지면야 안 오기가 쉽지. 세상에 어
떤 바보가 제 발로 죽으러 오겠느냐?”

세 번째 노인도 끼어들었다.

“하지만 가 노인은 강남칠괴의 맏형이잖아요. 그는 전에 그 지독한
구처기와 내기를 하고 멀리 몽고까지 가서 곽정에게 무공을 가르쳤어
요. 그건 강호에 널리 퍼진 이야기라고요. 강남칠괴는 약속을 천금같
이 여겨 한번 뱉은 말은 반드시 지킨다고 했어요. 우리도 그런 사정을
봐서 그를 놓아준 것이고요!”

양과는 신상 뒤에서 그들이 나누는 얘기를 똑똑히 들으면서 생각했다.

‘아하, 가진악 할아버지를 기다리는 것이었군.’

두 번째 노인의 목소리가 들렸다.

"난 그가 안 올 것 같은데요. 팽 사형, 우리 내기할까요? 과연 누구 말이……."

그의 말이 끝나기도 전에 동쪽에서 발소리가 들렸다. 마찬가지로 한쪽은 가볍고 한쪽은 무거웠다. 누군가 지팡이를 짚고 달려오는 소리였다. 양과는 어릴 때 도화도에서 가진악을 만난 적이 있어서 발소리만 듣고도 그가 왔음을 알 수 있었다.

세 번째 노인이 웃음을 터뜨렸다.

"후 사제, 가 노인이 왔구먼. 그래도 내기를 하려나?"

혹이 난 노인이 비실비실 웃음을 지으며 말했다.

"지독한 영감, 정말 죽으려고 왔군."

어느새 철장으로 땅을 때리는 소리가 가까워지더니 비천편복 가진악이 사당 앞에 당도했다. 그는 우뚝 멈춰 서서 큰 소리로 외쳤다.

"가진악이 약속을 지키려고 왔다. 이것은 도화도의 구화옥로환이다. 모두 열두 환이니 한 사람에 세 환씩이다!"

그는 오른손을 들어 작은 자기병을 대머리 노인에게 던졌다.

"고맙소!"

노인은 희색이 만면하여 병을 받아 들었다.

"자, 내 일도 모두 끝나고 약도 주었으니 이제 처분에 맡기겠다."

비천편복 가진악은 조금의 흔들림도 없이 하늘을 바라보며 서 있었다.

"사형, 저자가 구화옥로환을 가져다 우리의 내상을 치료하게 해주었으니 그냥 놓아줍시다. 우리와 무슨 깊은 원한이 있는 것도 아니니까요."

혹이 난 노인의 말에 세 번째 노인이 냉소를 지었다.

"흥! 사제, 후환을 남겨두면 낭패를 당하는 법이야. 그런 동정심 때문에 우리가 나중에 객사해 묻힐 곳도 없게 되면 어쩔 거야? 저자가 지금은 발설하지 않겠지만, 나중에라도 말하면 어떻게 해?"

그는 가진악을 한 번 노려보더니 냉랭하게 소리쳤다.

"한꺼번에 공격해!"

네 사람은 우르르 몰려가 가진악을 둘러쌌다. 대머리 노인이 외쳤다.

"가 노인, 30년 전 우리는 이곳에서 양강이 죽는 것을 지켜보았소. 그런데 오늘 당신도 그와 같은 죽음을 맞게 되겠군. 이것이야말로 인과응보라 할 수 있지!"

가진악은 철장으로 바닥을 쩽, 하고 소리나게 내려치고는 버럭 고함을 질렀다.

"양강은 나라의 적을 아비로 삼고 제 부귀영화만을 위해 나라를 팔았기에 그리된 것이다. 나 가진악은 사내대장부로서 하늘에 조금도 부끄럽지 않다. 그 매국노를 어찌 이 비천편복과 비교하는 것이냐! 이 가진악을 죽일 수는 있어도 모욕하는 것은 용서할 수 없다!"

세 번째 노인이 코웃음을 쳤다.

"쳇! 죽는 마당에도 영웅 타령이오?"

나머지 세 사람이 동시에 팔을 뻗었다. 가진악은 상대방을 이미 간파하고 있었다. 그는 스스로 이 네 사람의 적수가 되지 못함을 알기에 지팡이를 짚고 꼿꼿이 서 있었던 것이다. 이들의 손은 모두 가진악의 정수리를 노리고 있었다.

바로 그때 바람 소리와 함께 픽, 하고 한 무더기의 먼지가 일었다. 네 사람은 뭔가가 이상해 자세히 살펴보았다. 그런데 눈앞에 있어야 할 가진악은 온데간데없이 사라지고 대신 사당에 있어야 할 신상이 놓여 있었다. 신상의 머리는 그들의 장력을 맞고 가루가 되었다.

대머리는 깜짝 놀라 주위를 두리번거렸다. 사당 제대 앞에 서른 살쯤 되어 보이는 사내가 분노로 가득 찬 얼굴을 하고 왼손에 가진악의 뒷덜미를 잡고 있었다. 그는 가진악을 높이 치켜들며 외쳤다.

"양강은 이미 죽었소. 그런데 지금까지도 매국노라고 욕하는 이유가 무엇이오?"

"넌 누구냐?"

"나는 양과이고 양강은 내 아버지요. 내가 어릴 때 당신은 내게 잘 대해주었소. 그런데 어찌 뒤에 숨어서 이미 세상을 떠난 아버지를 욕하는 것이오?"

가진악은 오히려 미소를 지었다.

"고금을 통틀어 어떤 이는 빛나는 이름을 남기지만, 어떤 이는 악명을 떨치기도 하지. 후대 사람들의 눈과 입을 막을 수는 없는 법이다."

전혀 동요하지 않는 가진악의 모습에 양과는 더욱 화가 치솟았다. 그는 가진악을 더 높이 치켜들었다가 땅바닥에 내동댕이쳤다.

"그래, 우리 아버지가 매국노라고?"

대머리 노인 등은 양과의 힘과 무공을 보고 벌린 입을 다물지 못했다. 한순간 사람을 신상과 바꾸어놓았는데도 자신들은 전혀 눈치채지 못했는데, 이번에는 한 손으로 가진악을 가볍게 들어 내동댕이치니 그저 놀랍기만 했다. 분명 자신들의 적수는 아니었다. 대머리 노인은 슬금슬금 사슬을 당겨 나머지 세 사람과 함께 조용히 사당을 빠져나가려 했다. 이들의 움직임이 어른거리자 양과가 입구를 막으며 외쳤다.

"사실대로 이야기하지 않으면 너희도 모두 죽은 목숨이다!"

네 사람은 입을 모아 외치며 앞으로 달려들었다.

"그래, 덤벼라!"

양과는 천천히 왼손을 들어 일장을 날렸다. 그의 가벼운 장력에도 사당 안은 아수라장이 되었다. 몸통만 남은 신상은 산산조각이 났고, 네 사람은 모두 제대로 서 있지도 못하고 한꺼번에 자빠졌다. 네 사람 중 두 번째 노인의 무공이 가장 약했다. 그런데 하필이면 그의 이마에 난 혹이 신상에 부딪치는 통에 그만 그 자리에서 혼절하고 말았다.

"자, 이제는 순순히 말하시지. 너희 네 사람은 누구며 왜 이런 이상한 꼴로 함께 다니는 것이냐? 또 가진악과는 무슨 연유로 여기서 만나기로 했느냐?"

바닥에 넘어진 대머리 노인은 오장육부가 모조리 거꾸로 돌아가는 듯 고통으로 일그러져 있었다. 그는 힘겹게 일어나 앉아 숨을 몇 번 고르고는 천천히 이야기를 시작했다.

이 대머리 노인은 바로 사통천沙通天이었다. 혹이 난 노인은 그의 사제인 삼두교三頭蛟 후통해候通海, 세 번째는 천수인도千手人屠 팽련호彭連虎, 그리고 마지막 네 번째 중은 대수인大手印 영지상인靈智上人이었다. 이들은 30여 년 전 노완동 주백통에게 붙잡혀 구처기와 왕처일에게 넘겨졌다. 구처기와 왕처일은 네 사람을 종남산 중양궁에 가두고 그간의 잘못을 반성하게 했다. 하지만 네 사람은 반성은 하지 않고 매번 도망만 치려고 기회만 노렸다. 그러나 그때마다 다시 붙잡혀 끌려오곤 했다. 세 번째 도망칠 때 팽련호, 후통해, 영지상인은 파수를 보던 전진 제자 몇 명을 죽였다. 그러자 전진교의 도인들은 이들의 눈을 뽑아 다시는 세상을 보지 못하게 했고 다리도 한쪽씩 부러뜨렸다. 사통천은 사람을 다치게 하지는 않았기 때문에 그나마 눈을 보전할 수 있었다. 그 후 몽고군이 중양궁을 불태울 때 사통천 등은 혼란을 틈타 중양궁을 빠져나갔다. 그러나 세 사람은 장님이라 사통천이 길을 이끌어주지 않으면 산속에서 빠져나갈 수 없었다. 팽련호 등은 그가 혹 자기들을 버리고 혼자 도망갈까 봐 전진교에서 그들의 어깨를 연결시켜놓은 사슬을 풀지 않았다. 그래서 네 사람은 한 몸처럼 붙어 다니게 된 것이었다.

양과는 중양궁에서 무예를 배운 게 아주 짧은 시간이었고 또 사부나 사형들과 사이가 좋은 편도 아니어서 감옥에 출입하는 것이 허락되지 않았다. 그래서 네 사람에 대한 얘기는 듣지 못했다.

사통천 등은 중양궁을 빠져나간 후 전진교의 근거지가 파괴되기는 했지만, 전진교의 세력이 여전히 크다는 것을 알고 몰래 강남으로 숨어들어 궁벽한 시골에 은거했다. 그리고 10년을 조용히 살아왔다. 그런데 얼마 전 이들이 문밖에서 햇볕을 쬐고 있는데 마침 그 마을을 지나가던 가진악을 보게 된 것이다. 사통천은 그가 자기들을 잡으러 온 것이라 생각했다. 그래서 먼저 그를 공격해 사로잡았지만 이내 가진악이 자기들에게 볼일이 있는 것이 아님을 알았다. 그러나 이미 자신들의 거처가 그에게 알려진 터라 그냥 돌려보낼 수는 없었다.

가진악은 상황을 눈치채고 약속을 했다. 양양에 꼭 가야 할 일이 있으니 자기를 보내주면 돌아오는 길에 도화도의 보물인 구화옥로환을 가져다주겠다고 한 것이다. 네 사람은 다리가 절단된 후 날이 흐리기만 하면 그 부위가 견디지 못할 정도로 시리고 쑤셨기 때문에 가진악이 영약을 가져다준다고 하자 그들을 봤다는 말을 하지 않겠다는 다짐을 받고 즉시 풀어주었다. 사통천은 지난 일을 다 말한 후 하소연했다.

"양 대협, 영존께서 살아 계실 때 저희는 그 댁의 손님이었습니다. 나리께서 뜻하지 않게 돌아가시고, 저희는 그분의 명성에 누가 되는 말은 하지 않았습니다. 옛정을 생각하셔서 저희를 놓아주시기 바랍니다."

한때는 사통천, 팽련호 등도 모두 강호를 누비던 자들이었다. 각자 무기를 옆에 끼고 누구에게 아쉬운 소리 한 번 한 적 없을 정도로 무공을 뽐냈다. 그러나 오랜 세월 갇혀 지내고 다리와 눈까지 잃고 나자 마음이 많이 약해져 있었다. 처음 보는 양과에게 대들던 호기는 모두 사라지고 체면 불고하고 사정만 해댔다.

양과는 코웃음만 칠 뿐 대꾸조차 하지 않았다. 그는 다시 가진악에게 물었다.

"아까 양양에 꼭 가야 한다고 했는데 거기는 무슨 일로 간 거요?"

가진악은 하늘을 올려다보며 길게 한숨을 쉬었다.

"양과야, 세월이 참으로 많이 흘렀구나."

양과는 멈칫했다. 목숨이 위태로운데 무슨 세월 타령인가? 가진악의 목소리가 다시 들려왔다.

"일이 이렇게 되었으니 나 비천편복은 목숨을 구걸할 생각이 없다. 젊은 시절에는 나 역시 누구를 무서워한 적이 없었지. 네 무공이 아무리 높다고 해도 죽음을 두려워하는 사람들이나 네 앞에서 떨 뿐이다. 그러나 강남칠괴는 그런 사람이 아니다."

양과는 강남칠괴라는 말에 절로 고개가 숙여졌다. 그리고 시종 당당한 그의 모습에 내심 존경심마저 일었다.

"어르신, 제가 잘못했습니다. 저희 선친을 모욕하는 말씀을 하셔서 그만 흥분했던 것입니다. 어르신의 명성은 저도 어려서부터 듣고 존경해왔습니다. 어찌 함부로 무례를 저지르겠습니까?"

"이제야 사람이 하는 말 같구나. 듣자 하니 너도 인품이 훌륭하고, 또 양양에서 큰 공을 세웠다고 하더구나. 암, 그래야 사람 노릇을 하는 것이지. 만일 네가 네 아비와 같았다면 너와 말을 섞는 것 자체가 내게는 수치였을 것이다."

양과는 또 울컥 분노가 치솟았다.

"도대체 우리 아버지께서 뭘 잘못하셨다는 것입니까? 분명하게 말씀을 해보시지요!"

양과는 그간 사람들의 이야기를 통해 아버지 양강이 한 일들을 조금은 알고 있었다. 그러나 사람들은 그의 기분을 상하게 할까 봐 단도직입적으로 이야기하지 않았고, 또 양과가 묻기라도 하면 말을 돌리곤 했다. 그러나 가진악은 워낙 곧은 성품에 고지식해 양과의 기분은 아랑곳하지 않고 양강과 곽정 사이에 있었던 일을 사실대로 이야기했다. 양강과 구양봉이 강남칠괴 중 오괴를 죽인 일, 또 철창묘에서 황용을 공격하다가 제 목숨을 잃은 일 등을 차근차근 일러주었다.

"그날 저녁에 있었던 일은 여기 있는 우리 모두가 지켜보았다. 사통천, 팽련호, 너희도 봤으니 알 것이다. 내 말에 거짓이 있느냐?"

여섯 사람이 사당에서 신상을 부수며 싸우고 큰 소리로 다투느라 탑 안에 있던 수십 마리의 까마귀가 모두 날아올라 공중을 선회하고 있었다. 까마귀들의 요란한 부르짖음이 공포스럽게 들렸다. 사통천이 탄식하듯 말했다.

"그날 저녁에도 이렇게 까마귀가 많았지……. 그때 양 공자가 나를 붙잡았는데, 만일 팽 형제가 재빨리 내 팔을 잘라주지 않았다면 살아날 수 없었을 겁니다."

팽련호가 말했다.

"가 노인의 말이 사실이기는 하나, 그래도…… 영존께서는 예의가 바르고 인품도…… 또 인물도 좋고 비범하셨지요."

양과는 머리를 싸매고 괴로움에 몸을 떨었다. 자기를 낳아준 아버지가 그처럼 간악했다니……. 자신이 아무리 이름을 날려도 아버지 죄를 씻을 수는 없을 것 같았다. 사당 안에 침묵이 흘렀다. 까마귀 우는 소리가 더욱 을씨년스럽게 울려 퍼졌다. 한참 후 가진악이 입을 열었다.

"자네가 양양에서 큰 공을 세우고 나라와 백성을 구해 세상에 자네를 칭송하는 목소리가 드높다네. 자네 아버지가 무슨 죄를 지었건 그건 이미 지나간 일이야. 그 역시 자네가 자신의 죄를 씻어준 것을 기뻐하고 있을 걸세."

양과는 곽정 부부를 만난 후의 일들을 떠올렸다. 황용은 언제나 경계심을 가지고 자기를 대했다. 생각해보니 그간 있었던 모든 오해의 시작은 바로 아버지 때문이었다. 그러나 아버지가 없었다면 자신은 태어나지도 못했을 몸이 아닌가. 양과는 길게 한숨을 토하고는 몸을 돌리며 사통천 등을 향해 외쳤다.

"어르신께서는 너희와 한 약속을 지키러 오셨다. 어르신은 약속은 반드시 지키는 분이다. 어서 공격해라. 다만 너희가 수를 믿고 한꺼번에 공격한다면 내가 너희를 죽여 복수할 테다."

사통천은 할 말을 잃고 멍하니 서 있었다. 팽련호가 대신 나섰다.

"양 대협, 저희가 무지해 어르신께 실례를 저질렀습니다. 두 분께서 저희 잘못을 용서해주시기 바랍니다."

"그렇다면 분명히 말해두겠다. 이것은 너희가 약속을 어기고 어르신을 공격하지 않은 것이다!"

팽련호가 말했다.

"예, 예. 가 노인은 신의를 목숨처럼 여기시는 분입니다. 저희도 참으로 탄복했습니다. 모두가 저희 잘못입니다."

양과가 말했다.

"어서 가거라. 앞으로 날 만나지 않는 게 좋을 것이다."

사통천 등은 허리를 굽혀 예를 올리고 가진악에게도 사죄한 후 사당을 나갔다. 양과가 군이 이렇게 한 것은 가진악의 체면을 살려주기 위해서였다. 가진악도 이를 알고 그에게 고마운 마음이 들었다. 두 사람은 어질러진 물건들을 대충 치우고 자리에 앉았다.

"내가 가흥에 온 것은 곽양 때문일세."

곽양이라는 말에 양과는 흠칫 놀랐다.

"곽 낭자가 어떻게 됐나요?"

가진악은 한숨을 내쉬면서도 얼굴에는 미소가 떠올랐다.

"곽정의 두 딸은 서로 다르면서도 둘 다 말썽꾸러기일세. 정말 골치가 아프지. 얼마 전 영웅대연이 끝난 후 어찌 된 일인지 곽양이 아무런 말도 없이 양양을 떠났다는군. 이번에는 곽정이 크게 노했다네. 사람을 보내 찾아보았지만 아직까지 소식이 없다는군. 그래서 도화도에까지 사람을 보냈는데……. 하루 종일 쉬지 않고 움직이는 녀석이 이 늙은이와 지내겠다고 도화도에 올 리가 없지. 그 소식을 듣고 나도 걱정이 되어 찾아 나선 것인데……."

양과도 적잖이 걱정이 되었다.

"무슨 소식이 있었나요?"

"임안부에서 두 몽고 사신이 하는 이야기를 엿들었는데, 양양 곽 대협의 딸이 몽고 군중에 잡혀 있다는 말을 하더군."

"이런! 정말입니까?"

"몽고 대군이 남북으로 갈라져 양양을 협공하려 하고 있네. 그런데 임안 조정의 배부른 신하들은 그저 화의를 맺으려고만 하지. 이번에 온 몽고 사신은 우리 대송의 군신을 속이려 한다네. 관직도 제법 높은 자야. 놈들이 다른 사람들은 못 알아들을 것이라 생각하고 거리낌 없이 몽고말로 떠들더군. 나는 몽고에서 여러 해를 지내서 그들의 말을 어느 정도는 알아들을 수 있지. 내가 아주 똑똑히 들었다네."

"그렇다면 거짓은 아니겠군요?"

"그렇지! 원래 이자들을 독풀을 먹여 없애버리려고 했지만 그 말을 듣고는 서둘러 양양으로 가야겠기에 길을 나섰다. 그런데 아까 그 네 사람을 만나 지체될 줄 누가 알았겠는가. 이 늙은이가 죽는 거야 별일 아니지만, 곽양의 소식은 알려야 하지 않겠나. 하여 그자들에게 시간을 달라 하고 가까운 곳에 있는 정영과 육무쌍에게 알린 것이지. 두 사람은 이를 전하기 위해 북쪽으로 갔네."

"어르신, 정영과 육무쌍은 잘 지내나요?"

"자네가 남양의 군량미를 모조리 불태우고 몽고 공격의 선봉에 선 이야기를 듣고 자기 일처럼 기뻐하더군. 내게 이것저것 자세히 묻고, 소용녀의 소식도 물었네. 두 자매가 자네 생각을 많이 하는데, 내가 아는 바가 없어서……"

"의남매를 맺고도 벌써 16년이나 못 만났군요."

양과의 표정이 어두워졌다. 그는 고개를 숙이고 있다가 다시 입을 열었다.

"어르신께서 몽고 사신의 이야기를 들으셨다니 좀 자세히 말씀해주세요. 곽 낭자가 어디에 잡혀 있으며 생명이 위험하진 않은가요?"

"그런 이야기는 않더군. 그자들도 상세히 아는 것 같지는 않았어."

"빨리 찾아야겠군요. 구해내야지요."

가진악은 얼마 전 도화도로 찾아온 개방 제자에게 양과가 양양에서 한 일을 전해 듣고 그의 재주에 탄복했다.

"자네가 간다니 안심이네. 어서 가서 양이를 구하게."

"어르신, 한 가지만 부탁드리겠습니다. 어르신께서 저 대신 선친의 묘에 비석을 하나 세워주십시오. 비에 '선친 양강의 묘에 불초자 양과가 비를 세운다先父楊府君康之墓 不肖子楊謹立'는 내용을 새겨주십시오."

뜻밖의 부탁에 가진악은 잠시 멍하니 양과를 바라보았다.

"그래, 그렇군. 자네가 불효를 하기는 했지. 하지만 자네의 불효가 다른 이들의 효보다 훨씬 낫네. 내 그리 해주겠네."

"저는 그만 가보겠습니다. 어르신은 천천히 오십시오."

양과는 일단 몽고 군영으로 가보기로 마음먹었다.

몽고 황제는 양양을 치러 왔다가 당주, 등주 등에서 대패했다. 또 남양에서는 화재로 몇 년간 비축해온 군량미와 군사를 몽땅 잃었다. 더군다나 많은 군사가 부상을 입어 사기가 크게 꺾여 있었다. 이제는 송나라의 힘이 어느 정도인지 가늠되지 않으니 당분간 남양 북쪽 안채安寨에 군영을 세우고 우선 동정을 살피기로 했다.

양과는 가흥으로 돌아가 말 세 필을 샀다. 그러고는 그길로 북쪽으로 내달렸다. 가는 길에 계속 말을 바꿔 타며 길을 재촉했다. 하루가 되지 않아 이미 몽고 군영 근처에 닿았다. 넓은 군영에는 사방에서 깃발이 펄럭이고 병기가 반짝였다. 막사 옆으로 또 막사가 이어졌다. 도무지 끝이 보이지 않는 거대한 규모였다.

양과는 저녁이 되기를 기다렸다가 군영으로 숨어 들어갔다. 경계가 삼엄하고 방비가 튼튼한 것이 역시 쉽게 볼 수 없는 군대였다. 또한 군영 주위로 커다란 창과 무기가 손질되어 있는 것을 보니 그들의 무예가 보통 이상은 될 것 같았다.

원래 아무리 영웅호걸이라도 적의 수가 많은 것은 당해낼 수가 없는 법이다. 그래서 아무래도 함부로 움직일 수는 없을 것 같아 몰래 밤새도록 주둔지를 돌아다녔는데, 겨우 동쪽 군영 하나밖에 살펴보지 못했다. 양과는 일단 나와서 몸을 숨기고 있다가 다음 날이 되자 서쪽 지역 군영을 돌아보았다. 이렇게 하루에 하나씩 동서남북 군영을 모두 돌아보았지만 곽양에 관한 소식은 조금도 들을 수가 없었다.

결국 양과는 한어를 할 줄 아는 참모를 하나 붙잡아 으름장을 놓았다. 참모는 벌벌 떨며 사실대로 털어놓기는 했지만 양양 곽 대협의 딸을 잡아왔다는 이야기는 들은 바 없다고 했다.

'몽고 사신이 뭔가 잘못 알고 이야기했거나, 아니면 곽 백부께서 이미 구해내신 모양이야.'

양과는 곽양이 몽고 군영에 잡혀 있지 않다는 결론을 내렸다. 손가락을 꼽아보니 소용녀와 약속한 날이 다가오고 있었다. 양과는 말을 북쪽으로 몰아 절정곡을 향해 치달렸다.

삶과 죽음이 아득하기만 하구나

양과는 소용녀가 새겨둔 글씨 앞에 서서 울부짖었다.
"용아, 용아, 16년 후에 여기서 다시 만나자고 했잖아.
약속을 꼭 지키라고 당신이 이렇게 썼으면서
왜 안 나타나는 거야? 왜?"
마치 사자가 포효하는 듯한 소리에 계곡 전체가 쩌렁쩌렁
울렸다.

곽양은 금륜국사가 독수를 써서 장수귀와 대두귀를 죽이자 마음이 너무 아팠다. 두 사람의 시신을 말 등에 실어 보냈지만 슬픈 마음이 가라앉지 않았다. 그러나 상황으로 보아 이제는 금륜국사의 손에서 벗어나기는 어려울 것 같았다. 곽양은 마음을 단단히 먹고 의연하게 말했다.

"그들을 죽였으니 나도 곧 죽이겠죠? 어서 죽여요. 뭘 망설이는 거예요?"

"너 같은 꼬마 하나 죽이는 건 일도 아니지. 하지만 널 죽일 생각은 없으니까 얌전히 따라오너라."

금륜국사는 대두귀가 탔던 말을 곽양 앞으로 끌고 왔다.

'지금 반항해봤자 나만 손해일 뿐 아무 소용 없어. 일단 저 사람을 따라가다가 기회를 봐서 도망가야겠다.'

곽양은 금륜국사를 향해 입을 한 번 삐죽거리고 혀를 날름거린 후 말에 올라탔다. 국사는 그녀가 조용히 말에 올라앉자 속으로 뛸 듯이 기뻤다.

'순순히 따라갈 생각이군. 다행이야. 황상과 제4대 왕자가 양양을 공격하려고 온갖 방법을 동원했으나 모두 실패했어. 그런데 곽정의 딸을 사로잡았으니 이 무슨 횡재인가. 이 아이를 인질로 삼아 협박하면 제아무리 날고 뛰는 곽정도 꼼짝 못 하겠지. 흐흐흐……. 만약 곽정이 굴복하지 않으면 성 밑에서 저 아이를 대롱대롱 매달아야지. 곽정이 어쩔 줄 모르고 있을 때 남쪽에 있는 대군이 공격하면 하하하…….'

금륜국사가 이런 생각을 하며 미소 짓고 있을 때 곽양도 속으로 방법을 모색하고 있었다.

'장수귀 아저씨가 남쪽으로 가랬지? 그렇다면 오던 길로 다시 내려가야겠구나. 오늘 밤 기회를 봐서 몰래 빠져나가야지.'

날이 점차 어두워졌다. 금륜국사와 곽양은 길가의 빈집을 찾아 들어갔다. 집주인은 몽고군이 쳐들어왔을 때 이미 도망가버린 터라 집은 텅 비어 있었다. 국사는 마른 식량을 조금 꺼내 곽양에게 주었다. 그러고는 곽양에게 바깥채에서 자도록 하고 자신은 안채에서 가부좌를 틀고 기를 가다듬었다.

곽양은 기회를 엿보느라 잠을 이루지 못했다. 밤이 깊었는지 먼 곳에서 밤새 울음소리가 들렸다. 살금살금 안채로 다가가보니 국사가 벽에 기댄 채 앉아 있었다. 곽양은 들키는 줄 알고 깜짝 놀라 숨이 멎는 것 같았다. 그녀는 숨을 죽이고 반 시진 정도 그 모습을 지켜보았다. 그러는 동안에도 국사는 꼼짝도 하지 않았다. 아마도 앉아서 자는 모양이었다. 곽양은 낮게 안도의 숨을 쉬며 조용히 창문을 넘어 밖으로 나갔다. 그러고는 보자기를 네 조각으로 찢어 말의 발굽을 싸맨 후 조심조심 말을 끌고 집 밖으로 나갔다.

곽양은 집에서 한참 떨어진 곳까지 가서 국사가 쫓아오지 않는 것을 확인한 후 말에 올라 채찍을 휘둘렀다. 말은 빠른 속도로 달리기 시작했다.

'일어나서 내가 없어진 것을 알면 틀림없이 양양으로 가겠지. 양양

이 어느 방향일까? 우선은 우리가 왔던 쪽으로 가자. 그래야 반대 방향이 되니까.'

한 시진쯤 달렸을까, 곽양은 고삐를 늦추어 천천히 걸었다. 수시로 뒤를 살폈지만 아무도 따라오지 않았다. 날이 점차 밝아왔다. 아마도 50~60리는 온 것 같으니 이제는 안심해도 될 듯했다. 산이 점점 높아지는 것을 보니 주위에 인가는 없을 것 같았다.

곽양은 말이 지치자 좀 쉬기 위해 오솔길로 들어섰다. 그런데 갑자기 코 고는 소리가 들렸다. 곽양은 소스라치게 놀라며 사방을 살폈다. 언덕 아래에서 한 사람이 다리와 팔을 벌린 채 길을 가로막고 누워 잠을 자고 있었다. 코 고는 소리가 어찌나 우렁찬지 마치 우렛소리 같았다. 자세히 보니 대머리에 누런 도포를 입은 것이 바로 금륜국사였다. 곽양은 깜짝 놀라 하마터면 말에서 떨어질 뻔했다. 황급히 말 머리를 돌려 산을 내려가기 시작했다. 달리다가 고개를 돌려보니 국사는 여전히 길바닥에 누워 있었다.

곽양은 큰길을 따라가지 않고 숲속 길을 택해 동남쪽으로 달리기 시작했다. 한참을 정신없이 달리는데 갑자기 눈앞에 머리 하나가 나타났다. 웬 남자가 두 발로 나뭇가지를 잡고 거꾸로 매달린 채 그녀를 보며 히죽히죽 웃고 있었다. 역시 금륜국사였다. 곽양은 놀라기보다 이번에는 맥이 풀리고 화가 났다.

"지금 장난하는 건가요? 못 가게 막을 거면 그냥 못 가게 할 것이지, 이게 무슨 짓이에요?"

곽양은 소리를 지르면서 그대로 말을 달려 거꾸로 매달려 있는 국사의 얼굴을 향해 채찍을 갈겼다. 국사는 전혀 피하려 들지 않았다. 채

찍은 정확히 국사의 얼굴을 때렸다. 그러나 이상하게 아무 소리도 나지 않았다. 말은 나무에 매달린 금륜국사의 밑을 지나 달려갔다. 곽양은 오른손을 당겨 채찍을 거두었다. 그런데 갑자기 오른팔에 큰 힘이 전해지는가 싶더니 몸이 허공을 향해 솟구쳤다. 알고 보니 국사가 날아오는 채찍을 입에 물고 있던 것이다. 곽양의 말이 앞으로 달려가자 국사의 몸이 그네처럼 딸려갔다가 다시 원위치로 돌아가면서 곽양의 몸을 끌어당긴 것이었다.

곽양은 비록 몸이 허공에 뜨긴 했지만 조금도 당황하지 않았다. 국사를 보니 허리를 굽히며 몸을 움츠리는 것이 곽양을 또다시 허공에 띄울 생각인 듯했다. 그래서 곽양은 재빨리 채찍을 놓아버렸다. 그러자 곽양의 몸이 바닥으로 떨어졌다. 그 모습을 본 국사는 깜짝 놀라 급히 팔을 뻗어 곽양을 받아 안았다. 만약 곽양이 다치기라도 하면 큰일이었다.

"조심해!"

국사의 손이 몸에 막 닿으려 할 때, 곽양은 쌍장을 뻗었다. 퍽, 소리와 함께 장력은 정확하게 국사의 가슴을 쳤다.

"어이쿠!"

워낙 생각지도 못한 일인지라 무공이 뛰어나고 영리한 국사도 미처 피하지 못했다. 국사는 잠깐 비틀거리다 그 자리에 쓰러지더니 꿈쩍도 하지 않았다.

곽양은 자신의 공격에 국사가 쓰러지리라고는 생각지도 못했다. 그녀는 더욱 용기를 내서 얼른 큰 돌을 주워 들고 국사의 머리를 내리치려 했다. 그러나 태어나서 한 번도 사람을 죽여본 적이 없었다. 그녀는 비록 국사가 친구를 살해한 원수였지만 차마 그대로 죽일 수가 없었다. 잠시 망설이다가 곧 돌을 내려놓고 손을 뻗어 국사의 목에 있는 천정혈天鼎穴과 등의 신주혈身株穴, 가슴의 신봉혈神封穴, 팔의 청냉연淸冷淵, 다리의 풍시혈風市穴 등 열세 곳의 대혈을 순식간에 찍었다. 그래도 안심이 되지 않아 수십 근에 달하는 무거운 바위를 들어 국사의 몸 위에 올려두었다.

"잔인한 행동으로 봐서는 당장 죽여야겠지만 불쌍해서 살려주는 것이니 앞으로는 사람을 함부로 죽이지 마세요. 그리고 내가 간 후에 지나가는 사람이 있거든 살려달라고 하세요. 지나가는 사람이 없으면 당연히 죽겠죠."

곽양은 냉랭하게 말하고는 말에 올라탔다. 금륜국사는 몰래 그녀를 보았다.

'천성이 착한 낭자로군. 갈수록 마음에 드는데……'

금륜국사는 순간 눈을 뜨고 자신의 몸을 덮고 있던 바위를 멀리 날려보냈다. 곽양은 바위가 날아가는 소리를 듣고 놀란 나머지 두 눈을 크게 뜨고 쳐다보기만 했다.

사실 곽양의 쌍장이 가슴을 쳤지만 그 정도 충격에 부상을 입을 국사가 아니었다. 국사는 일부러 부상을 입은 척 쓰러져서는 곽양의 반응을 살폈다. 그는 곽양이 돌을 들었다가 내리치지 못하는 것을 보고 마음을 달리 먹었다.

'이 아이는 총명하고 똑똑할 뿐만 아니라 마음씨도 착하구나. 이런 아이와 인연을 맺으면 얼마나 좋을까.'

국사는 문득 곽양이 자신의 제자가 되었으면 좋겠다고 생각했다.

그는 평생 동안 세 명의 제자를 거두었다. 첫 번째 제자는 문과 무에 두루 재능을 보이고 자질이 뛰어났으나 불행히도 일찍 세상을 떠났다. 두 번째 제자 달이파는 성실하고 후덕하며 신력을 지녔으나 총명하지 못해 심오한 내공의 비법을 깨우치지 못했다. 세 번째 제자 곽도는 천성이 경박하고 의리가 없어 위기 상황에 부딪히자 사부를 배반하고 떠났다.

'나는 천하에 내 적수가 없다고 자부하고 있지만 불행하게도 내 무공을 전수해줄 진정한 제자를 찾지 못했다. 이제 내가 죽고 나면 피땀 흘리며 연마한 이 무공은 맥이 끊겨 완전히 없어지고 말 것이다.'

금륜국사는 이런 생각을 할 때마다 기분이 울적해지곤 했다. 그런데 영리하고 똑똑한 곽양을 보자 제자로 삼고 싶은 마음이 간절해졌다. 비록 적의 딸이기는 하지만 자기가 진정으로 심혈을 기울인다면 극복할 수 있을 것 같았다. 게다가 국사와 그녀의 아버지 곽정은 각기 나라를 위해 싸우는 것일 뿐 무슨 개인적인 깊은 원한이 있는 것도 아니었다.

무림의 고수들은 원래 제자를 키우는 일을 매우 중요하게 여겼다. 국사처럼 출가해 자식이 없는 경우에는 제자를 키워 자신의 무공을 전수하는 수밖에 없었다. 그래서 그는 더욱 곽양에게 애착을 가졌다.

금륜국사는 제자를 키워야겠다는 생각이 들자 양양을 공격하는 일이나 곽정을 위협하는 일 따위를 별로 중요하게 여기지 않게 되었다. 곽양이 비록 여자이기는 하나 서장의 불교는 백모白母나 녹모綠母 등 여보살을 매우 중시하기 때문에 여제자를 키우는 것도 나쁘지만은 않았다.

38. 삶과 죽음이 아득하기만 하구나

곽양은 무언가 골똘하게 생각에 잠겨 있는 국사를 바라보다 더 이상 도망갈 생각을 하지 못하고 말에서 내렸다.

"대단한 재주로군요. 그런 재주를 좋은 일에 쓰면 얼마나 좋겠어요?"

곽양의 당돌한 말을 듣고도 국사는 미소를 띠었다. 곽양을 바라보는 그의 눈빛이 달라져 있었다.

"내 재주가 부럽다면 날 스승으로 삼는 것이 어떠냐? 내가 지닌 모든 무공을 너에게 전수해주마."

"피! 늙은 중의 무공 따위를 배워서 뭐 하게요? 비구니가 되고 싶은 생각은 없다고요."

"중의 무공을 배우면 반드시 비구니가 되어야 한다더냐? 네가 내 혈을 찍었지만 난 쉽게 풀어버렸고, 네가 큰 바위를 내 몸 위에 올려두었지만 그것을 가볍게 튕겨버렸지 않니? 네가 아무리 말을 빨리 달려도 난 네 앞에서 잠을 자고 있었지. 이런 무공을 배우면 재미있지 않겠어?"

곽양은 그런 무공을 지니면 재미있기는 할 것 같았다. 그러나 이 늙은 중은 악한 사람이 분명한데 어찌 그를 스승으로 모신단 말인가. 게다가 지금은 양과를 찾는 일이 더 급하고 중요했다. 곽양은 고개를 가로저었다.

"당신의 재주가 아무리 뛰어나도 난 당신같이 악한 사람을 사부로 모실 생각은 추호도 없어요."

"왜 내가 악한 사람이라고 생각하지?"

"내 친구인 장수귀와 대두귀를 단숨에 때려죽였잖아요. 당신과 아무런 원한도 없는 사람들인데 왜 그런 독수를 쓴 거죠?"

"난 너에게 말을 구해주려 했을 뿐이야. 그리고 그 사람들이 먼저 공격한 것을 너도 봤지 않느냐? 만약 내 무공이 약했다면 그들이 나를 죽였을 것이다. 불가의 제자들은 자비를 중시한단다. 부득이한 경우가 아니면 절대로 남을 해쳐서는 안 되지."

"흥!"

곽양은 코웃음을 치고는 따지듯 말했다.

"만약 당신이 정말 좋은 사람이라면 왜 날 못 가게 하는 거죠? 도대체 무슨 속셈인 거예요?"

"내가 언제 널 못 가게 했다는 거냐? 넌 네 마음대로 말을 달려 길을 갔고, 난 그저 길에서 잠을 자고 있었을 뿐 널 못 가게 하지는 않았다."

"좋아요. 그럼 난 이제 양과 오빠를 찾으러 갈 테니 더 이상 날 귀찮게 하지 말아요."

국사는 고개를 가로저었다.

"그건 안 된다. 넌 내 제자가 되어 20년 동안 무공을 배워야 해. 그다음엔 네가 누굴 찾든지 상관하지 않겠다."

곽양은 깜짝 놀랐다.

"네? 20년 동안이나 무공을 배우라고요?"

국사는 얼른 얼버무렸다.

"꼭 20년이 걸리는 건 아니지. 넌 똑똑하니까 더 빨리 익힐 수 있을 거야."

곽양이 짜증을 내며 말했다.

"정말 답답하군요. 난 당신을 사부로 모실 생각이 없어요. 저한테 너무 강요하지 마세요."

"너야말로 답답하구나. 나같이 훌륭한 스승이 이 세상에 또 어디 있다고 그러는 거냐? 다른 사람들은 제자로 거두어달라고 몇백 번을 절하고 몇십 년을 부탁해도 내가 허락하지 않았다. 그런데 넌 내가 자진해서 무공을 전수해주겠다고 하는데 왜 거절하는 거냐?"

"누가 훌륭한 스승이라고 그래요? 겨우 열대여섯 살밖에 안 되는 어린아이를 이겼다고 대단하단 건가요? 우리 아버지와 어머니를 이길 수 있어요? 아님 우리 외할아버지 황약사를 이길 수 있어요? 아니, 높은 어르신들 이야기를 할 필요도 없이 우리 양과 오빠를 이길 수 있어요? 없잖아요."

곽양의 말에 국사는 기분이 몹시 상했다.

"내가 양과를 이길 수 없다고 누가 그러느냐?"

"누구나 다 아는 사실인데요 뭘. 며칠 전 양양성의 영웅대연에서 사람들이 그랬어요. 설사 이 세상에 금륜국사가 셋이라고 해도 팔이 하나뿐인 신조대협 양과를 이기지는 못할 거라고요."

사실 이는 곽양이 국사의 화를 돋우려고 마음대로 지어낸 말이었다. 영웅대연에서는 주로 양양성을 지키는 문제와 몽고군에 대항하는 문제를 논의했다. 설사 정말 누군가가 국사와 양과의 무공 실력을 비교했다 하더라도 영웅대연에 참석하지도 않은 곽양이 그런 이야기를 들었을 리가 없었다. 그러나 곽양의 말은 국사의 아픈 곳을 찔렀다. 10여 년 전 여러 차례 양과에게 패한 적이 있는 국사는 화가 나서 견딜 수가 없었다.

"양과 그놈이 이 자리에 있었다면 용상반야공으로 혼을 내줄 텐데. 흥! 내가 양과를 혼내주는 것을 보면 그땐 양과가 강한지 내가 강한지 알 수 있을 것이다."

그 말을 들은 곽양은 좋은 생각이 떠올랐다.

"오빠가 여기 없다는 것을 뻔히 알면서 큰소리치는 거잖아요. 자신 있으면 직접 오빠를 찾아가서 도전해보세요. 당신의 그 무슨 사저불약 공蛇猪不若功인지 뭔지……."

"용상반야공이야!"

"당신이 양과를 이겨야 용龍이 되든 코끼리象가 되든 할 것 아니에 요? 큰오빠가 이기면 당신은 뱀蛇이나 돼지猪만도 못한 거죠. 양과 오빠가 어디 있는지 안다고 하셨죠? 만약 당신이 그를 이기면 저는 당연 히 당신을 사부로 모실 거예요. 하긴 당신이 오빠를 찾아가 도전할 용 기나 있겠어요? 다 쓸데없는 소리죠. 아마 오빠 그림자만 봐도 놀라서 줄행랑을 치지 않을까요?"

국사도 곽양이 일부러 자신을 자극하는 것을 알고 있었다. 하지만 평소 거만하고 자부심 강한 그가 젊은 양과에게 패한 것은 참으로 뼈 아픈 기억이었다. 사실 그가 용상반야공을 제10층까지 연마한 것도 모두 양과를 찾아 복수하기 위해서였다.

"양과가 어디 있는지 안다고 한 것은 거짓말이다. 사실 나도 그놈이 어디 있는지 알 수가 없어 원통하던 참이야. 그놈이 어디 있는지 알기 만 하면 내 가만두지 않을 것이다! 손발을 싹싹 빌며 살려달라고 애원 하게 만들어줄 테야."

곽양은 코웃음을 쳤다. 그러다가 노래라도 하듯 흥얼거리기 시작했다.

"허풍 떨기 좋아하는 금륜국사님, 천하무적이라고 자랑하더니 양과 가 나타나자 깜짝 놀라서 걸음아 날 살려라 도망쳤다네."

국사가 곽양을 향해 눈을 부릅떴다.

"양과가 어디 있는지 모른다고 날 놀리는 거냐?"

곽양은 혀를 날름했다.

"정말 그럴 것 같은데요. 참, 오빠가 지금 어디 있는지는 모르지만 두 달 후면 알 수 있어요."

"거기가 어딘데?"

"말해서 뭐 해요? 가서 도전할 용기도 없으면서."

국사는 분한 나머지 이를 부드득 갈았다.

"어서 말하지 못해?"

"두 달 후 오빠는 절정곡 단장애 앞에서 소용녀와 만나기로 약속이 되어 있어요. 양과 오빠 하나도 못 이기면서 소용녀까지 있으면 당신이 어디 상대가 되겠어요? 괜히 찾아가서 화를 자초하지 말고 그냥 얌전히 있으세요. 혹시 부부가 다시 만난 걸 너무 기뻐한 나머지 당신을 죽이지는 않겠지만 그렇게 되면 내게 창피해지지 않겠어요?"

금륜국사는 10여 년 동안 양과와 소용녀의 옥녀소심검법을 염두에 두고 용상반야공을 연마했다. 만약 양과와 소용녀를 이길 자신이 생기지 않았더라면 다시 중원에 돌아올 엄두도 내지 못했을 것이다. 국사는 양과를 찾을 수 있다고 생각하자 크게 기뻐하며 소리 내어 웃었다.

"하하하하! 잘됐다. 그럼 우리도 절정곡으로 가자. 내가 양과와 소용녀를 물리치고 나면 그땐 어쩔 테냐?"

"그럼 약속대로 당신을 사부로 삼겠어요. 그렇지만 절정곡을 찾기가 쉽지 않을걸요?"

"이미 가본 적이 있다. 아직 시간이 좀 있으니 우선 몽고 진영에 가서 몇 가지 일을 처리하고 절정곡으로 가자꾸나."

곽양은 국사가 절정곡으로 가겠다고 하자 크게 안심이 되었다.

'절정곡에 가기만 한다면 그 정도 부탁은 들어줄 수 있지. 흥! 오빠가 나타나기만 하면 너 같은 놈은 크게 낭패를 볼 것이다.'

곽양은 국사를 따라 몽고 진영으로 갔다. 금륜국사 또한 다른 속셈이 있었기 때문에 곽양에게 매우 친절하고 온화하게 대해주었다. 때로 곽양이 장수귀와 대두귀를 생각하며 국사를 비난할 때도 좀체 화를 내지 않았다. 오히려 의리 없는 곽도보다 그녀의 따뜻한 마음이 더욱 든든해 보였다.

금륜국사가 곽양을 데리고 간 곳은 홀필열이 통솔하는 남대영南大營이었고, 얼마 전 양과가 찾으러 간 곳은 몽고의 대칸이 기거하는 북대영北大營이었다. 가진악이 몽고 사신들이 주고받은 말 중 남대영이라는 지명을 다 듣지 못해서 결국 양과가 며칠 동안 헛수고를 한 것이다.

몽고 대군은 9월 초 양양성을 대거 침공했다가 패배했다. 그 후 대칸은 다시 성지를 내렸다. 빠른 시일 안에 식량과 건초를 모으고 날을 정해 다시 공격하라는 명령이었다.

홀필열의 신임이 두터운 금륜국사는 위세가 상당해서 황족처럼 대접을 받았다. 거처나 의복, 음식 등에 전혀 부족함이 없었다. 양양성에 있을 때도 경험해본 적이 없을 정도로 곽양 역시 융숭한 대접을 받았다. 화려한 옷에 기름진 식사, 네 명의 어린 계집아이가 곽양의 시중을 들었다. 국사가 자신의 의발을 전수할 제자라고 소개했기 때문에 모두들 곽양을 대하는 태도에 한 치의 소홀함이 없었다. 몽고의 장수들과 병사들도 국사를 대하듯 곽양을 극진히 대접했다.

몽고 진영에 머무르는 동안 국사는 틈나는 대로 곽양에게 자신의 내외 무공을 가르쳤다. 곽양은 국사에게서 도망치려면 국사의 신임을 얻을 필요가 있을 것 같아서 일부러 더 열심히 배우는 척했다. 그래야 지금처럼 아침저녁으로 옆에 붙어 감시를 하지 않을 것 같았다. 영리하고 총명한 곽양은 무공이 매우 빠른 속도로 향상되었다. 국사는 곽양이 자신의 첫째 제자보다도 더 자질이 뛰어난 것을 보고 기쁨을 감추지 못했다.

출가한 불도佛徒들은 보통 자식이 없기 때문에 모든 사랑과 애정을 제자들에게 쏟았다. 국사는 점차 곽양을 친딸처럼 아끼게 되었다. 아끼던 첫째 제자가 병에 걸려 세상을 떠났기 때문에 행여 곽양이 나쁜 병에라도 걸릴까 봐 먹는 음식까지도 세심하게 신경을 써주었다.

곽양은 국사가 비록 나쁜 사람이기는 하나 무공 자체에는 선악의 구분이 없으니 열심히 배워서 좋은 곳에 쓰면 되겠지 하는 생각으로 매일 열심히 연마했다. 활발하고 대담한 곽양은 국사의 지나친 관심이 귀찮아서 짜증이 났다. 그럴 때면 국사는 온갖 방법을 동원해 곽양의 기분을 풀어주려고 애썼다.

곽양도 점차 국사가 진심으로 자신을 아끼고 있다는 것을 알게 되었다. 곽정은 금륜국사와는 달리 매우 엄한 아버지였다. 곽양이 잘못을 저지를 때면 호되게 야단을 치거나 소리를 지르기도 했다. 그러나 국사는 그야말로 쥐면 꺼질까 불면 날아갈까 정성을 다해 보살펴주었다. 미안하고 고마운 마음에 국사와 이런저런 이야기를 나누다 보니 뜻밖에 잘 통하는 구석도 있는 것 같았다.

국사는 어떤 방법으로든지 곽양의 환심을 사려고 노력했다. 그래서 가끔씩 곽정의 항룡십팔장과 황용의 오행팔괘와 타구봉법을 칭찬해주었고, 양과와 소용녀의 옥녀소심검법에 대해서도 사파의 무공 중에는 가장 뛰어난 검법이라고 추켜세웠다. 이렇게 양과와 소용녀를 칭찬할 때면 곽양은 항상 기분이 좋아졌다. 그럴 때마다 그녀는 국사에게 양과를 만나면 싸우지 말고 그냥 패배를 인정하라고 권했다.

"이 사부에게는 양과를 이길 방법이 있다. 그러나 양과가 너와 친하다 하니 싸우지 않고 친구가 되어보도록 하마."

"잘 생각하셨어요, 사부님. 이기지 못할 바에야 친구가 되는 것이 현명한 방법이죠."

"이기지 못하다니, 그럴 리가 있느냐? 내 이미 제10층의 용상반야공을 모두 익히지 않았느냐? 다만 자칫 잘못해 양과를 죽이게 될까 걱정이 되는구나. 그리되면 네가 화를 내고 상심할 것 아니냐. 네가 상심하는 모습을 보고 싶지 않을 뿐이다."

"사부님, 그리 생각해주시니 고마울 따름이에요."

곽양은 밀교의 예법에 따라 땅바닥에 넙죽 엎드려 절을 했다. 그 모습을 보고 국사는 유쾌하게 웃음을 터뜨렸다.

"하하하! 하나 양아, 그렇게 양과를 좋아해봐야 너만 상처받을 것이다. 양과가 소용녀와 다시 만나면 네가 끼어들 틈이 없을 테니까."

"무슨 소리를 하시는 거예요? 전 오빠가 소용녀와 다시 만나 행복하게 살았으면 좋겠어요. 내 자리 같은 것은 욕심 없어요."

"그럼 평생 네 마음만 복잡하고 외롭잖니. 옳지, 우리 밀교에 좋은 방법이 있다."

금륜국사는 막사에서 붉은 양털 보따리를 가져와 두루마리 하나를 꺼냈다. 두루마리를 펼치니 구름과 자욱한 안개 속에 신선과도 같은 사람이 서 있었다. 머리에는 붉은 법관法冠을 썼고 왼손에는 분홍색 연꽃을 들고 있었으며, 오른손에 든 검으로 한 뭉치의 헝클어진 실을 잘라내고 있었다.

"여기 계시는 분은 우리 조사님이신 연화생대사蓮華生大士이시다. 절을 올리거라."

국사는 그 사람을 향해 경건하게 절을 올렸다. 곽양도 국사를 따라 절을 했다.

"조사님이 오른손에 들고 계시는 것은 문수보살의 지혜의 검이다. 온갖 복잡한 잡념과 번뇌와 망상을 끊는 검이지. 왼손에 들고 계시는 연화는 사람의 마음을 평화롭게 하는 꽃이다. 연꽃처럼 한 점 더러움도 없이 맑고 깨끗하고 아름답고 평화로운 세상을 만들라는 뜻이 담겨 있다."

곽양은 연화생대사의 자비롭고 위엄 있는 모습을 보니 절로 존경심이 일었다.

"오늘부터 네게 보신불報身佛 금강살타金剛薩埵께서 말씀하신 유가밀승瑜伽密乘을 가르쳐주겠다. 수련이 끝난 후에는 법신불法身佛 보현보살께서 말씀하신 대유가밀승大瑜伽密乘과 무비유가밀승無比瑜伽密乘, 그리고 마지막엔 무상유가밀승無上瑜伽密乘을 수련할 것이다."

"무상유가밀승까지 모두 수련하려면 시간이 얼마나 걸리죠?"

"무상유가밀승은 무궁무진해서 모두 수련할 수 없다. 그러니 시간이 얼마나 걸린다고 말할 수도 없지."

"그럼 사부님도 다 수련하지 못했다는 건가요?"

국사가 한숨을 내쉬었다.

"그렇단다. 이 모든 것이 내가 둔재이기 때문이지. 만약 모두 수련했다면 뭐 하러 힘들게 용상반야공을 연마했겠느냐? 수련을 다 마쳤다면 양과와 소용녀를 이기려는 마음도 생기지 않았겠지."

"사부님이 둔재라고 누가 그래요? 승패를 겨뤄보지도 않고 누가 둔하고 누가 영리한지 어떻게 알아요?"

국사는 또다시 길게 한숨을 내쉬었다.

"우선 네게 여섯 글자의 주문을 알려주겠다. 암唵, 마嘛, 니呢, 팔叭, 미咪, 우吽가 그것이다. 나를 따라서 정성을 다해 한번 읊어보아라."

곽양은 국사가 알려준 대로 주문을 읊었다. 곽양이 조금 틀리게 말하자 국사가 발음을 고쳐주었다.

"사부님, 조사님은 좋으신 분이니 조만간 그분을 조사님으로 모시겠지만, 그래도 저는 번뇌를 없애는 법문은 배우고 싶지 않아요."

국사는 의아해했다.

"왜 배우고 싶지 않지?"

"전 마음속에 번뇌가 있는 것이 좋아요."

마음속에 번뇌가 있어서 좋을 사람이 어디 있겠는가. 그러나 진짜 이유는 따로 있었다.

'번뇌가 없다는 말은 오빠를 생각하지 않는다는 뜻인데, 그렇다면 난 싫어. 내 마음속에 오빠가 있는 것이 더 좋아.'

그 마음을 알지 못하는 국사는 나지막하게 밀종 진언을 읊조렸다. 조사님께서 자비를 베푸셔서 곽양을 감화시켜 유가밀승을 배울 마음이 생기게 해달라는 내용이었다. 이 법문은 연법緣法 및 수련자의 성의가 중요하기 때문에 다른 사람이 강요할 수는 없었다. 이런 국사의 간절한 마음과 달리 곽양은 오로지 양과에 대한 생각뿐이었다.

'20년만 일찍 태어났더라면 얼마나 좋았을까? 만약 엄마가 나를 먼저 낳고, 언니를 나중에 낳았더라면 사부님의 용상반야공과 무상유가 밀승을 배운 후 전진교 도관 밖에서 대용녀大龍女라 불리며 사는 거야. 어린 양과가 전진교에서 사부님에게 구박을 받아 우리 집으로 도망을 오면 내가 친절하게 무공을 가르쳐주는 거지. 그랬다면 날 좋아하게 되었겠지. 후에 소용녀를 만나면 소용녀의 손을 잡고 금침 세 개를 주면서 '넌 참 귀여워. 진심으로 널 좋아하기는 하지만 내 마음은 이미 대용녀에게 있단다. 너무 상심하지 마. 무슨 일이 있을 때마다 이 금침을 가지고 오너라. 그러면 내가 반드시 네 소원을 들어줄 테니'라고 했겠지. 만약 소용녀를 못 만나면 어떻게 될까?'

곽양은 한숨을 내쉬었다.

'휴, 내겐 아직 금침 하나가 남아 있어. 무슨 일이 있어도 절대 자결하지 말라고 부탁해야지. 남아일언중천금인데 천하에 유명한 신조대협이 자기가 한 약속을 저버리겠어? 절대로 자결하는 일은 없을 거야.'

날씨가 점점 추워졌다. 날짜를 계산해보니 양과와 소용녀가 만나기로 한 날이 점차 다가오고 있었다. 서두르지 않고 천천히 가려면 한 달 정도가 걸릴 터이니 지금쯤 출발해야 할 것 같았다.

"사부님, 대체 양과와 소용녀를 찾아서 도전할 용기가 있는 거예요? 만약 사부님 혼자 힘으로 힘들다면 제가 도와드릴게요."

금륜국사가 큰 소리로 웃었다.

"좋다! 내일 출발하자꾸나."

국사는 오랫동안 곽양과 함께 지내면서 그녀를 매우 아끼게 되었다.

더 이상 곽양을 인질로 삼아 곽정을 위협할 생각은 하지 않았다. 국사와 곽양이 절정곡을 향해 떠나기 하루 전날, 양과는 이미 절정곡을 향해 길을 나섰다. 둘 사이의 거리는 불과 100여 리도 되지 않았다.

곽정과 황용은 어린 딸이 집을 나간 후 걱정이 되어 잠을 이루지 못했다. 딸의 행방을 찾아 도처에 제자들을 파견했지만 소득이 없었다. 그렇게 열흘 정도가 지났다.

그날 정영과 육무쌍이 찾아와 가진악이 말한 소식을 전해주면서 곽양이 몽고군에 잡혀 있다고 알려주었다. 곽정과 황용은 깜짝 놀랐다. 황용은 그날 밤 당장 몽고군 진영에 몰래 숨어 들어가 곽양의 소식을 알아보았다. 그러나 양과와 마찬가지로 북대영에 갔기 때문에 아무런 단서도 발견하지 못했다. 아무래도 곽양은 몽고군 진영에 있지 않은 것 같았다. 그러나 아직까지 아무런 소식도 들리지 않는 것은 결코 좋은 징조가 아니었다.

듣자 하니 몽고 대군은 또다시 군량을 모아들이고 있다는 소식이었다. 그렇다면 당장 남침할 우려는 없을 것 같았다. 황용은 남편과 상의한 끝에 밖으로 나가 직접 곽양을 찾아보기로 했다.

황용은 두 마리의 수리를 데리고 길을 나섰다. 만약 급한 일이 생기면 수리를 통해 소식을 전하기 위해서였다. 정영, 육무쌍 등은 아무래도 안심이 되지 않아 기어이 동행하겠다고 고집을 부렸다. 세 사람은 몽고군을 피해 서북쪽을 향해 길을 나섰다.

'양이가 이번에 집을 나간 것은 양과에게 자결하지 말라고 권하기 위해서겠지. 지난번에 동관과 풍릉 나루터에서 양과를 만났다고 했으니까 이번에도 그곳으로 갔을지 몰라. 풍릉 나루터에 가면 무언가 소

식을 들을 수 있을 거야.'

곽양이 양양을 떠날 때는 가을이 시작될 무렵이었다. 그러나 지금은 이미 날씨가 제법 쌀쌀해졌다. 세 사람은 가는 곳마다 곽양의 소식을 알아보며 풍릉 나루터에 도착했다. 날씨는 이미 초겨울에 접어들어 있었다.

황용 등 세 사람은 풍릉 나루터에서 백방으로 수소문했다. 그러나 객점 주인도, 뱃사공도, 길을 가는 나그네도 곽양 같은 여자아이를 보았다는 사람이 없었다.

"사자, 너무 걱정하지 마세요. 양이는 태어나자마자 금륜국사와 이막수 같은 나쁜 사람에게 잡혔다가도 무사히 살아났잖아요. 이미 액땜을 한 셈이니 별일 없을 거예요."

정영이 위로의 말을 건넸으나 황용은 한숨만 내쉴 뿐 아무 말도 하지 않았다. 세 사람은 강을 건넜다. 겨울 날씨치고는 햇볕과 바람이 따뜻했다. 이윽고 그들은 산양山陽에 도착했다. 높은 산이 북풍을 가로막고 있어서인지 그곳의 날씨는 비교적 포근했다. 무너진 담벼락 밑에 꽃이 한 무더기 피어 있었다. 꽃의 색깔이 곱고 선명했다. 황용이 감탄한 듯 말했다.

"해당화가 참 예쁘게 피었구나."

육무쌍이 말했다.

"사자, 우리 강남에서는 이 꽃을 단장화斷腸花라고 불러요. 상서롭지 못한 꽃이죠."

정영이 황용을 사자라고 불렀기 때문에 육무쌍도 황용을 그렇게 불렀다. 그래야 곽부보다 항렬이 높아지기 때문이기도 했다.

"왜 단장화라고 부르는데?"

"옛날에 한 낭자가 밤낮으로 사랑하는 임을 기다렸는데 오지 않았 대요. 낭자는 날마다 담 밑에 서서 눈물을 흘리며 임을 기다렸죠. 그런 데 어느 날 담벼락 밑에서 꽃이 피었다나 봐요. 잎은 녹색이고 꽃잎의 뒷면은 붉은 것이 매우 아름다운 꽃이었죠. 등 뒤에서만 붉은빛을 보 여주니 무정하다 하여 단장화라고 부르게 되었대요."

정영은 양과가 절정곡에서 단장초를 먹으며 정화의 독을 치료하던 생각이 나서 가까이 다가가 해당화를 두 송이 꺾었다.

"해당화는 팔월춘八月春이라고도 불러요. 이제 곧 11월인데 이곳 날 씨가 워낙 따뜻하다 보니 아직도 팔월춘이 피어 있군요."

정영은 꽃을 만지작거리며 노래하듯 흥얼거렸다.

"꽃은 누구를 위해 피었다가 지는가? 누구 때문에 애를 태우다가 시들어버리는가? 꽃에게 물어도 대답이 없네. 세월은 흐르는 물처럼 흘러가고."

황용은 정영의 옆모습을 가만히 바라보았다. 희고 매끄러운 피부에 검고 진한 눈썹. 그녀는 여전히 10여 년 전 모습 그대로 젊고 아름다 웠다. 황용은 10여 년 동안 양과에 대한 사랑 때문에 힘들고 외로웠을 정영이 안쓰러워 마음이 아팠다.

그때 웽웽, 하는 소리와 함께 큰 벌 한 마리가 날아오더니 정영이 들 고 있던 해당화 주변을 빙빙 돌다가 꽃에 앉았다. 해당화는 색은 곱지 만 냄새가 없어서 꿀벌이 찾지 않는 꽃이었다. 회백색 벌은 일반 꿀벌 보다 배는 커 보였다.

"소용녀가 키우는 옥봉인 것 같은데 웬일로 이런 곳에 나타났을까?"

황용의 말에 육무쌍이 맞장구를 쳤다.

"맞아요. 우리 이 벌이 어디로 날아가는지 따라가보면 어떨까요?"

잠시 후 꿀벌이 꽃에서 날아올라 허공을 빙빙 돌더니 곧 서북쪽을 향해 날아갔다. 황용 등 세 사람은 경공술을 써서 꿀벌의 뒤를 쫓았다. 꿀벌은 꽃을 만나면 잠시 쉬었다가 다시 날고, 또 꽃을 만나면 잠시 쉬었다가 다시 날아가곤 했다. 조금 지나자 어디선가 벌 두 마리가 더 나타났다. 저녁 무렵이 되자 벌과 세 사람은 한 산골짜기에 도착했다. 세 사람은 탄성을 질렀다.

"와! 이렇게 꽃이 많다니!"

골짜기 가득 온갖 곱고 예쁜 꽃이 활짝 피어 있고 산등성이를 따라 나무로 만든 벌통이 죽 놓여 있었다. 세 마리 벌은 벌통 속으로 날아들어갔다. 고개를 들어보니 다른 쪽 산등성이에 초가집 세 채가 나란히 있었는데, 가운데 초가집 앞에 작은 여우 두 마리가 눈을 굴리며 황용 등을 바라보고 있었다.

그때 끼익, 소리가 나면서 왼쪽 집의 사립문이 열리더니 검은 머리에 동안童顔인 한 노인이 나왔다. 바로 노완동 주백통이었다. 황용은 너무 반가워 큰 소리로 외쳤다.

"노완동, 누가 왔는지 보세요!"

주백통도 황용을 보자 반가운 듯 "허허!" 하고 웃으며 달려 나왔다. 그런데 몇 발짝 달려오던 주백통이 갑자기 얼굴을 붉히면서 몸을 돌려 초가집으로 들어가 사립문을 닫아버렸다. 황용은 영문을 몰라 어리둥절한 표정을 지으며 문을 두드렸다.

"노완동, 노완동, 손님이 왔는데 문을 닫아거는 법이 어디 있어요?"

주백통이 안에서 소리쳤다.

"안 돼. 만날 수 없어. 절대 안 열어줄 거야."

"열어주지 않으면 초가집에 불을 질러버릴 거예요."

그때 오른쪽 초가집에서 사립문이 열리더니 누군가가 웃으며 말했다.

"황량한 산속에 귀한 손님이 오셨으니 대접을 잘해야지요."

고개를 돌려보니 일등대사가 온화한 미소를 지으며 합장을 했다. 황용도 다가가 허리를 숙여 인사했다.

"대사님께서도 같이 계셨군요. 뜻밖인데요. 그런데 노완동께서는 왜 문을 닫아걸고 손님을 냉대하는 거죠?"

"하하하! 내버려두십시오. 제가 차를 대접할 터이니 이리로 드시지요."

세 사람이 초가집 안으로 들어가 앉자 일등대사가 차를 내왔다.

"곽 부인, 가운데 초가집에 누가 살고 있는지 짐작이 가십니까?"

이렇게 묻자 황용은 얼굴을 붉히던 주백통의 모습이 떠올랐다. 가운데 초가집에 누가 사는지 알 것 같아서 황용은 웃으며 영고가 옛날에 지었던 〈사장기四張機〉의 일부분을 읊조렸다.

"봄 물결 푸른 풀, 추위 가신 곳에서 마주 보며 붉은 옷을 빠네春波碧草 曉寒深處 相對浴紅衣. …… 좋군요, 좋아요!"

일등대사는 이미 수련이 상당한 경지에 올라 과거의 사랑과 증오 따위 웃어넘길 만한 여유가 있었다. 황용이 〈사장기〉를 읊조리자 일등대사는 박수를 치며 웃음을 터뜨렸다.

"과연 곽 부인이십니다. 모르시는 게 없어요."

일등대사는 문 쪽으로 나가서 큰 소리로 외쳤다.

"영고, 영고, 당신의 옛날 친구가 왔어요. 나와보시구려."

잠시 후 영고가 나무 쟁반을 들고 나와 손님을 맞이했다. 쟁반에는 잣, 감람, 꿀에 잰 과일 등이 담겨 있었다. 다섯 사람은 함께 다과를 즐기며 즐겁게 대화를 나누었다. 그래도 주백통은 나타나지 않았다.

일등대사와 주백통, 영고는 수십 년 전 복잡한 인연으로 얽혀 있는 관계였다. 그러나 세월이 많이 흘렀고, 세 사람 모두 이제 나이가 들었다. 또한 수련을 많이 한지라 지금은 그 모든 원한을 깨끗이 잊고 이곳 백화곡에서 함께 은거하며 벌을 기르고 채소를 가꾸면서 노년을 즐기고 있었다. 그런데 갑자기 황용을 만나고 보니 문득 옛날 일이 생각난 주백통이 난처하고 쑥스러운 마음이 들어 문을 닫아걸고 숨어버린 것이었다.

주백통은 방에서 황용 등이 무슨 이야기를 주고받는지 귀를 기울였다. 주백통은 황용이 양양의 영웅대연에서 있었던 여러 가지 일에 대해 이야기하는 것을 흥미진진하게 듣고 있었다. 곽도가 하사아로 분장했다가 탄로 나는 부분에 이르자 황용은 일부러 화제를 돌려 다른 이야기를 꺼냈다. 재미있게 듣고 있던 주백통은 더 이상 참지 못하고 일등대사의 방으로 건너왔다.

"곽도란 자는 어떻게 됐는데? 놓쳐버린 거야?"

그날 밤 황용 등 세 사람은 모두 영고의 방에서 하루를 묵었다. 다음 날 아침 황용이 일어나 밖으로 나가자 주백통이 손바닥에 옥봉을 올려놓고 마치 춤이라도 추듯 손발을 움직여댔다. 매우 의기양양한 모습이었다. 황용이 미소를 지으며 말했다.

"노완동, 무슨 일인데 그렇게 기분이 좋아요?"

주백통도 환한 미소를 지었다.

"황용, 내 솜씨가 날로 향상되고 있어. 대단하지?"

황용은 주백통이 세상에서 가장 좋아하는 것이 바로 무학과 장난이라는 것을 잘 알고 있었다. 10여 년 동안 이런 황량한 산골짜기에 은거하면서 열심히 무공을 연마하다가 또 무슨 '분심이용, 쌍수호박' 같은 괴상하고 고명한 무공을 만들어내고선 자랑하고 싶은 모양이었다.

"노완동의 무공은 제가 어려서부터 존경해왔어요. 그런데 또 무슨 대단한 무공을 만들어내셨나요?"

주백통이 고개를 가로저었다.

"아니야. 최근의 가장 뛰어난 무공을 들라치면 양과 녀석이 만들어낸 암연소혼장이지. 내 무공은 그에 훨씬 못 미치니까 무학 이야기는 꺼내지도 마."

황용은 참으로 이상한 일이라고 생각했다.

'양과는 참 대단하구나. 어린 곽양은 물론 나이 드신 노완동도 모두가 양과라면 칭찬을 아끼지 않으니. 암연소혼장은 또 어떤 무공일까?'

"그럼 갈수록 향상되고 있다는 그 솜씨는 대체 무엇인데요?"

주백통은 손에 들고 있던 옥봉을 높이 쳐들며 의기양양한 목소리로 말했다.

"벌을 기르는 솜씨 말이야."

황용이 입을 삐죽거렸다.

"이 옥봉은 소용녀가 노완동께 드린 것이잖아요. 그게 뭐 대단해요?"

"어허, 네가 잘 모르는구나. 소용녀가 내게 준 옥봉은 물론 매우 좋은 품종이었지. 그러나 내가 더욱 뛰어난 기술을 개발해 천하에 둘도 없는 벌로 길러냈단 말이지. 소용녀는 이제 나와 비교도 안 돼."

황용이 큰 소리로 웃었다.

"정말 노완동께서는 갈수록 낯이 두꺼워지는군요. 허풍 치는 기술이 그야말로 천하에 둘도 없으십니다."

황용의 비꼬는 말에도 주백통은 화내지 않고 함께 웃었다.

"황용, 인간은 만물의 영장이라고들 하잖는가. 사람들은 몸에 꽃이나 글자를 새기기도 하고, 호랑이나 용 같은 동물을 그리기도 하고, 또 천하태평 같은 글씨를 쓰기도 하지. 그런데 사람 외에 동물이나 곤충에게도 몸에 글자를 새긴다는 말을 들어본 적이 있나?"

"호랑이나 표범 등은 얼룩무늬가 있고, 호랑나비나 독사 등은 몸에 화려한 꽃무늬가 있지요."

"그건 무늬고 글자를 새긴 동물이나 곤충을 본 적이 있느냐 말이야?"

"사람이 새긴 것 말고 저절로 새겨진 것을 말씀하시나 보군요. 글쎄요, 본 적 없는데요."

"좋아, 내 오늘 귀한 구경을 시켜주지."

그러면서 주백통은 왼손을 황용의 눈앞으로 뻗었다. 과연 손바닥에 놓인 커다란 벌의 날개에 글자가 새겨져 있었다. 황용은 그 글자를 자세히 들여다보았다. 옥봉의 오른쪽 날개에는 '정곡저情谷底'라고 적혀 있고, 왼쪽 날개에는 '아재절我在絶'이라고 쓰여 있었다. 비록 좁쌀보다 작은 글씨였지만 똑똑히 알아볼 수 있었다. 분명 극히 가는 침으로 새긴 것 같았다. 황용은 너무 놀라 계속 중얼거렸다.

"정곡저, 아재절. 정곡저, 아재절."

'이 글씨들은 절대 저절로 생긴 것이 아니야. 누군가가 새긴 것이 분

명해. 노완동의 성격상 이런 세심함과 인내력을 필요로 하는 일은 하지 않았을 거야.'

황용은 아무 내색도 하지 않고 웃으며 말했다.

"이게 무슨 천하에 둘도 없는 보기 드문 벌이에요? 노완동이 영고를 시켜 가는 바늘로 새긴 거죠? 제가 속을 것 같아요?"

그러자 주백통의 얼굴이 벌게졌다.

"네가 가서 영고에게 물어보면 알 것 아니냐?"

"영고가 노완동을 위해서 거짓말을 할 수도 있죠. 영고는 노완동이 해가 서쪽에서 뜬다고 우기면 그렇다고 대답해줄 거예요."

주백통의 얼굴이 더욱 붉어졌다. 쑥스럽기도 하고 난처하기도 한데다 억울하고 화가 났던 것이다. 노완동은 손에 들고 있던 옥봉을 놓아준 후 황용의 손을 잡았다.

"이리 와봐. 다른 것도 보여줄 터이니."

노완동은 황용의 손을 잡고 산비탈을 내려가 벌통을 향해 다가갔다. 이 벌통은 다른 것과 좀 떨어진 곳에 놓여 있었다. 주백통이 손을 휘둘러 옥봉 두 마리를 잡았다.

"봐라!"

황용이 자세히 들여다보니 한 마리의 날개에는 아무것도 쓰여 있지 않았지만, 다른 한 마리의 날개에는 조금 전과 똑같은 여섯 글자가 새겨져 있었다.

황용이 고개를 갸웃거렸다.

'참으로 이상한 일이군. 조물주의 조화가 아무리 신비하다 해도 절대로 이런 일이 있을 수는 없어. 뭔가가 있을 텐데.'

"노완동, 몇 마리 더 잡아서 보여주세요."

주백통이 벌 네 마리를 잡아 보여주었다. 그중 두 마리에는 아무 글자도 새겨 있지 않았고, 다른 두 마리에는 똑같은 여섯 글자가 쓰여 있었다. 주백통은 황용이 고개를 숙인 채 골똘히 생각에 잠긴 모습을 보고 다시 기세가 등등해졌다.

"더 할 말이 있느냐? 내 말이 맞지?"

황용은 주백통의 말에는 대답하지 않고 낮은 목소리로 벌의 날개에 새겨진 글씨를 읊조렸다.

"정곡저, 아재절. 정곡저, 아재절."

문득 머리를 스치고 지나가는 생각이 있었다. 그제야 글씨의 의미를 알 것 같았다.

"아하! '나는 절정곡 밑에 있다我在絶情谷底'라는 뜻이겠죠? 누군가가 절정곡 밑에 있다는 뜻이지요. 대체 누굴까요? 설마 양이일까요?"

황용은 가슴이 쿵쿵 뛰었다.

"노완동, 이 옥봉들은 노완동이 기른 것이 아니라 밖에서 날아들어 온 것이죠?"

주백통이 얼굴을 붉혔다.

"어, 이상하다. 어떻게 알았지?"

"이 벌들이 언제부터 여기 있었죠?"

"벌써 몇 년 됐다. 처음에는 벌의 날개에 글씨가 있는 것을 몰랐는데 몇 개월이 지난 후에 우연히 발견했어."

"정말 몇 년 전부터 여기 있었단 말이에요?"

"그렇다니까. 내가 설마 그런 것까지 널 속이겠느냐?"

황용은 한참 동안 생각에 잠겨 있다가 방으로 돌아와 일등대사, 정영, 육무쌍 등과 이 일을 상의했다. 틀림없이 무슨 사연이 있는 글씨였다. 황용은 딸이 걱정되어 당장 길을 떠나기로 했다.

일등대사도 그들과 동행하겠다고 했다.

"어차피 달리 할 일이 있는 것도 아니니 우리도 함께 가겠소이다. 일전에 따님이 이곳에 왔을 때 보니 참으로 밝고 명랑한 아이더군요. 참 마음에 들었습니다."

황용은 감사의 인사를 하기는 했으나 마음이 더욱 어두워졌다.

'일등대사가 함께 가겠다고 하는 것을 보니 양이가 위험에 처했다고 생각하시는 모양이구나. 그러지 않고서야 조용히 수련할 수 있는 이곳을 떠나겠다고 하실까?'

재미있고 신나는 일을 좋아하는 주백통이 빠질 리 없었다. 결국 일등대사, 주백통, 영고 모두 황용 일행과 동행하게 되었다. 황용은 고수 세 명을 함께 모시고 가게 되니 마음이 든든했다. 여섯 사람의 무공과 지혜라면 그 누구라도 당해낼 수 있을 듯했다. 황용 등 여섯 사람과 두 마리의 수리는 서쪽을 향해 길을 나섰다.

양과는 12월 초이틀에 절정곡에 도착했다. 16년 전 소용녀와 약속한 날보다 닷새나 빨리 도착한 셈이었다. 때는 이미 한겨울이어서 날씨가 매우 추웠다. 절정곡은 이제 사람의 그림자를 찾아볼 수 없었다. 당시 구천척이 지른 불에 타지 않고 남아 있던 것도 지금은 모두 사라지고 없었다.

양과는 16년 전 절정곡을 떠난 이후, 몇 년에 한 번씩 이곳에 들러 며칠 묵어가곤 했다. 혹시라도 남해신니가 자비를 베풀어 소용녀를 일찍 돌려보내줄지도 모르기 때문이었다. 비록 매번 허탕을 치기는 했으나 올 때마다 약속한 날이 점점 가까워졌다는 것으로 위안을 삼곤 했다.

오랜만에 다시 와보니 절정곡 주변은 온통 풀이 무성하게 자라 황량하고 적막하기 그지없었다. 그리고 누군가 다녀간 듯한 흔적도 없었다. 양과는 단장애로 가서 돌다리를 건너 소용녀가 검으로 새긴 글씨를 만져보았다. 그리고 그동안 자라난 이끼를 벗겨냈다. 이제 곧 약속한 날이 다가온다고 생각하니 가슴이 두근거렸다.

그날 양과는 하루 종일 소용녀가 새긴 글씨를 멍하니 바라보다가 저녁이 되자 두 나무 사이에 밧줄을 묶고 그 위에서 잠을 청했다. 다음 날 양과는 절정곡의 구석구석을 살펴보았다. 오래전 정영, 육무쌍 등과 정화나무를 모두 없애버린 탓에 정화는 한 송이도 찾을 수 없었다. 그러나 양과가 장난으로 용녀화龍女花라고 부른 붉은 꽃은 계곡 여기저기에 활짝 피어 있었다. 양과는 용녀화를 잔뜩 꺾어 소용녀가 새긴 글씨 앞에 놓아두었다.

닷새가 지나자 드디어 소용녀와 만나기로 한 12월 초이레가 되었다. 양과는 이미 이틀 동안 제대로 잠을 자지 못했다. 이날 양과는 단장애에서 한 발짝도 자리를 뜰 수 없었다. 아침부터 낮까지, 낮부터 저녁까지 미풍에 나뭇가지만 조금 흔들려도, 바람에 꽃잎 한 장만 떨어져도 깜짝 놀라 사방을 살펴보곤 했다. 그러나 소용녀의 모습은 어디에도 보이지 않았다.

사실 양과는 황약사와 대화를 나눈 후 남해신니에 관한 이야기가 모두 황용이 만들어낸 것임을 알았다. 그러나 절벽 위에 새겨진 글씨는 분명 소용녀가 쓴 것이었다. 그래서 무슨 사연이 있든지 간에 소용녀가 약속을 지켜주기만을 바랄 뿐이었다.

태양이 뉘엿뉘엿 지고 있었다. 양과의 마음도 떨어지는 해를 따라 점차 무거워졌다. 태양의 절반이 산봉우리 뒤에 가려졌을 무렵, 양과는 큰 소리를 지르며 높은 봉우리 위로 올라갔다. 봉우리 위에서 바라보니 해가 다시 둥글게 모습을 드러냈다. 양과는 다소 위안이 되었다. 해가 산 너머로 사라지지만 않으면 오늘 하루가 지나가지 않을 것 같았다. 한참 동안 둥근 태양을 바라보고 섰던 양과는 또다시 더 높은 봉우리로 올라갔다. 그러나 가장 높은 봉우리까지 모두 올라갔지만 결국 태양은 완전히 모습을 감추고 사방은 칠흑 같은 어두움에 싸이고 말았다. 순간 매서운 추위가 몸속으로 파고들었다. 양과는 한 시진이 넘게 봉우리 위에 서서 꼼짝도 하지 않았다. 한참이 지난 후 문득 머리 위에 떠 있는 반달을 발견했다. 아직 소용녀와 만나기로 한 날은 지나가지 않았다. 그러나 이제 이 밤도 지나가고 나면 그날은 끝나고 말 것이었다. 반달이 서서히 지고 있었다. 소용녀는 역시 오지 않았다.

양과는 마치 석상처럼 산봉우리 위에 선 채 밤을 지새웠다. 어느덧 붉은 해가 서서히 떠올랐다. 어린 새의 지저귀는 소리가 들려오고 밝은 햇살이 절정곡을 비추었다. 그러나 양과의 마음은 꽁꽁 얼어붙어 있었다. 귓속에서 끊임없는 메아리 소리가 들렸다.

'바보! 용이는 이미 죽었어. 16년 전에 이미 죽었다고. 독을 치료할 수 없음을 알고 자결한 거야. 행여 내가 따라서 자결할까 봐 16년 후에 만나자고 거짓말을 한 거야. 아! 용이는 날 그토록 생각해주었는데 아직까지도 그녀의 마음을 모르고 있었다니.'

38. 삶과 죽음이 아득하기만 하구나

양과는 비틀거리며 산을 내려갔다. 꼬박 하루 밤낮을 아무것도 먹지도 마시지도 않은 탓에 입이 마르고 목이 탔다. 양과는 물을 마시려고 시냇가로 갔다. 막 고개를 숙여 물을 마시려는데 문득 물에 비친 자신의 모습이 눈에 들어왔다. 놀랍게도 귀밑머리가 하얗게 세어 있었다. 양과는 이제 겨우 서른여섯 살로 아직 흰머리가 있을 나이가 아니었다. 게다가 내공이 강하기 때문에 지금까지 많은 고생을 했음에도 흰머리가 한 가닥도 나지 않았다. 그런데 하룻밤 사이에 귀밑머리가 하얗게 변한 데다 온 얼굴이 먼지로 뒤덮인 것이 스스로도 알아볼 수 없을 만큼 초췌해 보였다. 양과는 귀밑머리 중 잡히는 대로 세 가닥을 뽑았다. 세 가닥 중 두 가닥이 흰머리였다.

양과는 문득 시詩 한 편이 생각났다.

10년 동안 산 사람과 죽은 사람이 멀리 떨어져 있으니
생각하지 않으려 해도 잊을 수 없네.
천 리 길 외로운 무덤에서 이 처량함 어찌 말할까.
얼굴은 먼지로 덮이고 귀밑머리는 하얗게 세어버렸으니
설령 서로 만난다 해도 알아보지 못하리.
十年生死兩茫茫
不思量 自難忘
千里孤墳 無處話凄凉
縱使相逢應不識
塵滿面 鬢如霜

이것은 아내의 죽음을 슬퍼하는 소동파의 사詞였다. 양과는 평생 동안 무학에만 전념했을 뿐 책은 많이 읽지 못했는데, 몇 년 전 강남의 한 작은 주점에서 우연히 벽에 걸린 이 사를 보았다. 당시 사의 내용이 매우 인상 깊어 몇 번 읊어보았는데 지금 문득 떠오른 것이었다. 물론 지은이가 누구인지는 알지 못했다.

'이 사를 지은 사람은 10년째 서로 헤어져 있었구나. 나와 용이는 이미 16년째인데. 이 사람은 무덤이라도 있어 아내의 뼈가 묻힌 곳을 알지만, 나는 내 사랑하는 아내가 어디에 묻혀 있는지조차 알지 못하니……'

다시 사의 뒷부분을 생각해보니 작자가 어느 날 밤 꿈에서 사랑하는 아내를 만나는 정경이었다.

깊은 밤 꿈속에서 문득 고향에 돌아가니

그대는 작은 창가에서

머리 빗고 몸단장을 하고 있네.

서로 마주 보며 할 말을 잃고

눈물만이 하염없이 흘러내리네.

해마다 애태우던 곳

밝은 달밤, 키 작은 소나무 아래에서였지.

夜來幽夢忽還鄕　小軒窗

正梳妝　相對無言　惟有淚千行

料得年年腸斷處　明月夜　短松岡

양과는 갑자기 설움이 북받쳤다.

'그러나 나는 사흘 밤낮을 자지도 못했으니 꿈에서조차 볼 길이 없지.'

양과는 자리에서 벌떡 일어나 소용녀가 새겨둔 글씨 앞에 서서 울부짖었다.

"용아, 용아, 16년 후에 여기서 다시 만나자고 했잖아. 약속을 꼭 지키라고 당신이 이렇게 썼으면서 왜 안 나타나는 거야? 왜?"

마치 사자나 호랑이가 포효하는 듯한 소리였다. 폐에서 끓어오르는 듯한 소리에 계곡 전체가 쩌렁쩌렁 울렸다. 사방에서 메아리가 울려 퍼졌다.

"왜 안 오는 거야? 왜 안 오는 거야? 왜……."

양과는 이제껏 밝고 격렬한 감정을 가지고 살았는데, 지금은 온갖 사념이 모두 사그라들었다.

'용이는 벌써 16년 전에 죽었어. 그런데 나 혼자 16년을 더 살고 있었으니 이 얼마나 허무한 짓이었나…….'

양과는 단장애 밑 심곡을 내려다보았다. 절벽 밑은 안개에 싸여 끝이 보이지 않았다. 양과는 그동안 여러 차례 이곳에 왔지만 한 번도 안개가 걷힌 절벽 바닥을 본 적이 없었다. 양과는 고개를 쳐들고 크게 포효했다. 그 소리가 어찌나 큰지 단장애 위에 놓아둔 용녀화가 춤을 추듯 허공으로 날아올랐다. 양과는 멍하니 혼잣말을 내뱉었다.

"그 당시 당신이 실종된 후 나는 온 산을 샅샅이 뒤졌소. 그러나 그때 이미 당신은 저 깊은 절벽 밑으로 몸을 던진 후였나 보오. 16년 동안 얼마나 외롭고 쓸쓸했을까?"

눈물이 앞을 가렸다. 문득 눈앞에 흰옷 자락을 펄럭이며 소용녀가

서 있는 듯한 느낌이 들었다. 또한 멀리서 소용녀의 목소리가 들리는 것만 같았다.

"내 사랑, 너무 상심하지 말아요."

양과는 벌떡 일어나 절벽 밑으로 몸을 날렸다.

곽양은 금륜국사를 따라 절정곡에 도착했다. 국사는 때로 독사나 전갈보다도 더 무섭고 독한 사람이었지만 곽양에게만은 그렇지 않았다. 그는 곽양을 자신의 무공을 전수받을 제자로 생각했기 때문에 오는 동안 행여 춥지는 않은지 불편한 점은 없는지 살뜰하게 보살펴주었다. 마치 자기 친딸을 대하는 듯한 태도였다.

그러나 곽양의 마음은 오로지 양과에 대한 생각뿐이었다. 과연 양과를 만날 수 있을지, 자결하지 않도록 다짐을 받아낼 수 있을지 등을 생각하느라 국사에게는 무관심하게 대했다. 국사는 평생 동안 존경받고 대접받으며 살아온 사람이었다. 몽고에서는 거의 제왕과도 같은 존재였고, 몽고의 왕자들도 예를 갖추어 깍듯이 대했다. 그러나 곽양은 냉랭한 말투와 태도로 일관하고, 걸핏하면 무공이 양과에게 미치지 못한다고 비웃고, 함부로 사람을 죽인다고 비난하기도 했다. 어린 소녀가 대몽고의 제일국사를 쩔쩔매게 만든 것이다.

날씨는 점점 추워졌다. 날짜를 계산해본 곽양은 조급한 생각이 들어 쉬지도 않고 걸음을 재촉했다. 두 사람은 마침내 절정곡에 도착했다. 갑자기 누군가가 "왜 오지 않는 거야?"라고 소리 지르는 게 들려왔다. 슬픔과 절망과 고통으로 가득 찬 목소리였다. 그 소리로 인해 산 전체가 흔들리는 것만 같았다. 곽양은 깜짝 놀랐다.

"틀림없이 양과 오빠예요! 어서 가봐요."

곽양이 먼저 달리기 시작했다. 금륜국사는 다소 긴장이 되었다. 그는 등에 지고 있던 보따리 속에서 오륜을 꺼내 손에 들었다. 국사는 이미 용상반야공의 제10층까지 수련을 마친 뒤였기 때문에 무공이라면 자신이 있었다. 그러나 16년 동안 양과나 소용녀 역시 세월을 낭비하며 무공 연마를 게을리하지 않았을 테니 절대 방심할 수 없었다.

곽양은 소리가 나는 방향을 향해 급히 달려 순식간에 단장애 앞에 도착했다. 양과가 절벽 위에 서 있고, 삭풍이 불어오더니 수십 송이 붉은 꽃이 하늘하늘 허공으로 날아올랐다. 눈이 내렸다가 녹은 뒤인지라 땅이 미끄럽고 위험해서 빨리 다가갈 수가 없었다. 게다가 곽양은 무공이 그다지 강하지 못했다.

"오빠, 제가 왔어요."

그러나 깊은 생각에 잠겨 있는 양과는 전혀 듣지 못한 것 같았다. 문득 양과의 거동이 이상해 보여 다급해진 곽양은 크게 소리를 질렀다.

"여기 오빠가 준 금침이 있어요. 그러니 제 말을 들어주셔야 해요. 절대로 자결할 생각일랑……"

곽양은 돌다리를 건너 절벽을 향해 달려갔다. 그러나 돌다리를 절반쯤 건넜을 때 양과가 갑자기 자리에서 벌떡 일어나더니 절벽 밑으로 몸을 날리는 것이 보였다. 곽양은 아무런 생각도 할 수 없었다. 곧장 양과를 따라 절벽 밑으로 뛰어내렸다. 양과를 구하기 위해서였을까, 아니면 그저 양과에 대한 마음이 그만큼 깊었기 때문일까?

뒤에서 따라오던 국사는 깜짝 놀라 그녀를 구하기 위해 뛰어갔다. 국사가 경공술로 뛰어갔지만 결국 한발 늦어 곽양은 이미 절벽 아래

로 몸을 날린 뒤였다. 국사는 깊이 생각할 겨를도 없이 도괘금구倒掛金鉤
초식을 사용해 몸을 굽혀 곽양의 팔을 잡았다. 이것은 매우 위험한 초
식이어서 자칫 잘못하면 국사마저도 절벽 밑으로 떨어질 수 있었다.
국사의 손이 막 곽양의 옷소매를 잡은 순간 찌익, 소리가 나더니 그만
옷소매가 찢어지고 말았다. 곽양의 몸은 순식간에 안개를 뚫고 절벽
밑으로 사라져버렸다.

국사는 장탄식을 하며 쉼 없이 눈물을 흘렸다. 그는 곽양의 찢어진
옷소매를 손에 든 채 멍하니 심곡을 바라보았다. 한참이 지나자 누군
가가 말을 걸어왔다.

"거기서 뭐 하는 거요?"

고개를 돌려보니 맞은편에 주백통과 늙은 승려, 그리고 젊은 여자
셋과 나이 든 여자 하나가 서 있었다. 젊은 여자 중 한 명은 황용이었
고, 나머지 두 사람은 처음 보는 얼굴이었다.

국사는 주백통과 몇 차례 겨뤄본 적이 있기 때문에 그가 독특하면
서도 신출귀몰해 상대하기가 쉽지 않다는 것을 알고 있었다. 황용 역
시 동사와 북개의 무공을 모두 전수받은 데다 워낙 총명해 만만치 않
은 강적이었다. 그러나 국사는 그동안 많은 수련을 했기 때문에 하나
도 두렵지 않았다. 어쩌면 중원의 고수들과 겨뤄볼 수 있는 좋은 기회
일 수도 있었다. 그러나 지금은 곽양의 죽음 때문에 마음이 괴로운지
라 싸우고 싶은 생각이 전혀 들지 않았다. 국사는 처량한 목소리로 말
했다.

"곽양 낭자가 절벽 밑으로 떨어졌소."

국사는 한숨을 길게 내쉬더니 고개를 떨구면서 눈물을 흘렸다. 황

용 일행은 국사의 말을 듣고 깜짝 놀랐다. 특히 황용은 너무 놀라 얼굴이 굳어졌다.

"정말입니까?"

"무엇 때문에 거짓말을 하겠소? 이것이 바로 곽양 낭자의 옷자락이 아닙니까?"

국사가 손에 든 옷자락을 흔들었다. 황용이 보니 과연 딸의 옷자락이 틀림없었다. 황용은 몸을 부들부들 떨며 할 말을 잃었다. 주백통이 화를 내며 말했다.

"이런 늙은 중놈! 뭣 때문에 어린아이를 해쳤느냐? 악독하기 짝이 없구나."

국사가 고개를 가로저었다.

"내가 해친 것이 아니오."

"그렇다면 왜 절벽 밑으로 떨어졌단 말이냐? 네가 밀었거나 협박을 한 게 분명하다."

국사가 고개를 저으며 울먹이는 목소리로 말했다.

"아니오! 그 아인 내 의발을 전수받을 제자인데 내가 왜 그 아이를 해치겠소?"

주백통이 땅에 침을 탁 뱉으며 소리쳤다.

"거짓말하고 있네. 그 아이의 외조부가 황 노사이고 부친이 곽정, 모친이 바로 여기 있는 황용이다. 모두 다 너 따위가 상대할 수 있는 사람들이 아니지. 그런데 그 아이가 무엇 때문에 너를 사부로 모신단 말이냐? 하다못해 내게서 몇 초식만 배워도 너 따위는 가볍게 이길 수 있을 것이다."

주백통은 국사를 향해 침을 뱉었다. 비록 거리가 조금 떨어져 있었지만 침은 마치 암기라도 되는 양 국사의 얼굴을 향해 똑바로 날아갔다. 국사는 얼른 고개를 돌려 피하면서도 속으로 감탄을 금치 못했다. 주백통은 국사가 아무 대꾸도 하지 않는 것을 보자 의기양양해서 더욱 큰 소리로 떠들어댔다.

"양이가 너의 무공 실력을 인정하지 않은 거지? 그런데도 너는 기어이 그 애를 제자로 삼으려 한 거고. 그렇지?"

국사는 고개를 끄덕였다.

"그것 봐. 그래서 양이를 절벽 밑으로 밀어버린 거야."

국사가 탄식하듯 대답했다.

"내가 민 것이 아니오! 그 아이가 왜 자결하려 했는지는 나도 모르겠소."

황용은 어찌해야 할 바를 몰랐다. 눈물마저 흘리는 국사의 모습을 보니 국사가 일부러 딸을 밀어 떨어뜨린 것은 아닌 듯했다. 그러나 딸이 떨어진 것이 국사와 관계가 있는 것만은 틀림없었다. 누군가가 책임을 져야 한다면 그 사람은 바로 국사였다. 황용은 이를 악물고 죽봉을 쳐들어 국사를 향해 휘둘렀다. 순식간에 국사의 몸 주변 수 척이 죽봉의 공격에 포위되었다. 딸의 죽음에 상심한 황용은 계속해서 살수를 펼쳤다.

금륜국사의 무공은 비록 황용보다 뛰어나다 하나 감히 맞서 대적할 용기가 나지 않았다. 황용과 몇 초식 겨루다 보면 주백통이 나서서 도울 것이고, 그렇게 되면 오히려 자기가 불리해질 것이 뻔했다. 국사는 왼발에 힘을 주어 뒤로 삼 척 물러선 다음 다시 몸을 날려 황용의 머리 위를 훌쩍 뛰어넘었다.

황용은 죽봉을 머리 위로 휘둘렀으나 국사가 은륜으로 막아냈다. 황용은 숨을 들이쉬며 몸을 돌렸다. 주백통이 이미 국사를 공격하고 있었다. 국사는 대종사의 신분이어서 상대방이 무기를 쓰지 않는데 자신만 무기를 쓸 수는 없는 일이었다. 국사는 오륜을 다시 허리에 차고 맨손으로 주백통의 공격을 막아냈다. 황용이 얼른 다가가 죽봉으로 국사의 등을 치려 했다.

국사는 용상반야공의 제10층을 연마한 후 처음으로 고수를 만나 싸우는 것이었기에 이것을 시험해볼 좋은 기회라는 생각이 들었다. 그는 주백통이 권법으로 공격하자 자신도 권법으로 반격했다. 국사가 주먹을 뻗자 바람을 가르는 소리가 대단했다.

주백통은 깜짝 놀랐다. 국사의 권력이 대단한 것 같아서 정면으로 받아내기는 어렵겠다고 생각했다. 곧 그는 팔꿈치를 살짝 낮추어 공명권 초식을 사용했다. 국사의 권력을 무게로 따지면 1,000근에 가까웠다. 비록 정말 용이나 코끼리 같은 힘은 아니지만 그 누구도 정면으로 받아낼 수는 없을 만큼 위력이 대단했다. 그런데 이상하게도 주백통의 권력과 맞부딪치자 주먹이 텅 빈 허공을 치는 것 같은 느낌이 들었다. 국사는 참으로 이상하다고 생각하며 왼손을 뻗었다.

주백통은 국사의 힘이 자신이 지금까지 상대해본 그 어떤 적수보다도 강하다는 것을 알았다. 그는 원래 무공을 좋아하는 사람인지라 누군가가 새로운 무공을 사용하는 것을 보면 기어이 그와 겨루어봐야 직성이 풀렸다. 그래서 수없이 많은 강호의 고수들과 겨뤘던 것이다. 그러나 국사처럼 힘이 센 사람은 만나보지 못했고 그의 무공이 대체 어떤 것인지조차 짐작이 가지 않았다. 주백통은 우선 72로 공명권으로 상대하면서 국사의 무공을 살폈다.

국사의 힘이 아무리 강하다 하나 주백통이 공명권으로 상대하자 그 위력을 제대로 발휘하지 못했다. 연속해서 몇 초식을 구사했지만 제대로 공격할 수가 없었다. 국사는 10여 년 동안 고심하며 연마한 무공이 첫 시험에서 아무런 성과를 거두지 못하자 화가 나서 견딜 수 없었다. 그때 등 뒤에서 바람을 가르는 소리가 났다. 황용의 죽봉이 등의 영대혈靈臺穴을 향해 날아오고 있었다. 국사는 손을 뒤로 휘둘러 죽봉을 막았다. 그러자 황용의 죽봉은 그 자리에서 두 동강이 나버렸다. 죽봉을 부러뜨리고도 남은 힘 때문에 땅이 파여서 흙먼지가 자욱하게 일어났다.

황용은 깜짝 놀라며 뒤로 물러났다. 전에도 국사의 무공이 뛰어나다는 것은 알았지만 세월이 지난 지금은 옛날과 비할 바가 아니었다. 대체 무슨 무공이기에 이렇게 강한 힘을 발휘하는 것일까?

정영과 육무쌍은 황용의 공격이 실패로 돌아가자 각각 은봉과 장검을 들고 좌우에서 국사를 향해 공격하기 시작했다.

"조심해!"

황용의 말이 미처 끝나기도 전에 툭, 챙, 하는 소리와 함께 봉과 검이 모두 부러졌다. 정영과 육무쌍도 뒤로 물러났다. 국사는 곽양을 잃은 슬픔으로 마음이 아팠기 때문에 오늘만큼은 남을 해치고 싶지 않았다.

"물러가시오!"

국사는 뒤로 물러선 정영과 육무쌍을 더 이상 공격하지 않았다. 그때 검은 그림자가 획, 하고 움직이더니 영고가 국사에게 다가갔다. 국사는 장을 밖에서 안으로 휘두르며 영고의 허리를 비스듬히 내리쳤다. 영고의 무공은 비록 황용에게 미치지 못하지만 그녀가 연마한 니추공泥鰍功은 뛰어난 방어술이라 할 수 있었다. 영고는 막강한 힘이 허리를 공격해오는 것을 느끼고 몸을 이리저리 비틀며 피했다. 영고의 실제 무공 실력을 모르는 국사는 두어 차례 공격을 모두 피하는 영고를 보고 깜짝 놀랐다. 오랜 세월 동안 힘들게 연마한 무공인데 계속해서 공격이 실패하자 점차 자신감도 없어지고 마음도 심히 상했다. 국사는 더 이상 싸우고 싶지 않아 훌쩍 뛰어 왼쪽으로 비켜섰다. 영고는 가까스로 국사의 공격을 두 차례 피했는데 국사가 물러서자 안도의 숨을 쉬었다.

"도망가지 마!"

주백통이 국사를 향해 덤벼들었다. 국사가 막 장을 뻗어 반격을 하려는데 갑자기 바람을 가르는 소리가 들리더니 무언가 부드럽고 온화한 기운이 얼굴을 덮쳤다. 일등대사의 일양지였다.

국사는 이 늙은 승려를 전혀 염두에 두지 않았는데 그의 초식에 한 번 당하고 보니 무공이 얼마나 강한지 알 수 있었다. 일등대사의 일양지는 이미 신의 경지에 이르렀다고 해도 과언이 아니었다. 보기에는 매우 부드럽고 온화해 큰 위력이 없을 듯싶으나 실은 엄청난 내공이 실려 있어 막아낼 방법이 없었다. 국사는 깜짝 놀라 몸을 돌려 피했다.

일등대사의 일양지를 겨우 피한 국사는 즉시 장을 뻗어 반격했다. 일등대사 역시 국사의 장력이 엄청난 것을 보고 정면으로 막아낼 엄두를 내지 못하고 가볍게 뒤로 물러섰다. 한 명은 남조南詔 대리국의 고승高僧이었고, 또 한 명은 몽고의 국사였다. 서로 조금도 방심할 수 없는 상대였다. 주백통은 혼자서 국사를 상대할 때는 흥미진진하게 싸움에 임했지만, 일등대사가 끼어드니 재미가 없어져 한쪽 옆으로 비켜섰다.

일등대사와 금륜국사는 비교적 가까운 거리에 서 있었다. 그러나 서로 공격을 주고받다 보니 거리가 점점 멀어졌다. 두 사람 모두 평생의 힘을 다해 멀리 있는 적을 공격했다. 일등대사의 머리에서 하얀 김이 모락모락 피어올랐다. 내공을 운기하고 있는 것이었다.

황용은 딸의 죽음이 분하기도 하고 또 나이 많은 일등대사가 기력이 너무 쇠해지지나 않을까 걱정되어 함께 국사를 공격하고 싶었다. 그러나 두 사람의 싸움이 어찌나 치열하고 그 위력이 대단한지 도무지 끼어들 틈을 찾을 수가 없었다. 그때 문득 머리 위에서 수리의 울음소리가 들렸다. 황용은 입으로 휘파람을 불며 국사를 가리켰다.

만약 양과의 신조가 왔다면 국사가 다소 겁을 냈을 것이나 황용의 수리는 비록 몸집은 크지만 평범한 수리에 불과해서 그런 새 두 마리에게 그가 당할 리 없었다. 그러나 지금 국사는 전력을 다해 일등대사와 싸우고 있는 중이었다. 조금도 방심하거나 한눈팔 틈이 없었다. 그런데 갑자기 두 마리의 수리가 자신을 향해 덮쳐오니 당황하지 않을 수 없었다. 국사는 하는 수 없이 왼손을 머리 위로 휘둘러 수리를 쫓았다. 수리들은 국사의 장력을 이겨내지 못하고 하늘로 날아올랐다. 그러나 그 잠깐 동안 싸움의 주도권은 이미 일등대사에게 넘어갔다. 국사가 다시 왼손으로 전력을 다해 공격을 퍼부은 후에야 다시 대등한 국면을 유지할 수 있었다.

황용은 또다시 수리에게 국사를 공격하도록 재촉했다. 그러나 국사의 장력은 너무나 강했다. 수리들은 길게 울음소리를 내며 빠른 속도로 국사의 머리 바로 위까지 날아갔다가 국사가 공격을 하기 직전 다시 하늘로 날아오르기를 반복했다. 비록 국사를 공격하는 것은 아니었지만 국사의 정신을 산만하게 만들기에는 충분했다. 고수들끼리 싸울 때에는 마음과 정신을 집중하는 것이 매우 중요했다. 그래야만 내공을 최대로 발휘할 수 있기 때문이었다. 국사는 비록 일등대사보다 장력이 강했지만 수양면에서 본다면 훨씬 떨어지는 편이었다. 국사는 곽양의 죽음으로 크게 상심한 탓에 이미 마음이 안정되지 못한 상태인 데다 수리들이 계속 왔다 갔다 하자 정신을 차릴 수가 없었다. 그래서 국사의 장풍 위력이 그 순간마다 크게 떨어졌다. 일등대사는 가볍게 미소를 지으며 앞으로 한 발 다가갔다. 황용은 일등대사가 국사를 향해 다가서는 것을 보고 큰 소리로 외쳤다.

"곽정과 양과가 오셨군요. 어서 저자를 잡아요!"

곽정은 황용의 남편이니 자신이 직접 이름을 부를 리 없었다. 황용은 국사를 놀라게 하기 위해 일부러 남편의 이름을 부른 것이다. 만약 "정 오빠"라고 불렀다면 국사는 '정 오빠가 누구일까?' 하고 생각했을 것이고, 그랬다면 당황하는 효과는 크게 떨어졌을 터였다. 과연 국사는 갑자기 곽정과 양과의 이름을 듣자 깜짝 놀랐다.

'두 사람 모두 천하에 둘도 없는 고수인데 그들이 왔다니 이젠 끝이구나.'

일등대사는 자신을 향해 한 발짝씩 다가왔고, 수리 한 마리가 날카로운 발톱으로 눈동자를 파내기라도 할 듯한 기세로 쏜살같이 날아왔다. 국사는 수리를 향해 왼손을 크게 휘둘렀다. 그러나 수리의 공격은 허초였다. 수리는 국사의 얼굴 가까이로 날아왔다가 국사의 손이 닿기 전에 다시 하늘로 날아올라갔다. 바로 그때 또 다른 수리 한 마리가 소리 없이 국사에게 다가왔다. 국사가 눈치를 챘을 때는 이미 수리의 발톱이 곧 국사의 머리에 닿으려 할 찰나였다. 국사는 화가 머리끝까지 나서 팔을 거칠게 휘둘렀다. 국사의 팔은 정확히 수리의 배에 맞았다. 수리는 국사가 머리에 쓰고 있던 홍관을 낚아채고 하늘 높이 날아올랐다. 그러나 국사의 팔에 맞은 탓에 중상을 입은 모양이었다. 하늘 높이 날아오르기는 했으나 결국 오래 버티지 못하고 잠시 날개를 퍼덕이더니 그만 깊은 계곡 밑으로 떨어지고 말았다.

황용, 정영, 육무쌍과 영고는 모두 안타까워하며 소리를 질렀고 주백통도 노발대발하며 싸움에 끼어들었다.

"강호의 규칙이고 뭐고 필요 없어. 나도 덤벼주지!"

주백통은 국사의 등을 향해 주먹을 뻗었다.

계곡 밑으로 떨어진 수리는 수컷이었다. 수컷이 계곡 밑으로 떨어지자 암컷은 슬픈 울음소리를 내며 짙은 안개를 뚫고 계곡 밑으로 내려가서 오래도록 올라오지 않았다.

금륜국사는 주백통까지 공격에 가세하자 무척 부담이 되었다. 국사의 무공이 비록 강하다 하나 어찌 두 고수의 협공을 이겨낼 수 있겠는가. 그는 결국 금륜과 은륜을 꺼내 동시에 내밀었다. 앞으로는 일양지를 막아내고 뒤로는 공명권을 막아냈다. 두 줄기의 강한 내공이 국사를 공격해왔다. 국사는 몸을 비스듬하게 비키며 왼쪽으로 빠져나가더니 순식간에 산모퉁이를 돌아 도망치기 시작했다. 주백통은 큰 소리를 지르며 뒤를 쫓았다.

"늙은 중아! 이렇게 도망가는 것이 너희 법도란 말이냐!"

만약 주백통에게 잡히면 수백 초식 안에는 승패를 가리기 어려울 터였다. 주백통을 상대하느라 지쳐 있는 틈에 또 노승이 살수를 쓰면 결국 절정곡에서 목숨을 잃을 수밖에 없었다. 눈앞에는 빽빽한 밀림이 펼쳐져 있었다. 국사는 밀림을 향해 뛰었다. 그런데 그때 획, 하는 소리가 빠르게 들려오더니 작은 돌멩이가 숲속에서 날아왔다.

숲과 국사와의 거리는 100여 보 정도 떨어져 있었다. 그러나 얼마나 강한 신력을 지닌 사람이 던졌는지 돌멩이의 크기는 크지 않았으나 바람을 가르는 소리가 매우 날카로웠다. 돌멩이는 정확히 국사의 얼굴을 향해 날아왔다. 국사는 금륜을 들어 막아냈다. 쨍, 소리와 함께 돌멩이가 금륜에 맞아 산산조각이 나며 사방으로 흩어졌다. 국사의 얼굴에도 돌멩이의 파편이 튀었다. 워낙 작은 파편이라 부상을 입지는 않았지만 제법 쓰리고 아팠다. 국사는 또 한 번 깜짝 놀랐다.

'이 작은 파편에도 이런 힘이 있다니 공력이 정말 강한 사람이구나. 노승이나 노완동보다 공력이 강했으면 강했지 덜하진 않을 것 같다. 도대체 누구지?'

그때 숲속에서 청포를 입은 노인이 걸어 나왔다. 소매를 펄럭이는 모습이 매우 고아하고 멋스러웠다. 주백통이 그 노인을 보더니 반갑게 소리쳤다.

"황 노사! 이 중놈이 당신의 외손녀를 죽였소. 어서 저놈을 잡아요."

숲속에서 나온 사람은 바로 도화도주 황약사였다. 황약사는 양과와 헤어진 후 북쪽으로 향했다. 어느 날 한 시골 객점에서 술을 마시던 중 수리 두 마리가 날아가는 것을 보았다. 틀림없이 딸이나 외손녀가 근처에 있는 모양이라 생각하고 수리를 따라 이곳 절정곡까지 왔지만 딸과 마주치고 싶지 않아서 멀찍이 뒤따르다가 이들의 싸움을 지켜보았다. 일등대사와 주백통이 쉽게 이기지 못하는 것을 보니 만만치 않은 상대인 것 같았다. 황약사는 평생에 이런 호적수를 만나는 것도 쉽지 않은 일인 것 같아 반가운 마음에 출수를 한 것이었다.

국사는 쌍륜을 서로 맞부딪쳤다. 그러자 날카로운 소리가 숲속을 울렸다.

"당신이 바로 동사 황약사로군."

황약사는 고개를 끄덕였다.

"그렇소이다."

"몽고에 있을 때 이미 들었소. 중원에 동사, 서독, 남제, 북개, 중신통 등 다섯 고수가 대단하다고. 과연 그 명성이 헛된 것이 아니었군. 나머지 네 사람은 어디에 있소?"

"중신통과 북개, 서독은 이미 오래전에 세상을 떠났고, 저기 계시는 저 고승께서 바로 남제이시오. 여기 계시는 주 형은 중신통의 사제시오."

주백통이 소리쳤다.

"만약 우리 사형이 살아 계셨다면 너는 열 초식도 상대하지 못했을 것이다."

세 사람은 국사를 사이에 두고 둥글게 섰다. 국사는 일등대사와 주백통, 황약사를 번갈아가며 바라보더니 오륜을 땅에 던졌다. 그러고는 고개를 쳐들며 장탄식을 했다.

"일대일로 싸운다면 하나도 두렵지 않건만."

38. 삶과 죽음이 아득하기만 하구나

주백통이 말했다.

"오늘이 무슨 화산논검을 하는 날도 아니고 천하제일의 명성을 겨루는 것도 아닌데 무엇 때문에 굳이 일대일로 싸운단 말이냐? 너처럼 나쁜 짓을 일삼는 놈은 반드시 없어져야 한다."

국사가 한숨을 내쉬었다.

"중원의 다섯 고수 중 두 명을 뵈었군요. 오늘 세 분의 손에 죽는다 해도 여한이 없습니다. 다만 용상반야공을 전수하지 못하고 죽는 것이 아쉬울 따름이오."

말을 마친 국사는 오른손을 쳐들더니 자신의 두정골을 내리치려 했다. 주백통은 용상반야공이라는 말을 듣자 움찔하더니 급히 팔을 뻗어 국사가 자결하려는 것을 막았다.

"잠깐!"

"죽으면 죽었지 모욕을 당할 수는 없소이다. 그냥 죽게 놔두시오."

"당신의 용상반야공은 과연 대단한 무공이었소. 그런데 전수하지 않고 죽는다니 너무 아깝지 않소. 우선 내게 그 무공을 전수해준 후 자결해도 늦지 않소이다."

주백통의 태도는 무척 진지했다.

국사가 막 대답하려는데 퍼덕퍼덕 날갯짓하는 소리가 들리더니 암컷 수리가 수컷 수리를 등에 업고 절벽 아래에서 날아올라왔다. 수리의 몸은 온통 물에 젖어 있었다. 절벽 바닥이 연못인 모양이었다. 수컷 수리가 가쁜 숨을 내쉬는 모습을 봐서는 이미 가망이 없을 듯했다. 그런데도 오른발에 국사의 홍관을 꼭 붙잡고 있었다. 그런데 암컷이 수컷을 내려놓은 후 다시 절벽 밑으로 내려갔다. 잠시 후 암컷은 등에 사람을 업고 다시 올라왔다. 암컷의 등에 업힌 사람은 다름 아닌 곽양이었다.

황용은 너무 기뻐 큰 소리로 딸의 이름을 불렀다.

"양아! 양아!"

황용은 수리에게 뛰어가 수리의 등에서 딸을 부축해 내렸다. 국사역시 곽양이 무사히 돌아온 것을 보자 뛸 듯이 기뻐하며 곽양을 바라보았다. 국사의 팔을 잡고 있던 주백통은 일등대사와 황약사를 향해눈을 찡긋거리며 신호를 보냈다. 동사와 남제는 동시에 손을 뻗어 국사의 오른쪽 겨드랑이와 왼쪽 가슴의 혈을 찍었다. 만약 다른 사람이라면 설사 국사의 혈을 찍었다 해도 별 효과가 없었을 것이지만, 동사와 남제는 그야말로 당대 최고의 무공 실력을 지닌 사람들이었다. 한명은 정교하고 오묘한 탄지신통의 소유자였고, 다른 한 명은 신통하고강력한 일양지를 지니고 있었다. 그러니 국사가 어찌 당해낼 수 있겠는가. 국사가 곧 비명을 지르며 몸을 휘청거렸다. 주백통은 국사의 등에 있는 지양혈至陽穴을 주먹으로 쳤다. 주백통이 웃으며 말했다.

"조용히 누워 계시지."

무사히 살아 돌아온 곽양을 보며 미친 듯이 기뻐하던 국사는 그만무방비 상태에서 두 사람의 공격에 당하고 말았다. 국사는 두 다리에힘이 빠지면서 서서히 그 자리에 주저앉았다. 국사가 쓰러지는 모습을보며 일등대사 등 세 사람은 놀란 눈빛을 주고받았다.

'대단하군. 중요한 혈을 찍었는데도 곧장 쓰러지지 않고 저렇게 버틸 수 있다니.'

세 사람은 급히 곽양에게 다가갔다.

"엄마, 그 사람, 그 사람이 아래…… 아래에 있어요. 어서 구…… 구해주세요."

심신이 극도로 지친 곽양은 겨우 몇 마디를 내뱉고는 그대로 기절해버렸다. 일등대사가 곽양의 손목을 잡아 맥을 짚었다.

"괜찮아요. 그냥 놀랐을 뿐이오."

일등대사는 곽양의 등을 몇 차례 두드려주었다. 잠시 후 곽양이 서서히 눈을 떴다.

"오빠는요? 올라왔어요?"

"양과가 아래에 있니?"

황용이 묻자 곽양이 고개를 끄덕였다.

"당연하죠."

자신이 절벽 밑으로 뛰어내린 이유가 그것 말고 또 있겠느냐는 뜻이었다. 황용은 딸의 몸이 젖어 있는 것을 보고 물었다.

"절벽 밑이 연못이더냐?"

곽양은 고개를 끄덕이며 눈을 감았다. 더 이상 말할 기력이 없는 듯했다.

"양과가 밑에 있다면 이번에도 수리에게 부탁하는 수밖에 없구나."

황용은 휘파람을 불어 수리를 불렀다. 그러나 몇 차례 휘파람을 불었는데도 수리는 날아오지 않았다. 황용은 이상한 생각이 들었다. 수십 년 동안 한 번도 이런 일이 없었는데, 오늘은 왜 자신의 부름에 응답하지 않는 것일까? 황용이 또 한 번 길게 휘파람을 불자 암컷 수리가 날개를 펼치고 하늘로 날아올라 몇 바퀴 원을 그린 뒤에 슬픈 울음소리를 냈다. 그러더니 쏜살같이 아래로 치달렸다. 황용은 불길한 생각이 들었다.

'안 돼!'

그러나 암컷 수리는 황용이 부르는 소리에도 아랑곳하지 않고 곧장 큰 바위에 부딪치더니 그만 머리가 깨져 죽고 말았다. 모두들 깜짝 놀라 수리에게 다가갔다. 알고 보니 수컷 수리가 벌써 숨이 끊어진 지 오래였다. 암컷 수리의 진실한 마음과 깊은 의리에 모두들 감탄한 듯 한숨을 내쉬었다.

황용은 어려서부터 함께 놀던 수리가 죽자 마음이 아파 눈물이 쉴 새 없이 흘러내렸다. 육무쌍은 문득 사부 이막수가 부르던 노랫소리가 들리는 듯했다.

세상 사람에게 묻노니,
정이란 무엇이길래 이토록
생과 사를 같이하게 한단 말인가.
하늘과 땅을 가로지르는 저 새야,
지친 날개 위로
추위와 더위를 몇 번이나 겪었느냐?
만남의 기쁨과 이별의 고통 속에
헤매는 어리석은 여인이 있었네.
임이여 대답해주소서.
아득한 만 리 구름이 겹치고
온 산에 저녁 눈 내릴 때
외로운 그림자 누굴 찾아 날아갈꼬.

38. 삶과 죽음이 아득하기만 하구나

그녀는 어릴 때부터 이막수에게 무공을 배우며 사부가 이 노래를 읊조리는 것을 자주 들어왔다. 그러나 그때는 어렸기 때문에 노래의 뜻을 잘 이해하지 못했다. 그런데 수컷 수리가 죽자 암컷이 따라 죽는 모습을 보니 노래의 내용이 절실하게 다가왔다.

'암컷이 죽지 않았다면 앞으로 온 산에 눈이 내릴 때 사무치는 외로움을 어떻게 달래겠어.'

육무쌍은 자기도 모르게 눈시울이 붉어졌다.

정영이 말했다.

"사부님, 사자, 양 오빠가 저 밑에 있다는데 어떻게 구해야 하죠?"

황용이 눈물을 닦으며 딸에게 물었다.

"양아, 저 밑의 상황을 자세히 이야기해보렴."

곽양은 조금 기력을 회복한 듯 또박또박 말했다.

"뛰어내리자마자 깊은 물속에 빠졌어요. 놀라고 당황해서 물을 많이 마셨는데 갑자기 몸이 물 위로 떠오르는 거예요. 정신을 차려보니 오빠가 내 머리카락을 잡고 나를 끌어내고 있었어요."

황용은 다소 안심이 되었다.

"연못 옆에 바위 같은 것이 있어서 몸을 기댈 수 있었나 보구나?"

"연못 옆은 온통 큰 나무로 둘러싸여 있었어요."

"응, 그런데 넌 어쩌다 절벽 밑으로 떨어진 거냐?"

"오빠도 날 구하자마자 첫마디가 그거였어요. 난 오빠에게 금침을 건네주면서 절대로 자결하면 안 된다고 말했어요. 오빠는 나를 뚫어져라 바라보며 아무 말도 하지 않았어요. 그때 수리가 내려와 수컷 수리를 등에 태우고 올라갔어요. 그러더니 또다시 내려와 나를 태우고 올라왔고요. 난 오빠에게 올라오라고 말했지만 오빠는 아무 말도 하지 않고 나를 들어 수리의 등에 태웠어요. 엄마, 어서 수리를 내려보내 오빠를 구해주세요."

황용은 수리가 죽었다는 말은 차마 하지 못하고 그저 겉옷을 벗어 딸의 몸을 덮어주었다.

"과가 당장 위험한 것은 아닌 모양이니 시간이 좀 걸리더라도 긴 밧줄을 만들어 구하는 수밖에 없겠다."

황용의 말에 모두들 고개를 끄덕이며 나무껍질을 벗기기 위해 흩어졌다. 일등대사와 황약사, 주백통, 황용은 나무껍질을 벗겼고 정영과 육무쌍, 영고는 나무껍질을 비벼 밧줄을 만들었다. 네 사람은 비록 당대 최고 수준의 고수들이었지만 나무껍질을 벗기는 등의 거친 일을 해보지 않아서 그저 힘이 세다는 것 말고는 별다른 진척을 내지 못했다. 날이 저물도록 분주히 일했는데도 겨우 100여 장 길이의 밧줄을 만들었을 뿐이다. 이 정도 길이의 밧줄로는 턱없이 부족했다.

정영은 밧줄의 한쪽 끝에 돌을 매달고 다른 한쪽 끝을 큰 나무에 감아 절벽 밑으로 늘어뜨렸다. 일곱 사람 모두 내공이 강한 사람들이었다. 밤새도록 쉬지 않고 만들자 밧줄은 길이가 점점 길어져 드디어 안개를 뚫고 깊은 절벽 밑으로 내려갔다. 황용은 그 사이사이에 곽양이 국사에게 잡히게 된 과정을 간략하게 들었다. 밧줄은 계속해서 길어졌다. 그러나 양과는 절벽 밑에서 아무런 신호도 보내오지 않았다. 황약사는 옥소를 꺼내 운기해 불기 시작했다. 옥소 소리가 멀리 울려 퍼졌다. 양과가 옥소 소리를 듣는다면 분명 장소를 발해 답할 것이었다. 그러나 황약사가 한 곡을 모두 연주하도록 절벽 밑에서는 하얀 안개만

모락모락 피어오를 뿐 아무런 소리도 들려오지 않았다.

잠시 생각에 잠겨 있던 황용이 갑자기 검을 꺼내 굵은 나뭇가지를 베었다. 그 위에 '무사한지 연락 바람'이라고 새긴 후, 나뭇가지를 절벽 밑으로 던졌다. 그러나 한참이 지나도 절벽 밑에서는 아무런 소리도 들리지 않았다. 모두들 무거운 표정으로 서로를 마주 보았다. 정영이 말했다.

"절벽이 깊다고는 하나 이 정도면 밧줄이 절벽 밑까지 닿았을 거예요. 제가 한번 내려가볼게요."

"아냐, 내가 갈 거야."

정영의 말에 행여 기회를 빼앗길까 겁이 난 주백통은 다른 사람들의 대답을 기다리지도 않고 밧줄을 손에 잡더니 곧장 미끄러져 내려갔다. 주백통은 순식간에 안개를 뚫고 밑으로 내려가 이내 보이지 않았다. 약 반 시진 정도 지났을까, 주백통이 원숭이처럼 밧줄을 잡고 올라왔다. 머리며 수염에 온통 이끼가 묻어 있었다.

"양과는커녕 소과나 말과도 없던걸."

주백통이 머리를 절레절레 흔들었다.

모두들 의아한 눈빛으로 곽양을 바라보았다. 곽양은 거의 울 듯한 표정이 되었다.

"분명히 오빠가 저 아래에 있었어요. 연못가 큰 나무 위에 있었다고요."

정영이 말없이 자리에서 일어나더니 밧줄을 잡고 밑으로 내려갔다. 육무쌍이 그 뒤를 따랐다. 뒤이어 영고, 주백통, 황약사, 일등대사 등도 밧줄을 잡고 밑으로 내려갔다.

"양아, 넌 아직 몸이 회복되지 않았으니 내려오면 안 된다. 또다시 엄마를 걱정시키면 안 돼. 만약 양과 오빠가 밑에 있다면 우리가 반드시 구해올 테니 넌 걱정 말고 여기 있어야 한다. 알겠니?"

곽양은 초조한 마음에 눈물을 글썽이며 고개를 끄덕였다. 황용은 땅바닥에 누워 있는 금륜국사를 바라보았다. 혈을 찍힌 지 이미 열 두 시진이 넘었다. 국사의 내공으로 보아 머지않아 진기로 혈을 뚫을 수 있을 터였다. 황용은 국사에게 다가가 등의 영대혈과 가슴의 거궐혈巨闕穴, 양팔의 청냉연淸冷淵을 다시 한 번씩 찍었다.

황용은 밧줄을 잡고 밑으로 내려가기 시작했다. 미끄러지는 속도가 너무 빠르면 밧줄을 꽉 잡아 속도를 늦추었다가 다시 내려가곤 했다. 이렇게 몇 차례를 반복하자 마침내 절벽 밑에 도착했다. 절벽 밑에 과연 맑고 깊은 연못이 있었다. 황약사 등이 연못 주변을 샅샅이 살폈으나 그 어디에도 양과의 흔적은 없었다. 연못 왼쪽 큰 나무 위에 서른 개 정도의 벌집이 있고, 그 주변에 옥봉이 날아다니고 있었다. 나무 꼭대기에는 눈이 두껍게 쌓여 있었다. 황용은 문득 떠오르는 생각이 있었다.

"주 대형, 벌 몇 마리를 잡아 날개에 글씨가 있는지 보세요."

주백통이 황용의 말대로 옥봉 한 마리를 잡아 날개를 살폈다.

"없는데."

황용은 주변을 한번 훑어보았다. 그러나 사면은 깎아지른 듯한 절벽으로 둘러싸여 있을 뿐 다른 통로가 있을 것 같지 않았다. 연못가의 나무들은 매우 기괴하게 생겨서 무슨 나무인지 알아볼 수가 없었다. 고개를 들어보니 짙은 안개가 뒤덮고 있어 하늘은 보이지도 않았다.

황용이 생각에 잠겨 있는데 주백통이 갑자기 소리를 질렀다.

"있다, 있어! 여기 글자가 있어."

황용이 다가가보니 과연 주백통이 손에 들고 있는 벌의 날개에 '아재절 정곡저'라는 여섯 글자가 쓰여 있었다. 그렇다면 관건은 연못 가운데에 있을 것 같았다. 일행 중 황용이 수영 솜씨가 가장 좋았다. 황용은 대충 옷을 가다듬은 후 구화옥로환을 입에 넣었다. 혹시 물속에 독충이나 물뱀이 있지 않을까 염려해서였다. 준비를 마친 황용은 물속으로 첨벙 뛰어들었다. 연못은 매우 깊었다. 황용은 빠른 속도로 잠수해 들어갔다. 날씨가 매우 추운 데다 물속은 더욱 차가웠다. 깊이 잠수해 들어갈수록 더욱 차가워지더니 나중에는 한기가 뼛속까지 파고들었다. 황용은 은근히 겁이 났지만 포기할 수는 없었다. 일단 물 위로 떠올라 숨을 몇 번 깊이 들이마신 후 또다시 잠수해 들어갔다. 깊은 곳으로 들어가니 연못 바닥에서 어떤 저항력 같은 것이 느껴졌다. 그 힘은 깊이 내려가면 갈수록 강해졌다. 황용은 있는 힘을 다해 잠수해보려 했지만 연못 바닥에 닿을 수는 없었다. 달리 주의를 끌만한 점을 찾지 못했고, 게다가 더 이상 뼛속까지 파고드는 추위를 견딜 수가 없었다. 황용은 하는 수 없이 물 위로 올라왔다. 황용의 입술은 파랗게 질렸고 머리에는 얇은 얼음이 얼어 있었다. 정영과 육무쌍이 급히 나뭇가지를 모아 불을 피웠다.

곽양은 어머니와 다른 사람들이 모두 내려가자 혼자 남아 이런저런 생각에 잠겼다.

'오빠는 결코 올라오지 않을 거야. 외할아버지와 어머니가 끌고 올 수도 없는 노릇이고……. 그런데 왜 자결하려 한 걸까? 소용녀 언니가

죽었을까? 영원히 만날 수 없게 된 걸까?'

멍하니 생각에 잠겨 있는데 문득 국사의 신음 소리가 들렸다.

"아이고, 음."

곽양이 몸을 돌려보니 국사의 얼굴 근육이 심하게 일그러져 있었다. 매우 고통스러운 모양이었다.

"흥! 오빠가 올라오지 않아서 다행인 줄 아세요."

"아이고, 아야."

국사는 더욱 큰 소리로 신음을 내며 간절한 눈빛으로 곽양을 바라보았다.

"왜 그래요? 어디 아파요?"

"네 어머니가 등의 영대혈과 가슴의 거궐혈을 찍었기 때문에 온몸이 마치 수천수만 마리의 개미한테 물린 것처럼 아프고 간지럽구나. 차라리 전중혈과 옥침혈을 찍을 것이지."

곽양은 어머니에게서 점혈법을 배운 적이 있어서 전중혈과 옥침혈은 인체의 요혈로서 조금만 다쳐도 즉시 생명을 잃는다는 것을 알고 있었다.

"어머니가 당신을 죽이지 않고 살려주었으니 감사할 일이지 무슨 말이 그리 많아요?"

"네 어머니가 만약 전중혈과 옥침혈을 찍었다면 내 가슴과 등이 마비되어 고통을 느끼지 않았을 거다. 내 내공이 얼마나 강한데 너희 어머니가 혈을 찍는다고 죽었겠느냐?"

곽양은 국사의 말이 믿기지 않았다.

"허풍 치지 마세요. 어머니가 그러시는데 전중혈과 옥침혈은 건드리기만 해도 죽는다고 했어요. 내공이 강하다면서 그까짓 아프고 가려운 건 좀 참아보세요. 어머니가 곧 올라오실 테니까."

"제자야, 그동안 내가 너에게 얼마나 잘해주었느냐?"

"물론 잘해주셨죠. 그렇지만 당신은 장수귀와 대두귀를 죽였고 우리 수리도 죽였어요. 내게 아무리 잘해주어도 다 소용없어요."

"좋다, 사람을 죽였으니 벌을 받아야지. 날 죽여서 네 친구들을 위해 복수를 하면 될 것 아니냐? 그렇지만 난 널 친딸처럼 대해주었는데 그 은혜는 어떻게 보답할 테냐?"

"뭘 원하시는데요?"

"전중혈과 옥침혈을 찍어주렴. 잠시나마 고통을 덜었으면 싶구나."

곽양이 고개를 저었다.

"나보고 당신을 죽이라고요? 싫어요."

"사내대장부가 거짓말을 하겠느냐? 네가 혈을 찍어도 난 절대로 죽지 않는다. 잠시 후 네 어머니가 올라오시면 살려달라고 사정해봐야지, 이대로 죽을 수는 없다."

국사의 태도는 무척 진지했다.

'한번 해볼까?'

곽양은 손을 뻗어 가슴의 전중혈을 가볍게 찍었다. 국사가 숨을 내쉬며 말했다.

"훨씬 좋구나. 조금 더 힘을 주어 찍어라."

곽양은 조금 더 힘을 실어 혈을 찍었다. 과연 국사의 얼굴이 활짝 펴지며 편안해 보였다. 전혀 아픈 것 같지 않았다. 다만 얼굴빛이 붉은색에서 흰색으로 흰색에서 다시 붉은색으로 바뀌었다.

"조금 더 힘을 주어라."

곽양은 부모에게 전수받은 점혈법대로 국사의 전중혈을 힘껏 찍었다.

"좋다. 이제 가슴이 아프지 않구나. 어떠냐? 죽지 않았지?"

곽양은 신기하기만 했다.

"옥침혈도 찍어드릴게요."

곽양은 처음에는 가볍게 찍어 시험을 해보았다. 역시 아무 일도 없었다. 곽양은 힘을 주어 옥침혈을 찍었다.

"고맙다, 고마워."

국사는 잠시 눈을 감고 운기를 하는가 싶더니 갑자기 그 자리에서 벌떡 일어났다.

"가자!"

곽양은 깜짝 놀랐다.

"다, 당신!"

국사가 왼손을 뻗어 곽양의 팔목을 잡았다.

"어서 가자. 나 금륜국사가 '추경전맥推經轉脈 역궁환혈易宮換穴' 따위의 조잡한 무공도 못할 줄 알았더냐?"

국사는 발에 힘을 한 번 주더니 곽양을 데리고 달리기 시작했다.

"이 거짓말쟁이, 사기꾼!"

곽양은 후회가 되어 견딜 수 없었다.

'난 정말 너무 멍청하구나. 이 세상에 경맥과 궁혈을 바꾸는 간단한 무공이 있다는 것도 모르다니.'

사실 '추경전맥 역궁환혈'은 결코 간단한 무공이 아니었다. 그것은 몽고 금강종의 극히 심오하고 어려운 내공으로, 그 위력이 구양봉의 전신 경맥을 역행시키는 것보다는 못하지만 어쨌든 매우 힘든 수련을 필요로 하는 보기 드문 무공이었다. 이 무공은 익히기가 극히 어렵지만 수련을 마친 후 쓸 일이 많지 않아 배우는 사람은 거의 없었다. 곽양이 전중혈과 옥침혈을 찍었을 때 국사는 이미 경맥과 궁혈의 위치를 바꾸어놓았다. 곽양이 행여 국사의 생명을 해치게 될까 봐 걱정하며 혈을 찍었지만 사실은 국사의 혈을 풀어준 것이었다.

금륜국사는 곽양을 데리고 수 장을 달렸다. 그러다 문득 독한 마음이 들었다. 절벽으로 드리운 밧줄을 끊어버리면 주백통, 일등대사, 황약사, 황용 등이 모두 심곡에서 목숨을 잃을 것이라는 생각이 들었다. 국사는 다시 밧줄이 있는 곳으로 가서 양손으로 밧줄을 끊으려 했다. 곽양은 깜짝 놀라 팔꿈치로 국사의 겨드랑이를 쳤다. 곽양의 팔꿈치는 국사의 연액혈淵液血을 정확히 찍었다. 최근 곽양은 국사에게 무공을 배우면서 실력이 크게 늘었고 힘도 강해졌다. 게다가 국사는 아직 혈이 완전히 풀리지 않은 상태인지라 뜻밖의 공격에 즉시 반신이 마비되면서 온몸의 기력이 없어지고 말았다. 곽양은 있는 힘껏 치고, 꼬집고, 때리고, 비튼 뒤 국사의 손에서 손목을 빼냈다. 그러고는 양손을 국사의 등에 대고 소리쳤다.

"나쁜 중 같으니. 밀어버릴 거야."

국사는 깜짝 놀라 얼른 내공을 운기해 혈을 뚫으면서 일부러 큰소리로 웃어댔다.

"너 정도 힘으로 날 밀 수 있을 것 같으냐?"

국사의 태연한 태도에 곽양은 문득 동작을 멈추었다. 마음이 약해져 차마 죽일 수 없었고, 또 자신이 없기도 했다. 국사의 혈이 아직 완전히 뚫리지 않았기 때문에 가볍게 밀어도 된다는 사실을 몰랐던 것이다. 절벽 밑으로 밀지 않더라도 얼른 몇 군데의 혈을 찍으면 국사는 꼼짝도 할 수 없었을 것이나 곽양은 조금 전 자기가 혈을 잘못 찍어 국사의 혈을 풀어주고 말았기에 이번에도 망설였다. 곽양은 얼른 절벽의 가장자리로 다가갔다.

"난 어머니와 함께 죽겠어요."

국사는 깜짝 놀라 진기를 들이마신 후 곽양이 찍은 연액혈을 풀었다. 곽양을 이대로 죽게 내버려둘 수는 없었다. 국사는 급히 밧줄을 놓고 곽양을 향해 달려갔다. 곽양은 국사가 밧줄을 놓자 절벽 쪽에서 물러나 바위와 나무 사이로 도망치기 시작했다. 평지에서라면 국사가 한두 번 몸을 날리면 간단히 잡을 수 있었을 것이나 단장애 근처에는 이상하게 생긴 바위와 나무가 많았다. 곽양이 이리저리 빠져나가며 도망을 치자 국사로서도 어쩔 수가 없었다. 두 사람은 숨바꼭질이라도 하듯 사방을 뛰어다녔다. 한참을 쫓아다닌 후에야 국사는 안락평사雁落平沙 초식을 사용해 허공으로 떨어지며 곽양의 팔을 잡았다.

"어머니!"

곽양이 있는 힘을 다해 소리를 질렀다. 국사가 얼른 그녀의 입을 손으로 막았다. 그때 멀리서 육무쌍의 목소리가 들렸다.

"양아, 어디 있니?"

국사는 안타까운 표정을 지었다.

'좋은 기회를 놓쳐버렸군.'

국사는 아혈啞穴을 찍어 말을 할 수 없게 만든 후 곽양을 끌고 달리기 시작했다. 그러나 사실 국사는 아직 기회를 놓친 것이 아니었다. 육

38. 삶과 죽음이 아득하기만 하구나

무쌍은 완전히 위로 올라오지 않은 상태였기 때문에 만약 국사가 즉시 밧줄이 있는 곳으로 다가갔다면 다시 기회를 잡을 수 있었을 것이다. 그러나 국사는 주백통, 일등대사, 황약사 등과 겨루어 뜨거운 맛을 본 후 가까스로 목숨을 건졌기 때문에 일단 누군가가 올라온 것 같아 자세히 생각해보지도 않고 도망부터 친 것이었다. 만약 황약사 등이 모두 올라온다면 감히 어찌 또다시 덤빌 수 있겠는가.

황용 등은 절벽 밑을 자세히 살펴보았으나 아무런 흔적도 찾을 수 없었다. 핏자국 같은 것도 없는 것으로 봐서 양과가 죽은 것은 아닌 듯싶었다. 일행은 상의를 한 후 일단 절벽 위로 올라가기로 했다. 첫 번째로 밧줄을 타고 올라간 사람이 바로 육무쌍이었다. 그다음은 정영, 영고 순이었다. 황용은 올라가면서 정영 등 세 사람이 딸을 부르는 소리를 들었다.

"양아, 양아, 어디 있니?"

절벽 위로 올라온 황용은 딸과 국사가 함께 사라진 것을 보고 가슴이 철렁 내려앉았다. 급히 높은 봉우리로 올라가 사방을 살폈다. 뒤이어 황약사, 일등대사, 주백통 등이 올라왔다. 일곱 사람은 함께 절정곡을 샅샅이 뒤졌으나 계곡 입구에서 곽양의 신발 한 짝을 찾았을 뿐이었다. 정영이 말했다.

"사자, 너무 걱정 마세요. 양이가 일부러 신발을 떨어뜨린 걸 거예요. 양이는 어머니 못지않게 영리하고 총명한 아이이니 별일 없을 거예요."

황용은 국사가 곽양을 의발 제자로 삼았다는 말을 들었기에 당분간 큰 위험은 없을 것이라 생각했다. 그래서 다소 안심은 되었지만 그래도 마음이 놓이지 않았다.

양양 대전

일행은 망루를 향해 달리다 적의 화살이 미치지 못할 정도의 거리에서 말을 멈추었다. 멀리 망루 위에 두 사람이 보였다. 한 사람은 붉은 도포를 입고 머리에 붉은 관을 쓰고 있었는데, 자세히 보니 바로 금륜국사였다. 또 한 사람은 묘령의 소녀로 나무 기둥에 묶여 있었는데, 곽양이 틀림없어 보였다.

절정곡 단장애 밑에서 양과를 찾던 일행은 결국 아무런 단서도 잡지 못하고 올라왔으나 이내 곽양이 사라진 것을 발견했다. 황용은 떨어져 있는 곽양의 신발을 들고 곰곰이 생각에 잠겼다.

'만약 양과가 살아 있다면 스스로 올라올 것이다. 우선 양이를 구해야겠다.'

일행은 황용의 의견에 따르기로 한 뒤 모두 남쪽으로 향했다. 그들은 국사와 곽양의 행방을 수소문해가며 길을 따라 내려갔다. 이렇게 며칠을 남하하는 도중 양양성에서 전갈이 왔다. 몽고 대군이 서쪽과 북쪽에서 각각 양양을 공격해와서 상황이 급박하게 돌아가고 있다는 소식이었다. 황용은 마음이 급해졌다.

"몽고 놈들이 기어이 양양을 공격했군요. 양이의 안위는 일단 접어두고 어서 성으로 돌아가야겠어요."

일행은 나라를 위해 자식을 두고 돌아서는 황용의 우국충정에 감탄을 금치 못했다. 황약사, 일등대사, 주백통 등은 언제나 초연하고 세상일에 등을 돌린 사람들이었다. 그러나 국가의 존망이 달린 양양성의 사수가 워낙 중요한지라 수수방관하고 있을 수만은 없었다. 이들은 지체 없이 양양으로 향했다. 모두 고수들인지라 경공술을 펼쳐 서둘러 가니 하루가 되지 않아 양양성 외곽에 다다랐다.

성 주변에서 호각 소리가 요란스레 들려왔다. 멀리서 바라보니 깃발과 꼿꼿이 세운 창칼들이 하나의 숲을 이루고 말들이 성 주위를 힘차게 뛰어다니니 양양성은 마치 커다란 흙먼지 속에 휩싸여 있는 외로운 성처럼 보였다. 몽고군은 이미 전열을 정비하고 전투 태세를 갖추고 있는 상태였다. 일행은 몽고군의 기세에 발을 멈추었다.

"적군의 기세가 만만치 않군요. 성에 들어가려면 우선 적진을 뚫어야 하니 기다렸다가 어두워지면 접근해 들어가야겠습니다."

황용의 말에 모두들 고개를 끄덕였다. 일곱 사람은 숲으로 들어가 몸을 숨겼다. 모두들 어두운 표정이었으나 주백통만은 뭐가 그리 좋은지 연신 껄껄 웃어댔다.

이경까지 기다린 후, 황용이 앞장서 적진으로 숨어 들어갔다. 모두가 경공술이 높기는 했지만, 몽고의 군영은 그 수가 많기도 하고 매우 넓었다. 결국 거의 반쯤 들어갔을 때 그만 경비병에게 들키고 말았다. 그러자 군영 안이 벌집을 쑤신 듯 시끄러워졌다. 호각 소리가 울리고 고함 소리가 여기저기서 터져 나오더니 세 개의 백인대가 일행을 둘러쌌다. 그러나 나머지 군영은 쥐 죽은 듯 아무런 동정도 없었다. 주백통은 긴 창 두 개를 집어 들고 먼저 앞장서서 버티고 섰다. 그런데 적진 속에 있다 보니 적병들은 혹 아군이나 말이 상할까 봐 함부로 활을 쏘지 못했다. 이 많은 수가 한꺼번에 활을 쏜다면 제아무리 고수라 해도 당해내지 못할 터였다. 오히려 적진에 있는 것이 다행이다 싶었다. 이들은 몽고군과 맞서며 점점 앞으로 나아갔다. 그럴 때마다 적병의 수가 점점 많아졌다. 창 수십 자루가 이들을 둘러싼 채 여기저기서 공격해 들어왔다. 주백통, 황약사의 장력에 적병의 창이 부러지고 꺾이면서 부상을 당하거나 목숨을 잃는 병사도 늘어갔다. 그러나 몽고군은 물러서기는커녕 오히려 그 수가 점점 늘어났다. 주백통이 너털웃음을 터뜨리며 말했다.

"황 노사, 아무래도 우리는 여기서 위대한 죽음을 맞을 것 같소. 그런데 우린 늙어서 괜찮으나 여기 있는 낭자 네 명은 살려내야 하지 않겠소? 방법을 좀 생각해보시오."

듣고 있던 영고가 피식 웃더니 한마디 덧붙였다.

"무슨 소리예요. 벌써 쭈글쭈글해진 나도 낭자란 말이에요? 죽으려거든 나도 같이 죽어야죠. 저 세 사람이나 어떻게 좀 해보세요."

워낙 경험이 많고 몽고군의 위력 또한 잘 알고 있는 황용도 지금 상황에서는 속수무책이었다.

'노완동은 원래 뭐든 무서워하지 않는 사람이라 약한 소리는 절대 하지 않는데, 지금은 죽는다는 말까지 하는 걸 보면 상황이 정말 어려운 모양이야.'

그녀는 사방에서 개미 떼처럼 몰려드는 적군을 쳐다보며 그저 손발을 내질러 맞서는 것 말고는 별다른 방법이 떠오르지 않았다. 또 다른 막사 몇 개를 지나가다 황용은 옆을 흘깃 쳐다보았다. 왼쪽에 불빛이 전혀 없는 커다란 막사 두 개가 시커멓게 보였다. 그녀는 테무친의 원정을 따라간 일이 있었기 때문에 그 막사가 보급품을 보관하는 곳이란 걸 금세 눈치챌 수 있었다. 뭔가 좋은 생각이 난 듯 그녀의 눈이 반짝였다. 그녀는 갑자기 앞으로 뛰어나가 적군의 손에서 횃불을 빼앗아 검은 막사로 달려갔다. 몽고군들이 고함을 치며 뒤따랐다. 황용은 뒤도 돌아보지 않고 막사로 쏙 들어갔다. 횃불을 치켜들고 보니 과연 군수품과 군량미가 가득 쌓여 있었다. 황용은 재빨리 두 막사를 오가며 여기저기에 불을 붙인 후 주백통 등이 있는 곳으로 돌아왔다. 군량미는 순식간에 불이 붙었다. 금세 시뻘건 불기둥이 솟아올랐다.

"역시 기발한 생각이었어!"

주백통 등은 그녀의 기지에 탄복하며 타오르는 불을 흥미진진한 얼굴로 바라보았다. 그러더니 갑자기 창을 버리고 횃불을 들더니 여기저기 닥치는 대로 불을 붙였다. 그러다 말을 묶어두는 마구간에까지 불이 번졌다.

"불이다! 군량미가 탄다!"

"이쪽에도 불이 났다!"

"빨리 말을 대피시켜라!"

불에 놀란 말들이 뛰쳐나와 이리저리 날뛰었다. 말 울음소리와 사람들의 고함 소리, 비명 소리가 한데 섞여 몽고 군영은 순식간에 아수라장으로 변했다.

곽정은 성안에서 북문 밖 몽고 군영에 뭔가 변고가 일어났다는 소식을 접하고 성벽 위로 올라가 바라보았다. 몽고 군영 몇 군데에서 불길이 치솟고 있었다. 그는 아군의 누군가가 군영 안을 교란시키고 있음을 눈치채고 즉시 2,000명의 병사와 말을 준비시켰다. 그리고 무돈유, 무수문 형제에게 몽고 군영에서 빠져나오는 사람들을 안전하게 맞이하도록 지시했다. 두 형제는 말을 달려 몽고 군영으로 다가갔다.

불길 속에서 황약사가 육무쌍을 부축하고, 또 일등대사가 주백통을 부축한 채 일곱 명이 다섯 필의 말을 나누어 타고 달려오고 있었다. 두 형제는 군사를 이끌고 진을 펼쳐 그 뒤를 쫓는 적군을 가로막았다. 그리고 후열에 있는 군사들에게 황용 등을 엄호하도록 하고 조금씩 성

쪽으로 다가갔다.

곽정은 성 위에 서서 이 모습을 지켜보았다. 보아하니 장인어른과 아내, 일등대사, 주백통이 들어서고 있었다. 그는 기쁜 마음에 서둘러 성문을 열고 이들을 맞이했다. 성안으로 들어온 사람들을 살펴보니 육무쌍은 허리에 창을 맞았고 주백통은 등에 화살을 세 대나 맞았다. 그리고 눈썹이며 머리카락이 불에 반이나 그을렸다. 이 두 사람의 부상이 상당히 깊어 보였다. 정영, 황용, 영고 등은 화살을 맞기는 했지만 다행히 급소는 피해가서 걱정할 정도는 아니었다. 일등대사와 황약사는 모두 의술에 정통한 고수들이었다. 그들은 주백통과 육무쌍의 부상을 살펴보고는 무거운 표정만 지을 뿐 시종 말이 없었다. 주백통은 오히려 미소를 띠고 그들을 안심시켰다.

"단 황야, 황 노사, 인상이 왜 그렇소? 나는 절대 죽을 리 없으니 걱정하지 말고 저기 육무쌍 낭자나 좀 더 신경 써주시구려."

그는 황약사에게는 농을 건네기도 하며 시종 웃는 얼굴로 대했지만, 일등대사에게는 매우 정중했다. 이미 출가한 지 오래된 일등대사를 아직도 '단 황야'라 부르는 것을 보면 정중한 정도가 아니라 무서워하는 것 같았다. 황약사와 일등대사는 고통을 견디며 미소 짓는 주백통을 보고 조금은 마음이 놓였다. 그러나 육무쌍은 정신을 잃은 채 깨어나지 못했다.

다음 날 날이 밝자마자 성 밖에서 북과 호각 소리가 요란하게 울렸다. 몽고 대군이 공격에 나선 것이었다. 양양성 안무사 여문환은 수성대장守城大將 왕견과 함께 병마를 이끌고 성의 사대문을 막았다. 성 위로 올라가 상황을 확인한 곽정과 황용은 기가 막혀 말이 나오지 않았다. 몽고군은 그야말로 개미 떼 같았다. 산과 들에 빽빽이 들어서서 양 양성을 향해 다가오는데, 그 끝이 보이지 않을 정도였다.

몽고군은 이미 여러 차례 양양성을 포위하고 공격했지만, 병력이나 진용을 이번처럼 대대적으로 갖춘 적은 없었다. 다행히 곽정이 오랫동 안 몽고군에 몸담았던 덕에 적의 병법을 잘 알고 있던지라 이에 맞춰 대비를 해두었다. 적이 활과 화기, 투석과 사다리 등으로 공격했지만, 높은 곳에서 성을 지키는 입장인 송군은 유리한 위치에서 하나씩 대 응해나갔다. 한나절이 지났을 때 몽고군은 이미 2,000여 명의 병력을 잃었다. 하지만 순순히 물러나려 하지 않았다.

양양성에는 정예부대 수만 명 외에도 많은 백성이 함께 있었다. 그들 은 모두 양양성이 함락되면 살아남지 못한다는 사실을 알고 있었기 때 문에 성을 지키겠다는 일념으로 모두 떨치고 일어나 전투에 나섰다. 남 녀노소를 불문하고 성벽을 다지고 돌을 던졌다. 순식간에 성 안팎이 함 성으로 진동하고 마치 메뚜기 떼가 밀려가듯 화살이 쏟아졌다. 곽정은 성벽 위에서 군사들을 지휘했다. 황용은 그의 곁에 서서 주위를 살폈다.

어느덧 해가 저물며 서쪽 하늘이 붉게 물들었다. 너무나 아름다운 저 석양 아래에서는 적군이 개미 떼처럼 포진해 언제든 몰려들 준비 를 단단히 하고 있었고, 성벽 위에서는 곽정이 버티고 서서 흔들림 없 이 병사들을 지휘했다. 남편의 모습을 바라보며 황용은 가슴속에 뭐라 표현할 수 없는 존경심과 애정이 차오르는 걸 느꼈다.

'이것이 정 오빠의 본래 모습이구나. 오빠와 부부로 산 지도 어느덧 30년이 되었는데, 그 세월 중 반은 이 양양성에 바쳤지. 오늘 여기서 적을 막아내고 이 성벽에 함께 피를 뿌릴 수 있다면 우리 인생도 헛되

지 않은 거야.'

황용은 다시 한번 남편을 바라보았다. 곽정의 양쪽 귀밑머리가 벌써 하얗게 세어 있었다. 이것을 보니 남편이 너무나 안쓰러웠다.

'어느새 저렇게 하얀 머리가…….'

갑자기 성 아래에서 몽고군의 외치는 소리가 들렸다.

"만세, 만세, 만만세!"

환호성은 저 멀리서 시작되어 물결치듯 점점 가까워졌다. 나중에는 10만 군사가 한꺼번에 입을 모아 환호했는데, 그 소리에 금방이라도 하늘이 무너지고 땅이 갈라질 듯했다.

그때 저 멀리서 높이 솟은 커다란 양산陽傘이 다가왔다. 철기 부대의 호위에 둘러싸인 푸른 양산은 꼭대기가 황금색으로 덮여 있어 무척 호화로워 보였다. 그 뒤로 엄청난 군대가 질서 정연하게 따르고 있었다. 바로 대칸 몽가가 독전하기 위해 친히 행차한 것이었다.

몽고 군사들은 대칸이 왕림하자 사기가 하늘을 찌를 듯 올라갔다. 붉은 깃발이 나부끼더니 성 아래에 있던 군사가 좌우로 갈라져 각각 북문을 공격했다. 이들은 대칸의 어가를 모시는 친위병으로, 최정예의 병력이었고 이제껏 한 번도 직접 나선 적이 없는 부대였다. 이들은 너나 할 것 없이 대칸 앞에서 공을 세우기 위해 무섭게 달려들었다. 수백 개의 사다리를 성벽에 걸고 더욱 무서운 기세로 성벽에 달라붙었다.

곽정이 소매를 걷어올리고 큰 소리로 말했다.

"형제들이여! 오늘 오랑캐의 대칸에게 우리 송나라 영웅호걸들의 기개를 보여줍시다!"

고함 소리, 비명 소리 가운데에서도 곽정의 호령은 성안 곳곳에 쩌렁쩌렁 울렸다. 하루 종일 계속된 전투에 이미 지칠 대로 지쳐 있던 군사들은 곽정의 호령을 듣고 다시 기운을 차렸다.

"오랑캐 놈들이 그동안 우리를 얼마나 괴롭혔는가. 오늘 아주 따끔한 맛을 보여주자!"

군사들은 다시 한번 힘을 내어 전투에 매달렸다.

몽고군의 시체가 성 아래에 층층이 쌓여가고 있었다. 그럼에도 후속 부대는 양자강의 파도처럼 밀려와 쌓인 시체를 밟고 끊임없이 전진했다. 대칸 좌우의 전령들은 이리저리 분주하게 뛰어다니며 병사들을 지휘했다. 해가 저물었는데도 성 안팎 여기저기에 불길이 솟아 주변이 마치 대낮처럼 환했다.

안무사 여문환은 이미 지쳐 있었다. 전황을 보니 아무래도 막아내지 못할 것 같자 득달같이 곽정에게 달려갔다.

"곽…… 곽 대협, 더는 안 되겠소. 우…… 우리 남쪽으로 피해야 하지 않겠소?"

"그게 무슨 말씀이십니까? 양양이 있어야 우리도 살고, 양양이 망하면 우리도 죽는 것이외다!"

곽정의 목소리가 쩌렁쩌렁 울렸다. 황용이 상황을 보아하니 여문환의 표정이 심상치 않았다. 그가 퇴각 명령을 내리기만 하면 군사들이 동요할 테고, 그러면 양양성이 적의 손에 떨어질 것이었다. 황용은 주저 없이 검을 빼 들고 여문환의 목을 겨누었다.

"한 번만 더 성을 버린다는 말을 하면 목에 구멍을 뚫어주겠소!"

여문환의 양옆에 있던 호위병이 앞으로 나섰지만 황용의 발길질 한번에 모조리 쓰러졌다. 곽정이 소리쳤다.

"모두 함께 나서서 적에 맞서야 합니다. 죽기를 각오하고 싸우지 않는다면 어찌 사내라 하겠소!"

다른 호위병들은 전부터 곽정을 존경해오던 터라 그의 당당한 모습과 호령에 일제히 대답을 하고는 각자 무기를 챙겨 성벽에 붙어 섰다. 대장 왕견 역시 우렁찬 목소리로 명령을 내렸다.

"목숨을 걸고 성을 지키자. 그러면 오랑캐들도 더는 버티지 못할 것이다!"

그때 적진에서 몽고 전령이 외치는 소리가 들렸다.

"모두 들으라! 대칸의 어명이다! 누구든 가장 먼저 성에 오르는 사람은 양양성의 성주로 봉할 것이다!"

몽고병들은 환호성을 지르며 개미 떼처럼 성벽으로 기어오르기 시작했다. 전령은 붉은 깃발을 들고 진중을 오가며 명령을 전하고 있었다. 곽정은 철궁을 들어 낭아전狼牙箭을 꽂고 시위를 당겼다. 평, 하고 바람을 가르는 소리와 함께 화살은 자욱한 연기를 뚫고 곧장 날아갔다. 다음 순간 가슴에 화살이 관통된 전령이 비명조차 지르지 못하고 말에서 떨어졌다. 몽고군 사이에서 탄식이 이어지더니 한순간에 사기가 사그라졌다. 얼마 지나지 않아 또 다른 만인대가 투입되어 성 아래로 모여들었다.

야율제는 손에 긴 창을 들고 곽정 앞으로 달려갔다.

"장인어른, 장모님, 오랑캐 놈들이 호락호락 물러날 것 같지 않습니다. 제가 나가서 한바탕 휘젓고 오겠습니다."

곽정이 말했다.

"그래! 군사 4,000을 주마. 조심해야 한다."

야율제는 그대로 성 밖으로 뛰어나갔다. 전투를 알리는 북소리가 울리고 성문이 열렸다. 야율제는 1,000명의 개방 제자들과 3,000명의 관병을 이끌고 달려 나갔다. 대부분이 표창과 방패로 완전무장을 한 상태였다.

북문 밖에서는 몽고군이 한창 성벽을 기어오르던 참이었다. 그런데 갑자기 송군이 뛰쳐나오자 이들은 크게 당황해 추풍낙엽처럼 떨어져 내렸다. 성 밑은 순식간에 아수라장이 되었고 일부는 도망치기에 바빴다. 야율제는 군을 이끌고 이들을 바짝 뒤쫓았다. 그때 갑자기 몽고군 쪽에서 포성이 세 번 울리더니 양쪽으로 만인대가 이들을 에워쌌다. 야율제가 이끌던 4,000명의 군대가 그 가운데에 둘러싸였다. 야율제의 병사 중 3,000명은 어느 정도 훈련을 받았으므로 전투에 능한 편이었고, 개방 제자들 역시 무예를 수련한 이들이라 비록 포위를 당하긴 했지만 전혀 당황하는 기색이 없었다.

곽정, 황용, 여문환, 왕견 네 사람은 성 위에서 아군이 포위당하는 모습을 내려다보고 있었다. 그러나 다행히 조금도 밀리지 않고 일당백으로 팽팽히 맞서고 있는 모습에 안도의 숨을 내쉬었다. 검이 서로 부딪치며 불꽃이 튀고 여기저기에서 검광이 번득이며 전투가 한층 격렬해졌다.

몽고군은 그 수가 많아 만인대 하나는 야율제의 정예병 4,000을 포위하고 나머지 만인대는 사다리를 앞세워 공성전을 벌였다.

곽정은 야율제의 군대가 가로막고 있어 몽고의 지원병이 쉽게 움직이지 못하는 것을 보고 무씨 형제를 불렀다. 그리고 두 형제에게 병사들을 지휘해 빈틈을 만들어준 다음 몽고군이 성을 타고 올라오게 하라고 지시했다. 무씨 형제는 명령대로 병사를 뒤로 물렀다. 그러자 수천 명의 몽고군이 순식간에 성 위로 기어올랐다. 성 아래에 있던 몽고병들은 아군이 성곽으로 기어올라가는 것을 보고는 일제히 환호성을 질렀다.

"만세! 만세!"

여문환은 얼굴이 흙빛이 되어 다리에 힘이 빠지는 듯 후들거렸다.

"곽 대협…… 이를…… 이를 어쩐단 말이오? 허…… 이제……어, 어찌……."

곽정은 아무런 대답 없이 성 위로 올라온 몽고군이 약 5,000을 헤아릴 때쯤 검은 깃발을 치켜들어 신호를 보냈다. 순간 여기저기에서 북소리가 한꺼번에 울리며 매복해 있던 주자류와 무삼통이 튀어나왔다. 그들은 정예군을 이끌고 일시에 무씨 형제가 터놓은 틈을 막아버렸다. 몽고군은 더 이상 성 위로 올라올 수 없게 되었고, 이미 성 위로 올라온 군사 5,000명은 오히려 포위당한 꼴이 되었다.

성 밖에서는 송군이, 성안에서는 몽고군이 각각 적에게 포위를 당해 곳곳에서 전투가 벌어졌다. 그 참혹한 정황 속에서 끊임없이 울리는 비명 소리는 소름이 끼칠 정도였다.

몽고 대칸은 언덕 위에서 말에 올라탄 채 친히 전투를 독려하고 있었다. 옆에서는 군사들이 200여 개의 북을 계속해서 둥둥 울려댔다. 그 북소리에 서로 이야기를 나누기는커녕 금방이라도 귀가 먹을 지경이었다. 전투에 나섰던 천부장, 백부장이 하나씩 죽거나 부상을 입고 갑옷을 피로 물들인 채 쓰러져갔다.

대칸 몽가는 그 자신이 수많은 전투를 겪은 백전의 용사였다. 서역 원정에 참가한 적도 있고 직접 유럽 연합군에 맞서 전공을 세운 적도 있었다. 그는 도나우강을 넘어 빈을 공격하기도 했지만, 이번 전투는 아무래도 뭔가 불안하고 슬그머니 겁이 났다.

'남쪽 오랑캐들은 쓸모가 없다고 하던데 헛소문이었군. 결코 우리 몽고 정예병보다 떨어지지 않은데……'

시간은 이미 삼경을 넘어서고 있었다. 달빛은 숨이 막히게 투명하고 평화롭건만, 그 아래에서 10만 명이나 되는 사람은 서로 죽고 죽이며 악전고투를 벌이고 있었다. 아침부터 시작된 전투는 깊은 밤을 넘겨도 끝날 줄을 몰랐다. 양측의 손실이 모두 상당해 스스로 승패를 가늠할 수가 없었다. 송군에게는 지리적 이점이 있었고, 몽고군은 송군보다 수가 월등히 많았다. 그렇게 양군은 또 한참을 싸웠다. 갑자기 앞에서 일제히 고함 소리가 나더니 송군 한 무리가 튀어나와서 그대로 언덕을 향해 내달렸다. 대칸의 친위 부대에서 잇따라 화살을 쏘며 이들의 접근을 막았다. 대칸 몽가는 높은 곳에서 전황을 내려다보며 잔뜩 긴장하고 있었다.

송나라 장수 한 사람이 말을 타고 종횡무진 움직이고 있었다. 그는 두 손에 창을 들고 몽고 진영을 휘젓고 있었는데 아무도 그를 막지 못했다. 쉴 새 없이 쏟아지는 화살도 그가 휘두르는 검 아래 젓가락처럼 힘없이 떨어져 내렸다. 그때 몽가가 왼손을 흔들었다. 북소리가 멎자 그는 옆을 돌아보며 물었다.

"저렇게 용감한 자가 있다니, 누구더냐?"

왼쪽에 섰던 백발 성성한 장군이 앞으로 나섰다.

"대칸께 아뢰옵니다. 저 사람은 곽정이라는 자로, 과거 테무친께서 금도부마에 봉하신 바 있고, 서역 원정에도 함께해 상당한 공을 세웠습니다."

"오호…… 바로 그자로구나. 무공이 참으로 대단하다. 명불허전이로구나!"

몽가 옆에서 호위병을 거느리고 있던 장수들은 대칸이 적을 칭찬하자 속이 편치 않았다. 장군 네 명이 앞으로 썩 나서더니 무기를 치켜들고 달려 나갔다.

곽정은 자신을 향해 돌진해오는 적을 발견했다. 덩치가 큰 거한들이 우람한 말을 몰고 달려오고 있었다. 두 사람은 만부장의 흰색 두건을 쓰고 있고, 두 사람은 천부장을 나타내는 붉은색 두건을 쓰고 있었다. 이들은 벼락같이 고함을 치며 말을 채찍질했다. 막 곽정과 닿으려는 순간 긴 창이 들리더니 꽉, 하고 부딪치는 소리와 함께 천부장 한 명의 손에 들린 검이 부러지며 가슴에 적중했다. 만부장 두 사람은 창을 나란히 하여 달려들며 곽정의 주위를 압박해갔다. 한 천부장의 사모蛇矛가 곽정의 배를 찌르고 들어왔다. 네 사람이 쓰는 무기가 모두 긴 창이라 얼른 방향을 바꾸는 것이 쉽지 않았다. 곽정은 창을 놓고 몸을 오른쪽으로 기울이며 천부장의 창을 피했다. 그러고 나서 두 팔을 휘둘러 만부장 두 사람의 철창을 붙잡고 기합을 넣었다. 허공을 가를 듯한 고함 소리와 함께 만부장들은 그만 창을 놓쳐버렸다. 그들은 몽고 군영에서 내로라하는 용사들이었으나 곽정의 힘을 당해낼 수는 없었다. 두 사람은 손아귀가 얼얼해 어찌할 바를 몰랐다. 곽정은 창끝의 방향을 바꾸지도 않고 그대로 힘을 주었다. 금속성 소리와 함께 창의 손잡이가 두 만부장의 가슴을 때렸다. 두 사람 모두 철갑을 입고 있어 창 손잡이가 갑옷을 뚫고 들어가지는 못했다. 그러나 곽정의 내공이 몸 안으로 퍼지자 그만 선혈을 한 움큼 토해내고 말에서 떨어졌다. 남은 천부장은 대단히 용맹한 사람이었다. 함께 달려든 세 사람이 쓰러지는 것을 보면서도 여전히 창을 겨누고 기회를 노렸다. 곽정은 왼손에 쥔 철창을 휘둘러 천부장이 든 사모를 막으며 오른손에 쥐고 있던 철창으로 공격했다. 곽정의 공격은 천부장의 투구를 가격해 그의 머리를 박살 냈다.

호위병들은 순식간에 용장 네 명을 무찌르는 곽정의 모습에 간담이 서늘해졌다. 대칸이 보고 있음에도 앞으로 나서는 자가 한 명도 없고 그저 활만 쏘아댈 뿐이었다.

곽정은 말을 몰아 언덕 위로 올라가려 했지만 대칸을 막고 선 빽빽한 적군을 뚫을 수는 없었다. 그때 타고 있던 말이 갑자기 울부짖더니 앞다리가 앞으로 꺾였다. 놀라 살펴보니 가슴에 화살을 맞은 듯했다. 이를 본 몽고의 호위병들이 환호성을 올리며 달려들었다. 그러나 곽정은 이들 사이로 몸을 솟구치더니 창을 들어 백부장 한 명을 죽였다. 그러고는 그의 말을 빼앗아 타고 이리저리 몰아치며 눈 깜짝할 사이에 10여 명의 몽고군을 죽였다.

몽가는 그의 눈부신 활약에 감탄을 금치 못했다. 몽고군이 수는 많지만 곽정 하나를 어쩌지 못하고 쩔쩔매는 것을 보고 살짝 눈살을 찌푸리며 전령에게 말했다.

"곽정을 죽이는 자에게는 황금 만 냥을 주고 직급을 세 단계 높여줄 것이다!"

큰 상을 준다고 하니 몽고군이 또 우르르 몰려들었다. 곽정은 아무래도 사태가 심상치 않음을 느끼고 우선 창을 휘둘러 가장 가까이에 있는 적을 몇 명 벤 뒤 활을 품고서 몽가를 향해 질풍처럼 내달렸다. 몽가를 호위하던 두 명의 백부장이 몸을 날려 대칸의 앞을 막아섰다. 경쾌한 바람 소리와 함께 긴 화살이 백부장의 머리를 뚫었다. 화살은 그 기세를 조금도 늦추지 않고 그 뒤에 있던 다른 백부장의 가슴까지 뚫어놓았다. 두 사람은 한 화살에 꿰어 몽가 앞에 선 채 절명했다. 몽가는 얼굴이 하얗게 질려 놀란 표정만 지을 뿐이었다. 호위병들은 대칸을 호위하고 언덕을 내려갔다. 바로 그때 몽고 군영에서 다급히 외치는 소리가 들렸다.

"비켜라! 비켜!"

놀라 돌아보니 한 무리의 송군이 밀려 들어오고 있었다. 앞장선 사람이 철창을 휘두르며 맹렬하게 공격해오는데, 바로 점창어은이었다. 남편이 혼자 몽고 군영에 들어가 있는 것을 본 황용이 점창어은에게 군사 2,000명을 이끌고 함께 공격하라 이른 것이었다.

몽고군은 대칸이 후퇴하는 것을 보고 전열이 조금 흐트러졌다. 성 위에서 이런 모습을 지켜보던 황용이 좌우에 명령을 내렸다.

"몽고 대칸이 죽었다고 소리를 질러라!"

명령을 받은 송나라 군사들이 입을 모아 고함을 질러대기 시작했다.

"몽고 대칸이 죽었다! 몽고 대칸이 죽었다!"

양양의 군사들은 이미 여러 해 동안 몽고군을 상대했기 때문에 머리 좋은 군사들은 이미 몽고어 몇 마디는 할 줄 알았다. 이들부터 몽고어로 소리를 지르자 다른 이들도 따라서 고함을 쳤다.

몽고군은 이들의 고함 소리를 알아듣고는 고개를 들어보았다. 대칸의 깃발이 급히 후퇴하고 있고 그 주위가 어수선한 모습이 눈에 들어왔다. 더 자세히 알아보지도 않고 대칸이 죽었다는 말을 믿은 탓에 몽고군의 전열은 크게 흐트러졌다. 이들은 순식간에 전의를 상실하고 후퇴하기 시작했다.

"쫓아라!"

황용의 명령이 떨어지자 북문이 활짝 열리고 정예군 3만 명이 물밀 듯 쏟아져 나왔다. 야율제가 이끄는 4,000명의 군사는 이미 수가 반으로 줄었지만, 남은 병사들은 새 힘을 얻은 듯 힘차게 적군을 쫓았다. 몽고군은 이미 여러 해 전장을 누빈 경험이 풍부한 병사들이었다. 비록 패하여 후퇴하고는 있지만 전열은 흐트러지지 않았다. 그러나 양양성을 공격하던 5,000여 몽고 정예병은 한 명도 살아 돌아가지 못했다.

송군도 더는 쫓아가지 않았다. 사대문에서 몽고군을 모조리 몰아내고 나니 동쪽 하늘이 밝아오고 있었다. 열두 시진을 꼬박 전투에 매달린 것이었다. 들판은 피로 물들었고 시체가 산처럼 쌓였다. 부러진 창과 방패, 죽은 말과 찢어진 깃발 등이 여기저기 뒹구는 살풍경이 10리나 이어졌다. 이 전투에서 몽고군은 4만 명의 군사를 잃었고, 양양을 지키던 군사 역시 2만 2,000여 명이 죽거나 다쳤다. 몽고로서는 병사를 일으켜 남하한 이래 이 같은 참패는 처음이었다.

양양성은 적을 물리치기는 했지만 여기저기에서 울음소리가 끊이지 않고 들렸다. 아들을 잃은 어머니가, 지아비를 잃은 아내가 울부짖는 소리였다.

곽정, 황용은 미처 쉴 새도 없이 사대문을 돌아보며 병사들을 위로했다. 그리고 주백통과 육무쌍의 부상도 살펴야 했다. 두 사람 모두 어느 정도 호전되어가고 있었다. 주백통은 침상에 가만히 누워 있지 못하고 어느새 방을 빠져나가 정원을 휘젓고 다녔다. 뭔가 놀 것이 없나 눈을 반짝이며 돌아다니는 주백통을 바라보며 곽정과 황용은 웃지 않을 수 없었다. 그런 후에야 두 사람은 방으로 돌아와 잠자리에 들었다.

다음 날 아침, 곽정은 안무사 부府에서 여문환, 왕견과 함께 작전을 논의하고 있었다. 그때 갑자기 병사 하나가 뛰어들어와 몽고의 만인대가 북문으로 다가오고 있다고 보고했다.

"어…… 어찌 벌써…… 이게 무슨……."

여문환은 크게 놀라 말을 잇지 못했다. 곽정은 탁자를 치며 벌떡 일어나 당장 성 위로 달려갔다. 적병의 만인대가 성에서 수 리 떨어진 곳에 진을 치고 있었다. 그들은 공격을 하는 것이 아니라 1,000여 명의 공장工匠들이 돌을 지고 나무를 세우며 10여 장 높이의 망루를 만들었다.

그때 황약사, 황용, 일등대사, 주자류 등도 모두 성 위로 올라와 적진을 살펴보던 중이었다. 그들은 몽고군이 왜 갑자기 망루를 올리기 시작하는지 그 까닭을 몰라 어리둥절한 표정으로 서로를 돌아보았다. 주자류가 연신 고개를 갸웃거리며 말했다.

"망루라…… 성안 동정을 살피려면 저렇게 가까이에 올릴 리가 없지. 게다가 불화살이라도 쏘면 그냥 타버릴 텐데."

황용은 말없이 생각에 잠겼다. 도무지 무슨 속셈인지 알 수 없었다. 이윽고 망루가 다 지어졌다. 수백 명의 몽고군이 말을 몰아 땔감을 끌고 와서는 망루 주변에 쌓아 올렸다. 뭔가를 태우려는 것 같았다. 보고 있던 사람들은 점점 더 모를 일이라는 표정을 지었다. 주자류가 말했다.

"설마 아무리 해도 양양성을 함락하지 못하니까 제사라도 지내려고 저러는 것일까요? 아니면 무슨 요술이라도 부려 우리를 혼란에 빠뜨리려는 걸까요? 도무지 알 수가 없군요."

곽정도 눈을 떼지 못하며 대답했다.

"제가 몽고군에 오래 있었지만 저런 이상한 짓을 하는 것은 한 번도 본 적이 없습니다."

그러는 사이 1,000여 명의 몽고군이 곡괭이며 삽을 가져와 망루 주변에 깊고 넓은 구덩이를 팠다. 또 파낸 흙으로 구덩이 주위에 흙담을 쌓았다.

황약사가 분노를 터뜨렸다.

"양양은 삼국시대 제갈량의 고택이 있는 곳이거늘, 어찌 무례한 오랑캐들이 해괴한 짓으로 모욕한단 말이냐?"

그때 호각 소리와 북소리가 들려왔다. 만인대가 몰려와 망루 왼편에 정렬하고 섰다. 그러고 나서 또 다른 만인대가 뒤따라와 오른편에 섰다. 다음 만인대는 앞, 이어 또 하나의 만인대가 뒤에 섰다. 이렇게 모두 네 개의 만인대가 망루를 에워쌌다. 대군이 몇 리에 걸쳐 이어지며 방패, 창, 강노 등의 무기가 겹겹이 망루를 둘러쌌다. 날카로운 호각 소리가 한 차례 울리자 북소리가 멈췄다. 수만 명의 몽고군이 몰려 있는데도 숨소리조차 들리지 않았다. 잠시 정적이 이어지더니 갑자기 저 멀리에서 말 두 필이 망루 쪽으로 달려왔다. 두 사람이 말에서 내리더니 손을 잡고 망루로 올라갔다. 멀리 떨어져 있어 두 사람의 모습을 정확히 알아볼 수는 없었지만 어렴풋이 보기에 남자 한 명과 여자 한 명 같았다. 모두가 여전히 무슨 영문인지 몰라 지켜보고 있는 사이 황용이 갑자기 외마디 비명을 지르더니 쓰러지면서 정신을 잃었다.

"왜 그래요? 정신 차려요……."

사람들이 황급히 모여들어 그녀를 불러 깨웠다. 황용은 창백한 얼굴로 가쁜 숨을 쉬며 간신히 입을 열었다.

"양아, 양아!"

사람들은 깜짝 놀라 서로 얼굴을 돌아보았다. 주자류가 황용 옆으로 다가와 앉았다.

"곽 부인, 정확히 보신 겁니까?"

"얼굴을 보지는 못했지만 틀림없이 우리 양이에요. 그들의 속셈을 알겠어요. 성이 함락되지 않으니까 이런 비열한 방법을 쓰는 거라고요. 정말…… 정말 악독한 놈들이에요."

황약사와 주자류는 그녀의 말을 들으며 끓어오르는 분노를 억누를 수 없었다. 그러나 곽정은 아직도 상황 파악이 안 되는 표정이었다.

"양이가 왜 저 망루에 있다는 거야? 몽고군이 무슨 속셈이라는 거지?"

황용이 벌떡 일어나 앉으며 목소리를 높였다.

"오빠, 양이가 그만 적들의 손에 넘어가고 말았어요. 이제 저자들은 망루를 세우고 그 아래에 장작을 깔고 양이를 망루에 묶어 당신에게 항복을 요구해올 거라고요. 만일 항복하지 않으면 망루를 태워 우릴 미치게 할 작정이겠죠. 그러면 성을 지킬 수 없을 테니까요."

몽고 조정은 원래 샤머니즘을 믿었다. 이는 불교와 토번의 옛 신앙이 합쳐져 만들어진 것으로 미신이라고 할 수 있는 토속신앙이었다. 나중에 토번은 연화생대사蓮華生大士가 천축에서 밀종불교를 배워 전파했고, 연화생대사의 믿음이 깊어 그 설법이 참으로 훌륭하니 신자가 토번 전체로 뻗어나가게 되었다. 이 종교가 몽고에 들어오고부터 샤머니즘은 힘을 잃었다. 그리고 몽고는 대칸부터 부족 수령과 유목민들까지 모두 밀교를 믿게 되었다.

몽고 대칸의 황후가 금륜대라마金輪大喇嘛를 제일국사로 둔 것은 종교 때문이기도 하지만 그를 매우 존경해서였다. 그래서 군사, 정치와 관련한 중요한 일도 그의 의견에 따르곤 했다. 다만 실질적 임무를 맡기지 않았을 따름이었다. 일전에 홀필열이 금륜국사에게 개방과 전진교를 쳐서 몽고의 후환을 없애자고 했을 때 그가 이를 극구 거부해서 이루지 못했다. 홀필열 역시 쉬운 일이 아님을 알고 있었기에 그에게 더 이상 무리한 요구를 하지는 않았다. 그런데 금륜국사가 곽양을 데리고 왔다. 그는 곽양을 군영에 두고 제자로 삼으며 살뜰하게 보살펴주었다. 홀필열이 이 사실을 안 것은 양양성이 아무래도 함락되지 않아 답답하던 때였다. 그는 군사들이 보는 앞에서 곽양을 죽여 곽정의 의기를 꺾고자 했다. 금륜국사는 한사코 이를 거절하다 화가 치밀어 홀필열이 보낸 사자를 죽이기까지 했다. 국사는 곽양과 함께 즉시 군영을 떠나려 했다. 그러나 홀필열이 직접 찾아와 사죄한 이후 더 이상 그 일을 입에 담지 않았다. 하지만 이제까지 양양성을 치는 데 성과가 없자 주위에서 다시 곽양을 거론하기 시작했다. 그리고 대칸이 직접 망루를 짓고 곽양을 묶어 곽정을 항복하게 하라는 명령을 내리기에 이르렀다. 국사는 몽고에서 서역에 이르기까지 밀종불교를 이어야 한다는 대업이 있었다. 그리고 제자들의 안위를 생각한 결과 대칸의 명령에 따를 수밖에 없었다. 속으로는 마뜩찮았지만 대칸의 군령은 지엄한 것이니 달리 어찌할 수가 없었다.

한편 곽정은 황용에게서 전후 사정을 들으며 양미간을 잔뜩 찌푸렸다.

"연일 군무로 바쁜 오빠가 마음 쓸까 봐 이야기하지 못했어요."

그녀는 곽양이 절정곡에서 금륜국사에게 붙잡히게 된 상황을 설명했다. 곽정은 양과가 절정곡에 떨어진 후의 이야기를 자세히 물었다. 황용이 말을 마치자 곽정은 제 허벅지를 치며 버럭 역정을 냈다.

"용아, 그건 네가 잘못한 거야. 과가 절정곡에 떨어졌는데 어떻게 죽었는지 살았는지도 모른 채 버리고 올 수 있어?"

곽정은 언제나 아내를 존경하고 아꼈다. 그래서 다른 사람들의 면전에서 황용을 함부로 대한 적이 한 번도 없었다. 그런 그가 대놓고 면박을 주니 황용은 그만 얼굴이 온통 벌게졌다. 보다 못한 일등대사가 그녀를 두둔하고 나섰다.

"곽 부인은 그 차가운 연못에 들어가 얼어 죽을 뻔하면서 양과가 있는지 확인했소. 어린 딸이 적의 손에 잡혀갔으니 우리가 뒤쫓아가자고 한 거요. 우리가 모두 함께 그리한 것이니 곽 부인만 탓해서는 안 되지요."

일등대사가 그렇게 이야기하니 곽정도 더 이상 나무랄 수는 없었으나 그래도 불만인 모양이었다.

"과에게 무슨 일이라도 있다면 마음이 편할 수 없으니까 이러는 겁니다. 양이는 원래부터 그렇게 말썽을 피웠어요. 몽고군에게 타 죽어도 할 수 없는 일입니다."

남편의 차가운 말에 황용은 한마디 대꾸도 하지 못하고 성을 내려갔다. 사람들이 곽양을 어떻게 구할 것인지 상의하느라 분주한 사이, 갑자기 성문이 열리는 것이 보였다. 이미 말 한 필이 북쪽을 향해 내달리고 있었다. 말 위에 탄 사람은 바로 황용이었다. 모두들 당황하며 우왕좌왕하는 가운데 곽정, 황약사, 일등대사, 무삼통, 점창어은 그리고 주자류가 말에 올라타고 그 뒤를 쫓았다. 일행은 망루를 향해 달리다 적의 화살이 미치지 못할 정도의 거리에서 말을 멈추었다.

멀리 망루 위에 두 사람이 서 있는 것이 보였다. 하나는 붉은 도포를 입고 머리에 붉은 관을 쓰고 있었는데, 자세히 보니 바로 금륜국사였다. 다른 한 사람은 묘령의 소녀로 나무 기둥에 묶여 있었는데, 곽양이 틀림없었다.

곽정은 비록 화가 나 매몰차게 말하기는 했지만, 그래도 딸을 사랑하는 아버지였다. 그러니 어찌 마음이 급하지 않을 수 있겠는가. 곽정은 우선 딸부터 안심시켰다.

"양아, 겁내지 말거라. 아빠 엄마가 널 구해주마!"

그의 내공은 참으로 대단해서 목소리가 망루 꼭대기에까지 뚜렷하게 전해졌다. 내리쬐는 햇볕에 거의 실신 지경이던 곽양은 아버지 목소리를 듣고 정신이 번쩍 들었다.

"아버지, 어머니!"

옆에 섰던 금륜국사가 웃음을 터뜨렸다.

"곽 대협, 당신의 딸을 풀어주는 건 어렵지 않소. 당신에게 그만한 용기가 있느냐는 게 문제겠지."

곽정은 언제나 신중하고 온후한 사람이었다. 상황이 급하고 어려울수록 그는 침착했다. 금륜국사의 비아냥거리는 말에도 곽정은 눈썹 하나 까딱하지 않았다.

"국사, 무슨 일인지 말해보시오!"

"부모로서 딸을 사랑하는 마음이 있다면 지금 이리 올라와 당신의 손을 묶으시오. 당신이 딸 대신 묶인다면 즉시 따님을 풀어주리다. 이 아이는 또한 나의 제자이기도 하니 나 역시 죽이고 싶은 마음은 없소."

그는 의를 중시하는 곽정이 딸을 위해 양양성과 그 백성을 내줄 사람은 아니란 걸 잘 알고 있었다. 그래서 그 자신을 함정으로 끌어들일 생각이었다. 그러나 곽정 역시 그런 얕은 수작에 넘어갈 리 없었다.

"오랑캐 녀석들아, 내가 무서우니까 내 딸을 괴롭히는 것 아니냐? 오랑캐들이 그렇게 무서워한다면 나 역시 그렇게 쉽게 죽어줄 수는 없다."

금륜국사가 비웃으며 말했다.

"사람들 말이 대협은 절륜의 무공에 의협심 또한 남다르다고 하던데, 알고 보니 그저 살고 싶어 안달하는 필부에 불과했군."

그가 다른 사람에게 이런 수작을 걸었다면 혹 성공했을지도 모르나 곽정은 온 정신을 성의 안위에만 쏟고 있는 사람이라 자신에 대한 모욕쯤은 가볍게 웃으며 넘겼다. 그러나 금륜국사의 말은 오히려 무삼통과 점창어은을 자극했다. 두 사람은 철창을 휘두르며 나란히 뛰어나갔다. 그러자 몽고의 궁수 수천 명이 한꺼번에 활시위를 당겨 두 사람을 겨냥했다. 이들이 가까이 다가오기만 하면 동시에 화살을 쏠 태세였다. 일등대사는 상황이 위급한 것을 깨닫고 얼른 말에서 몸을 날려 세 걸음에 두 제자의 말을 가로막고 섰다.

"돌아가거라!"

일등대사가 팔을 휘두르자 무삼통과 점창어은은 일단 말을 멈추었다. 그들은 이대로 공격하면 죽을 것을 알면서도 참지 못하고 뛰어나간 것이었다. 그러나 사부님이 직접 앞을 가로막는 데야 별수가 없었다. 그들은 다시 말고삐를 당겨 뒤로 돌아왔다.

몽고군은 나이 지긋한 중이 순식간에 달리는 말을 따라잡아 앞을 가로막는 것을 보고는 저도 모르게 박수를 치며 환호성을 내질렀다. 금륜국사가 인상을 쓰고 군사들을 훑어보며 입을 열었다.

"곽 대협, 따님이 참으로 영리하더이다. 나 역시 따님의 재주를 아껴 제자로 거두고 나의 무공을 전수해줄 생각이었소. 그러나 대칸의 성지가 당신이 투항하지 않으면 따님을 이 망루에서 불태우겠다는 것이니 어찌하겠소. 딸을 잃는 당신만 마음이 아픈 것이 아니라 나 역시 애석하기 그지없소이다. 잘 생각해보시오."

곽정은 가볍게 코웃음을 쳤다.

망루 주변 건초 옆에는 이미 횃불을 든 수십 명의 병사가 서 있었다. 명령이 떨어지기만 하면 그대로 불을 붙일 태세였다. 네 개의 만인대가 망루를 물샐틈없이 둘러싸고 있어서 그 벽을 쉽게 뚫고 들어갈 수도 없었다. 그리고 뚫고 들어간다 하더라도 불이 붙은 망루 위에 묶인 딸을 어찌 구해낼 수 있단 말인가.

곽정은 몽고군이 얼마나 잔인한지 잘 알고 있었다. 성을 함락하고 나면 부녀자와 아이들까지도 하룻밤에 모두 죽일 자들이었다. 그런 그들에게 곽양 하나 태워 죽이는 것쯤은 식은 죽 먹기였다. 고개를 들어보니 새파랗게 질린 딸의 모습이 눈에 들어왔다. 곽정은 가슴이 저려왔다.

"양아, 너는 대송의 딸이다. 마음을 굳게 먹고 겁내지 말거라. 아빠 엄마가 널 구하지 못하더라도 반드시 저 비열한 중을 죽여 네 원수를 갚아줄 것이다!"

곽양은 두 눈에 가득 눈물을 머금고 외쳤다.

"아버지, 어머니, 전 무섭지 않아요! 저는 곽정의 딸 곽양이에요. 저도 아버지처럼 양양성을 위해서라면 죽어도 좋아요. 저 때문에 적들의 계략에 넘어가시면 절대 안 돼요!"

"그래, 과연 내 딸이구나!"

곽정은 고개를 끄덕이며 허리에 찼던 활을 뽑아 들고 화살을 꽂았다. 바람을 가르는 소리와 함께 망루 위에서 횃불을 들고 있던 몽고군 세 명이 땅바닥으로 떨어졌다. 화살 세 대가 모두 그들의 가슴을 꿰뚫었다. 곽정의 활 솜씨는 과거 몽고군의 신궁으로 유명했던 철별哲別에게서 배운 것이었다. 거기에 수십 년간 쌓아온 내공이 더해지니 적들의 화살이 닿지 않는 거리에서도 얼마든지 활을 쏘아 적을 맞힐 수 있었다. 몽고군 사이에서 놀라움의 탄성이 일더니 모두 방패를 치켜들었다. 곽정이 단호하게 소리쳤다.

"우선 성으로 돌아갑시다!"

황용 등은 곽정의 판단에 동의할 수밖에 없어 일단 성으로 돌아갔다. 일행은 성 위로 올라갔다. 하염없이 망루를 바라보는 황용은 애간장이 녹는 듯했다.

"놈들이 워낙 일사불란하게 움직이니 우선 망루 주위의 만인대를 어지럽혀야 합니다."

"그렇지요."

일등대사의 말에 황약사도 고개를 끄덕이며 잠시 생각에 잠겼다.

"용아, 이십팔수대진二十八宿大陳을 써서 한번 붙어보는 것이 어떻겠느냐?"

황용은 힘없이 고개를 저었다.

"이긴다고 해도 놈들이 망루에 불을 붙이면 어떡해요?"

"우리는 열심히 적을 죽이면 그뿐이야. 양이의 목숨은 하늘에 맡겨야지."

곽정이 참지 못하고 물었다.

"장인어른, 이십팔숙대진이 무엇입니까?"

황약사가 미소를 지으며 대답했다.

"음…… 이것은 변화가 아주 복잡한 진법이라네. 과거 전진교에서 천강북두진법으로 나와 매초풍을 막아내는 것을 보고 이 진법을 참고해 이십팔숙대진을 만들어냈지. 전진교의 진법과 겨뤄보고 싶어서 말이야."

"황 형의 오행기문술은 천하에 둘도 없는 재주이니 이십팔숙대진도 분명 대단한 진법일 것이오."

일등대사의 말에 황약사가 아쉬운 듯 한숨을 쉬었다.

"이 진법은 원래 무림고수 수십 명을 상대할 때 쓰기 위한 것이었는데, 이렇게 천군만마를 상대하게 되었으니 어떨지 모르겠소. 그러나 지금은 아무래도 힘들 것 같소. 사람도 한 명 부족하고 수리도 없으니 참으로 아쉽소."

"무슨 말씀이신지……."

"우리 수리가 저 간악한 중놈의 손에 죽지 않았다면 우리가 진법을 시작할 때 높은 곳에서 공격해 양이를 구해낼 수 있었을 텐데 말이오. 지금으로서는 무슨 방책이 서질 않소. 또 이 이십팔숙대진은 오행생극의 변화를 따르는 것으로 다섯 명의 고수가 함께 해야 하오. 동서남북중 다섯 방향을 채워야 하는데 동남북중 네 방향은 맡을 사람이 있지만 노완동은 몸에 부상을 입어 서쪽이 비게 될 것 같소. 양과가 여기에 있다면 무공이 왕년의 구양봉보다 뒤처지지 않을 것인데, 어딜 가서 그를 찾는단 말이오. 다른 장수들은 우리에게 방해만 될 뿐이지……."

곽정의 두 눈이 망루를 넘어 저 멀리 북쪽 하늘을 바라보았다. 그의 마음은 이미 절정곡으로 날아가 있었다.

"과는 죽었는지 살았는지…… 참으로 걱정이구나."

한편 양과는 다시는 소용녀와 만날 수 없다는 것을 알고 자신이 살아 있다는 것 자체가 고통스러웠다. 그래서 계곡으로 뛰어내렸다. 그대로 산산이 부서지면 모든 고통도 끝날 것이라 생각했다. 한참을 떨어지던 그의 몸은 풍덩 소리와 함께 깊은 연못으로 빠져들었다. 워낙 높은 곳에서 떨어진 터라 몸은 한없이 물속으로 잠겼다. 얼마나 깊이 들어갔을까, 갑자기 눈앞이 환해지며 언뜻 동굴이 보이는 것 같았다. 눈을 크게 뜨고 다시 보려는데 물 위에서 압력이 느껴졌다. 그러더니 엄청나게 강한 부력과 함께 몸이 빠르게 떠올랐다. 바로 그때 곽양이 그의 뒤를 이어 절벽에서 뛰어내렸고, 이내 쏜살같이 물속으로 빠져들었다. 양과는 더 생각하고 말 것도 없이 물속으로 가라앉는 곽양을 낚아채 수면 위로 올라왔다.

"양아! 어떻게 된 거야?"

"큰오빠가 뛰어내리는 것을 보고 따라서 뛰어내렸어요."

"이런, 바보같이! 죽는 게 무섭지도 않아?"

곽양은 어른처럼 미소를 지었다.

"오빠가 무섭지 않다면 나도 무섭지 않아요."

양과는 뒤통수를 얻어맞은 듯한 기분이 들었다.

'아직 나이도 어린 아이가 이처럼 나를 생각한단 말인가…….'

양과는 곽양을 부축하고 있는 두 손이 가볍게 떨리는 것을 느꼈다. 곽양은 품속에서 마지막 남은 금침을 꺼냈다.

"큰오빠, 일전에 금침 세 개를 주시면서 금침 하나에 한 가지씩 부탁을 들어주겠다고 하셨죠? 이제 소원이 한 가지 있어요. 부인을 만나든 만나지 못하든 절대 죽지 말아요."

곽양은 금침을 양과의 손에 쥐어주었다. 손안에 든 금침과 곽양을 번갈아보며 양과는 잠시 말문이 막혔다. 그는 떨리는 목소리로 물었다.

"양양에서 여기까지 날 구하기 위해 온 거야?"

"맞아요. 남아일언중천금이라고 했어요. 제게 한 약속, 어기시면 안 돼요."

곽양은 싱긋 미소를 지어 보였다. 양과는 절로 한숨이 나왔다. 태어나서 죽기까지, 또 죽었다가 다시 살아나기까지 모두 겪고 나니 죽고자 하는 마음이 아무리 강해도 절대 스스로 목숨을 끊어서는 안 되겠다는 생각이 들었다. 그는 곽양을 살펴보았다. 온몸이 흠뻑 젖어 추위에 이를 부딪치고 있으면서도 웃는 표정이었다. 양과는 우선 마른 가지들을 주워다가 불을 피우려고 했다. 그러나 두 사람이 가진 부싯돌은 모두 젖어 사용할 수가 없었다.

"우선 내공으로 추위를 막지 않으면 병이 나겠어."

곽양은 아직도 마음이 놓이지 않는지 양과에게 다시 한번 다짐을 받았다.

"다시는 죽지 않겠다고 약속한 거죠?"

"그래."

"큰오빠가 정말 신조대협이라면 약속을 꼭 지켜야 해요?"

"신조대협이고 아니고는 중요하지 않아. 네가 함께 뛰어내리면서까지 죽지 못하게 하니 그 말을 들어야지."

곽양은 얼굴이 한결 밝아졌다.

"좋아요. 그럼 같이 내공을 운행해요."

두 사람은 어깨를 나란히 하고 앉아 운기를 조절했다. 양과는 어려서부터 한옥 침상에서 내공을 연마해온 터라 이 정도 한기는 대단하지 않았다. 그는 손을 뻗어 곽양의 등에 있는 신당혈을 쓰다듬었다. 곽양은 한 줄기 훈훈한 온기가 피어나는 것이 느껴졌다. 얼마 지나지 않아 곽양은 온몸의 맥이 살아나며 금세 몸이 따뜻해졌다. 곽양의 몸 안에 운기가 몇 차례 돌고 나자 양과는 그제야 어떻게 절정곡까지 오게 되었는지를 물었다. 곽양은 그간 있었던 일을 빠짐없이 설명해주었다. 양과는 분노를 가누지 못하고 외쳤다.

"그런 악독한 자를 보았나! 이곳을 벗어나서 그 중놈을 죽도록 때려주자."

그때 머리 위로 수리 한 마리가 떨어졌다. 그리고 역시 연못에 잠겼다가 잠시 후 떠올랐다. 보아하니 부상이 매우 심해 보였다.

"우리 수리네!"

곽양이 외치는 순간, 암수리가 내려와 수컷을 업고 날아갔다. 그리고 두 번째 아래로 내려왔을 때 양과는 곽양을 수리의 등에 태웠다. 그는 수리가 잠시 후 자신을 데리러 올 줄 알았으나 아무리 기다려도 소식이 없었다. 수컷을 잃은 수리가 스스로 목숨을 끊은 줄 양과는 까맣게 모르고 있었다.

그는 수리를 기다리며 연못 주변의 경치를 돌아보았다. 이곳저곳을 살펴보니 커다란 나무 위에 벌집 수십 개가 나란히 만들어져 있었다. 보통 벌집보다는 확연히 크고, 그 주위를 날아다니는 벌들을 살펴보니 소용녀가 고묘에서 키웠던 옥봉처럼 보였다.

"아니!"

양과는 저도 모르게 외치며 두 발이 굳은 듯 멈춰 섰다. 잠시 후 양과는 벌집으로 다가가 자세히 살펴보았다. 벌집 옆 부분이 진흙으로 발라져 있는 게 분명 사람이 만들어놓은 듯했다. 틀림없이 소용녀의 흔적이었다. 양과는 반신반의하면서도 확신이 들었다.

'그럼 절벽에서 뛰어내린 용이가 이곳에서 살았단 말인가?'

연못 주위를 한 바퀴 돌며 살펴보니 주위는 깎아지른 듯한 절벽으로 둘러싸여 마치 깊고 넓은 우물 안에 빠져 있는 듯한 느낌이 들었다.

'그야말로 우물 안 개구리 꼴이로군……'

양과는 그 자리에 주저앉아 하얀 구름이 떠가는 하늘을 하염없이 올려다보다가 나뭇가지를 꺾어 사방의 절벽을 두드렸다. 보통의 바위일 뿐이니 절벽이 틀림없었다. 다시 자세히 살펴보니 커다란 나무 몇 그루가 누군가에 의해 껍질이 벗겨진 게 눈에 띄었다. 또 풀밭 옆 바위가 나란히 놓인 것으로 봐서 분명 누군가가 일부러 그렇게 한 것 같았다. 양과는 가슴이 뛰기 시작했다. 소용녀가 이곳에서 살았던 게 분명해 보였다. 그러나 16년의 세월 동안 무슨 일이 있었는지는 도무지 파악할 수가 없었다. 양과는 원래 신을 믿지 않았지만 지금 이 순간만큼은 저도 모르게 무릎을 꿇고 기도를 올렸다.

"하늘이시여, 하늘이시여, 다시 한번 용이를 만나게 해주세요."

기도를 올리고 다시 주위를 둘러보았지만 다른 흔적은 보이지 않았다. 양과는 나무 아래에 앉아 가만히 생각에 잠겼다.

'여기서 용이가 죽었다면 유골이라도 남아 있어야 하지 않은가. 혹 뼈가 연못 아래로 가라앉았다면……'

그러고 보니 아까 연못 아래에서 무슨 불빛을 본 것만 같았다. 분명 뭔가 이상한 빛이었다. 양과는 더 생각할 것도 없이 자리를 박차고 일어났다.

"내 어찌 된 일인지 사연을 밝혀내고 말겠다. 용이의 유골을 찾을 때까지 결코 포기하지 않겠어!"

양과는 그대로 연못으로 뛰어들어 아까 가라앉았던 곳까지 들어갔다. 깊이 들어갈수록 물은 차가웠다. 한참을 들어갔으나 주위는 갈수록 컴컴해질 뿐이었다. 양과는 내공이 강해 추운 것은 견딜 수 있었으나 강한 부력은 당해내기 힘들었다. 아무리 힘을 써 들어가보려 해도 결국 바닥까지는 닿을 수 없었다. 점차 숨이 가빠진 양과는 연못 밖으로 나와 숨을 고른 후, 커다란 바위를 들고 다시 뛰어들었다. 양과의 몸은 아까와 달리 빠른 속도로 가라앉았다. 눈앞이 환해지는 순간 얼른 바위를 놓고 빛이 나오는 쪽으로 헤엄쳐 갔다. 그러자 어떤 기운이 몸에 부딪쳐오는 듯했다. 그는 계속 헤엄쳐 빛이 나오는 곳까지 접근했다. 가고 보니 역시 동굴이었다. 그는 손발을 휘저어보았다. 동굴 안은 비스듬히 위로 올라가는 얼음굴이었다. 양과는 망설이지 않고 굴로 들어가 떠내려가는 대로 몸을 맡겼다. 잠시 후 세찬 물소리와 함께 몸이 수면 위로 떠올랐다. 눈앞이 환해지며 꽃향기가 풍겼다. 그야말로 별천지였다.

양과는 물에서 나올 생각은 하지 않고 주위를 둘러보았다. 꽃들은 만개하고 풀이 뒤덮여 있는 것이 마치 커다란 화원처럼 보였다. 양과는 놀라 눈이 휘둥그레졌지만, 마음속은 반가움으로 벅차올랐다. 몸을 솟구쳐 물에서 나오는데 10여 장쯤 되는 곳에 작은 초가집이 보였다. 그러나 사람 모습은 어디에도 보이지 않았다. 양과는 기운을 내어 달려갔다. 3~4장쯤 정신없이 내달리던 양과의 걸음이 갑자기 느려졌다.

'혹 저 초가집에서도 용이의 흔적을 찾지 못하면 어쩌지? 그러면 난 어찌해야 할까?'

초가집이 가까워질수록 양과의 걸음이 느려졌다. 가슴 깊은 곳에서 이 마지막 희망이 물거품으로 변하지 않을까 하는 두려움이 솟아났다. 초가집으로 다가간 양과는 우선 귀를 기울여보았다. 주위가 너무 조용해 자신의 숨소리가 들릴 지경이었다. 그런데 어디선가 옥봉의 날갯짓 소리가 들려왔다. 양과는 마음을 굳게 먹고 입을 열었다.

"아무도…… 안 계십니까?"

집 안에서는 아무 소리도 들리지 않았다. 양과는 팔을 뻗어 문을 살며시 밀어보았다. 끼이익, 소리와 함께 문이 열렸다. 성큼 걸음을 옮겨 안으로 들어가 살펴보던 양과는 온몸에 전율을 느꼈다. 집 안에 있는 물건과 배치는 간단하고 소박했지만, 먼지 하나 없이 깨끗했다. 방 안에는 탁자 하나와 의자만 덩그러니 놓여 있고 그 외에는 아무것도 없었다. 그러나 탁자와 의자가 놓인 방향이 양과의 눈에 너무나 익었다. 고묘의 석실에 있던 모습과 똑같았던 것이다. 양과는 더 생각할 것도 없이 자연스럽게 오른쪽으로 돌아보았다. 역시 작은 방이 있었다. 방을 지나가니 조금 큰 방이 나왔다. 방에는 침상과 탁자, 의자…… 모두가 고묘에서 양과가 쓰던 침실과 똑같았다. 다만 고묘에 있던 것들은 모두 커다란 바위로 만든 반면, 이곳에 있는 것들은 나무로 대충 만든 것이었다. 방 오른편에는 그가 처음 고묘에 들어가 내공을 수련하던 한옥 침상과 비슷한 모양의 침대가 있고, 방 가운데에는 기다란 줄이 드리워져 있었다. 그것은 사부 소용녀가 잘 때 쓰던 것이 분명했다. 창 앞에 있는 작은 탁자는 그가 책을 읽고 글을 쓸 때 사용하던 것이었다. 방의 왼편에는 나무를 대충 맞추어놓은 옷장이 보였는데, 문을 열어보니 나무껍질로 만든 어린아이의 옷이 있었다. 자신이 어렸을 때 소용녀가 만들어준 것과 같은 모양이었다. 양과는 방을 둘러보고 가구들을 매만지면서 더 참지 못하고 눈물을 흘렸다. 그의 커다란 두 눈에서는 쉴 새 없이 굵은 눈물방울이 뚝뚝 떨어졌다. 그때 갑자기 부드러운 손이 머리카락을 가볍게 어루만지는 것이 느껴졌다.

"나쁜 일이라도 있었어요?"

이 목소리, 이 말투, 그리고 머리카락을 쓰다듬는 이 손길은 자신을 위로하는 소용녀의 것이 틀림없었다. 양과는 뒤를 돌아보았다. 그의 눈앞에 나타난 여자는 눈부신 피부에 꽃처럼 아름다운 소용녀였다. 16년 동안 꿈에도 잊지 못하고 그리워하던 그녀가 갈색 옷을 입고 양과의 눈을 가득 채우고 서 있었다. 두 사람은 가만히 선 채 말을 잇지 못했다.

"아!"

두 사람은 아무 말 없이 서로를 꽉 부둥켜안았다. 너무나 가볍고 부드러운 몸이었다. 이것이 정말일까? 이게 꿈이 아니고 생시일까? 그렇게 한참을 안고 있던 양과는 그만 목 놓아 울음을 터뜨렸다.

"용아, 하나도 변하지 않았군요. 난…… 나는 이렇게 늙어버렸는데."

소용녀는 눈을 들어 양과를 가만히 들여다보았다.

"늙은 게 아니에요. 많이 자란 거지."

소용녀는 양과보다 몇 살이 많았다. 그러나 어려서부터 고묘에서 자라며 사부에게 각종 사념을 끊을 수 있는 내공을 충실히 배워서인지 좀처럼 늙지 않았다. 그러나 양과는 온갖 풍상과 희로애락을 겪은 터라 두 사람이 혼인할 때는 이미 나이가 엇비슷해 보였고, 지금은 훨씬 많아 보였다.

고묘파 옥녀 무공의 양생법養生法에는 '십이소十二少'와 '십이다十二多'라는 것이 있었다. 즉 생각, 상념, 욕정, 일, 말, 웃음, 걱정, 즐거움, 기쁨, 분노, 좋고 나쁜 감정과 같은 것을 적게 하라는 것이 십이소였다. 또한 생각이 많으면 게을러지고, 상념이 많으면 정신이 흩어지고, 욕정이 많으면 생각이 어두워지고, 일이 많으면 피로하고, 말이 많으면 기가 쇠하고, 많이 웃으면 간이 상하고, 걱정이 많으면 마음이 불안하고, 즐거움이 많으면 감정이 넘치며, 기쁨이 많으면 일이 흐트러지고, 자주 노하면 맥이 불안정하고, 좋고 나쁜 감정이 극명하면 헤어나오지 못하거나 안정을 찾지 못한다는 것이 십이다였다. 이 열두 가지를 잘 조절하는 것이 양생의 기본이라고 가르친 것이다.

소용녀는 어려서부터 이를 수련해 기쁨과 즐거움, 걱정과 사념에 둔감하고 공력이 순결했다. 비록 사조인 임조영에게는 미치지 못했지만 소용녀는 상당한 수준에 올라 있었다. 그러나 나중에 양과와 오랜 시간 얼굴을 맞대면서 감정이 생기는 바람에 이런 규칙을 점차 어기게 되었다.

결혼한 후 16년 동안 헤어진 사이, 양과는 온갖 풍상을 겪은지라 벌써 흰머리가 듬성듬성 눈에 띄었다. 그러나 소용녀는 깊은 골짜기에서

숨어 지내며 양과를 생각하고 괴로워하긴 했지만 그래도 원래 있던 내
공에 잡념을 없애려 노력하며 이 십이소 요결을 다시 수련했다. 그렇게
걱정과 상념을 최대한 없애며 이곳에서 조용히 살아왔다. 그래서 오랜
세월이 지나고 다시 만난 양과가 소용녀보다 더 나이 들어 보인 것이다.

소용녀는 지난 16년 동안 말을 할 기회가 없었다. 이제 다시 이야기
를 하려니 입이 잘 움직여지지 않을 정도였다. 두 사람은 그냥 말없이
서로를 바라보며 미소만 지었다. 양과는 너무나 즐거운 나머지 소용녀
의 손을 잡고 밖으로 뛰어나갔다.

"용아, 나는 지금 꿈을 꾸고 있는 것 같아요."

양과는 몸을 훌쩍 솟구쳐 아름드리나무 위로 올라가더니 일곱 번이
나 재주넘기를 했다. 이처럼 기쁜 마음에 재주를 넘는 모습은 양과가
어린 시절 종남산에서 종종 하던 장난이었다. 지난 십수 년 동안 과거
의 그런 모습을 떠올려보기도 했지만, 지금은 너무 기쁜 나머지 저도
모르게 중년의 나이를 잊고 만 것이다. 이미 절정의 무공에 다다른 양
과는 공중에서 몸을 틀며 과거 소용녀가 가르쳐준 요교공벽세를 펼쳤
다. 소용녀는 큰 소리로 웃음을 터뜨렸다. 십이소의 금기는 진작에 잊
어버린 듯한 모습이었다.

종남산에 있을 때 양과는 종종 공중제비를 돌며 그녀 곁에서 웃었
고, 소용녀는 그런 그의 이마에 흐르는 땀을 닦아주곤 했다. 이번에도
소용녀는 습관처럼 수건을 꺼내 들었다. 양과는 얼굴빛 하나 달라지지
않고 땀은커녕 숨도 헐떡거리지 않았다. 그러나 소용녀는 가만히 그의
이마를 닦아주었다.

양과는 수건을 받아 들었다. 역시 나무껍질을 엮어 만든 거친 수건

이었다. 그간 소용녀가 혼자 이 골짜기 안에서 고생했을 것을 생각하니 뭐라 할 수 없는 애잔한 마음이 들었다. 양과는 팔을 뻗어 그녀의 머리를 가만히 쓰다듬었다.

"당신을 이런 곳에서 16년이나 보내게 했군요."

소용녀의 옷은 닳아빠진 갈색이었다. 역시 나무껍질을 찢어 엮은 것으로, 그간의 고생을 그대로 말해주는 듯했다. 소용녀도 가만히 한숨을 쉬었다.

"내가 고묘에서 자라지 않았다면 여기서 16년 세월을 견디지 못했을 거예요."

두 사람은 어깨를 나란히 하고 바위 위에 앉아 그간 있었던 일들을 이야기했다. 양과는 잠시도 쉬지 않고 이것저것 묻느라 바빴다. 소용녀는 이야기를 나누는 사이 조금씩 말하는 것이 자연스러워져 16년 동안 지낸 일들을 천천히 들려주었다.

양과가 절정단 반쪽을 계곡으로 던져버린 후 소용녀는 그가 자신 때문에 혼자만 살려 하지 않는다는 것을 알았다. 그러던 차에 황용에게서 단장초가 정화독을 치료할 수 있을지도 모른다는 이야기를 듣고 고민을 하다가 마음을 굳혔다. 자신이 죽는 대신 양과에게 살아갈 희망을 안겨줘야 그가 단장초를 먹고 해독할 수 있을 거라고 생각했다. 그러나 자신이 죽는 모습을 보여준다면 양과도 스스로 목숨을 끊을 것이기에 생각 끝에 단장애 앞에 칼로 글자를 새겨 16년 후를 기약하고 깊은 계곡으로 뛰어든 것이다. 만약 양과가 목숨을 구해 16년을 지낸다면 자신을 잊지 못한다고 해도 죽을 생각은 하지 않을 거라고 단정했다.

양과가 소용녀의 말을 끊고 물었다.

"그런데 왜 16년이라고 한 거예요? 8년 후를 기약했으면 우리는 8년 일찍 만났을 거 아니에요?"

"당신이 워낙 날 깊이 사랑하고 있는 걸 아니까 8년으로는 날 잊기에 부족할 거라고 생각했어요. 16년이나 지난 지금도 이렇게 뛰어내렸잖아요."

"역시 한 사람만 사랑하는 게 좋아요. 만약 당신을 생각하는 마음이 사라졌으면 단장애 앞에서 엉엉 울다가 그냥 떠났을 테고, 그러면 다시는 만나지 못했을 거 아니에요."

"우린 느끼지 못하지만, 모두가 하늘의 뜻이죠."

두 사람은 죽음을 뚫고 살아서 온갖 풍상을 겪다가 다시 만났다. 이제 바위 위에 걸터앉아 서로의 몸에 기대고 이야기를 나누고 있자니 세상 만물에 모두 고마운 마음이 들었다. 두 사람은 한참 동안 말없이 앉아 있었다.

"그래, 계곡으로 뛰어들고 나서 어떻게 됐어요?"

"정신없는 상태로 물에 떨어진 후, 떠오르면서 물살에 밀려 얼음굴로 들어갔죠. 나와보니까 이곳이더군요. 그때부터 이곳에서 살았어요. 여기는 산짐승은 없어도 물고기가 많아요. 또 해를 볼 수 있어 나무가 자라니 과실은 얼마든지 있고요. 옷감이 없어 나무껍질을 벗겨 쓰는 게 조금 불편했죠."

"그때 당신은 빙백은침에 맞아 맹독이 경맥까지 퍼졌어요. 그래서 도무지 치료할 방법이 없었는데, 어떻게 나은 거죠?"

양과는 소용녀를 응시했다. 소용녀는 여전히 핏기 없이 너무나 창백해 보였지만 독이 퍼져 미간 아래에 은근히 비치던 검은빛은 이미 사라지고 없었다.

"며칠간은 독이 발작해서 온몸이 불덩이처럼 끓어올랐죠. 머리는 빠개질 듯 아팠고요. 정말 이제는 죽는구나 싶었어요. 그러다 고묘의 동방에서 화촉을 밝히던 밤이 떠올랐어요. 당신이 나를 한옥 침상에 눕히고 경맥을 거꾸로 운행하게 했죠. 그때 독을 완전히 빼내지는 못했지만, 그래도 어느 정도 고통을 줄일 수 있었잖아요. 이곳 연못 아래에는 만년빙이 얼어 있어요. 한옥 침상과 마찬가지로 뼈가 시릴 정도로 차갑죠. 다행히 우리가 고묘에서 연마한 〈구음진경〉의 폐기법 덕분에 저는 얼음굴로 다시 들어갈 수 있었어요. 거기서 경맥을 역행해봤더니 뜻밖에도 효험이 있더군요. 그 후로 종종 저쪽 연못 밖으로 나가 위를 올려다보며 혹시 당신의 소식을 들을 수 있을까 기다렸어요. 그런데 하루는 계곡 위에서 옥봉 몇 쌍이 날아오는 거예요. 아마도 노완동이 잡아와 놀다가 남긴 것이겠지요. 그걸 보고 나는 옛 친구를 만난 것처럼 기쁘고 반가웠어요. 그래서 벌집을 만들고 여기서 키우기 시작했죠. 그렇게 해서 옥봉은 점점 늘어났어요. 저는 옥봉의 꿀을 먹고, 또 연못의 물고기를 먹으며 살았어요. 그랬더니 언제부터인지 통증이 좀 약해지는 것 같더군요. 아마도 옥봉의 꿀과 연못의 담수어가 독을 없애는 약이 된 것 같아요. 그렇게 오랫동안 꿀과 물고기를 먹었더니 발작 횟수가 점점 줄기 시작했어요. 발작이 일어나도 고통이 점점 약해졌고요. 처음에는 매일 한두 번 발작했는데 그게 며칠에 한 번, 수개월에 한 번으로 줄더니 이제는 5~6년이 지났는데 한 번도 발작하지 않았어요. 이미 완치가 된 모양이에요."

양과의 얼굴이 환하게 밝아졌다.

"마음이 착하면 보답을 받게 되어 있어요. 그때 당신이 옥봉을 노완동에게 주지 않았더라면 그분이 절정곡으로 옥봉을 가져오지 않았을 것이고, 당신의 병도 치료되지 않았을 거예요."

"몸이 좋아지고 나서 줄곧 당신을 생각했어요. 하지만 100장이 넘는 깊은 계곡, 사방은 모두 미끌미끌한 석벽이니 도무지 올라갈 수가 있어야죠. 그래서 나무에서 가시를 떼어내 옥봉의 날개에 내가 절정곡 아래에 있다고 새겼어요. 언젠가는 발견되기를 바라면서요. 요 몇 년 동안 아마 수천 마리의 날개에 새겼을 거예요. 하지만 아무래도 소식이 없어 조금씩 포기하고 있던 참이었어요. 아마도 평생 다시 못 만나려나 하고……."

양과는 그제야 허벅지를 쳤다.

"내가 정말 바보였어요! 절정곡에 올 때마다 옥봉을 봤는데도 잡아서 자세히 볼 생각은 안 했지 뭐예요. 내가 진작 발견했더라면 몇 년은 더 일찍 만났을 텐데!"

"하도 방법이 없어서 해본 거예요. 사실, 누가 그런 작은 벌에 새겨진 글자를 보려고 하겠어요? 게다가 워낙 글자가 작아서 당신 눈앞에 100마리가 윙윙거리고 날아다녀도 날개에 있는 글자는 안 보일 거예요. 그저 나중에라도 그중 한 마리가 거미줄에 걸려 당신 눈에 띄기를 바란 거죠. 당신이 우리의 지난날을 생각한다면 틀림없이 그 옥봉을 살려줄 것이고, 그러면 날개에 있는 글자도 발견할 수 있을 거라고 생각했어요."

그녀는 이 날개의 글자가 이미 주백통에게 발견되었고, 황용이 그 숨은 뜻을 추측했다는 사실을 모르고 있었다.

두 사람은 한참 동안 이야기를 나누었다. 소용녀는 집으로 들어가 물고기 요리와 과일, 그리고 옥봉꿀을 잔뜩 차려 가지고 왔다. 차갑고 맑은 연못의 물고기는 크기는 비록 작았지만 맛은 일품이었다. 배불리 먹은 양과는 배 속이 따뜻해지며 제집에 온 것처럼 편안한 기분을 느꼈다. 그리고 그제야 지난 16년 동안 있었던 일들을 이야기해주었다.

그는 강호를 누비고 다니며 많은 호걸과 겨루었다. 그가 겪은 일들은 이런 깊은 계곡에서 혼자 살아온 소용녀가 겪은 일보다 훨씬 다채롭고 흥미진진했다. 그러나 소용녀는 원래 세속 일에 관심이 없는지라 놀랍고 이상한 이야기를 들을 때도 담담하게 미소만 지을 뿐이었다. 오히려 양과는 그녀에게 물고기 잡는 방법이며 열매를 따는 방법 등을 더 자세히 물어보았다. 그녀가 하는 일이라면 아무리 작은 것이라도 모두 알고 싶어 하는 표정이었다. 양과에게는 마치 이 작은 계곡 안이 넓은 천하가 된 것 같았다. 두 사람은 밤을 새워가며 이야기를 나누다 날이 밝아서야 지쳐 잠이 들었다. 깨어보니 해가 중천에 떠 정오를 넘어가고 있었다.

"용아, 우리 여기서 늙어 죽도록 살까요? 아니면 어떻게든 세상으로 나갈까요?"

소용녀의 마음으로는 조용하고 평화로운 이곳에서 양과와 평생 해로하는 게 좋을 것 같았다. 그러나 워낙 떠들썩한 것을 좋아하는 양과이고 보니 아무리 자신을 사랑한다고 해도 이곳에서 평생을 사는 것은 너무나 적적할 것 같았다.

"일단 나가보고 생각해요. 바깥세상이 시끄러우면 이곳으로 돌아오거나 아니면 고묘로 가도 되잖아요. 올라가는 게 문제죠."

두 사람은 물속으로 들어가 얼음굴을 통해 연못가로 나왔다. 나와 보니 기다란 밧줄이 늘어뜨려져 있고 연못가에는 수많은 발자국이 어지럽게 흩어져 있었다. 타다 남은 모닥불에는 아직 불씨가 남아 있었다.

"아, 누군가 우리를 찾아왔나 봐요. 연못에도 들어간 모양인데요?"

양과는 연못가를 한 바퀴 둘러보았다. 아름드리 커다란 나무에 글씨가 새겨진 것이 보였다.

일등, 백통, 영고, 약사, 용, 영, 무쌍이 양과를 찾으러 왔다가 만나지 못해 할 수 없이 돌아감.

양과는 고마운 마음에 가슴이 뜨거워졌다.

"아직 나를 잊지 않고 있었구나."

"아무도 당신을 잊지 않을 거예요."

"연못에도 들어간 모양이에요. 아마도 저 높은 곳에서 떨어진 것이 아니기 때문에 얼음굴이 있는 깊이까지 잠기지 않았나 보군요. 나도 밧줄로 내려왔더라면 당신을 만나지 못했을 거예요."

"이 모든 게 하늘의 뜻이라니까요."

양과는 고개를 저었다.

"정이 깊으면 쇠문도 뚫게 되어 있어요. 우리의 마음이 통했기 때문에 만날 수 있었던 거예요."

양과가 밧줄을 힘껏 당겨보니 위쪽에 단단하게 묶여 있는 듯했다.

"내가 먼저 올라갈게요. 국사가 아직 위에 있을지도 몰라요."

하지만 일등대사, 황약사, 노완동이 여기 왔다면 국사는 이미 도망쳤을 것이니 국사에 대해서는 걱정할 필요가 없을 것 같았다.

"혹시 무공이 없어진 건 아니에요? 못 올라가겠다면 내가 업고 갈게요."

소용녀는 미소를 지으며 고개를 저었다.

"16년 동안 진보는 없었지만, 전에 배운 무공은 모두 남아 있어요."

양과도 마주 웃어 보이고는 왼손을 들어 밧줄을 잡았다. 힘을 주는가 싶더니 그의 몸은 어느새 오 장이나 올라갔다. 소용녀도 그 뒤를 따라 올라갔다. 두 사람은 금방 계곡을 벗어날 수 있었다.

나란히 단장애 앞에 선 두 사람은 과거 소용녀가 석벽에 새겨놓은 글자를 바라보았다. 격세지감이 느껴지는 듯 서로 마주 보고 웃었다. 그간의 안타까움은 모두 사라지고 벅찬 기쁨이 가슴을 채웠다. 양과는 16년 전에 그랬듯이 용녀화를 꺾어 소용녀의 귀에 꽂아주었다. 그 모습이 예전 그대로 아름다워 보였다.

한편 황약사는 양양성에서 이십팔숙대진을 짠 금륜국사와 한바탕 겨룰 준비를 하고 있었다. 양양성의 군사들도 출동 준비를 갖췄다. 곽정의 요청으로 안무사 여문환은 군사들에게 황약사의 지휘를 따르도록 해놓았다. 영웅대연에 참석한 호걸들 중 반 정도는 돌아갔지만 성에 남은 고수들도 상당히 많았다. 황약사는 무림의 호걸들과 군사들이 모인 자리에서 소리 높여 지시를 내렸다.

"오랑캐들이 만인대 네 부대를 동원해 망루를 둘러싸고 있다. 우리가 그보다 더 많은 수로 몰려간다면 그들을 이기는 것이 대단할 것도 없다. 그래서 우리도 4만 명만 움직이겠다. 《손자병법》에 이르기를 열로 포위할 것을 뛰어난 지략가는 하나로도 포위한다 하였으니 어려울 것도 없는 일이다!"

그는 힘차게 단상 위로 뛰어올랐다.

"우리의 이십팔숙대진은 오행의 방위로 나뉜다."

장수와 병사들은 모두 귀를 세우고 그의 설명을 듣고 있었다.

"이 진은 변화가 매우 복잡해 단번에 알 수 있는 것이 아니다. 그러니 오늘은 오행의 변화에 익숙한 무학 고수가 지휘를 할 것이다. 장수들은 이 호령에 맞추어 병사들을 이끌어라. 중군의 황릉오기黃陵五炁는 토土에 속하는 부대로 곽정이 8,000을 이끈다. 이들은 중앙을 교란하여 곽양을 구해낸다. 직접 전투에 참여할 필요는 없다. 군사들은 흙을 짊어지고 가서 망루 아래에서 불을 끈 후 망루를 부수고 곽양을 구해낸다."

곽정은 묵묵히 그의 지시를 듣고 있었다.

"남군은 단릉삼기丹陵三炁로 화火에 속한다. 일등대사가 8,000을 이끌 것이다. 이들은 군사 1,000이 장수를 보호하고 나머지 7,000은 일곱 개 부대로 나누어 점창어은, 무삼통, 주자류, 무돈유, 무수문, 무돈유의 부인 야율연, 무수문의 부인 완안평 등 일곱 명이 통솔한다. 주작칠숙朱雀七宿에 호응하는 것은 정목안井木犴, 귀금양鬼金羊, 유토장柳土獐, 성일마星日馬, 장월녹張月鹿, 익수사翼水蛇, 진화인軫火蚓이다."

일등대사가 고개를 끄덕였다.

"북군은 현릉칠기玄陵七炁로 수水에 속하고 황용이 8,000을 이끈다. 이들은 군사 1,000명이 장수를 보호하고 나머지 7,000은 일곱 개 부대로 나누어 야율제, 양 장로, 곽부, 그리고 개방 장로, 개방 제자들이 이끈다. 이 현무칠숙玄武七宿에 호응하는 것은 두목해斗木獬, 우금양牛金羊,

여토복女土蝠, 허일서虛日鼠, 위월연危月燕, 실화저室火猪, 벽수유壁水貐다."

황용은 즉시 개방을 불러 모았다. 개방 제자들을 주력으로 하는 부대이다 보니 인재는 얼마든지 있었다.

황약사는 세 개 부대를 편성하고 계속 말을 이어갔다.

"동군은 청룡구기靑陵九冘로 목木에 속한다. 이 부대는 나 동사 황약사가 이끈다. 수는 8,000. 그러나 내 문하의 제자는 모두 죽었고 또 바보 낭자도 옆에 없으니 정영 하나뿐이다. 하여 나머지는 영웅대연에 참석했던 호걸들로 보충하겠다. 이들은 여덟 개 부대로 나누어 1,000은 장수를 호위하고 나머지 7,000은 청룡칠숙靑龍七宿과 호응한다. 각목교角木蛟, 항금룡亢金龍, 저토학氐土貉, 방월호房月狐, 심일토心日兎, 미화호尾火虎, 기수표箕水豹 등의 7성이다."

황약사는 잠시 말을 멈추고 주의를 둘러보았다.

"그리고 서군은…… 서군은 전진교 교주 송도안이 맡는다."

그가 마지막으로 서군을 배치하자 사람들은 웅성거렸다. 서군이 다른 부대에 비해 크게 뒤처진 것 같아서였다. 그때 누군가 갑자기 외치는 소리가 들렸다.

"황 노사, 왜 날 무시하는 거요?"

고개를 돌려보니 노완동 주백통이 눈을 부릅뜨고 있었다.

"주 형은 아직 부상 중인 몸이잖소. 그 몸으로 뭘 하겠다는 거요? 원래 가장 어려운 서군을 주 형에게 맡기려고 생각했소만……."

주백통이 앞으로 나서며 말을 가로챘다.

"거, 요만한 상처를 입었는데 날 떼놓으면 안 되지. 잘 생각했소. 그럼 내가 서군을 맡으면 되는 거지? 도안아, 네가 나와 이 자리를 놓고 다툴 생각이더냐?"

"감히 어찌……."

송도안은 허리를 굽혀 절하고 뒤로 물러났다.

"그래, 네가 그렇게 나올 줄 알았다."

주백통은 당연하다는 듯 고개를 끄덕이고는 송도안이 받은 영전令箭을 건네받았다. 황약사는 어쩔 수 없다는 듯 한숨을 쉬었다.

"그럼 주 형은 조심해야 하오. 주 형의 8천 군사 중 1,000은 영고가 이끌고 장수를 호위한다. 나머지 7,000은 송도안 등 전진교의 제3대 제자들, 이지상, 왕지근, 하지성, 송덕방, 왕지탄, 기지성, 손지견, 장지소 등이 맡는다. 백호칠숙白虎七宿에 호응하는 것은 규목랑奎木狼, 누금구婁金狗, 위토치胃土雉, 앙일계昴日雞, 필월조畢月鳥, 자화후觜火猴, 삼수원參水猿 등 7성이다. 각 부대가 모두 천강북두진을 펼친다."

황약사의 배치가 대략 끝이 났다. 그는 군사들에게 무기고로 가서 각자에게 맞는 무기를 골라 무장하도록 했다. 그리고 영기令旗를 휘둘러 4만 병마를 동서남북, 그리고 중앙으로 나누었다.

"과거 운대雲臺 28장이 하늘의 뜻에 따라 한나라 광무제光武帝의 부흥을 도왔다. 우리 이십팔숙대진은 광무제의 위세에는 미치지 못하나 적을 물리쳐 나라를 지키고자 하는 뜻이 있다. 제군은 각자 장수의 명령에 따라 몽고군과 후회 없이 싸워야 할 것이다!"

모든 군사가 입을 모아 대답했다. 우레와도 같은 외침에 땅이 진동하는 듯했다. 이어지는 포성에 사대문이 활짝 열리고 다섯 개로 나눈 부대가 정렬해 문을 나섰다.

동군은 기다란 나무 막대를 들고 망루의 동쪽을 공격했다. 1,000명의 병사가 방패로 화살을 막고 나머지 7,000명이 양쪽에서 망루를 두들겨댔다. 보기에는 어지러이 질서가 없어 보였지만 사실은 막대 8,000개의 위치가 모두 황약사의 계획에 따른 것이었다. 즉 오행팔괘에 따라 유기적으로 움직이며 순식간에 망루 동쪽을 봉쇄하고 있었다.

서군은 전진교가 주력이어서 천강북두진이라면 손바닥 보듯 훤한 사람들이었다. 이들은 장검을 빼 들고 일곱 명이 한 조를 이루고 마흔 아홉 명씩 무리를 만들어 좌우에서 협공을 했다. 이들을 상대하는 몽고군은 어찌 막아야 할지 정신이 없어 그저 화살만 날려댔다. 순간 북군의 함성이 들리는 듯하더니 어느새 황용과 개방 제자들이 수룡水龍에서 채취한 독즙을 몽고군을 향해 뿌리며 나타났다. 이 독즙이 몸에 묻으면 그 자리가 욱신거리다 기포가 생기고 살이 썩어 들어갔다. 몽고군은 독즙 공격을 견디지 못하고 남쪽으로 후퇴했다. 그러나 남쪽에는 이미 남군이 피워 올린 연기가 주위를 채우고 있었다. 일등대사가 이끄는 8,000군사가 화공을 시작한 것이다. 남군은 불을 붙일 수 있는 것은 뭐든 철통에 넣고 몽고군을 향해 뿜어댔다.

보아하니 전세는 이미 기울었다. 몽고군은 여기저기서 공격을 당해 중앙으로 밀려났다. 곽정은 군사 8,000을 이끌고 천천히 앞으로 나아갔다. 중앙의 군대는 이미 혼란에 빠져 우왕좌왕하는 몽고군을 뚫고 망루를 향해 내달렸다.

그때 갑자기 망루에서 날카로운 호각 소리가 들렸다. 그러자 사방 팔방에서 우렁찬 함성이 터져 나왔고 동시에 땅속에 숨어 있던 군사 수만 명이 튀어나왔다. 몽고의 원수 역시 용병에 능해 망루 주위에 만 인대 외에도 구덩이를 파 군사 몇 만을 따로 매복시켜놓은 것이었다.

이렇게 되자 패색이 짙던 몽고군 사이에 생기가 돌았다. 이십팔숙대진은 여전히 종횡무진 적진을 휘저으며 적군을 혼란케 했지만 더는 어찌할 수가 없었다.

북소리, 호각 소리가 끊임없이 울리는 가운데 송군과 몽고군은 혼전을 벌이고 있었다. 망루 옆을 지키던 군사들은 계속 화살을 쏘아댔고, 곽정이 이끄는 중군은 여러 차례 방어를 뚫어보려 했지만 쉴 새 없이 쏟아지는 화살에 밀리고 있었다. 그렇게 반 시진을 싸웠지만 승패는 날 기미가 보이지 않았다. 황약사는 청기를 흔들어 동군을 남쪽으로, 서군을 북쪽으로 배치하면서 진세에 변화를 주었다.

이십팔숙대진은 오행생극의 이치를 담고 있었다. 남군 일등대사의 홍기가 중앙으로, 곽정의 황기가 서쪽으로 움직였고, 주백통의 전진교가 들고 있는 백기가 북쪽으로, 황용의 흑기 아래에 있던 개방 제자들은 동쪽으로 움직였다. 그리고 황약사 자신은 남쪽으로 방향을 틀었다. 이렇게 오행이 서로 움직이며 화에서 토가, 토에서 금이, 금에서 수가, 수에서 목이, 목에서 화가 생성하는 질서를 창조했다.

송군은 병사가 4만밖에 되지 않았지만 그 진법이 오묘하기 그지없었고, 또한 이들을 이끄는 사람들이 모두 곽정 부부에게 깊은 신뢰와 감사하는 마음을 가지고 있는 무림 고수인지라 제 목숨을 바쳐서라도 곽양을 반드시 구해내겠다는 결의가 자못 대단했다. 이 때문에 몽고군이 수적으로 우위를 점하면서도 이들을 쉽게 막아내지 못했다.

또 반 시진쯤이 지났을 때 황약사의 고함 소리가 들렸다.

"역행하라!"

황약사는 장수를 중심으로 4만의 군대를 일사불란하게 움직였다.

청기 아래에 있던 군사들은 중앙으로 물러나고 황기군이 북쪽을 다시 공격했다. 흑기군은 우회하여 남하하고 홍기군은 서쪽으로 질풍같이 내달렸다. 백기군은 동쪽을 공격해 들어갔다. 이렇게 진법이 변하자 또 오행이 역행했다. 목은 토를, 토는 수를, 수는 화를, 화는 금을, 금은 목을 각각 막게 되었다.

이러한 오행생극의 변화는 지극히 오묘한 것이다. 중국의 옛사람들은 물질의 변화를 깊이 연구했고, 여기서 여러 가지 이치를 깨우쳤다. 음양의 조화, 의학, 역학 등이 모두 이를 근간으로 만들어졌다. 각종 운과 하늘의 뜻에 호응하는 이치, 음양과 한서의 운행, 내외의 구분 등과 같은 이치는 당시로서는 참으로 놀라운 생각이었다.

몽고 측은 군사는 잘 다루고 무공은 대단했지만, 이러한 이치에 대해 아는 바가 없었으니 송나라에서도 손꼽히는 지략가 황약사를 당해내지 못했다. 이렇게 진법을 몇 차례 바꾸는 사이 망루를 지키던 장수들은 점점 눈앞이 어지러워 견딜 수가 없었다. 이리저리 진법을 바꾸며 서로 다른 부대가 번갈아 공격을 해대니 버텨내기가 힘들었다.

금륜국사는 망루 위에 서서 전투를 내려다보며 내심 놀라움을 감추지 못했다. 예전 황용이 작은 석진을 써서 막을 때도 쩔쩔맸는데 황약사가 그의 모든 지식을 동원해 만든 이 진법은 그 딸이 한 것보다 열 배는 크고 웅장했다. 그러한 이십팔숙대진을 또한 다섯 고수가 앞장서서 펼쳐 보이고 있으니 감탄이 절로 나왔다.

몽고군의 희생이 점점 커져만 갔다. 황기군은 한 걸음 한 걸음 망루를 향해 다가왔다. 비록 곽양을 인질로 붙잡고는 있지만 금륜국사는 그녀의 몸에 불을 붙이는 짓은 도저히 할 수가 없었다. 고개를 돌려 곽양을 바라보니 두 손은 묶여 있지만 머리를 꼿꼿이 쳐들고 있는 것이 두려움이라고는 찾아볼 수 없는 표정이었다.

"양아, 어서 아버지께 투항하라고 해라. 내가 열을 셀 때까지 네 아비가 투항하지 않으면 정말 불을 붙일 것이다."

"셀 테면 세요! 열이 아니라 천까지, 만까지 세어보시죠!"

국사의 얼굴이 붉게 달아올랐다.

"지금 내가 불을 붙이지 못할 거라고 생각하는 거냐?"

"당신이 불쌍하다고 생각하는 거예요."

"내가 뭐가 불쌍해?"

"우리 아버지 어머니도 이기지 못하고, 우리 외할아버지 황 도주도 이기지 못하죠? 또 일등대사, 노완동 주백통, 큰오빠 양과에게도 상대가 안 되고요. 그러니 절 이렇게 묶어놓는 것 말고는 방법이 없는 거 아닌가요? 양양성에서 저는 아주 작은 존재에 불과해요. 당신처럼 비열하지도 않고요. 참, 그래도 그동안 제게 잘해주셨으니까 사부라고 불러야겠죠. 하지만 횡설수설 헛소리하는 당신을 보니까 아무래도 한마디 하지 않고는 못 참겠네요."

국사는 으드득 이를 갈았다.

"그래, 무슨 말이 하고 싶은 거냐?"

"당신 같은 사람이 세상에 살아서 무슨 소용이 있겠어요? 차라리 여기서 뛰어내려 죽어버리는 게 낫죠!"

곽양은 평소에 그를 사부라 부르고 공손히 대해왔다. 그러나 자신을 태워 죽이고 제 부모까지 해하려는 그를 보니 말이 곱게 나오지 않았다. 그녀는 어려서부터 영리하고 언변이 날카로웠다. 그런 그녀의 몇 마디에 이미 국사는 분노로 얼굴이 창백해졌다.

"곽정은 들어라! 내가 열을 세겠다! 투항하지 않으면 불을 붙이라는 명을 내릴 것이다!"

"네가 보기에는 나 곽정이 항복할 사람 같으냐?"

곽정의 외침에 이어 황약사가 몽고어로 외쳤다.

"금륜국사, 적을 아직 잘 모른다는 것은 당신이 어리석다는 뜻이다. 약한 여자아이를 괴롭히는 것은 당신이 인仁을 모른다는 것이고, 우리와 맞서 싸우지 못하는 것은 용勇을 더럽히는 것이다. 이처럼 어리석고 어질지 못하고 비겁한 당신이 무슨 영웅이라고 떠드는 것이냐? 절정곡에서 나에게 잡혔을 때 저 어린 양이 앞에서 열여덟 번이나 머리를 조아리고 목숨을 구걸하는 너를 저 아이가 살려주지 않았느냐. 제 목숨을 건지겠다고 은혜를 원수로 갚는 네 녀석이 몽고의 제일국사라는 게 어디 가당키나 한 일이냐!"

사실 국사가 곽양에게 고개를 조아리며 살려주기를 애원했다는 것은 지어낸 이야기였다. 하지만 계략이 뛰어나고 사려가 깊은 황약사는 군사를 움직이기 전에 곽정을 시켜 국사를 모욕하는 이 말을 몽고말로 바꾸도록 해서 기억한 다음 단전의 기를 모아 수천수만의 병사에게 알린 것이다. 거기에 국사가 시인도 부인도 하지 않자 예로부터 용사를 존경하고 비열한 인간을 가장 경멸하는 몽고인은 모두 멸시하는 눈으로 망루 쪽을 바라보았다. 무릇 군대가 싸움을 벌일 때 사기가 왕성한 쪽이 이기게 마련인데, 몽고 병사들은 자기편 장수가 이렇게 비열하고 수치를 모른다는 이야기를 듣고는 그만 사기가 꺾이고 말았다. 반면 송나라 군사는 사기가 충천해 더욱 세차게 달려들었다.

국사는 상황이 불리해지자 크게 소리쳤다.

"곽정, 내 말을 잘 들어라. 내가 하나에서 열까지 세는데, 열을 세는 순간 네 딸은 숯덩이가 될 것이다. 자, 이제 시작이다. 하나……둘…… 셋……."

그는 숫자 하나를 셀 때마다 조금씩 시간을 끌었다. 곽정이 이런 압박을 견디지 못해 투항은 하지 않더라도 최소한 마음이라도 혼란스럽게 만들기 위해서였다.

곽정, 황약사, 일등대사, 황용, 주백통은 망루 아래에서 수백 명의 병사가 횃불을 높이 들고 금륜국사의 명령을 기다리고 있는 모습을 보고 하나같이 마음이 다급하고 화가 치밀어 전력으로 달려 나가 곽양을 구하려고 했다. 그러나 망루 앞에 늘어선 수천 명의 정예군이 활을 당겨 화살을 쏘기 시작하자 가까이 접근할 수가 없었다. 화살이 빗발치는 가운데 점창어은, 양 장로, 무수문 등이 몸에 상처를 입고, 전진교 제3대 제자 중 두 명과 개방 고수 10여 명이 목숨을 잃었다. 하물며 송군의 장수와 병사 중 다치거나 죽은 자는 이루 헤아릴 수 없이 많았다.

황용은 미리 곽부를 시켜 연위갑을 외할아버지에게 주었다. 전투가 너무도 치열할 터이기 때문에 혹시 딸아이를 구하려다 아버지가 부상이라도 입게 된다면 천추의 한이 될 것 같아서였다. 황약사도 딸의 이러한 효심을 알고는 그 자리에서 거절하지는 않았지만, 나중에 몰래 연위갑을 벗어 주백통에게 속여 입혔다. 이 때문에 주백통은 화살에 맞은 상처가 다 낫지 않았는데도 창이 숲을 이루고 화살이 비가 되어 쏟아내리는 외중에도 아무런 상처를 입지 않았다. 그는 화살이 자신의 몸에 부딪치자마자 하나같이 땅으로 떨어지는 것을 보고는 기쁨을 참지 못하고 앞으로 달려 나갔다. 그의 장풍이 날아가는 곳마다 몽고 군사들이 하나씩 쓰러졌다.

금륜국사는 일곱까지 센 다음 갑자기 곽양이 불쌍해서 목이 메었다. 더 이상 숫자를 셀 수가 없었다. 몽고의 원수는 상황이 급박해지자 국사를 대신해서 큰 소리로 남은 숫자를 셌다.

"여덟…… 아홉…… 열! 좋다! 불을 붙여라!"

순식간에 망루 곁에 쌓아둔 장작과 짚단에 불이 붙고, 불꽃과 연기가 치솟았다. 금륜국사는 정말로 곽양을 불태워 죽일 생각은 없었지만, 전투가 길어지고 승산이 보이지 않자 총사령관의 명령을 막을 수 없었다. 곽정이 이끄는 8,000명의 황기군은 모두들 등에 흙 포대를 짊어지고 있었지만, 망루로 접근하지 못해 안타깝게 발만 굴렀다. 황용은 검은 연기 속에서 불길이 치솟는 것을 보고는 얼굴이 창백해지면서 금세라도 쓰러질 지경이 되었다. 야율제가 황용을 부축해 일으켰다.

"장모님, 후진으로 가셔서 잠시 쉬고 계세요. 제가 목숨 걸고 처제를 구해오겠습니다."

바로 그때 멀리서 천둥소리 같은 함성이 들려왔다. 후진에 있던 수만 몽고군이 철갑을 덜컹거리며 양측에서 양양성을 공격해왔다. "만세, 만세, 만만세!" 함성을 울리며 몽고군이 대칸 몽가의 깃발인 구모대독九旄大纛을 휘날리며 양양성 코앞까지 돌격해 들어왔다. 몽고의 정예군은 대칸이 직접 통솔하는 가운데 성을 에워쌌다.

곽정은 왼손에는 방패, 오른손에는 창을 들고 망루에서 100보 정도 떨어진 곳까지 다가갔다. 몽고 궁수들이 쏜 화살이 메뚜기 떼처럼 날아들었지만 그의 방패 앞에서는 무용지물이었다. 그런데 그가 막 망루 위로 뛰어오르려는 찰나 갑자기 후방에서 큰 함성이 들려왔다.

'이럴 수가! 오랑캐의 조호이산지계調虎移山之計에 빠졌구나. 안무사가 나약해서 성안의 군사가 많아도 지휘할 사람이 없으니 이러다가 대사를 그르치겠구나!'

사실 곽정과 황약사는 성에서 출격할 때, 적이 틈을 타서 기습하지 못하도록 미리 엄중한 방비를 세워놓았다. 그러나 안무사를 믿고 있을 수만은 없었다.

'딸아이를 구하는 것은 작은 일이고, 성을 지키는 것이 큰일이다!'

곽정은 망루 앞의 적병이 이토록 완강하게 저항할 줄은 예상치 못했다. 또 몽고 대칸이 망루 앞에서 벌어진 전투는 무시하고 위험을 무릅쓰고 직접 성을 공격할 줄은 상상도 하지 못했다. 곽정은 마음을 굳게 먹기로 했다.

"장인어른, 양이는 상관 말고 급히 적의 후방을 공격하십시오."

황약사가 고개를 돌려보니 화염이 점점 망루를 휘감고, 국사는 긴 사다리를 타고 내려오고 있었다. 높은 망루 위에는 곽양만이 남아 있었다. 황약사는 순간 눈물이 핑 돌았다. 그라고 해서 어찌 일의 경중을 모르겠는가? 곽양 한 사람의 생명이 어찌 양양성 전 병사와 백성의 안위보다 중하겠는가? 황약사는 고개를 떨구며 길게 한숨을 쉬었다.

"어쩔 수 없지!"

그러고는 기수에게 청기를 휘두르게 하여 군대를 남쪽으로 돌렸다. 곽양은 높은 망루 위에 묶인 채 부모와 외할아버지가 돌아가는 모습, 시커먼 연기와 뜨거운 불길이 기둥을 타고 올라오는 모습을 보고는 자신이 곧 불길에 휩싸여 죽을 것이란 걸 깨달았다. 그녀는 처음에는 어찌할 바를 몰랐지만 막상 죽음이 코앞에 닥치자 오히려 마음이 평온해져 고개를 들어 멀리 북쪽을 바라보았다. 눈앞에 그림처럼 아름다운 푸른 강산이 펼쳐졌다.

'이렇게 아름다운 세상을 놔두고 죽어야 하다니. 큰오빠는 지금 어디에 있을까? 계곡에서 빠져나왔을까?'

양과와 함께했던 며칠을 떠올리며 그녀는 큰오빠를 다시는 만날 수 없겠지만 그래도 지난 세 번의 만남이 평생의 위안이 될 만하다고 생각했다. 그녀는 위험한 지경에 빠져 있었지만 마음은 오히려 평온해졌다. 몽고군과 송군이 벌이는 치열한 전투에는 더 이상 마음을 기울이지 않고 계곡으로 달려가 지난날을 회상했다. 그때 그녀의 귀에 맑은 휘파람 소리가 들렸다. 그 소리는 바람에 실려와 수많은 군사의 함성을 완전히 압도했다.

'이 휘파람 소리! 환청인가?'

곽양은 가슴이 떨려 눈을 크게 뜨고 사방을 살폈다. 이 소리는 그때 양과가 맹수들을 꼼짝 못 하게 만든 그 휘파람 소리가 틀림없었다. 휘파람 소리가 나는 쪽을 바라보니 서북쪽의 몽고군이 나뒹굴며 양쪽으로 갈라지고 있었다. 그 위에 두 사람이 칼과 창의 숲을 뚫고 마치 큰 배가 물결을 가르듯 달려오는 모습이 보였다. 그 두 사람 앞에서는 커다란 새 한 마리가 두 날개를 펼쳐 거센 바람을 일으키며 날아오는 화살을 모두 떨어뜨렸다. 이 커다란 새는 바로 양과의 신조였다.

곽양은 반색을 하며 그 두 사람을 응시했다. 왼쪽 사람은 푸른 관에 황포를 입은 양과였고, 오른쪽에 있는 사람은 흰옷을 펄럭이는 미모의 여자였다. 두 사람은 모두 장검을 들고 춤추듯 하얀 검광을 펼치며 신조의 뒤를 따라 망루로 달려왔다. 곽양이 소리쳤다.

"큰오빠, 그분이 바로 소용녀인가요?"

양과 옆에 있는 사람은 바로 소용녀였다. 그러나 워낙 멀리 떨어져 있었기 때문에 양과는 곽양의 말을 듣지 못했다. 신조가 앞장서서 두 날개로 바람을 일으키며 길을 열자 날아오던 화살들이 모두 빗나갔다. 혹 몸에 맞는 화살이 있더라도 이미 힘이 없어 부딪쳤다 떨어질 뿐이었다. 그러지 않았다면 신조가 아무리 쇠처럼 단단한 날개를 가진 영물이라고 해도 피와 살로 이루어진 몸이 어찌 화살을 맞고 상처를 입지 않았겠는가.

몽고군 장병들은 신조가 용맹하게 달려드는 것을 보고 말을 달려 창으로 찌르려고 했지만 양과와 소용녀의 장검에 막혀 말에서 굴러 떨어졌다. 두 사람과 새 한 마리는 서로를 보호하며 순식간에 망루 앞에 이르렀다. 양과가 외쳤다.

"양아, 겁낼 것 없어. 내가 구해줄게."

그는 망루를 떠받치는 기둥이 이미 반 이상 불길에 휩싸인 것을 보고 몸을 날려 사다리 위로 올라갔다. 그렇게 몇 장을 오르는데 갑자기 한 줄기 장풍이 머리를 내리눌렀다. 바로 금륜국사가 장풍으로 습격한 것이었다. 양과는 검을 허리에 꽂고 장풍으로 맞섰다. 펑, 하는 소리와 함께 두 줄기의 강한 힘이 부딪치고 두 사람은 동시에 휘청거렸다. 사다리가 거의 끊어질 것처럼 흔들거렸다. 두 사람은 모두 놀라며 속으로 상대방의 실력에 감탄했다. 16년 동안 만나지 못하는 사이에 공력이 이렇게 늘었다니!

양과는 급박한 상황이라 계속 장력으로 맞설 시간이 없음을 알고 바로 장검을 뽑아 찔러갔다. 종아리를 노리는가 하면 다시 발바닥을 베어가니 국사는 양과보다 위에 있었지만 거리가 너무 가까워 금륜을 꺼내지 못하고 어쩔 수 없이 다시 망루 위로 급히 올라갔다. 올라가는 그의 등을 향해 양과가 검을 내질렀으나 그는 마치 등 뒤에 눈이라도 달린 것처럼 금륜을 내밀어 막아냈다. 양과는 갈채를 보냈다.

"대머리 도적놈! 대단하구나!"

국사는 망루 위에 이르자마자 손에 들고 있던 금륜을 뒤로 휘둘렀다. 양과는 고개를 살짝 숙여 금륜을 피하면서 동시에 검을 내질렀다. 국사는 금륜을 들어 가로막으면서 왼손의 은륜으로 양과의 검을 부러뜨리려 했다. 그의 쌍륜이 다가오자 양과는 피하지 않고 장검을 찌르며 그의 숨은 힘을 시험해보려 했다. 순식간에 장검과 쌍륜이 만나면서 용이 우는 듯한 날카로운 소리를 냈다. 두 거대한 힘이 부딪치자 양과의 장검은 산산조각이 났고, 쌍륜도 국사의 손을 빠져나가 망루 밑으로 떨어져 세 명의 몽고 궁수를 즉사시켰다. 양과는 적잖이 놀랐다. 소용녀와 쌍검합벽을 하기 위해 일부러 현철중검을 쓰지 않고 보통의 장검을 사용했다. 그런데 국사와 일 초식밖에 겨루지 않았는데 그만 검이 부러져버린 것이다.

'지난 16년 동안 현철중검을 사용하지 않았는데 오늘에 와서야 큰 낭패를 보는구나!'

두 사람은 각자 뒤로 물러났는데, 둘 모두 손이 은근히 마비되는 것을 느꼈다. 국사는 손을 품속에 넣어 동륜과 철륜을 꺼내 양과에게 달려들었다. 양과는 더 이상 별다른 무기가 없자 오른쪽 소매를 휘둘러 바람을 일으키고 왼손의 장풍으로 상대했다. 곽양이 외쳤다.

"늙은 땡중! 당신은 우리 오빠를 당하지 못한다고 말하지 않았나요? 당신은 스스로 무예가 매우 강하다고 자부하면서 어찌 손에 무기를 잡고 맨손인 그와 싸우는 거죠? 정말 뻔뻔스럽군요!"

금륜국사는 미간을 찌푸리며 그녀를 힐끔 볼 뿐 아무 말도 하지 않았다. 그의 손에 든 쌍륜의 초식이 점점 매서워졌다.

황약사, 곽정, 황용은 각자 병사를 이끌고 양양을 구하기 위해 돌아가다가 양과와 소용녀를 보았다. 그들이 신조와 함께 나타나 적진을 휩쓸고 망루에 다가가는 것을 보고 크게 힘을 얻었다. 황약사는 영기를 흔들어 또 지시를 내렸다.

"동서남북중의 다섯 갈래 부대에서 각각 4,000명씩 선발하라. 2만 명의 부대는 우리와 함께 공성 중인 적의 후방을 공격한다. 그리고 나머지 2만 명은 망루 아래에서 양과를 지원하도록 하라!"

송군의 수는 반으로 줄어들었지만 양과가 망루에 올라가 있는 것을 보고는 일기당천의 기세로 사력을 다해 싸웠다. 몽고군의 궁수들도 철옹성같이 버티고 서서 화살을 쏘아대니 양군은 그야말로 한 치도 양보하지 않고 처절한 싸움을 벌였다.

양양성 아래에서도 공성전이 치열하게 벌어졌다. 안무사 여문환은 감히 앞에 나서 지휘하지 못하고 온몸에 철갑을 두른 채 보루 안에 깊숙이 숨어 있었다. 그는 온몸을 떨면서 혼비백산해 중얼거렸다.

"이 위기를 구해주소서. 관세음보살, 우리…… 우리 일가를 평안하게 보우하소서……."

두 명의 애첩은 그의 입가에 묻은 게거품을 닦아주었다. 척후병들이 계속해서 상황을 보고했다.

"동문에 적군 만인대가 증원되었고 북문에는 오랑캐의 공성 사다리가 놓였습니다. 빨리 서두르셔야 합니다!"

여문환은 눈을 번득이며 물었다.

"곽 대협은 아직 돌아오지 않았느냐?"

한편 양과는 한 팔을 휘두르며 국사의 쌍륜과 200여 초식을 나누었다. 두 사람의 무공은 비록 전혀 달랐지만 둘 다 싸울수록 힘이 더해져 쌍륜과 장풍의 그림자가 망루 위를 뒤덮었다. 망루 기둥을 감싸며 치솟는 검은 연기는 이미 세 사람의 눈을 찌를 지경이었다.

양과는 비록 병기가 없었지만 결코 열세에 몰리지 않았다. 국사는 격투 중에 망루가 조금씩 흔들리는 것을 느꼈다. 기둥이 불에 타버리면 금세라도 무너져 내릴 테고 그때가 되면 세 사람 모두 동귀어진하게 될 것이었다. 또한 양과의 장법이 점점 기이해져서 다시 100여 초식을 겨루다가는 그에게 제압당할 것만 같았다. 급한 가운데 그는 철륜을 들어 양과의 오른쪽 어깨를 향해 내리찍으면서 양과가 어깨를 숙여 피하는 틈을 타 오른손에 들고 있던 동륜을 곽양의 얼굴을 향해 날렸다. 곽양은 나무 기둥에 묶여 있는 상태라 이를 피할 재간이 없었다.

양과는 깜짝 놀라 몸을 솟구치며 오른쪽 소매를 휘둘러 동륜을 떨어뜨렸다. 그러나 고수가 목숨을 걸고 싸울 때는 순간의 방심도 있어선 안 되는 법, 양과가 곽양을 구하기 위해 몸을 날리자 허점이 드러났다. 국사는 팔을 내뻗어 철륜의 날카로운 날로 양과의 왼쪽 다리를 노렸다. 양과는 허공에 뜬 상태로 오른쪽 발로 상대의 손목을 걸어차려고 했다. 국사가 철륜을 비스듬히 뒤집자 양과는 더 이상 피할 방법이 없었다. 다음 순간 철륜의 날이 양과의 종아리를 명중했고 상처에서 피가 샘솟듯 쏟아졌다.

곽양이 외마디 비명을 질렀다. 국사는 다시 품속에서 연륜을 꺼내 상단과 하단으로 나누어 곽양을 공격했다. 그는 양과가 비록 부상을 입었지만 짧은 시간에 제압하기는 어렵다는 사실을 알고 곽양을 공격하는 척했다. 양과가 곽양을 구하려고 다시 몸을 움직이면 그 허점을 노리기 위해서였다. 곽양이 외쳤다.

"큰오빠, 나는 상관하지 말아요! 저 땡중을 죽여서 내 원수를 갚아주면 돼요!"

소용녀는 신조와 함께 망루 밑을 지키면서, 주백통과 더불어 몽고군 궁수들이 곽양을 노리지 못하도록 몰아냈다. 그러나 온 정신은 양과의 안위에 쏠려 있었다. 검을 휘둘러 적을 죽이면서도 수시로 눈을 돌려 망루 위를 바라보았다. 그러다 양과의 옷이 피로 물드는 것을 보고는 가슴이 덜컥 내려앉았다. 그러나 이미 나무 사다리가 불에 타서 끊어진 후라 망루 위로 올라가 도와줄 수도 없었다. 그녀는 망연자실하여 칼을 휘둘러 적을 베면서도 이미 제정신이 아니었다.

양과는 지난날 큰 위기에 맞닥뜨릴 때마다 암연소혼장을 사용해 여러 번 강적을 물리쳤다. 하지만 소용녀와 재회한 후 양과의 마음은 기쁘고 즐겁기만 할 뿐이어서 암연소혼장이 제대로 발휘되지 않았다. 이 장법은 심신 합일한 상태에서만 위력이 발휘되는 것인데, 암담하고 슬픈 감정이 사라지고 없으니 자연 위력에 한계가 드러났다.

양과가 망루 위에서 맨손으로 싸우다가 다리에 부상을 입는 모습을 곽정 등도 모두 보았지만 거리가 너무 멀어 도와줄 수가 없었다. 그때 황용의 머리에 번뜩하고 스치는 생각이 있었다. 그녀는 야율제의 장검을 빼앗아 곽정에게 던져주며 말했다.

"과에게 활로 쏘아주세요!"

곽정은 장검을 받아 들고 철태경궁 두 개를 겹쳐 검 자루를 활시위에 올렸다. 그러고는 왼손으로 두 개의 활을 받치고 오른손으로 활시위를 반월처럼 당겼다 놓으면서 소리쳤다.

"과야! 이 검을 받아라!"

바람 소리와 함께 장검은 흰빛을 번뜩이며 허공을 갈랐다. 장검은 양과의 등 뒤로 날아갔다. 양과는 오른손 소매를 한 번 말아 검신을 감았다. 때마침 국사의 연륜이 날아들자 양과는 왼손으로 장검을 잡고 쌍륜의 사이를 파고들었다. 그러나 국사의 쌍륜이 조여지니 장검이 또 부러져버렸다. 모두들 이 광경을 보고 대경실색했다.

양과는 오늘 이미 천운이 다해 곽양을 구하기는커녕 자신의 생명도 이 망루 위에서 잃을 지경이 되었다. 문득 소용녀를 내려다보는 눈빛이 절로 처연해졌다.

"용아! 몸조심해야 돼."

바로 그때 금륜국사의 철륜이 그의 이마를 향해 날아들었다. 양과는 만사를 체념한 채 소매를 휘두르며 되는대로 일장을 날렸다. 그런데 그것이 그대로 국사의 어깨에 명중했다. 망루 밑에서 주백통이 소리를 질렀다.

"타니대수가 아주 제대로 들어갔구먼!"

양과는 순간 머릿속이 멍해졌다가 바로 깨달았다. 자신이 죽을 것임을 알고 멍한 상태에서 무의식중에 뻗은 초식이 마침 암연소혼장의 타니대수였던 것이다. 원래 이 암연소혼장은 마음이 팔을 움직이고 팔이 다시 손바닥을 움직이는 것으로, 사용하는 사람의 심정이 가장 중요하게 작용한다. 주백통은 지난날 백화곡에서 무공의 한 경지에 이르렀음에도 이러한 심정을 느낄 수 없었기 때문에 끝내 그 미묘한 이치를 깨닫지 못했다. 한편 양과가 소용녀와 재회하자 이 장법도 그 신비한 위력을 잃었는데, 지금 이 순간 생사가 백척간두에 이르자 다시 소용녀와 영원한 이별을 해야 한다는 슬픔이 북받쳤고 애통한 마음이 극에 달했다. 그러자 자신도 모르는 사이에 암연소혼장의 진정한 위력이 되살아난 것이다.

국사는 승리를 손에 거머쥘 뻔한 순간, 갑자기 어깨에 양과의 일장을 맞자 깜짝 놀랐다. 곧 가슴에 극심한 통증을 느끼며 몸이 휘청거렸다. 놀람과 분노가 동시에 솟구쳐 즉시 양과에게 달려들었다. 양과는 뒷걸음질로 피하면서 잇달아 육신불안, 도행역시, 궁도말로 세 초식을 펼치고 바로 이어 행시주육의 동작을 펼쳐서 그를 걷어찼다. 이 발차기는 허허실실하여 보일 듯 말 듯 했으니 국사가 피할 재간이 없었다. 국사는 가슴에 발을 맞고 외마디 비명을 지르며 입에서 울컥 피를 쏟아내고는 망루 위에 쓰러졌다. 이 모습을 보고 송군과 몽고군은 이구동성으로 소리를 질렀다. 송군 쪽은 환호성이요, 몽고군 쪽은 놀라움의 비명이었다.

이제 망루는 심하게 흔들려 금방이라도 무너질 듯했다. 묶여 있는 곽양의 목숨은 보전하기 어려워 보였다. 그 순간 금륜국사는 마음속에 자비심이 일어나 즉시 몸을 날려 철륜으로 밧줄을 끊고는 곽양을 품에 안았다.

"한 번만 더 사부라고 불러다오!"

곽양은 국사의 뺨을 타고 눈물이 흐르는 것을 보고 큰 소리로 말했다.

"사부님!"

"양과야, 받아라!"

양과는 국사가 곽양을 구해 던지자 오른쪽 소매로 감싸면서 왼팔로 받아 안았다. 그러고는 신조를 향해 휘파람을 불었다. 신조가 두 날개를 펼치며 뛰어올랐다. 신조는 몸이 무거워 날 수는 없었지만 이 한 번의 도약으로 몇 사람의 키 높이만큼이나 뛰어올랐다. 양과와 곽양은 사뿐히 신조의 등에 올라탔다. 그 순간 불길과 연기가 치솟고 거대한 소리를 내며 망루가 무너졌다.

신조는 공중에 뜬 상태로 두 날개를 펼쳤지만 체중을 버틸 수가 없었다. 게다가 양과와 곽양이 등에 내려앉자 빠른 속도로 땅에 떨어졌고, 두 다리가 땅에 닿는 순간 휘청하며 쓰러졌다. 양과는 곽양을 들어 가볍게 던지며 외쳤다.

"조심해!"

곽양은 공중에서 비연회상飛燕廻翔을 펼쳐 사뿐히 땅에 내려섰다. 황용은 딸이 위험에서 벗어난 것을 보았지만 또 비명을 지르지 않을 수 없었다.

"빨리, 빨리 피해!"

공중에서 불길에 휩싸인 기둥이 검은 연기를 뿜으며 곽양의 머리 위로 무너지고 있었던 것이다. 곽양은 깜짝 놀라 다리에 힘이 풀리면서 그 자리에 쓰러졌다. 황용은 몸을 날려 구하려고 했지만 거리가 먼데다 몽고 정예병이 가로막고 있어 어찌할 수가 없었다. 딸을 끔찍이 사랑하는 황용은 머리가 아득해지면서 정신을 잃었다.

곽양은 일어서려고 했지만 쏟아진 불기둥의 불꽃이 이미 머리를 덮치는 것 같고, 전신에 온통 뜨거운 불길이 느껴졌다. 호흡이 곤란해서 연신 기침을 하며 눈을 감고 죽음을 기다렸다. 순간 펑, 하는 소리와 함께 한 사람이 곽양 곁에 떨어졌다. 곽양이 눈을 떠보니 금륜국사가 망루에서 뛰어내린 것이었다. 그는 한쪽 무릎을 꿇은 채로 불기둥을 받치고 용상반야공을 사용해 기둥을 날려 보내려 했다. 불기둥이 육중하기는 했지만 국사의 용상반야공의 힘을 이기지는 못했다. 더구나 죽음이 코 앞에 닥친 그가 마지막 남은 힘을 쏟아내자 그 불붙은 나무 기둥이 마치 한 마리의 화룡처럼 창공을 가로지르며 날아갔다. 수만의 송군과 몽고군은 모두 고개를 들어 난생처음 보는 광경에 탄성을 내질렀다.

죽음의 문턱까지 갔다가 살아난 곽양은 땅에 맥없이 쓰러져 있는 국사에게 달려갔다.

"사부님, 사부님!"

국사는 힘없이 눈을 떴다.

"다행이구나……. 너를 구해내서 다행이야."

국사는 말을 하면서 연신 피를 토해냈다. 그는 자신이 가장 아끼고 보살핀 곽양을 구해냈다는 기쁨에 안도의 숨을 쉬었다. 그의 얼굴에 한 가닥 미소가 번졌다. 그러곤 평안하게 눈을 감고 고개를 떨구었다. 곽양은 국사의 몸을 부축하며 비통하게 울부짖었다.

"사부님, 사부님!"

양과는 금륜국사가 목숨을 버려가며 곽양을 구하는 것을 보고 존경심이 들어 그의 시신을 향해 고개를 숙였다.

그때 몽고군 진영에 빈틈이 생겼다. 그들은 쏟아지는 불기둥을 피해 우왕좌왕하며 흩어졌다. 양과는 곽양을 부축하고 그 속으로 뛰어들었다.

황용은 사랑하는 딸이 죽음의 위험에서 벗어난 것을 보고 기쁨을 감출 수 없었다. 그리고 양과와 금륜국사에게 말로 표현할 수 없는 감사의 마음을 느꼈다. 그녀는 딸을 일으켜 품에 꼭 안았다. 곽정, 황약사, 일등대사, 야율제 등도 모두 금륜국사의 마지막 자비심에 경의를 표했다.

망루 밑에 있던 몽고군은 망루가 무너진 것을 보고 우왕좌왕하다가 송군의 다섯 갈래 공격을 받고는 모두 흩어졌다.

곽정은 팔을 높이 흔들며 군사들을 독려했다.

"양양을 구하라! 오랑캐 대칸을 죽이러 가자!"

송군은 함성으로 화답하며 방향을 돌려 성벽을 오르는 몽고군을 향해 공격해갔다. 황용은 양과에게 곽양을 부탁한 다음 흑기군을 이끌고 부친과 남편을 따라 양양성 쪽으로 달려갔다.

소용녀는 치맛단을 찢어 떨리는 손으로 양과의 상처를 싸매주면서 끝내 아무런 말도 하지 못했다. 오히려 양과가 웃음을 지으며 그녀를 위로했다.

"위에서 악전고투하는 나보다 밑에서 걱정하고 놀라느라 당신이 더 고생했을 거예요."

송군은 천지를 진동시키는 함성을 내지르며 몽고군을 향해 돌격했다. 양과는 멀리서 그들을 바라보며 탄식했다.

"중과부적인 것 같아."

적군의 대오는 송군보다 수 배가 많았다. 송군이 아무리 돌격하고 깨뜨렸지만 적군은 밀물처럼 밀려들고 또 밀려들었다.

"이대로 보고만 있는 것은 장부가 아니죠. 그런데 용아, 힘들지 않아요?"

양과의 처음 몇 마디 말에는 사나이의 강개함이 느껴졌으나 마지막 말은 매우 부드럽게 들렸다. 소용녀는 담담하게 웃으며 대답했다.

"당신이 싸운다면 함께 싸우는 거예요."

순간 옆에서 소녀의 목소리가 들렸다.

"언니, 정말 예쁘네요."

바로 곽양의 목소리였다. 소용녀는 고개를 돌려 미소를 지었다.

"동생, 우리가 다시 만날 수 있도록 기도해줘서 고마워. 큰오빠도 연신 동생을 칭찬하며 나한테도 꼭 보여주고 싶다고 했어."

곽양은 한숨을 푹 쉬었다.

"큰오빠에게 어울리는 분은 언니뿐이에요."

소용녀는 곽양의 손을 꼭 쥐었다. 마치 친자매처럼 따뜻한 정이 느껴졌다. 소용녀는 원래 누구에게든 차갑게 대했으나 양과가 곽양을 칭찬하는 이야기며, 자신들을 축복해주었다는 것과 제 목숨도 돌보지 않고 계곡으로 뛰어든 이야기를 들으며 그녀를 남다르게 생각했다.

양과가 주인을 잃고 헤매는 말 세 필을 잡아 끌고 왔다.

"내가 앞장설 테니 가자!"

양과는 말에 뛰어올라 먼저 달려갔다. 소용녀와 곽양도 각자 말에 올라타 그 뒤를 따랐다. 세 사람은 남쪽을 향해 내달렸다. 저 멀리 수백 개의 사다리가 양양성 벽에 걸쳐 있고 수만의 몽고군이 개미 떼처럼 성벽을 기어오르고 있었다.

세 사람은 양양성이 보이는 언덕까지 달려가 잠시 말을 멈추고 사방을 둘러보았다. 몽고군 수천 명이 야율제가 이끄는 군사 300명을 둘러싸고 있었다. 몽고군은 사 척이나 되는 만도彎刀를 들고 야율제의 병사들을 하나하나 말에서 끌어내렸다. 곽부는 한 무리의 군사를 이끌고 포위망을 뚫고 들어가 남편을 구하려 했다. 그러나 워낙 많은 수가 둘러싸고 있어서 부부는 서로 바라보기만 할 뿐 도무지 다가가지 못했다. 곽부는 남편 옆을 지키는 병사가 점점 줄어드는 것을 보고 가슴이 철렁 내려앉았다. 전투 중에는 부대에서 떨어져 단기필마가 될 경우 아무리 무공이 높은 사람이라도 당해낼 수가 없는 법이었다. 그때 양과가 그녀를 향해 달려가며 외쳤다.

"곽 낭자, 내게 세 번만 고개를 숙이면 당신 남편을 구해주겠소!"

곽부의 평소 성격대로라면 차라리 죽을지언정 양과에게 초라한 모습을 보이지 않았을 것이다. 그러나 남편의 목숨이 달린 일이라 서슴지 않고 말을 몰아 양과에게 달려갔다. 그러곤 나는 듯 말에서 뛰어내리더니 그 자리에서 머리를 조아렸다. 양과는 깜짝 놀라 얼른 말에서 뛰어내려 그녀를 일으켰다. 왜 그런 말을 했는지 자신의 경박함이 원망스러울 뿐이었다.

"내가 잘못했소. 내가 헛소리한 것이니 마음에 두지 마시오. 야율 형과 나는 생사를 함께한 친구요. 어찌 그냥 둘 수 있겠소?"

양과는 그길로 언덕을 내려가 이리저리 날뛰는 말들을 끌어모았다. 모두 여덟 필의 말을 잡아온 양과는 앞에 네 필, 뒤에 네 필을 세워 줄로 연결하고 말 등에 올라탔다. 그러곤 한 손에 고삐를 모아 움켜쥐고 우렁찬 고함 소리와 함께 적진을 향해 달려갔다.

송대에는 말을 이용한 연환갑마법連環甲馬法이란 진법이 있었다. 일찍이 쌍편雙鞭 호연작呼延灼이 양산박梁山泊을 공격하면서 이 연환갑마법으로 승리를 거두었다. 양과는 여덟 필의 말을 두 줄로 연결해 작으나마 이 진법을 쓸 작정이었다. 그러나 급하게 끌어모은 말들이라 이리저리 어지럽게 뛰어다닐 뿐 도무지 바로잡기가 쉽지 않았다. 그나마 양과의 신력이 워낙 강해 그런대로 말들을 제압할 수 있었다. 서른두 개의 발굽이 바닥을 때리는 소리가 지축을 흔들었다. 양과는 경공술로 말 위를 오가며 앞으로 내달렸다. 몽고군으로서는 한 번도 본 적 없는 진법이었다. 그들이 놀라 입을 딱 벌리고 있는 사이 말 여덟 필이 몽고군 진중을 뚫고 들어갔다. 양과의 옷자락이 한 번 펄럭이는가 싶더니 어느새 몽고군의 깃발이 말안장에 꽂혔다. 몽고군은 당황하면서도 양과의 앞을 가로막았다. 양과는 말고삐를 어깨에 메고 왼손으로 깃발을 휘둘렀다. 그와 동시에 장수 세 명이 깃발에 맞아 말에서 떨어졌다. 야율제와의 거리는 이제 이 장으로 좁혀졌다.

"야율 형, 어서 올라타요!"

양과가 깃발을 휘둘러 몽고군을 떼어놓는 사이, 야율제는 몸을 솟구쳤다. 두 사람은 말 여덟 필을 몰아 적진을 휘저으며 퇴로를 모색했다. 야율제가 한숨을 내쉬며 말했다.

"양 형제, 구해줘서 고맙소. 하지만 지금 부하들이 아직 포위되어 있으니 나 혼자서만 살 수는 없소. 나는 저들과 함께 죽겠소."

야율제의 말에 양과는 가슴이 뭉클해졌다.

"야율 형도 깃발을 빼앗아 오시오."

양과는 자신이 빼앗은 깃발에 불을 붙였다. 야율제가 말했다.

"묘책이오!"

야율제는 양과의 기지에 감탄하며 말에 올라타 적진으로 내달렸다.

그러곤 큰 깃발 하나를 빼앗아 온 뒤 양과가 불 지른 기에 대고 불을 붙였다. 두 사람은 큰 소리를 질러대면서 불붙은 깃발을 휘두르며 적진을 누볐다. 두 깃발이 함께 춤을 추듯 움직이는 모습에 몽고군은 겁을 먹었다. 그렇게 용맹하던 몽고군도 두 사람의 쌍두마차 같은 말몰이에 어쩌지 못하고 진세가 흩어졌다. 야율제의 부하들은 겨우 포위망을 뚫고 나와 목숨을 건졌다. 야율제의 부대는 이제 80명 정도가 남은 상황이었다.

곽부는 양과 앞으로 다가가서 공손하게 절을 했다.

"양 오빠, 제 일생 동안 오빠에게 미안한 짓만 했는데도 이렇게 넓은 아량으로 과거의 허물을 덮어주니……."

곽부는 더 말을 잇지 못하고 목이 메었다. 과거 양과가 그녀의 목숨을 여러 차례 구해주었으나 곽부는 끝내 그와 감정이 좋지 않았다. 자신에게 은혜를 베풀어주었지만 그녀는 여전히 양과를 미워했다. 오히려 그가 자신의 무공을 믿고 그것을 과시하기 위해 도와주는 것이지 결코 진심은 아니라고 생각했다. 그러나 이제 남편까지 구해준 양과에게 곽부는 비로소 진심으로 고마운 마음이 생겼고, 지난날의 잘못을 뉘우쳤다.

양과는 손을 저었다.

"동생, 우린 어려서부터 함께 자랐어. 비록 이런저런 일들이 있기는 했지만, 그래도 남매나 다름없다고 생각해. 날 미워하고 싫어하지만 않는다면 난 괜찮아."

곽부는 할 말을 잃었다. 어린 시절에 있었던 일들이 주마등처럼 뇌리를 스쳐갔다.

'내가 왜 저 사람을 미워한 걸까? 정말 저 사람을 싫어한 걸까? 아니야, 무씨 형제처럼 내게 조금만 부드럽게 대해줬다면 나도 그를 좋아했을 거야. 그는 날 본 체도 하지 않았어. 나는 어쩌면 그를 너무 좋아해서 그렇게 미워했는지도 몰라. 내게 조금만 더 부드럽게 대해줬다면 난 저 사람을 위해 목숨도 내놓았을 거야.'

20년의 세월 동안 그녀는 자신의 마음이 어떤 것인지 모르고 지내왔다. 양과를 생각할 때마다 그를 적으로 여겼지만, 마음속 깊은 곳에서는 항상 양과가 자리 잡고 있었던 것을 부인할 수 없었다. 양과가 그녀의 마음을 몰랐듯, 곽부도 제 마음을 몰랐던 것이다. 그를 원망하고 미워했던 마음이 걷히고 나자 그녀는 모든 것을 분명하게 알 수 있었다. 양과에 대한 그녀의 마음은 생각보다 깊은 것이었다.

'양이 생일날 저 사람이 세 가지 선물을 보내주었지. 그때 나는 저 사람이 더욱 미워졌어. 그가 곽도의 음모를 밝혀내고 내 남편을 개방 방주로 추대했을 때도 나는 화가 났어. 그래…… 나는 그랬어. 내 친동생인 양이를 질투해 그렇게 심술을 부린 거야. 나에게는 조금도 관심을 갖지 않으면서 동생에게 자상한 저 사람이…….'

생각이 여기까지 미치자 그녀는 또다시 이유를 알 수 없는 분노에 휩싸였다. 고개를 들어 양과와 곽양을 바라보았다.

'아아…… 저 눈빛…… 사랑이 가득 담겼구나…… 나도 솔직하게 나를 표현했으면 양이처럼 저 사람 곁에 스스럼없이 갈 수 있었을 텐데…… 저 사람이 야율제 오빠를 구하기 위해 적진에 뛰어들었을 때 나는 누굴 걱정한 걸까? 도저히 난…….'

적군에게 둘러싸인 두 사람을 보면서 곽부는 제 마음이 어떤 것인지 비로소 깨달았다.

'지금 그런 것을 생각해 뭐 하겠는가. 난 이미 남편이 있는 몸, 남편은 날 끔찍하게 사랑해주고 있잖아.'

곽부는 자신도 모르게 한숨을 쉬었다. 그녀는 일생 동안 아무것도 부족한 게 없었다. 그러나 마음속은 늘 공허했다. 그녀는 언제든 원하는 것을 손에 넣을 수 있었지만, 정말 가장 절실하게 원한 것은 가질 수 없었다. 그래서 스스로도 왜 그렇게 화가 나는지 모른 채 분노를 안고 살아왔다. 모두가 즐거워하는 순간에 오히려 화를 내는 자신을 스스로도 도무지 이해할 수 없었다.

곽부의 얼굴에 홍조가 떠올랐다가 다시 창백해졌다. 한바탕 격전을 치른 양과는 소용녀와 곽양을 언덕 위로 올라오게 했다. 그들은 멀리 양양성 앞에서 벌어지는 격전을 바라보았다. 몽고군은 여전히 개미 떼처럼 성벽에 달라붙어 있었다. 곽정, 황약사가 이끄는 병마가 그 뒤를 공격했지만 병력이 너무 적어 몽고군의 전열에는 타격을 주지 못했다. 몽고 대칸의 깃발이 점점 성과 가까워졌다. 성안을 지키는 군사들은 이미 혼란에 빠져 더 이상 반격할 여력이 없는 듯 보였다.

"큰오빠, 어쩌면 좋아요? 어쩌면 좋아요?"

곽양이 발을 구르며 안타까워했다.

'용이와 다시 만난 것도 하늘이 보살펴주신 덕분이다. 이제 오늘 죽어도 여한이 없다. 사내로 태어나 나라를 위해 싸우다 죽는 것이야말로 가장 훌륭한 최후가 아니던가.'

양과는 이렇게 생각하며 큰 소리로 외쳤다.

"야율 형, 가서 다시 한번 붙어봅시다!"

"그래야지요!"

소용녀와 곽양도 한 걸음 나섰다.

"우리 다 같이 가요!"

양과가 말했다.

"그래, 내가 선봉에 설 테니 무기를 수습해 내 뒤를 따라와!"

야율제는 부하에게 창을 구해오도록 지시하고 그 자리에서 서너 자루씩 나누어 가졌다.

양과는 기다란 창을 옆에 끼고 선두에서 말을 몰았다. 신조는 그들 옆에서 날아오는 화살을 날개로 막아가며 함께 달렸다. 소용녀와 야율제, 곽부, 곽양 네 사람도 양과의 뒤를 바짝 쫓았다. 양과는 곧장 몽고 대칸을 향해 질풍처럼 내달렸다. 뒤를 따르던 야율제는 깜짝 놀랐다.

'대칸 주위에는 분명 호위가 삼엄해 정예병과 맹장이 좌우를 지키고 있을 터인데 지금 남은 100여 명의 군사로 어쩌려는 것일까?'

이런 생각을 하면서도 그는 일말의 이의도 제기하지 않았다. 그의 목숨은 양과가 살려준 것이었다. 양과가 물속으로 들어간다면 물속으로, 불 속으로 뛰어든다면 불 속으로 뛰어들 작정이었다.

일행은 모두 경공이 빠른 고수들이었다. 순식간에 양양성 아래에 도착했다. 몽가의 호위병들은 바람처럼 달려오는 양과를 발견하고 백인대를 두 부대로 조직해 그 앞을 가로막았다. 양과는 날 듯 말을 달리면서 왼팔을 들어 창을 던졌다. 그러자 백부장의 철갑이 여지없이 뚫리며 가슴을 관통했다. 그는 다시 야율제에게 창을 받아 들고 그 기세를 몰아 또 창을 던지니 두 번째 백부장의 가슴이 정통으로 뚫렸다. 몽가의 호위병들은 우두머리를 잃자 갈팡질팡했다.

양과는 이미 적진을 뚫고 들어갔다. 용맹스러운 몽고의 호위병들은 그래도 물러나지 않고 너도나도 무기를 들고 그 앞을 막아섰다. 양과는 마치 물을 가르듯 앞쪽의 군병을 쓰러뜨리면서 나아갔다. 그의 왼팔의 신공은 각고의 노력 끝에 연마한 것이어서 창을 던지는 위력은 암석이라 할지라도 능히 뚫을 수 있을 정도였다. 하물며 사람의 몸뚱이 정도야 말할 나위도 없었다. 양과의 창은 모두 투구를 쓰고 갑옷을 두른 장수들을 향해 여지없이 날아갔다. 열일곱 개의 창을 던진 그의 뒤로는 몽고의 용맹한 장수 열일곱 명의 시체가 널브러져 있었다. 전광석화와도 같은 공격 앞에서 몽고군은 추풍낙엽처럼 쓰러졌다.

양과는 어느새 대칸의 말 앞에 섰다. 몽가의 호위병은 죽을 각오로 버티고 섰다. 방패가 몽가 앞을 성처럼 쌓으며 물샐틈없는 방비를 했다. 당황하는 몽고 대칸의 모습이 눈에 들어오자 양과는 말을 달리면서 야율제에게 창을 받으려고 했다. 그러나 그의 손은 어찌 된 일인지 허공을 더듬거렸다. 알고 보니 이미 몽고군이 중간을 차단한 것이었다. 양과는 장소를 내지르며 두 다리로 말안장을 딛고 섰다. 순간 그의 몸이 솟구치더니 그대로 앞으로 날아갔다. 10여 명의 호위병이 창을 들어 그를 노리고 찔렀다. 하지만 양과는 허공에서 공중제비를 돌며 이들의 창을 넘어섰다.

이 광경을 지켜보던 대칸은 아무래도 심상치 않음을 느꼈다. 그는 말의 배를 걷어찼다. 그가 탄 말은 몽고에서도 손꼽히는 준마였다. 골격이 단단하고 근육이 적당히 붙어 있어 다른 말보다 월등히 빨랐다. 이름이 비운추飛雲雕라고 하는 이 말은 과거 곽정이 탄 한혈보마와 비교해도 떨어지지 않았다. 대칸을 태운 말은 나는 듯 내달렸다. 양과는 경공술을 펼쳐 그 뒤를 쫓았다. 몽고군 역시 양과의 뒤를 바짝 쫓았다. 갑작스럽게 벌어진 상황에 양군은 잠시 전투를 멈추었다. 이들은 함성을 지르며 양과와 대칸의 추격전을 지켜보았다.

양과는 대칸이 혼자서 도망가는 것을 보고 쾌재를 불렀다. 좀 더 빨리 뛰면 대칸을 따라잡을 수 있을 것 같았다. 그러나 비운추는 역시 보통 말이 아니었다. 뒷다리로 땅을 가볍게 박차고 뛰어오르면 한 발에 몇 장을 달려 나갔다. 양과는 더욱 속도를 내어 쫓았으나 대칸과의 거리는 오히려 벌어지기만 했다. 양과는 다른 방법을 생각해냈다. 우선 땅에 떨어진 긴 창을 하나 주워서 몽가의 등을 향해 던졌다. 창은 유성처럼 날아갔다. 양군은 숨을 죽이고 그 모습을 지켜보았다. 비운추는 더욱 빠르게 달렸고, 창은 대칸에게서 조금 못 미치는 지점에서 떨어졌다.

"만세!"

몽고군 진영에서 함성이 터져 나왔다. 그들은 고함을 치며 지켜볼 뿐 정작 대칸을 구한 것은 바로 비운추의 다리였다. 몽가는 함성을 듣고서야 등 뒤에서 무슨 일이 일어난 줄 알았다. 말 위에서 뒤를 돌아보니 땅에 꽂힌 창이 파르르 떨고 있었다. 양과는 다 된 일을 망친 것 같아 마음이 울적했다. 그러다 갑자기 한 가지 생각이 떠올랐다.

'창은 무거워서 멀리까지 날아가지 않는다. 그렇다면 돌멩이를 써보면 어떨까?'

그때 몽가는 이미 서쪽으로 말을 몰아 그곳에 주둔한 만인대와 합류했다. 만인대는 환호성을 올리며 대칸을 맞이했다. 양과는 돌멩이 두 개를 주워 힘껏 던졌다. 두 개의 돌멩이는 바람을 가르며 날아가 비운추의 엉덩이에 명중했다. 말은 깜짝 놀라 앞다리를 들고 길게 울부짖었다.

몽가는 역사상 가장 거대한 제국의 대칸이었다. 어려서부터 궁술, 마술을 익혔고 조부인 테무친과 부친인 타뢰를 따라 여러 차례 출정에 참가했다. 특히 유럽으로 출정했을 때는 그 자신도 공을 세웠다. 그는 이 급작스러운 사태에 조금도 당황하지 않고 활을 빼 들었다. 두 다리로는 말의 배를 힘껏 감싸고 몸을 돌려 양과를 겨냥해 쏘았다. 양과는 고개를 숙여 화살을 피하면서 왼손에 주먹만 한 돌멩이를 주워 들었다. 그러고는 몸을 일으키면서 힘차게 돌멩이를 내던졌다. 이 돌은 바로 몽가의 등에 정확하게 명중했다. 몽가는 갑옷을 입고 있었지만 양과의 내공이 실린 돌에 맞자 내장이 파열되고 뼈가 부서졌다. 비명을 지른 그는 그대로 말에서 떨어져 숨이 끊어지고 말았다.* 몽고 군영은 대칸이 말에서 떨어지는 것을 보고 크게 놀라 우르르 몰려들었다.

곽정은 전령을 보내 이 기회를 이용해 대거 공격할 것을 명령했다. 성안에 있던 송군은 밀물처럼 쏟아져 나왔다. 곽정, 황약사, 황용은 이 십팔숙대진으로 적진을 누비고 다녔다. 몽고군은 완전히 전의를 상실해 우왕좌왕할 뿐 대항하는 군사가 없었다. 그 와중에 죽은 자가 부지기수였고, 살아남은 자는 무기와 깃발을 버리고 북쪽으로 달아나기 시작했다. 그 뒤를 쫓던 곽정은 서쪽에 또 다른 군대가 밀고 올라오는 것을 발견했다. 자세히 보니 제4대 왕자 홀필열의 깃발이었다. 그러나 몽가의 죽음을 전해 들은 몽고군은 모두 전의를 상실하고 말았다. 군율이 엄하기로 유명한 홀필열의 군대도 허둥지둥 달아나는 아군을 보고는 흔들렸다. 홀필열은 결국 자신의 호위병들을 거느리고 천천히 북으로 물러났다.

곽정 등이 30여 리를 쫓아갔으나 여문환이 환군하라는 전령을 잇달아 보내자 할 수 없이 말 머리를 돌려 성으로 개선했다.

몽고는 송과 전쟁을 시작한 이후 이런 패배는 처음 겪었다. 게다가 대칸이 적의 성 아래에서 목숨을 잃었으니 사기가 크게 꺾였다. 몽고 대칸의 자리는 반드시 아들에게 물려줘야 하는 것이 아니라 황족왕공皇族王公과 중신대장重臣大將 회의에서 옹립했다. 몽가가 이미 죽었기 때문에 그 동생인 제7대 왕자 아리불가阿里不哥가 북방의 몽고 본거지에서 대칸으로 옹립되었다. 몽고 부족은 장자가 군대를 이끌고 전쟁에 나가면 막내는 본거지를 지키는 관습이 있었다. 별다른 재주가 없

* 《원사元史》 본기本紀 제3권에는 다음과 같이 기록되어 있다.

"헌종憲宗 몽가는 예종睿宗 타뢰의 장자이다. …… 9년 2월 병자년에 황제는 제병諸兵을 통솔해 …… 정축년에는 군사들을 독려해 성 아래에서 싸웠는데…… 진서문鎭西門을 공격하고, 동신문東新門·기승문奇勝門을 공격했으며…… 호국문을 공격하고…… 외성外城을 기어올라가 송군을 많이 죽였으나…… 여러 차례 공격해도 함락되지 않으니…… 계해년에 붕어崩御하였다. …… 황제는 영명하고 배포가 컸으며 과묵하였다.…… 또 신하들에게 매우 엄격하였다."

《속통감續通鑑》에는 다음과 같이 기록되어 있다.

"몽가가 여러 차례 공격하였으나 함락되지 않으니…… 몽고의 왕이 죽고…… 사천택史天澤과 신하들이 상사喪事를 받들어 북쪽으로 돌아가자 합주合州의 포위가 풀렸다."

《속통감고이續通鑑考異》에는 다음과 같이 기록되어 있다.

"원 헌종이 오랜 세월 병영 생활을 하다가 병에 걸려 죽었다.《중경지重慶志》에서는 그 과정에 날아오는 돌에……"라고 언급하였다.

함주는 세 강이 만나는 곳으로 합천合川이라고도 했으며 오늘날의 중경시重慶市를 말한다. 역사적인 기록을 보면 헌종은 사천의 중경 지역을 공격하던 중 죽은 것으로 보인다. 날아오는 돌에 맞았는지는 역사적 기록이 서로 다르다. 다만 몽고군과 송군 간의 격전이 가장 오래 지속되고 전황이 가장 격렬했던 곳은 양양으로, 몽고군이 수십 년간 공격을 되풀이했지만 함락하지 못했다. 소설에 흥미를 더하기 위해 헌종이 양양을 함락시키지 못한 채 돌에 맞아 죽고, 이로 인해 포위가 풀리는 것으로 설정했다. 돌을 던진 사람이 누구인지는 기록이 없지만 소설에서는 그 사람을 양과로 하였다. 어떠한 정사나 야사라도 그 진위를 가리기는 쉽지 않다.

어 후방에 남아 있던 아리불가 왕자는 비빈妃嬪을 보호하고 가축과 식량을 잘 지켜야 하는 의무를 지니고 있었다. 그래서 후방을 통솔하며 대칸의 자리를 잇는 데 가장 유리한 조건을 점하고 있었다. 나중에 홀필열은 군대를 이끌고 북상해 아리불가와 일전을 벌인 후 결국 대칸의 자리를 차지하게 된다. 그러나 그 이후로도 한동안 몽고군은 사기가 떨어질 대로 떨어져 꼼짝도 하지 못했다. 이로써 양양성도 평화를 지킬 수 있었다. 13년 후 송宋 도종度宗 함순咸淳 9년이 되어서야 몽고군은 다시 양양을 공격했다.

곽정은 군사를 이끌고 양양성으로 돌아갔다. 안무사 여문환은 일찍부터 장수들을 거느리고 풍악을 울리며 곽정을 맞이했다. 백성도 성 밖까지 나와 음식과 술을 준비해 병사들의 노고를 위로했다. 곽정은 양과의 손을 잡고 백성들이 올리는 술을 권했다.

"과야, 오늘 네가 아주 큰 공을 세웠구나. 세상에 이름을 날리는 것은 물론이거니와 양양성의 군사들과 백성 모두가 너에게 감사할 것이다. 네가 또 양이와 제를 구해주었으니 나와 백모도 그저 고마울 따름이다."

양과는 가슴이 뭉클해졌다. 20여 년 동안 마음속에 담아둔 말을 더 이상 참지 못하고 내뱉었다.

"백부님, 어려서 백부님과 백모님께서 저를 거두어주지 않으셨다면 어찌 오늘이 있었겠습니까?"

두 사람은 서로의 마음을 잘 알았다. 더 이상 아무 말 없이 세 잔의 술을 연달아 마셨다. 세상을 살아가는 데 이런 즐거움이 있다면 더 무엇을 바라겠는가? 곽정과 양과는 손을 잡고 성안으로 들어갔다. 백성은 성이 떠나갈 듯 환호성을 울렸다.

'20년 전, 백부님은 이렇게 내 손을 잡고 종남산 중양궁에 데려다 주셨지. 나를 지극하게 생각해주신 분이었는데, 나는 함부로 날뛰고 전진교를 배반하기까지 했어. 말썽도 참 많이 부렸지. 만일 내가 잘못된 길로 빠졌다면 이렇게 다시 백부님 손을 잡고 입성하는 날도 없었을 거야.'

양과의 두 눈에 눈물이 맺히는가 싶더니 볼을 타고 뜨겁게 흘러내렸다.

양양성은 기쁨으로 넘쳤다. 물론 부모나 형제가 전쟁 중에 목숨을 잃은 집도 있었지만, 결국 적을 물리치고 성을 지켜냈으니 슬픔은 잠시 접어둘 수 있었다.

그날 밤 안무사는 큰 잔치를 베풀었다. 여문환은 양과를 상석에 앉히려고 했지만 양과가 한사코 거부하자 더 이상 강요하지 않았다. 사람들은 서로 상석을 양보하다가 결국 일등대사를 앉혔다. 다음으로 주백통, 황약사, 곽정, 왕견, 점창어은, 무삼통, 주자류, 황용이 앉고 이어서 양과와 야율제, 소용녀, 곽부, 무씨 형제가 앉았다. 영고, 정영, 육무쌍, 곽양은 따로 자리를 잡았다. 그런데 여문환은 은근히 불쾌했다.

'황 도주는 곽 대협의 장인이니 그렇다 처도 일등이라는 중은 별것 아닌 듯하고, 주백통이라는 자는 미치광이 같은데 어찌 상석에 앉는단 말인가?'

그러나 영웅들이 모여 전투를 회상하고 즐겁게 술을 마시는 자리에 감히 끼어들 엄두를 내지 못하고 입만 삐죽거릴 뿐이었다.

성안의 관리며 유지들이 줄을 이어 찾아와 곽정, 양과에게 술을 올렸다. 모두들 두 영웅의 공적과 무예를 칭송하느라 여념이 없었다.

술이 몇 순배 돌고 나자, 곽정은 사문師門의 은혜를 떠올리며 자리에서 일어났다.

"과거 전진교 구 도장과 강남칠괴의 일곱 스승님께서 저를 몽고로 데려가주지 않았다면, 또 홍칠공 사부님께서 절 단련시켜주지 않았다면 저 곽정이 어찌 이런 자리에 있을 수 있었겠습니까? 오늘 우리는 즐겁게 술을 마시고 있지만, 가진악 사부님 외 다른 사부님들은 모두 세상을 떠나셨습니다. 사부님들을 생각하니 가슴 한쪽이 허전해 매우 가슴이 아픕니다."

떠들썩하던 좌중이 일순 숙연해졌다.

"몽고군이 물러나긴 했지만, 또다시 공격해올 것입니다. 모두들 양양에서 좀 쉬시면서 적의 동정을 살펴보기로 합시다. 다시는 위기를 겪어서는 안 되겠습니다. 주백통 어르신 등 부상을 입은 분들은 특히 조심해서 요양하시기 바랍니다. 이후 적이 완전히 후퇴한 것이 확인되면 저는 화산으로 가서 홍칠공 사부님의 묘를 살필 생각입니다."

주백통은 의제인 곽정이 갑자기 자신을 다르게 부르자 뭔가 말을 하려고 했지만, 방금 입안에 술을 털어 넣은지라 이번에는 그냥 넘어가기로 했다.

양과가 말했다.

"백부님, 저도 그 말씀을 드리고 싶던 참입니다. 우리 모두 함께 가는 것이 어떤지요?"

일등대사, 황약사, 주백통 등도 세상을 뜬 옛 친구가 그리워 선뜻 그러자고 나섰다. 늦은 밤까지 모두들 취하도록 마시고, 또 마셨다.

화산 정상에서

양과가 낭랑한 음성으로 말했다.
"그동안 즐거웠습니다. 나중에 강호에서 만나면 다시 정겹게 술 한잔 나누며 쌓인 이야기를 나누도록 하지요."
그는 소용녀의 손을 잡고 아쉬움을 뒤로한 채 신조와 함께 산을 내려갔다.

그들은 모두 양양에 모여 밝은 표정으로 그동안 쌓인 이야기를 나누었다. 분위기는 화기애애했다. 주백통은 틈만 나면 옥봉을 다루는 솜씨를 자랑하기에 바빴다. 청명절이 가까워질 무렵, 척후병들이 돌아와 몽고 대군이 완전히 철수했다고 보고했다.

곽정 등은 조용히 북문을 빠져나가 화산으로 향했다. 육무쌍, 무씨 형제, 점창어은 등은 아직 완쾌되지 않았기에 마차를 이용하고, 나머지는 말을 탔다. 이제 평정을 되찾은 그들은 달리 바쁜 일이 없었기 때문에 쉬엄쉬엄 자연을 즐기며 화산으로 향했다. 부상을 입은 사람들은 마차를 타고 가면서 잘 쉬었기 때문에 가는 도중 거의 완쾌되었다.

청명절과 중양절은 '춘추양제春秋雨祭'라 해서 중국 사람들은 이때 성묘를 하며 차례를 지낸다. 일행은 마침내 화산에 도착했다. 양과는 산을 오르면서 감회에 젖어 사방을 두루 살폈다. 산중턱에 다다른 그는 사람들에게 홍칠공과 구양봉이 묻힌 곳을 알려주었다. 황용은 산 밑에서 사 온 닭고기와 채소 등 홍칠공이 평소 좋아하던 음식을 무덤 앞에 차려놓고 제사를 지냈다. 일행은 모두 홍칠공의 모습을 떠올리며 경건하게 절을 올렸다.

홍칠공의 무덤 옆에 구양봉의 무덤도 있었다. 곽정은 구양봉에 대해 뿌리 깊은 원한이 있었다. 비록 수십 년이 지났지만 그가 스승인 주

총, 전금발 등을 비참하게 살해한 것을 생각하면 아직도 이가 갈렸다. 그러나 양과는 과거의 인연을 생각하며 소용녀와 함께 무덤 앞에서 절을 올렸다. 다른 사람들은 모른 척하며 두 사람의 모습을 우두커니 쳐다보았다. 주백통이 눈을 힐끔거리며 말했다.

"이 노독물아, 우리가 절하지 않는 것을 탓하지 말아라. 생전에 악한 짓을 그토록 많이 했는데 어떻게 여기 묻힐 수 있었느냐? 우리 모두 홍칠공에게는 절을 했는데 당신 무덤 앞에 절하는 사람은 이 두 젊은이밖에 없으니 얼마나 애통한 일이냐? 죽어서 홍칠공 옆에 뼈를 묻은 것만도 큰 행운으로 여겨야 한다."

주백통의 익살스러운 말투에 모두들 웃음을 터뜨렸다.

제사를 끝내고 일행은 가지고 온 음식으로 간단히 식사를 했다. 그때 한차례 동풍이 불어오더니 바람에 실려 멀리서 고함 소리와 무기 부딪치는 소리가 들려왔다. 누군가 싸우고 있는 모양이었다. 주백통은 신이 나서 소리 나는 쪽으로 달려갔다. 나머지 사람들도 그 뒤를 따랐다. 산모퉁이를 돌아 한참을 올라가자 30~40명의 남녀가 손에 무기를 들고 싸우는 것이 보였다. 그들은 주백통, 곽정 등을 보고서도 그저 산을 오르는 사람이려니 생각했는지 별 신경을 쓰지 않았다. 그중 건장해 보이는 사내가 목소리를 높여 말했다.

"잠시 멈추시오! 이런 식으로 싸워서는 끝이 나지 않습니다. 일대일 대결로 승부를 가리도록 합시다. 끝까지 버티는 사람이 이기는 겁니다. 나머지 분들은 깨끗이 패배를 인정하고 끝까지 남은 한 사람을 '무공 천하제일'로 추대해야 합니다. 오늘 고수들이 모두 이곳에 모였으니 정식으로 겨뤄봅시다. '무공 천하제일'이라는 호칭은 결코 쉽게 얻을 수 있는 것이 아닙니다."

수염을 길게 기른 한 도인이 검을 휘두르며 말했다.

"좋소. 무림에 '화산논검'에 대한 이야기가 전해지는데, 우리도 오늘 여기서 진짜 영웅이 누구인지 한번 가려봅시다."

모두들 박수를 치며 호응했다.

"용기 있는 사람은 어서 도전해보시오."

몇 사람이 무기를 치켜들고 앞으로 뛰어나갔다.

주백통, 황약사, 일등대사 등은 말없이 서로의 얼굴을 마주 보았다. '무공 천하제일'을 가린다는데 그곳에 모인 자들 중 주백통 일행이 아는 이는 단 한 사람도 없었다.

첫 번째 화산논검은 곽정이 세상에 태어나기 전 화산 정상에서 열렸다. 당시에는 동사, 서독, 남제, 북개, 중신통 다섯 사람이 〈구음진경〉을 얻기 위해 무공을 겨루었다. 무공을 겨루어 이긴 사람이 〈구음진경〉을 갖기로 했고, 그 결과 중신통 왕중양이 승리를 거두어 '무공 천하제일'의 존호尊號를 차지했다. 그로부터 25년이 지난 후 황약사 등이 두 번째 화산논검을 개최했는데 그때 왕중양은 이미 세상을 뜬 뒤였다. 동사, 서독, 남제, 북개 네 사람 외에 주백통, 구천인, 곽정 등 세 사람도 참가했다. 당시 화산논검에 참가했던 일곱 사람 모두 나름대로 독특한 무공 실력을 지니고 있어서 사실 그중 어느 하나를 뽑아 천하제일이라고 칭하기는 어려웠다. 단순히 무공만 놓고 따지자면 어쩌면 실성한 듯한 구양봉이 가장 강했을지도 모른다. 그러나 그는 결국 황용의 기지에 속아 도망가고 말았다. 그로부터 여러 해가 지난 지금, 뜻밖에도 무림의 고수들이 또다시 이곳에 모여 세 번째 화산논검을 벌일 줄은 생각지도 못했다.

황약사 등은 당황스러움을 감추지 못했다. 당대 최고의 고수들이 모이는 화산논검에 참가한 이들 중 어찌 아는 얼굴이 한 사람도 없단 말인가? 설마하니 정말로 "장강의 뒤 물결이 앞 물결을 밀치고 간다"는 말처럼 이제는 세대가 달라졌단 말인가? 아니면 설마 자신들이 우물 안 개구리가 되어 실력 있는 고수들을 전혀 알아보지 못한 것일까?

황약사 등이 생각에 잠겨 있을 때 그곳에 있던 사람들 중 여섯 명이 앞으로 나서더니 두 명씩 붙어 무공을 겨루기 시작했다. 그들이 싸우는 모습을 본 황약사, 주백통 등은 어이가 없어 웃음을 참지 못했다. 일등대사처럼 수양이 깊은 사람도 웃음이 나와 견딜 수 없는 모양이었다. 결국 황약사, 주백통, 양과, 황용은 큰 소리로 웃음을 터뜨리고 말았다. 그들의 무공 실력은 그야말로 평범하기 그지없었다. 무씨 형제나 곽가 자매보다도 훨씬 못한 실력이었다. 강호에서 나름대로 큰소리치며 살던 사람들이 어디서 화산논검 이야기를 듣고 흉내를 내는 모양이었다.

무공을 겨루던 여섯 명은 주백통 등이 웃는 소리를 듣고 동작을 멈추었다.

"누가 감히 어르신들이 '무공 천하제일'을 가리는 자리에서 큰 소리로 웃는 거냐? 목숨만은 살려줄 터이니 어서 썩 꺼지지 못할까?"

양과가 한 걸음 앞으로 나섰다.

"내가 다시 한번 웃어볼까 하오."

그는 빙긋 웃더니 고개를 들고 큰 소리로 웃기 시작했다. 그 소리에 산골짜기가 쩌렁쩌렁 울리고 바람이 휘몰아쳐 산에 있는 나무들이 뒤흔들리는가 싶더니 안개가 자욱해졌다. 무공을 겨루던 무리들은 안색이 창백해지며 손발을 부들부들 떨었다. 뒤이어 하나둘 손에 들고 있던 무기를 땅에 내려놓았다. 양과의 웃음소리는 계속되었다.

"하하하하하!"

잠시 멍하니 서 있던 사람들은 곧 무기를 버려둔 채 걸음아 날 살려라 하고 산을 내려가기 시작했다. 어떤 이들은 다리가 후들거려 넘어져서 땅바닥을 구르기도 했다. 영고와 곽부 등은 웃느라 허리가 아파 말을 할 수가 없었다. 황약사가 한숨을 내쉬며 말했다.

"세상을 속여 명예를 얻고자 하는 자가 많기는 하겠으나 화산 정상에서 저런 우물 안 개구리들을 만나다니, 쯧쯧쯧……."

"과거에는 무공에 뛰어난 동사, 서독, 남제, 북개, 중신통을 천하오절天下五絶이라 불렀는데 서독과 북개, 중신통이 이미 세상을 떠나고 없으니 이제 누구를 가리켜 천하오절이라 부를꼬?"

주백통의 말에 황용이 웃으며 대답했다.

"일등대사와 저희 아버지는 공력이 날로 깊어지시니 당연히 천하오절에 해당할 듯싶고, 노완동의 의제 곽정은 북개로부터 직접 무공을 전수받았으니 북개의 뒤를 이을 만하지요. 과가 비록 아직 젊지만 무공 실력이 탁월하니 젊은 세대 중에서는 이 아일 따를 사람이 없을 겁니다. 게다가 과는 구양봉의 의자義子이기도 하니 서독의 후계라 할 수 있고요."

주백통이 고개를 저었다.

"아냐, 아냐."

"뭐가 아니란 말씀이세요?"

"구양봉은 하는 짓이 악하고 독해서 서독이라는 별칭이 붙었는데, 양과의 성격으로 어찌 서독 후계자가 될 수 있겠어? 그럼 양과가 억울하지."

황용이 미소를 지었다.

"정 오빠도 거지는 아니지만 북개의 뒤를 이었고, 일등대사께서도 지금은 황제가 아니시잖아요. 제가 보기에는 천하오절의 별칭을 바꾸어야 할 것 같아요. 아버지야 오래된 별칭이니 굳이 바꿀 필요는 없을 테고, 일등대사께서는 지금은 황제가 아니고 승려이시니 남제南帝가 아니라 남승南僧으로 불러야 하지 않을까요? 양과에게는 광狂 자를 붙이는 게 어떨까요? 어울릴 것 같지 않아요?"

황약사가 만족스러운 듯 말했다.

"동사서광東邪西狂이라. 하나는 나이 들고 하나는 젊고, 아주 잘 어울리는 한 쌍이구나."

양과가 손을 저으며 말했다.

"전 아직 어리고 부족한 점이 많은데 어찌 하늘 같은 선배님들과 어깨를 나란히 하겠습니까?"

황약사가 말했다.

"아니지, 아니지. 기왕 광 자를 쓰기로 한 김에 그냥 미친 척하고 받아들이게. 게다가 자네는 명성으로 보나 무공으로 보나 이미 노완동을 넘어서지 않았나?"

황약사는 딸이 일부러 주백통을 거론하지 않은 것을 알고 한술 더 떠 주백통을 놀려주려는 것이었다. 양과도 두 사람의 의도를 눈치채고 소용녀를 바라보며 빙긋 웃었다. 주백통이 말했다.

"어쨌든 서광이라는 이름은 마음에 드는군."

양과가 아무 말이 없자 주백통이 물었다.

"남제, 서독은 이름을 바꾸었는데 그럼 북개는? 북개는 뭐라고 바꾸지?"

이번에는 주자류가 나섰다.

"천하의 영웅호걸이 곽 형을 곽 대협이라고 부르고 있습니다. 곽 형께서는 수십 년 동안 양양성과 백성을 지키기 위해 몸을 바쳤습니다. 이는 결코 옛날 주가朱家나 곽해郭解 등보다 못하지 않습니다. 제 생각에는 곽 형을 북협北俠이라 부르면 어떨까 싶은데요?"

일등대사, 무삼통 등은 일제히 박수를 치며 고개를 끄덕였다. 황약사가 말했다.

"동사, 서광, 남승, 북협은 됐고, 그럼 중앙의 중신통 뒤를 이을 사람은 누굴까요?"

황약사가 주백통을 바라보며 계속 말을 이었다.

"소용녀는 고묘파의 유일한 후계자입니다. 과거 임조영 여협은 무공이 탁월했고, 그녀의 옥녀검법도 신출귀몰하여 중양 진인조차 쉽게 대하지 못했지요. 만약 당시 임 여협이 화산논검에 참석했더라면 천하오절이라는 이름이 어떻게 되었을지 알 수 없는 일 아니겠소? 중양 진인 또한 '무공 천하제일'의 존호를 차지하지 못했을지도 모르지요. 양과의 무공 역시 부인에게서 전수받은 것이고 또 제자가 천하오절에 들 정도라면 사부는 더 말할 것 있겠소? 그러니 소용녀가 중앙을 차지하는 게 어떨까요?"

소용녀가 미소를 지으며 말했다.

"제가 어찌 감히 그런 호칭을 받겠습니까?"

"소용녀가 아니라면 용이는 어떻겠소? 무공이 최고로 강하다고 할 수는 없지만 지혜와 기지가 뛰어나서 적을 이기니 천하오절의 호칭을 받기에 충분할 것 같은데요?"

황약사의 말에 주백통이 박수를 치며 웃었다.

"옳소, 옳아. 사실 난 황 노사네, 곽 대협이네 하는 것을 다 인정하고 싫지는 않지만, 황용만큼은 찬성이야. 어찌나 영리하고 꾀가 많은지 노완동이 황용 앞에서는 꼼짝도 할 수 없다니까. 황용은 천하오절이 되기에 충분한 자격이 있어, 암.”

주백통의 뜻밖의 반응에 모두들 잠시 당황스러웠다. 사실 무공으로 따지면 주백통은 황약사나 일등대사보다 훨씬 나았다. 본인들도 그 점을 잘 알고 있었지만 주백통을 놀려주려는 마음에 일부러 그의 이름을 거론하지 않았을 뿐이었다. 주백통이 화내는 모습을 보려 한 것인데 뜻밖에 그의 반응이 너무 천진난만했다. 그는 비록 천성이 무공을 좋아하기는 했지만 그것으로 명예를 얻고자 하는 욕심은 추호도 없었던 것이다.

황약사가 껄껄 웃으며 말했다.

“노완동, 정말 대단하시구려. 나나 일등대사도 명예를 헛된 것으로 여기지만, 노완동은 마음을 완전히 비웠구려. 명예에 대한 생각 자체가 없는 사람이니 역시 우리보다 한 수 위입니다. 동사, 서광, 남승, 북협, 중완동中頑童이 어떻습니까? 천하오절 중 노완동이 최고이십니다.”

모두들 ‘동사, 서광, 남승, 북협, 중완동’이라는 말에 웃음을 참지 못하면서도 박수를 치며 환호했다. 참으로 적절하고도 재미있는 별칭이었다. 한동안 즐거운 대화를 나눈 일행은 사방으로 흩어져 화산 곳곳의 절경을 감상했다.

양과는 옥녀봉을 가리키며 소용녀에게 말했다.

“옥녀검법을 배운 우리가 옥녀봉을 구경하지 않을 수 없죠.”

“맞아요.”

두 사람은 손을 잡고 옥녀봉 정상에 올랐다. 옥녀봉 정상에는 작은 사당이 있었는데, 그 옆에는 석마石馬가 한 필 세워져 있었다. 그 사당이 바로 옥녀사玉女祠였다. 사당 중앙의 큰 돌 위 깊이 파인 곳에는 맑은 물이 고여 있었다. 양과는 전에 화산에 와보기는 했으나 옥녀봉에 올라온 적은 없었다. 그러나 당시 홍칠공에게 산 곳곳의 풍경에 대해 자세히 들은 바 있었다.

"이게 옥녀가 머리를 감던 대야인데, 항상 맑은 물이 고여 있다는군요."

"우리 옥녀에게 참배하러 가요."

옥녀 신상은 매우 아름답고 기품이 넘쳤다. 그런데 놀랍게도 고묘에 있는 임조영의 화상畵像과 매우 닮아 보여 양과와 소용녀는 깜짝 놀랐다. 소용녀가 말했다.

"이 여신이 바로 우리 조사님 아닐까요?"

"조사님께서는 천하를 누비며 의를 행하셨으니 조사님의 은혜를 입은 사람이 적지 않았을 거예요. 그들 중 누군가가 조사님의 은혜를 기리기 위해 이곳에 사당을 세웠을 수도 있겠죠."

소용녀가 고개를 끄덕이며 말했다.

"정말 그런 것 같아요. 만약 평범한 선녀라면 왜 사당 옆에 석마가 있겠어요. 석마는 틀림없이 우리 조사님의 말을 기리기 위해 만든 것일 거예요."

두 사람은 옥녀상 앞에 나란히 서서 절을 하며 말했다.

"평생 동안 부부의 연을 맺어 다시는 헤어지지 않게 해주세요."

그때 문득 등 뒤에서 가벼운 발걸음 소리가 들려왔다. 고개를 돌려보니 곽양이었다. 양과가 반가운 듯 말했다.

"어? 양이구나. 우리랑 같이 구경하러 갈래?"

"좋아요."

소용녀는 곽양의 손을 꼭 잡았다. 세 사람은 함께 사당을 나왔다. 돌다리를 건너자 높은 언덕이 나왔다. 세 사람은 나란히 언덕을 올라갔다. 그곳은 넓은 연못이었다. 곽양은 가까이 다가가 연못을 내려다보았다. 차갑고 습한 기운이 얼굴을 덮쳐 자신도 모르게 몸서리가 쳐졌다. 끝이 보이지 않을 만큼 깊은 못이었는데, 절정곡의 심곡과는 그 느낌이 또 달랐다. 절정곡은 깊은 안개에 가려져 위에서 내려다보는 사람은 그저 상상만 할 뿐 심곡 밑의 정경이 어떤지는 알 길이 없었다. 그러나 이 연못은 안개도 없고 매우 잘 보였지만 보면 볼수록 그 깊이가 어찌나 깊은지 저도 모르게 공포감을 느끼게 했다.

"동생, 조심해."

소용녀가 곽양의 손을 잡아당겼다. 양과가 말했다.

"이 연못이 황하로 연결되어 있대요. 천하의 8대八大 심수心水 중 하나라래요. 당나라 때 북방 지역에 큰 가뭄이 들었는데, 당 현종이 비를 내리게 해달라는 기원을 옥판玉板에 새겨 바로 이 연못에 던졌다고 해요."

곽양이 믿기지 않는다는 듯 눈을 둥그렇게 떴다.

"이 연못이 황하로 통한다고요? 정말 신기하군요."

양과가 웃으며 말했다.

"전해지는 말이 그렇다는 거야. 아무도 연못 속에 들어가본 적이 없으니 정말인지 아닌지는 알 길이 없지."

"당 현종이 옥판을 이 연못에 던질 때 양귀비도 옆에 있었을까요? 그래서 결국 비가 왔나요?"

곽양의 순진한 질문에 양과는 웃음을 터뜨렸다.

"하하하! 난들 알겠니? 글쎄, 하늘이 비를 내리고 싶으면 내리고, 내리고 싶지 않으면 안 내렸겠지. 꼭 황제의 원대로 될 리 있었겠어?"

곽양은 연못을 멍하니 바라보며 혼잣말처럼 중얼거렸다.

"황제의 신분이 되어도 모든 일을 자기 뜻대로 하지는 못했구나."

양과는 곽양의 어두운 표정을 보자 걱정이 되었다.

'어린 나이에 저런 생각을 하다니. 무슨 근심이 있는 걸까? 양이의 기분을 좀 풀어주어야겠는데 어떻게 하지?'

양과가 막 무언가 위로의 말을 건네려는데 갑자기 소용녀가 입을 열었다.

"쉿, 누군가가 이쪽으로 오고 있어요."

양과는 그녀가 가리키는 곳을 바라보았다. 저만치 언덕 아래에서 두 사람이 땅을 기는 듯한 자세로 수풀을 헤치며 올라오고 있었다. 두 사람 모두 경공술이 매우 뛰어나 보였는데 행여 남의 눈에 뜨일까 봐 조심하는 기색이 역력했다. 소용녀의 시력이 워낙 좋았기 때문에 멀리 있는 두 사람을 발견할 수 있었던 것이다. 양과가 목소리를 낮추어 말했다.

"무공이 상당히 강한 사람들인 것 같은데 무슨 꿍꿍이인지 모르겠군요. 저자들이 화산에 온 것은 틀림없이 이유가 있을 거예요. 우리 여기 숨어서 저자들이 무슨 짓을 하는지 살펴봅시다."

세 사람은 큰 나무와 바위 사이에 몸을 숨겼다. 한참이 지나자 발소리가 점점 가까워졌다. 날은 이미 어두워져 달빛이 희미하게 비치고 있었다.

곽양은 소용녀에게 몸을 기대고 앉아 망연한 생각에 잠겨 있었다. 그녀는 언덕을 올라오고 있는 두 사람에게는 아무런 관심도 없었다.

그저 양과의 옆모습을 바라보며 애잔한 표정만을 지었다.

'평생 이렇게 오빠와 언니와 함께 살 수 있다면 얼마나 좋을까?'

곽양은 지금 이 순간이 너무나 즐겁고 행복해 이대로 시간이 멈췄으면 좋겠다는 생각이 들었다. 그러나 곽양 역시 그것이 불가능한 소원이라는 것을 잘 알고 있었다. 그녀는 코끝이 시큰해졌다. 소용녀는 희끄무레한 달빛 속에서도 곽양의 두 눈에 눈물이 가득 고여 있는 것을 똑똑히 보았다.

'무슨 걱정거리가 있는 것일까? 내가 도울 수 있다면 정말 좋겠는데.'

언덕을 다 올라온 두 사람은 커다란 바위 뒤에 몸을 숨겼다. 한참이 지나자 그중 한 사람이 낮은 목소리로 속삭이듯 말했다.

"소상 형, 화산은 산세가 험하고 계곡이 깊어 몸을 숨길 만한 곳이 많아요. 며칠 동안 잘 숨어 있으면 그 중놈이 우릴 찾지 못할 겁니다. 찾다가 다른 곳으로 가버리면 그때 다시 서쪽으로 갑시다."

두 사람의 모습은 보이지 않았지만 목소리는 분명 윤극서였다. 그가 '소상 형'이라 부르는 것으로 보아 다른 한 사람은 소상자인 모양이었다.

'중원에 온 몽고 무사들 중 금륜국사, 니마성, 곽도 등은 이미 죽었고 달이파, 마광좌 등은 악한 사람들이 아니었어. 소상자와 윤극서만 남은 셈인데, 지난번에 목숨이 불쌍해서 살려주었더니 또 무슨 나쁜 짓을 저지른 모양이군.'

소상자의 스산한 목소리가 들렸다.

"그렇게 간단한 일이 아니오. 만약 우리를 찾지 못하면 그자는 분명 산 밑에서 우릴 기다릴 거요. 함부로 내려갔다가 잘못하면 그자의 손에 잡히게 되오."

"음, 역시 소상 형은 생각이 깊으십니다. 그럼 어찌해야 할까요?"

"이 산에는 절과 도관이 매우 많을 것이오. 그중 외지고 좀 낡은 곳을 골라 중이든 도사든 그 주인들을 없애버리고 우리가 그곳을 차지하는 게 좋겠어요. 그자는 우리가 그렇게 오랫동안 이 산에 머무르리라고는 생각하지 못할 겁니다. 산을 몇 차례 뒤지고 산 밑에서 몇 달 기다리다 보면 제풀에 지쳐 포기하겠지요."

윤극서는 안심이 되는 듯 목소리를 높여 말했다.

"좋은 생각입니다."

소상자가 다그쳤다.

"조용히 하시오!"

"이크, 기쁜 나머지 조심해야 한다는 것을 깜빡했습니다."

두 사람은 더욱 목소리를 낮추어 속삭였다. 양과의 내공으로도 더이상 그들의 말을 들을 수가 없었다.

'누군지는 모르나 저자들을 쫓고 있는 중이란 사람의 무공이 대단한가 보구나. 황 도주, 일등대사, 곽 백부 등 몇 사람을 제외하고는 저자들을 상대할 수 있는 사람이 거의 없을 텐데 왜 저렇게 두려워하는 것일까? 대체 그 고승이 누구이기에 저들을 벌벌 떨게 만든단 말인가? 또 그 고승은 무슨 일로 저자들을 쫓고 있는 것일까? 흥, 사람을 죽이고 절을 차지하겠다고? 내 손에 걸린 이상 그냥 두고 볼 수만은 없지.'

그때 멀리서 곽부가 소리 높여 부르는 소리가 들렸다.

"양 오빠! 언니! 양아!……. 양 오빠! 언니! 양아! 식사하세요."

양과는 고개를 돌려 소용녀와 곽양을 바라보며 손을 저었다. 소리내지 말라는 뜻이었다. 곽부는 몇 차례 부르더니 더 이상 부르지 않았다. 그때 갑자기 산중턱에서 누군가가 큰 소리로 외쳤다.

"책을 빌려가서 돌려주지도 않고 도망가는 두 분, 어서 나오시지요."

목소리가 어찌나 우렁찬지 온 산이 쩌렁쩌렁 울렸다. 내공이 얼마나 강한지 알 수 있었다. 비록 상대방을 압도하는 위력은 없었지만 공력만큼은 양과의 장소에 뒤지지 않을 것 같았다. 양과는 깜짝 놀랐다.

'세상에 내가 모르는 이런 고수가 있었다니!'

양과는 몸을 살짝 내밀어 소리가 나는 쪽을 바라보았다. 달빛 아래 검은 그림자가 빠른 속도로 산을 올라오고 있었다. 그림자는 두 사람이었다. 한 명은 회색 승복을 입은 승려였고, 또 한 명은 어린 소년이었다. 소상자와 윤극서는 수풀 사이에 몸을 숨긴 채 숨을 죽이고 있었다. 양과는 승려의 걸음걸이며 몸놀림을 보고 또 한 번 감탄을 금치 못했다.

'경공술은 용이나 나보다 못하지만 이렇게 험한 산을 어린 소년을 끌고 저렇게 빠른 속도로 올라오다니 내공이 상당하구나. 내공으로만 따지면 일등대사나 곽 백부에 필적할 만큼 대단해 보이는군. 그런데 왜 이제까지 저 승려에 대한 이야기를 전혀 들어보지 못했을까?'

승려는 언덕 위로 올라와 사방을 살폈다. 그러더니 소상자와 윤극서의 모습이 보이지 않자 서쪽을 향해 방향을 바꾸었다. 그때 곽양이 참지 못하고 소리를 질렀다.

"이봐요. 그 두 사람 저기에 있어요!"

곽양이 입을 열자마자 바람 소리가 나더니 두 개의 비추飛錐와 한 개의 상문정喪門釘이 곽양을 향해 날아왔다. 양과는 옷소매를 휘둘러 세 개의 암기를 소매 안에 넣었다. 곽양은 내공이 깊지 않았기 때문에 소리가 멀리 전해지지 않았고, 승려는 매우 빠른 속도로 멀어졌기 때문에 결국 곽양의 목소리를 듣지 못했다. 곽양은 승려가 순식간에 사라지는 것을 보고 다급하게 말했다.

"오빠, 어서 가서 저 사람을 불러와요."

"인연이 있으면 천 리 밖에서도 서로 만날 수 있고, 인연이 없으면 서로 스쳐 지나가도 만나지 못하는 법."

양과의 목소리가 멀리 울려 퍼졌다. 산중턱을 내려가던 승려는 즉시 걸음을 멈추고 고개를 돌리며 말했다.

"고인高人께서 저의 부족함을 바로잡아주시지요."

"쇠 신발이 다 닳도록 찾아다녀도 찾을 수 없던 것을 별로 힘들이지도 않고 우연히 찾게 되기도 하지요."

승려는 크게 기뻐하며 소년의 손을 잡고 즉시 돌아왔다.

소상자와 윤극서는 양과의 목소리를 듣고 이만저만 놀란 것이 아니었다. 두 사람은 서로 눈짓을 교환한 후 풀숲에서 빠져나와 동쪽을 향해 달리기 시작했다. 승려의 발걸음이 비록 빠르기는 하나 거리가 워낙 멀었고, 게다가 화산에는 도처에 몸을 숨길 만한 풀숲과 동굴이 많았다. 만약 두 사람이 또다시 숨어버리면 날이 너무 어두운 터라 찾는 것이 불가능할지도 몰랐다.

양과는 손가락을 튕겨 비추를 날렸다. 바로 소상자가 곽양을 향해 날린 암기였다. 양과는 승려가 무슨 일로 두 사람을 찾고 있는지 정확히 파악하지 못한 상태인지라 둘을 해치고 싶지는 않았다. 비추는 두 사람의 얼굴 앞을 스쳐 지나갔다. 그 기운이 어찌나 강한지 두 사람은 얼굴이 칼로 베인 듯 쓰라렸다. 두 사람은 낮은 비명 소리를 내며 북쪽으로 방향을 바꿨다. 양과는 또다시 상문정을 날려 두 사람이 다시 방향을 바꾸도록 만들었다.

그사이 승려가 언덕 위에 도착했다. 소상자와 윤극서는 더 이상 피할 수 없음을 깨닫고 무기를 꺼내 들었다. 한 사람은 곡상봉을 들었고, 또 한 사람은 연편을 꺼냈다. 윤극서의 연편에는 원래 화려한 금장식이 달려 있었으나 일찍이 중양궁에서 양과와 싸우다가 거의 모두 잃어버렸다. 그 후 금 구슬과 보석을 다시 박아 넣었으나 당시의 금연편에 비할 바가 아니었다.

승려는 사방을 둘러보았다. 그러나 자신을 도와준 사람의 모습을 찾을 수는 없었다. 승려는 소상자와 윤극서를 내버려둔 채 합장을 하며 예를 갖추었다.

"누구신지 모르오나 소림사의 소승 각원覺遠이 크게 감사드립니다."

승려의 정중한 말과 바른 자세에 기품이 넘쳐흘렀다. 대머리와 승복만 아니라면 영락없는 선비의 모습이었다. 이 승려와 비교해볼 때 황약사는 대범하고 제멋대로이며 세속에서 벗어난 듯한 기상이 있었고, 주자류는 조정의 벼슬아치 같은 귀티가 났다. 각원이라는 승려는 쉰 살 정도 되어 보였고, 학자 같은 품위와 위엄, 그리고 대범하고 당당한 모습이 공부를 많이 한 경학經學의 명가名家 같았다. 양과는 소홀히 대할 수가 없어 숨어 있던 곳에서 나와 읍을 하며 예를 갖추었다.

"소자 양과, 대사님께 인사드립니다."

'소림사의 방장方丈과 달마원達摩院, 나한당의 수좌首座 등은 만나본 적이 있지만, 그분들의 무공도 이분에는 미치지 못하는 것 같아. 그런데 어찌 지금까지 한 번도 이 고승에 대한 이야기를 들어본 적이 없을까?'

각원이 공손한 태도로 대답했다.

"소승, 양 거사를 만나 뵙게 되니 영광입니다."

각원이 곁에 있던 소년에게 말했다.

"어서 양 거사께 인사를 올려라."

소년은 앞으로 다가가 양과를 향해 절했다. 양과도 반절을 하여 예를 갖추었다. 소용녀와 곽양도 숨어 있던 곳에서 나왔다. 각원은 역시 합장을 하며 두 사람에게도 공손히 예를 표했다.

소상자와 윤극서는 한쪽에서 굳은 듯 서 있었다. 다가가서 싸우자니 실력이 각원, 양과, 소용녀 등에 비할 바가 아니었고, 달아나자니 그 역시 불가능한 일이었다. 살아남을 수 있는 길은 허점을 노려 기습공격을 하는 수밖에 없었다. 두 사람은 끊임없이 눈짓을 주고받았다. 양과가 말했다.

"귀사의 나한당 수좌이신 무색선사께서는 매우 호탕하고 활달하신 분이시지요. 그분과는 10여 년 전부터 잘 알고 지내는 사이입니다. 6년 전, 귀사의 방장이신 천명선사天鳴禪師의 부름을 받아 귀사에 가서 예불을 올린 적이 있었습니다. 그 덕에 달마원 수좌이신 무상선사無相禪師 등 여러 고승을 만나 뵐 수 있는 귀한 기회를 얻었습니다. 아마도 대사님께서는 그때 절에 계시지 않으셨나 봅니다."

신조대협 양과의 이름은 이미 천하에 유명해져 있었다. 그러나 각원은 양과를 전혀 모르는 눈치였다.

"아하, 양 거사께서는 천명 사숙, 무상 사형, 무색 사형과 친분이 있으시군요. 소승은 장경각에서 일하는 관계로 30여 년 동안 바깥출입을 하지 않았습니다. 직책이 워낙 미천한지라 손님이 오셔도 감히 인사를 올리지 못했지요."

양과는 이해할 수가 없었다.

'무공이 이렇게 강한데 무림에 전혀 이름이 알려지지 않았을 뿐만 아니라 소림사 내에서도 잘 알려지지 않은 모양이군. 그렇지 않다면 무색이 나와 그렇게 가까운 사이인데 소림사에 이런 인물이 있다는 사실을 내게 말하지 않을 까닭이 없지.'

양과와 각원이 큰 소리로 대화를 주고받는 것을 언덕 아래에 있던 황약사 등도 듣게 되었다. 모두들 무언가 심상치 않은 일이 생겼음을 알고 양과가 있는 곳으로 달려왔다.

양과는 각원에게 한 사람씩 소개해주었다. 황약사, 일등, 주백통, 곽정, 황용은 무림에서 수십 년 동안 이름을 날려온 사람들인지라 강호에서는 모르는 사람이 없다 해도 과언이 아니었다. 그러나 각원은 모두에게 예를 갖추어 공손히 인사를 하기는 했지만 그들 중 어느 한 사람도 모르는 듯했다.

각원은 함께 있던 소년에게도 모두에게 인사하도록 시켰다. 모두들 각원의 기품 있고 예의 바르며 당당한 태도에 저도 모르게 존경심이 일었다. 인사를 마친 각원은 합장을 하며 소상자와 윤극서를 향해 말했다.

"소승은 장경각을 책임지고 맡아 관리하고 있습니다. 장경각에서 종이 한 장만 없어져도 곧 소승의 책임입니다. 두 분께서는 빌려가신 경서를 돌려주시면 감사하겠습니다."

양과는 각원의 말을 듣고 소상자와 윤극서가 소림사 장경각에서 경서를 훔쳤다는 것을 알았다. 각원은 경서를 되찾기 위해 두 사람의 뒤를 쫓고 있었던 것이다. 그런데도 경서를 훔친 두 사람에 대한 태도가 예의 바르기 그지없었다.

윤극서가 이죽거리며 말했다.

"뭔가 오해가 있으신 듯합니다. 저희 두 사람이 위기에 처했을 때 대사님께서 거두어주셔서 그 은혜가 하늘과도 같습니다. 그런데 저희가 어찌 대사님께 누가 되는 행동을 하겠습니까? 경서를 빌린 적도 없는데 안 돌려줬다고 여기까지 쫓아오시다니⋯⋯. 게다가 저희 두 사람은 불가의 제자도 아닌데 불경을 빌려 무엇에 쓰겠습니까?"

윤극서는 보석상 출신이었기에 말솜씨가 좋았다. 잘 모르는 사람이 들으면 참으로 일리 있는 말이었다. 그러나 양과 등은 윤극서와 소상자가 선량한 무리가 아님을 잘 알고 있었다. 그들이 훔친 경서가 결코 평범한 불경일 리 없었다. 틀림없이 소림파의 권경拳經이나 검보劍譜를 훔친 모양이었다. 만약 양과였다면 긴말 필요 없이 그 자리에서 두 사람을 때려눕히고 몸을 뒤져 경서를 찾아내고 말았을 것이다. 그러나 각원은 여전히 침착하고 온화한 태도를 잃지 않고 모두를 바라보며 말했다.

"소승이 이 일의 전말을 말씀드릴 터이니 여러분께서 판단을 해주십시오."

곽양이 참지 못하고 나섰다.

"스님, 조금 전 저 두 사람이 저기 숨어서 스님이 자기들을 찾지 못하게 사람을 죽여 절을 차지하자고 의논하는 걸 분명히 들었어요. 마음에 찔리는 구석이 없으면 무엇 때문에 사람을 죽이는 나쁜 짓을 해가며 스님을 피하려 하겠어요?"

각원이 소상자와 윤극서를 바라보며 말했다.

"나무아미타불 관세음보살. 두 분은 어찌 그런 악한 생각을 하셨습니까? 어서 참회하고 마음을 깨끗이 하십시오."

아무래도 각원은 세상 물정을 잘 모르는 사람 같았다. 그렇지 않고

서야 어찌 소상자나 윤극서 같은 악한들에게 참회하고 마음을 깨끗이 하라는 등의 말을 할 수 있단 말인가? 지켜보던 황용 일행은 자신들도 모르게 웃음이 나왔다.

윤극서는 각원이 즉시 무공을 사용하지 않고 말로 해결하려는 것을 보고 다소 안심이 되었다.

"좋습니다. 이분들께 판가름을 받도록 하지요. 어서 자초지종을 말씀드리세요."

각원이 고개를 끄덕였다.

"여러분, 어느 날 소승이 장경각에서 경서를 뒤적이고 있는데 뒷산에서 싸우는 소리와 함께 살려달라고 외치는 고함 소리가 들렸습니다. 소승이 얼른 뛰어나가서 보니 이 두 분이 땅바닥에 누운 채 몽고의 무관 네 명에게 맞아 죽어가고 있었습니다. 그 모습을 차마 그냥 넘길 수가 없어 제가 나서서 몽고 무관들을 물러가게 한 후 부상을 입은 두 분을 부축해 장경각에서 잠시 쉬게 해드렸습니다. 두 분, 제 말이 맞지요?"

윤극서가 말했다.

"그랬지요. 그래서 저희가 대사님께서 목숨을 구해주신 은혜를 어찌 갚아야 할지 모르겠다 하지 않았습니까."

양과가 말했다.

"흥, 당신들 무공 실력으로 볼 때 설사 몽고 무사 40명이 덤빈다 해도 쉽게 당할 리가 없는데 겨우 네 명에게 맞아 부상을 입었다니, 각원 대사께서 당신들의 장난에 속아 넘어가셨군요."

각원이 말을 계속했다.

"두 분께서 하루 동안 푹 쉬고 나더니 침상에 누워만 있으니 무료하다며 경서를 좀 빌려달라 하셨습니다. 소승은 불경을 읽는다고 하기에 좋은 일이라고 생각했습니다. 게다가 두 분께서 자진해서 불법을 공부하시겠다 하니 참으로 좋은 일이 아닙니까? 하여 경서 몇 권을 보여드렸지요. 그런데 어느 날 밤 두 분께서 소승이 좌선입정坐禪入定을 하고 있는 틈을 타 여기 있는 어린 제자 군보君寶가 읽고 있던《능가경楞伽經》을 가져가셨지 뭡니까? 말없이 가져가시는 것은 결코 군자의 도가 아닙니다. 두 분께서는 어서 가져가신 경서를 돌려주십시오."

일등대사는 불학佛學에 조예가 깊었고, 주자류도 사부님을 오랫동안 모셔왔기 때문에 꽤 많은 불경을 읽었다. 두 사람은 각원의 말을 듣고 조금 의아한 생각이 들었다.

'소림사에서 경서를 훔쳤다기에 무슨 권경이나 검보 같은 무학 서적인 줄 알았는데《능가경》을 훔쳤다니 뜻밖이군.《능가경》은 비록 달마 조사께서 전해준 것이기는 하나 경서의 내용은 모두 여래불如來佛이 능가도에서 설법한 내용이 아닌가. 대승불법大乘佛法을 설파한 것이어서 무공과는 아무런 관계도 없는데, 저 두 사람이 무엇 때문에 그 책을 훔쳤을까? 게다가 그 불경이라면 어디에서나 흔히 구할 수 있는데 각원은 왜 이 먼 길을 쫓아왔을까? 무언가 숨은 사연이 있는가 보군.'

각원이 말을 이었다.

"이 네 권의《능가경》은 달마 조사께서 가져온 패엽경貝葉經을 기록한 것입니다. 원본에 쓰인 천축 문자를 글자 하나 바꾸지 않고 그대로 베낀 것이기에 매우 귀중한 자료입니다. 두 분께서는 가져가셔도 알아볼 수 없으실 테고, 저희 소림사로서는 대대로 전해지는 귀중한 책이니 어서 돌려주시지요."

황용 일행은 그제야 고개를 끄덕였다.

"아하, 달마 조사가 천축에서 가져온 패엽경을 기록한 것이었구나. 그렇다면 당연히 귀중한 책이겠군요."

윤극서가 여전히 얄밉게 웃으며 말했다.

"그러게 말입니다. 저희 두 사람은 천축 문자를 알지도 못하는데 무엇 때문에 그 경서를 가져갔겠습니까? 비록 귀한 책이라고는 하나 팔아서 돈이 되는 것도 아니잖습니까. 불가의 고승이라면 모를까, 누가 그 책을 가지려 하겠습니까? 또 불가의 고승이라면 그렇게 귀한 책을 살 만한 돈이 없을 테고요."

윤극서가 번지르르하게 꾸며대는 말을 듣고 모두들 화가 났다. 그러나 각원은 여전히 온화하고 점잖은 태도를 잃지 않았다.

"《능가경》은 총 네 종류의 한문 역본譯本이 있었는데 지금은 그중 세 종류만 전해지고 있습니다. 하나는 유송劉宋 시대에 발타라跋陀羅가 번역한 것으로 제목이 《능가아발타라보경楞伽阿跋陀羅寶經》이며 역시 네 권으로 이루어져 있지요. 이것은 《사권능가四卷楞伽》라고도 하는데 달마 조사가 전한 원본과 서로 대조해볼 수 있습니다. 두 번째는 위魏의 보리유지菩提流支가 번역한 것으로 제목은 《입능가경入楞伽經》이며 총 열 권으로 이루어져 있습니다. 그래서 《십권능가十卷楞伽》라고 부르기도 합니다. 세 번째는 당나라의 실차난타實叉難陀가 번역한 것인데 《대승입능가경大乘入楞伽經》이라고 부릅니다. 모두 일곱 권으로 되어 있어 《칠권능가七卷楞伽》라고도 합니다. 세 종류의 번역본 중 《칠권능가》가 가장 명쾌하고 알기 쉽게 번역되어 있어 가장 널리 보급되어 있습니다. 소승이 《칠권능가》를 가지고 왔는데 두 분께서 그토록 경서를 보기 원하신다면 드리도록 하겠습니다. 혹시 《사권능가》와 《십권능가》도 필요하시면 소승이 다시 구해드리겠습니다."

각원은 소매 속에서 경서 일곱 권을 꺼내 곁에 있던 소년에게 건네주면서 윤극서에게 주라고 명했다. 양과의 입가에 미소가 번졌다.

'각원대사는 어리석은 구석이 있구나. 그러기에 저 두 악한에게 경서를 빼앗기고도 또 가져다주지.'

소년이 경서를 받아 들며 말했다.

"사부님, 저들은 나쁜 사람들이에요. 경서를 훔치는 것이 목적이지 불경을 보고 싶어서가 아니라고요."

소년은 비록 나이는 어렸지만 목소리에 기가 충만했다. 생김새는 다소 특이해 턱은 뾰족하고 목이 가는 반면 가슴은 매우 넓었다. 동그란 눈에 큰 귀가 무척 어색해 보였고, 다리는 유난히 길었다. 비록 열서너 살밖에 되지 않은 소년이었지만 말투며 태도에 총명함이 넘쳤다. 양과가 물었다.

"어린 형제는 존함이 어찌 되시는지요?"

"이 아이는 성은 장張이요, 이름은 군보라고 합니다. 어려서부터 장경각에서 저를 도와 청소와 책을 관리하는 일을 하고 있지요. 비록 저를 사부라고 부르기는 하나 아직 머리를 깎은 것도 아니기에 속가의 제자라고 할 수 있습니다."

양과가 칭찬을 아끼지 않았다.

"훌륭한 스승 밑에 뛰어난 제자가 나온다더니, 대사님의 제자 역시 범상치 않습니다."

"저는 비록 훌륭한 스승이 아닙니다만 군보는 확실히 뛰어난 아이입니다. 제가 수양이 부족해서 제대로 가르치지 못하는 것이 아쉬울 뿐입니다."

각원은 이렇게 말하고는 소년에게 시선을 돌렸다.

"군보야, 오늘 이렇게 귀한 분들을 만났으니 네 평생에 큰 행운인 줄 알아야 한다. 이분들께 가르침을 청하거라. '뛰어난 군자의 가르침을 받는 것은 10년 동안 책을 읽는 것보다 낫다'라는 말도 있지 않느냐."

"예."

주백통은 비록 자신과 관계된 일은 아니지만 답답한 나머지 참지 못하고 끼어들었다.

"소상자, 윤극서 이놈들! 비록 대사님을 속일 수 있을지는 모르나 이 노완동은 속이지 못할 것이다. 현재 무림에서 천하오절이 누구인지 아느냐?"

윤극서가 대답했다.

"잘 모릅니다. 가르침을 주시지요."

주백통은 의기양양한 태도로 말했다.

"좋아, 가르쳐주지. 바로 동사, 서광, 남승, 북협, 중완동이다. 다섯 중에 중완동이 최고지. 천하오절의 말을 가볍게 여겨서는 안 된다. 그 경서는 너희가 훔친 게 틀림없어! 설사 너희가 훔치지 않았다 하더라도 너희 책임이니 어서 대사님께 돌려드려야 한다. 어서 내놓아라! 만약 빨리 내놓지 않으면 둘 다 귀를 잘라버릴 테다. 왼쪽을 잘라줄까, 오른쪽을 잘라줄까?"

주백통은 마치 정말 귀를 자르기라도 하려는 듯 양손을 비벼댔다. 소상자와 윤극서가 이마를 찌푸렸다.

'저 늙은이는 무공도 강할 뿐 아니라 한다면 하는 사람인데 어떻게 하지?'

그런데 그때 각원이 입을 열었다.

"주 거사님의 말씀은 옳지 않습니다. 모든 일에는 순리가 있는 법입니다. 두 분께서 《능가경》을 빌렸다면 빌린 것이고, 빌리지 않았다면 빌리지 않은 것이죠. 만약 두 분께서 정말 빌리지 않았다면 두 분께 책임을 물을 수는 없습니다. 그렇게 되면 순리에 어긋나는 일이니까요."

주백통은 어이가 없어 소리 내어 웃었다.

"하하하! 참으로 이상한 양반일세. 기껏 도와주려 했더니 도리어 저 사람들의 역성을 들다니, 이런 법이 어디 있소? 이봐요, 대사님. 억지든 아니든 내가 그렇다면 그런 겁니다. 만약 저자들이 경서를 훔치지 않았다면 내가 저자들을 끌고 소림사로 가서 훔치게 만들고 말 테요. 그러니 저자들이 훔쳤어도 훔친 것이고, 훔치지 않았어도 훔친 것이오. 어제 훔치지 않았다면 오늘 반드시 훔칠 테고, 오늘 이미 훔쳤으면 내일 또 훔칠 것이오."

각원이 연신 고개를 끄덕였다.

"주 거사님의 말은 선리禪理에 맞는 말씀입니다. 불가에서는 색즉시공色即是空, 공즉시색空即是色이라 했습니다. 색과 공을 억지로 구분할 필요는 없지요. '훔쳤다'라는 말은 듣기에 거북하니 차라리 '말없이 빌려갔다'라고 하는 것이 좋겠습니다. 두 분께서 말없이 빌려가고픈 마음이 생겼으니 설사 정말 말없이 빌려간 것이 아니라 할지라도 결국 말없이 빌려가신 것이지요."

각원의 말에 모두들 어이가 없었다. 고지식한 각원과 엉뚱한 주백통이 입씨름을 벌이면 끝이 없을 것 같았다. 양과는 주백통이 또다시 억지를 부리기 전에 얼른 나서서 소상자와 윤극서를 향해 말했다.

"당신들은 몽고군을 도와 우리의 국토와 백성을 침략했으니 그것만으로도 죽어 마땅한 죄를 지었소. 내 당장 당신들을 죽이고 싶으나, 일등대사와 각원대사께서 원치 않으실 것 같군요. 내가 두 가지 제안을 할 테니 당신들이 선택하시오. 하나는 얌전히 경서를 내놓고 이곳을 떠나 다시는 중원에 돌아오지 않는 것이고, 다른 하나는 두 사람이 각각 내 일장을 받아내는 것입니다. 살든지 죽든지 그것은 두 사람의 운에 달린 것입니다."

윤극서와 소상자는 서로를 바라보았다. 두 사람 모두 양과에게 크게 당한 적이 있기 때문에 양과의 일장 위력을 잘 알고 있었다.

'어떻게든 오늘만 넘겨보자. 나중에 무공을 연마해 다시 복수하면 되니까. 저 사람들 중 각원이 가장 만만하니 이 위기를 넘기려면 그를 이용하는 수밖에 없겠다.'

윤극서는 마음을 굳히고 양과를 바라보며 말했다.

"양 대협, 당신과 나 사이의 일은 나중에 다시 이야기하도록 합시다. 당신의 무공이 나보다 훨씬 강한데 내 어찌 당신을 상대할 수 있겠소. 경서를 빌린 문제에 대해서는 각원대사와 직접 이야기하겠소. 경서에 관한 일은 양 대협과 상관이 없지 않소?"

양과가 미처 대답하기 전에 각원이 고개를 끄덕이며 말했다.

"맞습니다. 윤 거사의 말씀에 일리가 있습니다."

양과는 쓴웃음을 지으며 각원을 바라보았다. 각원의 옆에 서 있는 장군보의 또록또록한 눈빛을 보니 무언가 하고 싶은 말이 있는 듯했다. 양과는 장군보에게 눈짓을 보냈다. 장군보가 나서면 양과가 편이 되어주겠다는 뜻이었다.

양과의 뜻을 눈치챈 장군보가 큰 소리로 말했다.

"윤 거사, 그날 제가 복도에서 경서를 읽고 있는데 당신이 조용히 등 뒤로 다가와 내 혈도를 찍고 네 권의 《능가경》을 가져갔습니다. 그렇지요?"

윤극서가 고개를 가로저었다.

"만약 책을 빌리고 싶었다면 그냥 빌려달라고 하면 될 것을 어찌 혈도를 찍었겠소?"

각원이 고개를 끄덕였다.

"음, 맞는 말씀입니다."

"정말 빌려가시지 않았다면 실례지만 제가 두 분의 몸을 좀 뒤져도 되겠습니까?"

장군보의 말에 각원이 고개를 저었다.

"그건 안 된다. 몸을 뒤지는 것은 예의에 어긋나는 일이지. 두 분께서는 저 아이의 의심을 풀어줄 무슨 방법이 있으신지요?"

윤극서가 또 무슨 감언이설로 위기를 모면하려 하는데 양과가 말을 가로챘다.

"각원대사님, 네 권의 《능가경》에 무슨 특별한 것이 있습니까?"

각원이 잠시 생각에 잠겼다.

"출가한 몸으로 거짓말을 할 수는 없지요. 양 거사께서 기왕에 그리 물으시니 사실대로 대답하겠습니다. 실은 《능가경》 사이에는 옛날 한 고인이 쓰신 또 한 권의 경서가 쓰여 있습니다. 바로 〈구양진경九陽眞經〉

이라는 책이지요."

〈구양진경〉이라는 말에 모두들 눈이 휘둥그레졌다.《능가경》이란 이름은 낯설었지만 〈구양진경〉이란 이름은 너무나 익숙했다. 황약사와 주백통, 곽정, 황용, 양과, 소용녀 등은 모두 〈구음진경〉을 각기 익힌 바 있어서 〈구양진경〉이란 말을 듣고 더욱 놀랐다. 얼마나 많은 무학지사들이 바로 그 〈구음진경〉을 손에 넣기 위해 무공을 겨루고 목숨을 잃었던가. 결국 마지막에 5대 고수들이 화산에 모여 무공을 겨루었고, 그 결과 무공이 가장 강한 왕중양이 이 책을 갖게 되었다. 그 후 황약사가 제자들을 모두 내쫓고, 주백통이 도화도에 갇히고, 구양봉의 정신이 이상해지고, 단 황야가 출가해 승려가 된 것 등이 모두 〈구음진경〉과 관계가 있었다. 그런 상상을 초월하는 〈구음진경〉과 또 하나의 〈구양진경〉! 그 〈구양진경〉이 바로 이곳에 있다니 놀랍지 않을 수 없었다.

각원은 사람들의 반응을 전혀 눈치채지 못한 채 말을 이었다.

"소승은 장경각을 관리하고 있기 때문에 당연히 장경각의 경서를 모두 읽었습니다. 무릇 불경에 기록된 글은 모두 선인들의 명언이자 진리이지요. 〈구양진경〉 역시 훌륭한 책입니다. 몸을 강하게 하고, 근육을 단련시키며 뼈를 튼튼하게 하는 방법이 쓰여 있지요. 소승은 책에 쓰인 대로 수십 년 동안 수련을 게을리하지 않았는데 그 결과 병 한 번 걸리지 않았습니다. 최근에는 간단한 것을 골라 군보에게도 조금씩 가르치고 있었지요. 〈구양진경〉은 결국 형태를 갖춘 인간의 몸을 보양하는 방법에 지나지 않습니다. 인간의 몸이라는 것은 결국 썩어 없어질 것이기에 경서에 적힌 내용이 비록 심오하고 오묘하다고는 하나, 결국은 피상적이고 외면적인 학문에 불과하기에 잃어버려도 아까울 것이 없습니다. 그러나

《능가경》은 다릅니다. 《능가경》의 원본은 조사님께서 직접 천축에서 가져오셨습니다. 그러니 중요하지 않을 수 없지요. 두 분께서는 천축 문자도 모르시니 가져가셔도 쓸모가 없으실 겁니다. 어서 돌려주시지요."

양과는 왜 각원의 이름을 들어본 적이 없는지 알 것 같았다.

'그랬었군. 무학 중 상승의 무공을 익혔는데도 본인 스스로가 전혀 모르고 있구나. 그저 몸을 건강하게 하는 비법을 익혀 병에 걸리지 않는 것 정도로 생각하고 있다니. 내가 직접 각원대사를 만나서 융통성 없고 고지식한 모습을 보지 않았더라면 절대로 믿지 않았을 거야. 일부러 무공 실력을 감추려 한다고 생각했겠지. 어쩐지…… 천명, 무색, 무상 등이 각원대사와 수십 년을 함께 기거했는데도 각원대사에 대해 잘 모르는 것도 무리가 아니었군.'

일등대사 또한 깨닫는 바가 있는 듯 고개를 끄덕였다.

'〈구양진경〉은 피상적이고 외면적인 학문에 불과하다……. 이 사형은 불가의 도리를 제대로 깨달았구나. 선종의 핵심은 마음을 맑고 깨끗하게 하여 자신의 불성을 발견하는 것인데, 〈구양진경〉은 무공에 관한 책이니 사형이 그것을 하찮게 여기는 것이 당연하지.'

윤극서가 몸을 툭툭 털며 말했다.

"자, 아무것도 없습니다. 제 몸 어디에 그 경서가 있다고 그러십니까?"

그러자 소상자도 소매를 털어 보였다.

"저도 없습니다."

"그렇다면 제가 찾아보지요."

장군보가 손을 내밀어 윤극서의 멱살을 잡았다. 윤극서는 왼손으로 장군보의 팔목을 잡고 오른손으로 어깨를 가볍게 밀었다. 그러자 장군보는 그만 뒤로 곤두박질치고 말았다.

"이런, 군보야. 기를 연澗에 모으고 힘을 양미간 사이에 모아라. 이
것이 〈구양진경〉에서 말한 도리이다."

"예, 사부님."

장군보는 급히 자리에서 일어나 또다시 윤극서를 향해 다가갔다.
황용 일행은 각원이 장군보에게 무예를 일러주는 것을 보고 웃음이
나왔다.

'군자 같은 각원이 제자에게 싸우는 법을 가르쳐주다니.'

윤극서는 자신을 향해 다가오는 장군보의 팔을 잡아 앞으로 밀었
다. 장군보는 사부님이 일러준 대로 기를 아래쪽으로 눌렀다. 그런 탓
인지 윤극서가 밀었는데도 상반신만 약간 휘청거릴 뿐 뒤로 밀려나지
않았다. 윤극서는 깜짝 놀랐다.

'내가 주백통, 곽정, 양과 등을 두려워하는 것은 그들이 뛰어난 고수이
기 때문이다. 그들 몇 명을 제외하고는 나도 당대를 주름잡는 고수라 할
수 있는데 어찌 이 어린 녀석 하나 내 마음대로 하지 못한단 말인가?'

윤극서는 더욱 힘을 주어 장군보를 밀었다. 장군보는 운기해 대항
했다. 그런데 뜻밖에도 윤극서가 갑자기 밀던 힘을 거두어버리자 장군
보는 버티던 힘을 미처 거두지 못하고 그만 앞으로 넘어졌다. 윤극서
는 손을 뻗어 장군보를 부축하며 웃음을 지었다.

"소사부小師父, 엎드려서까지 예를 갖출 필요가 있으신가."

장군보는 얼굴을 붉히며 각원의 곁으로 돌아갔다.

"사부님, 역시 안 되는데요."

각원이 고개를 저었다.

"저분이 일부러 허虛를 보인 것이다. 무無로써 유有를 이기는 것이지. 운기를 할 때 스스로 기를 움직여야 하며 외부 힘이 어디에서 오는지는 신경 쓸 필요가 없다고 〈구양진경〉에도 쓰여 있다. 저 산봉우리를 보아라."

각원이 손을 들어 서쪽의 작은 산봉우리를 가리켰다.

"저 산은 천고 이래로 항상 같은 모습으로 우뚝 서 있다. 바람이 어디서 불어오든지, 폭우가 어느 방향에서 쏟아지든지 산은 결코 물러나지도 고의로 받아내지도 않는다. 그저 그 자리에 서 있을 뿐이다."

장군보는 총명한 아이였다. 사부의 말을 듣자 즉시 그 이치를 깨달은 모양이었다.

"사부님, 무슨 말씀인지 알 것 같습니다. 다시 해보겠습니다."

장군보는 고개를 끄덕이더니 다시 윤극서를 향해 다가갔다. 처음 두 차례 윤극서를 공격했을 때는 매우 빠르고 신속했으나 사부의 가르침을 받고 나서는 발걸음이 느리고 안정되었다. 양과는 생각했다.

'저 두 사람은 오랫동안 〈구양진경〉을 연마해 공력이 깊고 강하구나. 그러나 〈구양진경〉이 신체를 건강하게 해줄 뿐 아니라 적과 싸워 이기는 법도 가르쳐준다는 것을 모르는 모양이다. 그러니 적을 만나 싸울 때 어떻게 해야 하는지를 전혀 모르는 거지.'

장군보는 윤극서에게 다가가 양손을 뻗은 다음 그의 팔을 잡아 비틀었다. 윤극서는 실실 웃으며 왼손을 뻗어 장군보의 가슴을 쳤다. 그러나 지켜보고 있는 고수들이 많아서 감히 다치게 할 수는 없는지라 힘을 많이 싣지는 않았다. 그저 조금 아프게 만들어 다시는 귀찮게 굴지 못하게 만들 속셈이었다. 장군보는 전혀 피하지도 못하고 또 그대로 당하고 말았다.

"사부님, 맞았습니다."

그러나 윤극서는 장군보의 가슴을 치자마자 자신의 장력이 탄력을 받아 다시 되돌아오는 것을 느꼈다. 다행히 힘을 많이 주지 않았기에 망정이지 그러지 않았더라면 도리어 자신이 당할 뻔했다. 윤극서는 왼손을 뻗어 장군보의 어깨를 거머쥐었다. 잡아 넘어뜨릴 생각이었으나 뜻밖에 장군보는 꿈쩍도 하지 않았다. 윤극서는 몇 차례 금나수법을 써보았지만 모두 실패로 돌아가자 놀라고 당황스러웠다. 장군보는 약간 휘청거리기만 할 뿐 잡히지도 넘어지지도 않았다. 윤극서는 연신 장을 내뻗으며 말했다.

"소사부, 난 자네와 싸울 생각이 없네. 군자는 말로 해결하지 무력을 쓰지 않는다 하지 않았나. 자, 어서 비켜서게. 누가 옳은지 말로 하면 되지 않은가."

윤극서의 장력은 점차 강해졌다. 그러나 매번 공격할 때마다 반력反力이 생겨 그 장력이 되돌아왔다. 윤극서가 힘을 더하면 더할수록 반력도 강해졌다. 장군보가 소리쳤다.

"아이고, 사부님. 아파요! 어서 도와주세요."

윤극서가 말했다.

"나도 때리고 싶지 않지만 어쩔 수 없지 않은가. 자네가 먼저 날 때린 걸세. 노 사부님, 저를 때리시려면 때리십시오. 제 생명을 구해준 은인이신데 제가 감히 반격을 할 수 있겠습니까?"

각원이 고개를 저었다.

"윤 거사의 말씀에 일리가 있습니다. 음, 군보야, 내가 널 도와줄 수는 없다. 그러나 〈구양진경〉에 이르기를 허와 실을 잘 구분하라 하지 않았느냐. 모든 공격에는 허와 실이 있는 법이라 했다. 온몸에 부족한 곳이나 파인 곳이 없게 하고, 나온 곳이나 들어간 곳이 없게 하고, 끊어진 곳이나 이어진 곳이 없게 하여라."

장군보는 예닐곱 살 때부터 장경각에서 잔심부름을 해왔다. 각원은 〈구양진경〉 중 기본이 되는 무공을 장군보에게 가르쳐주었다. 그러나 두 사람 모두 이것이 무학에서 가장 심오하고 뛰어난 내공 수련법이라는 사실은 까마득히 모르고 있었다. 소림사의 승려들은 대부분 권법에 능했다. 그러나 각원은 싸우고 때리고 하는 것이 불가의 정신에 위배되며, 군자가 할 일이 아니라고 생각했다. 그러기에 누군가 무공을 연마하는 것을 보면 일부러 거리를 두고 피했다. 오늘 장군보가 부득이한 상황에서 윤극서와 맞서게 되자 각원이 싸우는 법을 가르쳐준 것이고, 그 역시 공격술은 아니었다. 물론 이것 또한 극히 드문 경우였다.

장군보는 사부의 말을 듣고 얼른 온몸의 기와 맥을 잘 통하도록 했다. 비록 각원이 말한 것처럼 '온몸에 부족한 곳이나 파인 곳이 없게 하고, 나온 곳이나 들어간 곳이 없게 하고, 끊어진 곳이나 이어진 곳이 없게' 할 정도는 아니었지만 그래도 윤극서가 어떻게 때리고 공격을 하든지 그저 약간의 통증만 느껴질 뿐 별 충격을 받지는 않았다.

윤극서와 장군보의 공력 차이가 너무나 컸기 때문에 만약 윤극서가 정말 살수를 쓴다면 쉽게 장군보를 죽일 수 있을 것이다. 다만 바로 곁에서 양과, 소용녀, 주백통, 곽정 등이 지켜보고 있었기 때문에 감히 독수를 쓰지 못하는 것일 뿐이었다. 두 사람은 한참을 싸웠으나 승부가 나지 않았다. 장군보는 윤극서의 몸에 손가락 하나 대지 못했다. 윤극서 역시 장군보를 쓰러뜨리지 못했다. 양과 등은 웃음이 나와 키득거렸고 소상자는 인상을 잔뜩 찌푸렸다.

"이봐요, 손을 뻗어 저 사람을 때려요. 왜 맞기만 하고 때리지를 않는 거예요?"

보다 못한 곽양이 장군보를 향해 소리쳤다. 각원이 급히 말렸다.

"안 돼! 노하지도 말고 때리지도 욕하지도 말라 했다."

"손을 놓고 때려봐요. 안 되면 내가 도와줄게요."

"고마워요."

장군보는 곽양의 말에 힘을 얻은 듯 윤극서의 가슴을 향해 주먹을 뻗었다. 각원이 소리쳤다.

"나무아미타불 관세음보살. 분을 품으면 마음속의 평안이 깨지는 법이다."

장군보는 비록 주먹으로 윤극서의 가슴을 때리기는 했으나 권법을 익힌 적이 없는지라 아무런 위력도 발휘하지 못했다. 전혀 무공을 익히지 않은 사람이 때린 것과 같으니 어찌 윤극서를 다치게 할 수 있겠는가.

"하하하하!"

윤극서는 크게 소리 내어 웃어댔다. 그러나 사실 속으로는 낭패가 아닐 수 없었다. 10여 년을 넘게 쌓아온 명성이었다. 적이든 친구든 어느 누구도 그를 함부로 대하지 못했는데 오늘 모두가 지켜보는 가운데 무공도 제대로 할 줄 모르는 이런 어린아이 하나 어찌하지 못하고 있으니 창피하고 무안해서 화가 날 지경이었다. 살수를 쓸 수도 없고, 가볍게 상대해서는 쉽게 무너뜨릴 수도 없는 상태라 난처하지 않을 수 없었다. 윤극서는 장군보가 아픔을 이기지 못하고 스스로 물러나기를 기다리며 세지도 약하지도 않게 장을 발했다.

각원은 장군보가 아프다고 울부짖는 소리를 듣고 윤극서에게 사정을 했다.

"윤 거사, 절대로 그 아이를 죽여서는 안 됩니다. 워낙 총명하고 착한 아이인지라 제가 귀중한 경서를 찾지 못하고 돌아가면 방장께 중벌을 받을 것을 알고 걱정이 되어 윤 거사께 덤빈 것입니다. 절대로 건방지다고 생각하지 마시고……."

이렇게 사정을 하면서도 장군보에게 윤극서의 공격을 막는 방법을 일러주는 것을 잊지 않았다.

"군보야, 마음을 쓰되 힘을 쓰지 말라 했다. 상대가 움직이는 대로 굽히고 뻗으라 했다. 맞은 곳에 마음을 두어야 하느니……."

"예!"

장군보는 사부의 말대로 윤극서가 때리는 곳에 마음과 정신을 쏟았다. 과연 맞기는 맞았으나 그다지 아프지는 않았다.

윤극서가 고함쳤다.

"조심하시게. 이번엔 머리를 때릴 테니."

장군보는 팔을 뻗어 얼굴을 가리며 마음과 정신을 머리에 집중시켰다. 그러나 뜻밖에도 윤극서가 왼발로 다리를 걸어찼다. 픽, 소리와 함께 장군보는 그만 저만치 양과 앞으로 나가떨어졌다. 장군보는 천천히 자리에서 일어났다.

"윤 거사, 어찌 거짓을 말하십니까? 분명 머리를 때리겠다고 하셨으면서 발로 다리를 치는 경우가 어디 있습니까? 이것은 사람을 속이는 행위입니다."

각원의 천진난만한 말에 모두들 웃음이 나왔다. 무공이란 것이 원래 허와 실이 있게 마련이고, 그 허와 실을 제대로 구분하지 못하게 하는 것이 바로 공략이었다. 그러니 결코 윤극서를 탓할 일이 아니었다. 장군보는 비록 나이는 어렸지만 정신력이 강한 아이였다. 그는 얻어맞은 다리를 어루만지며 큰 소리로 외쳤다.

"난 꼭 당신의 몸을 뒤져봐야겠어요."

장군보는 또다시 윤극서에게 다가가려 했다. 양과가 손을 뻗어 장군보의 어깨를 잡았다.

"친구, 잠깐 기다리게."

장군보는 양과에게 어깨를 잡히자마자 온몸이 마비되는 것 같아 움직일 수가 없었다. 깜짝 놀라 뒤를 바라보니 양과가 낮은 소리로 귓속말을 했다.

"맞기만 하고 반격을 하지 않으면 절대로 저자의 몸을 뒤질 수 없어. 내가 한 가지 초식을 가르쳐줄 테니 잘 보게."

양과는 오른쪽 소매로 장군보의 얼굴을 스친 후 왼손을 뻗어 가슴 앞 반 척 정도 되는 곳까지 공격했다. 그러다가 갑자기 방향을 틀어 허리를 때렸다.

"네 사부님께서 공격을 받는 곳에 정신을 집중하라 했지? 그 점이 매우 중요하다. 마찬가지로 네가 어디를 때리든지 때리는 곳에 네 마음과 정신을 집중시켜야 한다. 저자를 때릴 때 정신을 집중하고 네 사부님께서 말씀하신 것처럼 마음을 써야지 힘을 써서는 안 되는 거야."

장군보는 뛸 듯이 기뻤다. 양과가 가르쳐준 초식은 이해하기도 쉽고 기억하기도 쉬웠다. 장군보는 오른손을 펴서 윤극서의 얼굴 앞으로 휘두르면서 왼손 주먹을 평평하게 내뻗어 가슴을 치려 했다. 윤극서는 팔을 횡으로 휘둘러 막으려 했으나 장군보가 어느새 팔을 바꾸어 후려치니 퍽, 소리와 함께 겨드랑이 밑에 적중했다.

윤극서는 장군보에게 몇 차례 공격을 당해보았기 때문에 그의 공격을 별로 대수롭게 여기지 않았다. 그래서 양과가 장군보에게 초식을 가르쳐주는 것을 보면서도 별로 두렵지 않았다.

'네까짓 놈에게 100대, 200대를 맞은들 무엇이 두렵겠느냐?'

그런데 뜻밖에도 장군보에게 맞은 겨드랑이가 너무나도 아팠다. 마치 뼛속까지 아픔이 전해지는 것 같았다. 윤극서는 통증을 견디지 못하고 전신을 부들부들 떨며 하마터면 허리를 숙일 뻔했다.

장군보는 〈구양진경〉의 기본 무공을 익혔기 때문에 잠재되어 있는 진력이 왕성했다. 다만 그 힘을 제대로 사용할 줄 몰랐던 것뿐인데, 각원과 양과의 지도를 받고 나자 잠재된 위력이 표출된 것이다. 윤극서는 놀랍기도 하고 창피하기도 해서 화가 머리끝까지 치밀었다. 장군보는 또다시 조금 전과 똑같은 방법으로 오른손을 펴서 윤극서의 얼굴 앞으로 휘두르면서 왼손 주먹을 뻗었다. 윤극서는 장군보가 자신의 겨드랑이를 치려 하는 것을 알고 손을 반대로 돌려 장군보의 손목을 잡은 다음 오른손으로 일장을 날렸다. 장군보는 윤극서의 일장에 맞아 수 장 밖으로 나가떨어졌다. 장군보는 비록 내공은 강했지만 적을 맞아 싸우는 방법에 대해서는 알지 못하니 윤극서의 적수가 될 수 없었다. 장군보는 턱을 바위에 찍어 피가 흐르는데도 전혀 기가 죽지 않았다. 그는 소매로 흐르는 피를 쓱쓱 문질러 닦은 후 양과에게 다가가 무릎을 꿇었다.

"양 거사, 초식 하나만 더 가르쳐주십시오."

'만약 보는 데서 또다시 초식을 가르쳐주면 윤극서가 미리 대비할 터이니 아무런 소용이 없겠지.'

양과는 장군보의 귀에 대고 낮은 소리로 말했다.

"세 가지 초식을 한꺼번에 알려주겠다. 첫 번째는 좌우호조左右互調로 내가 왼손을 휘두르면 너는 오른손을 쓰거라. 내가 오른손 소매를 휘두르면 너는 왼손 주먹으로 나를 때리는 것이다."

장군보는 고개를 끄덕였다. 양과가 가르쳐준 것은 추심치복推心置腹 초식이었다. 장군보는 양과가 권과 장을 휘두르는 모습을 열심히 기억해두었다.

"두 번째 초식은 내가 왼손을 휘두르면 너도 왼손을 사용하고 내가 오른손을 사용하면 너도 오른손을 사용하는 것이다."

이것은 사통팔달四通八達 초식으로 권세拳勢가 크고 광범위해 그 위력이 자못 대단했다.

양과는 또다시 낮은 목소리로 말했다.

"세 번째 초식은 녹사수수鹿死誰手로 전후가 대조를 이루는 것이다. 이 초식이 가장 어렵다. 부위를 절대로 헷갈려서는 안 된다. 넌 혈을 모르지만 상관없다. 조금 후 내가 저자의 등에 표시를 해둘 터이니 넌 손가락에 힘을 주어 표시된 곳을 누르기만 하면 된다."

양과는 양발을 서로 교차시키며 몸을 좌로 돌고 우로 돌며 왼손을 호랑이 발 모양으로 만들어 중지의 마디를 장군보의 가슴에 댔다.

"이 초식은 완전히 보법步法에 의지해 승리를 얻어내는 것이다. 기억할 수 있겠느냐?"

"예."

장군보는 세 가지 초식을 다시 한번 머릿속에 그려보며 고개를 끄덕인 후 윤극서를 향해 다가갔다. 윤극서는 양과가 장군보에게 초식을 가르쳐주는 모습을 유심히 지켜보았다.

'세 가지 초식 모두 교묘하군. 만약 양과가 갑자기 나를 공격한다면 상대하기 어렵겠지만 초식을 미리 본 데다 상대는 양과가 아니라 어수룩한 꼬마 놈이니 두려울 게 없지. 만약 이기지 못한다면 내가 바보다. 양과 이놈이 날 너무 우습게 보는군.'

윤극서는 기분이 나쁜 나머지 장군보가 가까이 다가오자 깊이 생각해보지도 않고 권을 휘둘러 장군보의 어깨를 내리쳤다. 장군보는 뜻밖에 윤극서가 먼저 공격해오자 행여 양과가 알려준 초식을 잘못 사용하게 될까 봐 아무런 방어도 하지 않은 채 이를 악물고 공격을 받아냈다. 윤극서는 첫 번부터 본때를 보여주려는 마음으로 어깨를 내리친 것이라 장군보는 어깨뼈가 부서지는 것만 같아 비명을 질렀다. 장군보는 이를 악물고 오른손은 장을 내밀고 왼손은 주먹을 휘둘러 첫 번째 초식인 추심치복을 구사했다. 양과가 장군보에게 초식을 가르쳐줄 때 윤극서는 그 초식을 막아낼 방법을 머릿속으로 생각해두었다. 그래서 일격에 장군보를 쓰러뜨려 두 번째 초식은 아예 구사할 수도 없게 만들 속셈이었다.

그런데 이게 웬일인가. 장군보가 추심치복 초식을 사용하는 방법이 조금 전 양과가 한 것과 완전히 달랐다. 윤극서는 원래 왼손 팔꿈치를 횡으로 밀면 장군보의 오른손 장력을 막아낼 수 있으리라 생각했다. 그런데 왼손 팔꿈치는 그저 허공을 쳤을 뿐 퍽, 소리와 함께 도리어 장군보의 장에 얻어맞고 말았다. 뒤이어 윤극서의 오른손은 또다시 허공을 가로질렀고, 아랫배에 장군보의 일장을 맞았다. 윤극서는 내장이 뒤틀리는 것만 같고 온몸에서 식은땀이 흘렀다. 만약 윤극서가 잘난 척하지 않고 상대방의 초식을 봐가며 상대했더라면 장군보가 배운 초식이 아무리 오묘하다 해도 이처럼 큰 타격을 입지는 않았을 것이다. 설사 첫 번째 초식에 당했더라도 두 번째 초식은 반드시 피할 수 있었을 터였다.

장군보는 첫 번째 초식이 효과를 보자 기운이 번쩍 나서 앞으로 한 걸음을 내디디며 두 번째 사통발달 초식을 펼쳤다. 이 권법은 비록 한 초식일 뿐이지만 동서남북 사방四方과 휴休, 생生, 상傷, 두杜, 사死, 경景, 경驚, 개開 등 팔문八門을 모두 포함하고 있었다.

윤극서는 가슴과 배 사이의 통증이 가시지 않은 상태에서 장군보가 또다시 공격하는 것을 보고 마음이 조급해졌다. 첫 번째 초식에서 장군보에게 크게 당했기 때문에 양과가 가르쳐준 권법이 좌우가 반대라는 것을 알았고, 이번에도 역시 그럴 것이라 생각했다. 장군보는 매우 빠른 속도로 왼쪽을 향해 장을 뻗었다. 그런데 이번에는 방위가 바뀌지 않았다. 퍽, 탁, 하는 소리가 나며 왼쪽 어깨와 오른쪽 다리, 그리고 앞가슴과 등에 장을 맞았다. 다행히 장군보가 내공을 제대로 사용할 줄 몰랐기 때문에 맞은 곳이 그다지 아프지는 않았지만 윤극서는 당황한 나머지 허둥대는 꼴이 낭패가 아닐 수 없었다.

그때 각원이 입을 열었다.

"윤 거사, 지금 잘못하고 계시는 겁니다. 상대방 공격의 전후좌우 방위를 알 수 없을 때는 상대방보다 늦게 출수하면 먼저 출수한 사람이 제압당하게 마련입니다."

각원의 말을 들은 양과는 깨닫는 바가 컸다.

'틀림없이 〈구양진경〉에 나와 있는 말인가 보군. 매우 심오한 이치야.

상대방보다 늦게 출수하면 먼저 출수한 사람이 제압당한다는 이치는 나 역시 어렴풋이 깨닫고 있던 것이지만 이렇게 분명하게 알지는 못했어. 어쨌든 대사님은 제자가 남과 싸우고 있는데 도리어 적에게 조언을 하다니 도대체 속을 알 수 없는 사람이군. 하지만 윤극서의 자질로 볼 때 몇 년을 생각해도 대사님의 말을 이해할 수는 없을 것이다.'

과연 윤극서는 각원의 말이 상승 무학의 비결이라고는 생각지도 못하고 그저 일부러 자신을 교란시키기 위해 하는 말이라 생각했다.

"헛소리 그만하시지. 아얏!"

윤극서는 또다시 장군보에게 왼쪽 다리를 걸어차였다. 미친 듯이 화가 난 윤극서는 상대가 출수하기 전에 쌍장을 높이 들어 있는 힘껏 장군보를 내리치려 했다. 장군보는 세 번째 초식을 발하기 전에 상대가 엄청난 장력으로 자신에게 다가오는 것을 보고 가슴이 서늘해지는 듯했다. 지켜보는 사람들도 모두 깜짝 놀랐다.

"위험해!"

장군보는 뒤로 훌쩍 뛰어 윤극서의 공격을 피하려 했으나 여전히 그의 장력 범위에서 벗어나지 못했다.

각원이 급히 외쳤다.

"군보야, 나의 힘으로 상대의 힘을 받아내라. 굽은 가운데 곧음을 구하고 힘을 빌려 적을 쳐라. 사량발천근四兩發千斤의 무공을 사용해야 한다."

이 역시 〈구양진경〉 중 권법의 비결이었으나 이미 때는 늦었다. 장군보가 아무리 총명하다 하나 이런 다급한 상황에서 각원의 말을 즉시 깨달을 수는 없었다. 그런 데다 적과의 싸움에서 응용한다는 것은 더군다나 불가능한 일이었다. 장군보는 윤극서의 장력 때문에 숨조차 쉬기 힘든 상태였다. 머리가 멍해져 마치 얼음 구덩이에 빠진 듯한 느낌이었다.

윤극서는 장군보에게 몇 차례 당한 뒤인지라 화가 머리끝까지 나서 있는 힘을 다해 공격을 했다. 일장에 이 귀찮은 어린놈을 떼어내버릴 생각이었다. 설사 양과 등에게 공격당한다 해도 이름 없는 이런 어린 녀석에게 모욕을 당하는 것보다는 나을 것 같았다. 이제 조금만 더 손을 내리치면 이 짜증 나는 싸움을 끝낼 수 있을 터였다. 그런데 바로 그때 획, 하고 바람을 가르는 소리와 함께 작은 돌멩이가 왼쪽 뺨을 향해 날아왔다. 돌멩이는 비록 작았지만 그 힘은 보통이 아니었다. 윤극서는 하는 수 없이 공격을 거두고 뒤로 물러나 피하는 수밖에 없었다.

돌멩이는 물론 양과가 탄지신통의 무공을 사용해 던진 것이었다. 그는 돌멩이를 던지기 전에 꽃 한 송이를 꺾어 꽃잎을 둥글게 뭉쳤다. 그런 다음 돌멩이를 던지자마자 뒤이어 둥글게 뭉친 꽃잎을 던졌다. 돌멩이는 윤극서의 뺨을 향해, 꽃잎은 윤극서의 몸 쪽을 향해 각기 날아갔다. 윤극서는 돌멩이를 피하기 위해 뒤로 한 발 물러나면서 몸을 살짝 돌렸다. 그러다 보니 결국 자신의 목 밑에 있는 대추혈을 날아오는 꽃잎 뭉치에 갖다 댄 셈이 되었다. 만약 양과가 직접 윤극서의 대추혈을 향해 꽃잎 뭉치를 던졌다면 꽃잎이 아무리 가벼워도 양과의 힘이 센지라 바람을 가르는 소리가 났을 것이고, 그렇게 되면 윤극서가 재빨리 피했을 것이다. 하지만 윤극서 스스로 대추혈을 꽃잎 뭉치에 갖다 댔기 때문에 그는 자신이 꽃잎 뭉치에 맞았다는 사실을 전혀 눈치채지 못했다. 먼지 묻은 윤극서 옷 위에 꽃잎에서 배어난 붉은 자국이 선명하게 남았다. 윤극서가 뒤로 물러나자 장군보는 그의 장력에서 벗어났고, 즉시 서쪽을 향해 발을 교차시켜 내디디며 양과가 가르쳐준 세 번째 초식을 구사했다.

윤극서는 혼란스러웠다.

'첫 번째 초식은 좌우 방위가 반대였고, 두 번째 초식은 반대가 아니었지. 이번에는 어떻게 해야 할까? 경솔하게 행동하지 말고 저 녀석의 공격을 잘 보고 상대해야겠다.'

윤극서의 생각은 틀린 것이 아니었다. 그러나 불행히도 양과는 미리 윤극서가 이렇게 망설일 것을 예측하고 있었다. 이 녹사수수 초식은 동서로 신속히 움직여 먼저 기선을 제압하는 것이 핵심이었다. 옛말에 "진秦나라가 사슴을 잃자 온 천하가 다 같이 그것을 쫓았다秦失其鹿 天下共逐之"라고 했다. 사슴을 쫓는 데 어찌 일말의 망설임이 있겠는가. 장군보는 좌로 한 번 우로 한 번 돌아 적의 뒤로 다가갔다. 달빛이 비스듬히 윤극서의 등을 비추자 그의 목 아래쪽에 선명한 붉은 점이 눈에 띄었다.

'양 거사는 정말 대단한 사람이구나. 가까이 다가가지도 않고 어떻게 이 사람의 등에 표시를 할 수 있었을까?'

장군보는 즉시 왼손 관절을 호랑이 발톱 모양으로 만들어 표시된 곳을 찍었다. 대추혈은 수족삼양독맥手足三陽督脈이 모이는 중요한 혈로 목뼈 뒤 삼 절 밑의 첫 번째 추골 위에 있었다. 인체에는 스물네 개의 추골이 있어 의경醫經에서는 이를 24절기節氣라고 불렀는데 대추혈은 그중 첫 번째에 해당했다. 윤극서는 대추혈을 찍히자 금세 온몸이 마비되면서 손발에 힘이 빠져 그 자리에 주저앉고 말았다. 장군보는 윤극서가 이미 대항할 힘이 없음을 알고 가까이 다가갔다.

"실례하겠습니다."

장군보는 손을 뻗어 윤극서의 몸을 뒤졌다. 그러나《능가경》은 나오지 않았다. 장군보는 고개를 들어 소상자를 바라보았다. 소상자는 장군보가 바라보는 이유를 알 수 있었다.

'내 무공 실력은 윤극서와 비슷한데 그가 저렇게 당했으니 나 역시 별수 없겠지.'

소상자는 도포를 툭툭 털어 보이며 말했다.

"나는 절대 경서를 가지지 않았으니 이만 실례하겠습니다. 언젠가 또 만나게 되겠지요."

소상자는 몸을 날려 서남쪽을 향해 달렸다. 각원이 번개같이 몸을 날려 소상자의 앞을 가로막았다. 소상자는 일이 이렇게 되자 문득 사념邪念이 솟구쳐 올랐다. 그는 험악한 얼굴로 깊은 산속에서 연마한 내공을 운기했다. 거기다가 음습한 음기를 실어 각원의 가슴을 향해 일장을 뻗었다.

"위험해!"

양과, 주백통, 일등, 곽정 등 네 사람이 동시에 소리쳤다. 그와 동시에 퍽, 하는 소리가 났다. 각원은 이미 가슴에 소상자의 장을 맞았다. 그러나 이게 웬일인가. 각원이 아니라 소상자의 몸이 마치 끈 떨어진 연처럼 휙 날아 수 장 밖에 떨어지는 것이 아닌가. 소상자는 고통스러운 듯 몸을 웅크리더니 꼼짝도 하지 못했다. 각원은 무공을 할 줄 몰랐기 때문에 소상자의 일장을 막아낼 수도 피할 수도 없었다. 그러나 그는 이미 〈구양진경〉을 수련한 상태인지라 체내의 진기가 회전하면서 적의 힘이 약하면 진기도 약하고 적의 힘이 강하면 진기도 강하게 반력을 내뿜었던 것이다. 소상자의 장력은 각원의 몸에 닿은 후 그대로 반사되어 돌아갔다. 소상자는 결국 평생 동안 쌓아온 공력으로 스스로를 공격한 셈이 되었다. 그러니 중상을 입지 않을 수 없었다.

모두들 깜짝 놀라면서도 안도의 숨을 내쉬었다. 입을 모아 각원의 내공에 감탄을 금치 못했다. 그러나 정작 각원 자신은 어찌 된 영문인지 몰라 망연자실 서 있을 뿐이었다.

"나무아미타불, 나무아미타불!"

장군보가 다가가 소상자의 몸을 뒤졌다. 그러나 역시 경서는 나오지 않았다. 양과는 각원에게 다가가 합장을 하며 공손히 예를 갖추었다.

"대사님의 신공이 놀랍습니다. 이런 내공은 본 적이 없는데 정말 감탄했습니다."

"거사께서 제 제자를 지도해주셔서 악인들을 제압할 수 있었습니다. 정말 감사드립니다."

"별말씀을요."

양과는 소용녀 곁으로 돌아갔다. 지켜보던 황용이 입을 열었다.

"대사님, 한 가지 이해가 가지 않는 것이 있는데 감히 여쭈어도 될는지요."

"물론이지요. 제가 아는 대로 일러드리겠습니다. 얼마든지 물어보시지요."

"조금 전 대사님께서 네 권의 《능가경》사이에 무학서인 〈구양진경〉이 쓰여 있다 하셨습니다. 달마 조사께서는 천축 사람이셨으니 책 역시 천축 범문으로 적혀 있을 테지요. 장군보야 대사님의 가르침을 받았으니 책을 읽을 수 있다 치지만 저자들은 책을 훔쳐봤자 범문을 모르니 헛수고가 아니겠습니까?"

각원이 미소를 지었다.

"그 〈구양진경〉은 중화 문자로 쓰여 있습니다."

황용이 놀라며 다시 말했다.

"제가 듣기로는 달마 조사께서 비록 중화의 언어를 할 줄 아신다고는 하나 중화 문자는 쓰실 줄 모른다 들었습니다. 조사님께서 불법에 능하여 신통한 경지에 이르셔서 마음먹은 대로 쓰실 줄 아셨다는 말씀이십니까?"

곽양은 장군보의 머리에서 계속 피가 흐르는 것을 보고 손수건을 꺼내 상처를 싸매주었다. 장군보는 모두들 밝고 편안해 보이는데 자신의 상처를 싸매주는 예쁘고 친절한 곽양만이 상심에 젖어 있는 것을 보고 무슨 일인지 궁금했지만 감히 물어볼 수가 없었다. 고맙다는 말을 해야겠으나 그 말조차 나오지 않았다. 사실 곽양은 아직도 그 생각뿐이었다. 이제 머지않아 양과와 소용녀가 떠날 것이고, 언제 다시 만나게 될지 알 수 없으니 자꾸만 눈물이 나오려고 했다.

각원이 황용의 질문에 대답했다.

"달마 조사께서 처음 우리 중화에 오실 때는 양조梁朝 양무제梁武帝 때였습니다. 당시 우리 중화에는 벌써부터 종이가 있었지만 천축에는 종이가 없었지요. 그래서 모든 경문은 날카로운 침을 이용해 범문으로 패다라貝多羅* 위에 새겼다고 합니다. 달마 조사께서 가져온 《능가경》은 패다라에 범문으로 새겨진 것이었습니다. 패다라는 부서지기 쉬운 데다 자주 펼쳐 보기가 어렵기 때문에 조사님께서 소림사에 오신 후

---

* 다라수多羅樹 나무의 잎으로 패다라 또는 패엽이라고도 한다. 범어로 '잎'이라는 뜻인 pattra를 한자로 음역한 것이다. 고대 인도에서 종이 대신 사용했다고 한다.

본사의 선배 승려께서 백지 위에 범문으로 된 경문의 원문을 기록하셨습니다. 이 종이들을 묶어서 책으로 만든 것이 바로 네 권의 범문《능가경》입니다. 이 네 권의 《능가경》은 행간이 매우 넓고 공백이 많았습니다. 언제, 누가 그랬는지는 모르지만 한 고인高人께서 그 행간의 공백에 중화 문자로 네 권의 〈구양진경〉을 기록하셨습니다. 이것은 주로 신체를 단련하고 내공을 수련하는 오묘한 방법을 기록한 책이지요. 소승은 장경각을 관리하라는 명을 받은 후 그곳에 있는 책을 다 읽었습니다. 부처님은 물론이고 역대 고승들의 큰 덕을 기록한 책과 선인들이 남긴 귀한 교훈을 모두 읽고 마음속에 단단히 새겼지요. 그 후 〈구양진경〉을 읽고 신체 단련도 게을리하지 않았습니다. 〈구양진경〉에 기록된 내용은 무슨 해탈을 위한 가르침도 아니고, 무슨 중관中觀 사상을 논하는 것도 아니며, 대의나 불법을 논한 책도 아니었습니다. 소승은 지도해주는 사람도 없고, 그렇다고 감히 방장이나 본사의 고승들께 가르침을 청할 수도 없는 노릇이어서 하는 수 없이 있는 대로 외우고 쓰인 대로 수련을 했습니다. 또 시간이 나는 대로 이 아이에게도 가르쳐주었지요. 이 아이가 만약 배운 바를 남과 다투는 데 사용한다면 이는 불가의 대자대비의 도에 어긋나는 것입니다. 그래서 참으로 걱정입니다.”

황용과 양과 등은 어이가 없었다.

‘정말 고지식한 분이구나. 이분과는 더 이상 깊은 이야기를 할 수 없겠구나.’

양과가 말했다.

“조금 전 저자들이 하는 말을 들었는데 경서는 분명 저들이 훔쳐갔습니다. 다만 어디에 숨겨두었는지를 알 수가 없군요.”

"고문을 해서 자백을 받아낼까요?"

무수문의 말에 각원이 고개를 저었다.

"안 됩니다. 그래서는 안 됩니다."

그때 서쪽 산등성이에서 원숭이 울음소리가 들렸다. 고개를 돌려보니 양과의 신조가 원숭이 한 마리를 날개로 쫓으며 다가오고 있었다. 원숭이는 몸집이 크고 힘이 세 보였지만 신조의 위세에 눌려 감히 맞서 싸우지 못하고 비명을 지르며 이리저리 도망가기에 바빴다.

윤극서가 자리에서 일어나더니 소상자를 부축해 일으켰다. 그러고는 원숭이를 향해 손을 흔들었다. 윤극서를 본 원숭이는 캭캭, 소리를 지르며 반가운 듯 달려왔다. 아마도 윤극서에게 훈련을 받은 모양이었다. 두 사람은 비틀거리며 원숭이와 함께 산을 내려갔다. 경서를 찾지 못했으나 현재 그들에게 없는 것이 확실해 아무도 두 사람을 쫓아가려 하지 않았다. 그들이 떠난 후 각원과 장군보도 일등 및 양과 등을 향해 작별 인사를 하고 산을 내려갔다. 이제 정말 작별할 시간이 되었다. 양과가 말했다.

"우리도 이만 떠나야 할 것 같습니다. 정말 반가웠습니다. 언젠가 강호에서 서로 만나면 술 한잔하며 쌓인 이야기를 나누도록 하지요."

양과는 일등, 주백통, 영고, 황약사, 곽정, 황용, 점창어은, 무삼통, 주자류 등을 향해 일일이 예를 갖추어 인사를 했다. 정영, 육무쌍 등과는 악수를 하며 작별을 고했다. 인사를 마친 후 양과는 곽양을 바라보았다.

"양아, 잘 지내야 해. 만약 어려운 일이 생기면 금침이 없어도 괜찮으니 언제든지 날 찾아와."

일찍이 양과는 곽양에게 세 개의 금침을 주며 세 가지 소원을 들어주겠다고 한 적이 있었다. 그런데 이번에 금침을 주지 않은 것은 앞으

로는 언제든지 어떤 일이든지 부탁을 들어주겠다는 뜻이었다. 곽양이
울먹이며 말했다.

"고마워요. 언니도 고마워요."

양과는 야율제, 곽부, 무씨 형제 등과도 인사를 나눈 후 소용녀의 손
을 잡고 신조와 함께 산을 내려갔다. 그들의 모습이 점점 시야에서 사
라지자 곽양은 끝내 참지 못하고 눈물을 흘렸다.

달빛은 휘영청 밝았고, 바람에 나뭇잎 스치는 소리가 을씨년스럽게
들려왔다.

> 가을바람 청량한데 저 달 어찌 저리 밝은가.
> 낙엽은 바람 따라 이리저리 뒹굴고,
> 둥지에 깃든 까마귀 한기에 잠을 설치네.
> 내 가슴 가득 담은 사람 언제나 만날까.
> 이 밤, 그리움에 사무쳐 괴로워하네.
> 秋風淸 秋月明 落葉聚還散
> 寒鴉栖復驚 相思相見知何日
> 此時此夜難爲情

– 곽양과 장군보, 각원의 이야기, 또 〈구양진경〉 등의 내용은 《의천도룡
기倚天屠龍記》에서 계속됩니다.

〈신조협려 끝〉

서로를 향한 절실한 사랑 – 1976년 2판본 후기

《신조협려》는 1959년 5월 20일 홍콩 〈명보明報〉 창간호에 처음으로 발표해 3년간 연재되었다. 다시 말하면 3년에 걸쳐 이 소설을 쓴 셈이다. 이 3년은 당시 막 창간된 〈명보〉가 매우 힘든 시기였다. 이 책을 수정하면서 당시 〈명보〉의 동료들과 보낸 어려운 시기의 기억들이 떠올랐다.

《신조협려》는 양과라는 주인공을 통해 세간의 예법과 풍속이 인간의 마음과 행위를 얼마나 구속하는지를 서술한 책이다. 예법이나 풍속은 그 당시의 시대 상황에 존속되는 법이라 엄청난 사회적 힘을 갖는다. 현대사회에서는 어쩌면 스승과 제자는 결혼할 수 없다는 관념이 거의 희박해졌을지도 모른다. 그러나 곽정, 양과의 시대에 이는 결코 거스를 수 없는 도리였다. 그러니 오늘날 우리가 진리며 당연한 도리라고 여기는 많은 규칙과 풍속이 수백 년 후에는 어쩌면 아무런 가치

나 의미가 없는 것으로 여겨질는지도 모른다.

　도덕규범, 행위 준칙, 풍속 습관 등 사회적 행동 양식은 시대에 따라 바뀌게 마련이다. 그러나 인간의 성격과 감정 등은 변화가 매우 느린 편이다. 3000년 전에 쓰인 《시경 詩經》에서도 이미 기쁨과 슬픔, 그리움과 고통 등을 노래했다. 이런 인간의 기본 감정은 오늘날에도 마찬가지로 존재한다.

　이 소설에서는 인간의 성격과 감정을 사회적 의미, 정치적 규범 등보다 훨씬 중요하게 다루었다. 곽정은 "나라와 백성을 위하는 것을 가장 큰 의義"라고 했다. 이 말은 오늘날에도 여전히 중요한 의미를 갖는다. 그러나 나는 언젠가는 국가 간의 경계가 모호해질 것이라고 생각한다. 그때가 되면 '나라를 사랑한다'거나 '나라를 배반한다'는 등의 개념은 더 이상 의미가 없을 것이다. 반면 부모와 자식 간의 사랑, 형제자매 간의 애정, 순수한 우정, 사랑, 정의감, 선한 마음, 타인을 돕는 마음, 사회를 위해 봉사하는 마음 등은 앞으로도 오래도록 미덕으로 여겨질 것이다. 이러한 품성은 그 어떤 정치적 이론이나 경제 제도, 사회 개혁, 종교 신앙 등으로 대체할 수 있는 성격의 것이 아니다.

　무협소설 중 에피소드는 과장이나 우연이 지나치게 많다. 소설에서 묘사한 무공들은 현실에서는 불가능한 것일지 모르나 소설 속에서 묘사한 주인공들의 감정만큼은 현실에서도 가능한 것이기를 바란다. 수차례에 걸친 양과와 소용녀의 만남과 이별은 매우 기이하고 우연스럽게 이루어지지만, 사실 여러 차례 헤어지면서도 그때마다 다시 만날 수 있었던 것은 결국 두 사람의 서로를 향한 마음이 간절했기 때문이라고 할 수 있다. 만약 두 사람이 서로를 진심으로 깊이 사랑하지 않았다면 결코 절정곡에 뛰어들지 않았을 것이다. 만약 소용녀가 천성적으로 사욕이 없고 평안하고 고요한 성격이 아니었다면, 또한 어려서부터 수련을 하지 않았더라면 절정곡 밑에서 그렇게 장기간 홀로 기거할 수 없었을 것이고, 양과가 만약 성실하고 지고지순한 성격이 아니었다면 16년을 하루같이 소용녀를 기다리지 못했을 것이다. 물론 절정곡 바닥이 연못이 아니라 바위로 이루어졌다면 두 사람은 뛰어내리자마자 몸이 가루가 되어 죽고 말았을 것이다. 무릇 세상사의 모든 우연과 변화, 성공과 실패는 비록 인연과 운에 달려 있다고 하지만 그 역시도 결국은 본인의 성격에 의해 결정되는 것이다.

신조와 같은 새는 현실 세계에서는 물론 존재하지 않는다. 아프리카 마다가스카르섬에 '상조象鳥, Aepyornistitan'라는 새가 있었는데, 몸길이가 10여 척에 달하고 체중은 1,000파운드에 이르는 세계에서 가장 큰 조류였다. 다리가 매우 굵고 몸이 너무 무거워 날지 못하는 이 새는 서기 1660년쯤에 멸종되었다고 한다. 이 새의 알은 타조알보다 여섯 배나 컸다고 한다. 내가 뉴욕 박물관에서 본 이 새알의 화석은 찻그릇을 올려놓는 작은 탁자보다 조금 컸다. 그러나 이 새의 지능은 매우 낮았을 것이라고 추측한다.

《신조협려》 수정본 내용은 원본과 크게 다르지 않다. 주로 원작 중 일부 부족한 부분을 보충하는 데 힘썼을 뿐이다.

1976년 5월

주인공 양과를 어떻게 이해할 것인가 - 2003년 3판본 후기 1

세 번째로 《신조협려》를 수정한 후 세 편의 부록을 썼다. 첫 번째는 역경과 도가, 유가, 음양가의 음양팔괘에 대한 내용을 설명했다. 이를 위해 소주대학蘇州大學 속경남束景南 교수(현재는 절강대학에 재직 중임)께서 주신 《중화태극도와 태극문화中華太極圖與太極文化》라는 책을 참고했는데 이것이 많은 도움이 되었다. 이 책에는 도교의 내단수련內丹修練에 대한 문제가 많이 언급되어 있었지만, 나 자신이 그에 대해 아는 바가 없기 때문에 부록에서는 다루지 않았다. 세상에는 심오하고 오묘한 학문이 매우 많다. 자신이 잘 모르는 분야에 대해 전심전력으로 공부하고 연구하지 못한다면 차라리 자신의 무지를 인정하는 것이 낫다.

다른 두 편 중 한 편은 홀필열의 성격과 행적에 대한 것이고, 다른 한 편은 양양의 항몽抗蒙 과정을 설명해 젊은이들이 《신조협려》를 읽는 데 배경지식을 제공하고자 했다. 그러나 내가 홍콩에 기거하는 관계로 원사元史에 대한 참고 자료를 구하기가 쉽지 않았고, 더군다나 원어 자료가 많이 부족했다. 또한 몽고어 중 이해가 가지 않는 부분에 대해 도움을 청할 스승이나 벗도 없었으며, 역사 문제에 스스로도 자신이 없었기 때문에 이 두 편의 부록은 결국 책에 싣지 않았다.

나는 미학美學 중 주광잠朱光潛 선생의 '거리설距離說'을 매우 높이 평가한다. 외국의 미학과 철학 서적도 많이 읽어보았지만 주 선생의 설명이 가장 분명하고 이해하기 쉬우며 문제의 핵심을 가장 잘 설명하는 것 같았다. 주 선생은 공리功利적, 혹은 지식知識적인 시각이 아닌 심미審美적인 시각으로 예술품을 감상해야 한다고 주장한다. 예를 들면, 한 폭의 〈유어도游魚圖〉를 감상하려면 그림 속에서 헤엄치는 물고기 자태의 아름다움, 운동미, 전체 구조, 색채와 선의 아름다움을 감상해야 한다는 것이 그가 주장하는 요지다.

만약 공리적 관점에서 이 그림을 본다면 물고기를 어디서 사 왔는지, 가격은 얼마나 하는지, 무게가 얼마나 나가는지, 시장에 내다 팔면 얼마나 받을 수 있는지, 물속에서 얼마나 오랫동안 기를 수 있는지, 만약 상사·부모·친구 혹은 애인을 청해 이 물고기를 대접한다면 그들이 좋아할는지 같은 문제들을 생각하게 될 것이다. 그리고 만약 지식적 관점에서 본다면 이 물고기가 무슨 유類, 무슨 과科에 속하는지, 이름은 무엇이며 학명은 무엇인지, 담수어인지 해수어인지, 주로 어느 수역에서 잡히는지, 암컷인지 수컷인지, 만약 암컷이라면 산란기가 언제인지, 주식은 무엇인지, 인공 양식은 가능한지, 천적은 무엇인지 등에 대해 생각하게 될 것이다. 그러나 설사 어시장의 상인이나 고생물학자라 할지라도 그림을 감상할 때는 자신의 생각이나 전문 지식에 얽매이지 말고 다만 그림의 아름다움을 감상해야 하는 것이다.

장자莊子와 혜자惠子가 호수에서 헤엄치는 물고기를 보면서 '물고기가 즐거운가' 하는 문제에 대해 토론할 때, 혜자는 "당신이 물고기가 아닌데 어찌 물고기가 즐거운지 즐겁지 않은지를 알겠는가"라고 물었다. 양과와 소용녀, 영고는 물고기를 보면서 물고기의 신속한 움직임을 무공의 신법에 응용할 수 있는지를 생각할 것이다. 팔대산인八大山人, 제백석齊白石이 물고기를 본다면 아마도 헤엄치는 물고기의 아름다움을 선으로 어떻게 표현해낼 것인지를 생각할 것이다. 프랑스 인상파 화가인 세잔 등은 사람에 의해 배가 갈린 후 피를 뚝뚝 흘리는 물고기의 그림을 구상하며 어떤 선, 어떤 색채를 사용할지를 생각할 것이다. 숭

어를 바라보는 슈베르트의 머릿속에는 아름다운 선율의 음표가 떠오를 것이다.

　또한 중의中醫의 대가인 장중경張仲景, 이시진李時珍 등은 물론 이런 종류의 물고기가 어떤 병을 치료하는 데 도움이 되는지, 보음補陰 효과가 있는지 보양補陽 효과가 있는지, 어떤 약재와 함께 쓰는 것이 좋은지를 생각할 것이다. 만약 홍칠공이 물고기를 본다면 이 물고기를 아무 조미료도 넣지 않고 찌면 맛이 어떨지, 설탕과 간장 등을 넣고 조리하면 맛이 어떨지, 물고기의 머리·꼬리·배 각각의 부위를 회로 먹으면 맛이 어떨지, 굽거나 찌거나 삶으면 맛이 어떨지, 자신이 직접 요리하면 어떨지, 또 황용이 요리하면 맛이 어떨지를 생각할 것이다.

　소설을 읽을 때도 심미적 태도로 각 주인공의 성격과 감정, 경험 등을 감상하고 그들의 희로애락을 함께 느끼는 것이 좋은 방법이다. 주인공들에게 감정을 이입시키는 것도 중요하지만, 동시에 적절한 거리를 유지하면서(이는 소설뿐 아니라 소설을 개작한 영화나 연속극 등을 볼 때도 마찬가지다) 책의 문자적 아름다움을 감상하고, 등장인물의 기구한 사연, 뜻밖의 스토리 전개, 등장인물의 아름다운 성격 등을 감상하는 것도 중요하다(물론 문자적으로 뛰어나지 못하거나 등장인물의 사연이 자연스럽지 못하거나 어색한 스토리 전개, 등장인물의 추악한 모습 등을 싫어할 수도 있다). 나는 소설이나 영화, 드라마 등을 볼 때 항상 이런 태도로 감상한다.

　한동안 신문에 영화 평론을 게재한 적이 있다. 매일 한 편(홍콩은 상영되는 영화가 매우 많아서 매일 한 편씩 평론을 해도 모든 영화를 다 언급할 수 없다)씩 평론을 썼다. 나중에는 영화사에 들어가 시나리오를 쓰고 영화를 직접 감독하기도 했다. 영화를 볼 때 각 장면의 길이나 연결(몽타주), 색채의 배합, 카메라 각도, 조명 밝기, 연기자 표정이나 대사 등에 신경을 쓰기 때문에 영화를 보는 심미적 즐거움은 크게 줄어들었다. 감성적 태도가 아닌 이성적 태도로 영화를 보다 보니 상대적으로 냉정해지고 별다른 감동도 받지 않게 되며, 비극적 내용을 보아도 눈물을 흘리지 않게 되었다. 영화 속 아름다운 음악이나 춤을 보아도 그것에 빠져들지 않았기 때문에 예술적 맛이 크게 줄어들게 된 것이다.

소설을 공리적 관점(이 소설이 무산계급 투쟁의 혁명 사상에 적합한가, 혁명 현실주의의 이론에 들어맞는가, 인민에 대한 교육 효과가 있는가?)이나 지식적 관점(소설의 내용이 역사적 사실과 일치하는가, 물리학적으로 가능한 일인가, 권위 있는 철학서에서도 이렇게 주장하는가, 실제로 이런 종류의 독약으로 사람을 죽일 수 있는가, 시체가 황수黃水로 변하는 것이 가능한 일인가, 한쪽 팔이 잘린 사람이 말을 타고 달린다는 것이 가능한가, 지능이 낮은 조류가 사람과 무공을 겨룬다는 것이 말이 되는가, 노지심이 나무를 뿌리째 뽑는다는 것이 가능한 일인가, 동풍이 불지 않을 때 단을 쌓아 술법術法을 부려 동풍을 불게 한다는 것이 말이 되는가, 수호지에서 대종戴宗은 다리에 부적을 붙이고 하루에 800리를 달렸으니 만약 그가 올림픽 마라톤에 출전하면 금메달 획득은 문제없는 일이 아닌가, 역사에 근거해볼 때 관우가 화용도에서 조조를 놓아준 일이 없는데《삼국연의》에서는 관우가 조조를 놓아주었다고 썼으니 이는 삼국의 역사를 바꾸어놓는 일이 아닌가?)으로 본다면 훨씬 흥미가 떨어질 것이다. 물론 비판적 태도로 소설을 보는 것도 중요하지만 예술이나 문학을 감상하는 좋은 방법은 역시 심미적 태도인 것이다.

그래서 본 소설에서는 홀필열의 실제 성격이 어땠는지, 양과가 실제로 양양성에서 돌을 던져 몽고 대칸 몽가를 죽였는지 등의 문제에 대해서는 논하지 않았다. 그러나 내가 별도로 쓴 글에서는 이 문제를 자세히 다룰 것이다. 이는 '지식적 글'이기에 지식적 태도로 읽는 것이 마땅하다(예를 들어, 난 내가 쓴 소설《벽혈검碧血劍》에서 원승지袁承志가 청청青青을 사랑하고 싶으면 청청을 사랑하고, 아구阿九를 사랑하고 싶으면 아구를 사랑한 것으로 썼다. 그리고 역사 문장《원숭환평전袁崇煥評傳》에서는 소설 속에서 다르게 표현된 부분을 수정하기도 했다).

일부 독자는 자신의 성격이 소설 속 인물의 성격과 크게 다르거나 혹은 정반대이기 때문에 소설 속 인물들이 왜 그런 행동을 하는지 이해할 수 없다고 말한다. 그들은 소설 속 인물들의 행동이 불합리하고 상식에 어긋나며 심지어는 절대로 불가능하다고 말하기도 한다(우삼저尤三姐는 어떻게 유상련柳湘蓮이 자신과 결혼하지 않았다고 해서 자결을 할 수가 있는가?). 그들은 소설의 전개가 매우 부자연스럽고 인물의 행동을 이해할 수 없으며 얼마든지 현명하고 합리적 방법으로 문제를 해결할 수 있다고 말한다.

많은 사람이 양과의 충동적 성격을 이해할 수 없을 것이다. 특히 이성理性이 강한 자연과학자들은 양과의 성격을 이해할 수 없을 것이다. 그들은 양과가 처음 등장했을 때는 위소보韋小寶와 같은 성격이었는데 나중에는 소봉蕭峯처럼 변했다면서 주인공의 성격 변화가 너무 크다고 지적한다. 그러나 열서너 살의 소년이 서른이 넘은 중년의 어른이 되기까지 성격이 변하는 것은 결코 이상한 일이 아니다. 문제는 이른바 이성적 사람이 정열적 사람을 이해하지 못하는 데서 비롯된다. 이는 이 세상의 많은 비극적 문제를 불러일으키는 원인이기도 하다. 이성적 사람은 양과, 소봉, 단예段譽 등을 이해할 수가 없다. 그들은 양과가 곽정을 죽이려 해서는 안 되고, 소봉이 자살해서는 안 되며, 단예가 그토록 왕어언王語嫣을 사모해서는 안 된다고 말한다. 또한 엽이낭葉二娘이 일편단심 현자玄慈 방장을 사랑하고, 이막수처럼 아름답고 총명한 여자가 육전원을 못 잊는 것을 이해하지 못한다. 또한 황용이 양과를 의심해서는 안 되며, 은리殷離가 장무기張無忌를 알아보지 못한 것은 과학적이지 못하다고 지적한다.

어떤 사람은 곽정이 아버지를 죽였다고 의심되면 양과가 당연히 이성적이고 냉정한 태도로 조사를 했어야 한다고 말한다. 복수를 위해 곽정을 죽이려 했다가 또다시 충동적으로 구해주는 것은 말이 안 된다는 것이다. 만약 양과가 셜록 홈스이거나 혹은 영국의 추리소설가 애거사 크리스티의 소설 속에 나오는 포와로나 제인 마플이라면, 또 혹은 판관 포청천이라면 당연히 냉정한 태도로 여러 가지 증거를 수집하고 증인(정영, 황약사 등)들을 통해 조사했을 테지만, 양과는 그저 충동적 성격의 양과일 뿐 결코 이성적인 탐정이 아니었다. 그러나 충동적 성격과 총명함은 결코 모순되지 않는다. 예술을 싫어하는 일부 과학자나 충동적 성격과 총명함이 모순된다고 생각할 뿐이다. 예술가 중 충동적이면서도 머리가 뛰어난 사람은 얼마든지 많다. 만약 총명하지도 않고 열정적이지도 못한 사람이라면 결코 예술가가 될 수 없었을 것이다. 굴원屈原, 사마천司馬遷, 이백李白, 이의산李義山, 두목杜牧, 이후주李後主, 이청조李淸照, 소동파蘇東坡, 조설근曹雪芹, 공자진龔自珍, 파금巴金, 서비홍徐悲鴻 등 유명한 예술가는 모두 매우 총명하면서도 정열적인 사람들이었다. 중국과학원의 연구원이라 할지라도 때로는 합리적이지 못한 행동을 할 때가 있을 것이다(특히 청소년 시기에는 더욱 그렇다. 만약 일생 동안 항상 합리적으로만 행동한 사람이 있다면 그는 결코 성공한 과학자가 될 수 없을 것이다).

이성적 관점으로만 본다면 셰익스피어의 4대 비극 역시 성립될 수 없다. 햄릿은 망설이지 말고 숙부를 죽여 부왕의 원수를 갚아야 했고, 오셀로는 이아고의 험담을 듣고 사랑하는 아내를 목 졸라 죽일 것이 아니라 철저한 조사를 통해 데스데모나의 결백을 증명했어야 했다. 맥베스 역시 야심을 누르지 못하고 국왕을 죽여 왕위를 찬탈해서는 안 되며, 리어 왕은 딸이 자신을 속이고 있다는 것을 눈치챘어야 했다.

총명하고 현대적인 독자들은 양과가 어리석다고 느낄 것이다. 16년 동안 소용녀를 기다릴 것이 아니라 우선 공손녹악을 아내로 맞이해 장모에게서 절정단을 받아 정화의 독을 해독한 후 다시 정영과 육무쌍 두 미녀와 결혼하고, 끝으로 곽양과 약혼해 함께 절정곡으로 가서 소용녀를 기다려야 했다. 만약 소용녀가 오지 않으면 그때는 곽양과 결혼하면 되는 것 아닌가(만약 그랬다면 양과는 양과가 아니라 현실적이고 영특한 위소보가 되었을 것이다).

황용은 양과가 곽양의 생일을 떠들썩하게 축하해주는 것을 보고, 양과가 곽양의 마음을 빼앗아 평생 동안 고통스럽게 만들어 부모인 자신과 곽정에게 복수하려 한다고 생각했다. 그러나 사실이 아니었다. 황용도 양과를 제대로 알지 못한 것이다. 곽양은 사랑스럽고 예쁘고 타인의 마음을 이해할 줄 알고 총명한 아이였기에 양과 역시 그녀를 좋아한 것이다. 양과는 그녀에게 세 개의 금침을 주면서 어떤 소원이든지 모두 들어주겠다고 했다. 양과가 곽양의 생일을 떠들썩하게 축하해준 것은 정열적이고도 충동적인 젊은이의 객기 어린 행동이었다. 만약 진중하고 이성적인 중년의 어른이었다면 결코 그런 행동을 하지 않았을 것이다.

외국의 어떤 젊은이가 사랑하는 여자에게 자신의 마음을 고백하기 위해 비행기를 세내어 공중에 'I Love You'라고 썼다는 기사를 읽은 적이 있다. 양과의 행동도 그와 같은 맥락인 것이다. 양과는 16년 동안 소용녀를 기다리며 쌓인 그리움과 원망 등을 분출할 길이 없었다. 그는 어쩌면 곽양의 생일을 축하해주면서 소용녀에게 항의를 한 것인지도 모른다. "소용녀, 16년이나 기다렸는데 당신은 오지 않는군. 이것 봐. 난 이렇게 귀엽고 사랑스러운 다른 여자의 생일을 축하해주고 있다고!"

추리소설을 읽을 때는 이성적 태도로 범죄자의 심리를 추리하고 탐정의 각도에서 실마리를 풀어가면서 각종 가능한 상황을 가정해보고 증거를 찾아 가설을 뒤집어야 한다. 무협소설(《녹정기》 제외)을 읽을 때는 정열적 태도로 정직하고 충동적인 주인공이 정직하고 양심에 어긋나지 않으며 이기적이지 않은 행동을 하는 것을 이해해야 한다. 주인공의 행동 하나하나에 대해 합리적인가, 유익한가, 옳은 일인가 아닌가를 따져서는 안 된다.

2003년 1월 9일

여덟 번 수정한 3판본 – 2003년 3판본 후기 2

《신조협려》 제3판을 일곱 차례 수정한 후 북경의 장기중張紀中 선생에게 보냈다. 장기중 선생은 수정한 원고를 진묵陳墨 선생에게 보여주었고, 진묵 선생은 내게 많은 의견을 제시해주었다(당시 나는 호주의 멜버른에 있었다). 나는 타이베이의 원류遠流 회사에 일곱 차례 수정한 원고를 보냈으나 당분간 인쇄하지 말아달라고 부탁한 후 두 달에 걸쳐 또 한 차례 수정을 했다.

구양봉이 죽을 당시의 상황, 금륜국사의 마음, 공손지의 태도, 소용녀와 양과의 고묘에서의 생활 등을 다시 수정했다. 심지어 진 선생의 따님인 진소묵(그녀는 아마도 중학생일 것이다)마저도 매우 가치 있는 의견을 제시해주었다(나는 그녀의 의견을 받아들였다).

수정하기 전 나는 많은 양을 할애해 〈구양진경〉의 내력을 소개했는데 진 선생은 이를 사족이라고 지적했다(물론 진 선생은 완곡한 표현을 써서 지적했지만 말의 뜻은 그러했다). 나는 신중하게 고려한 끝에 진 선생의 지적이 옳다는 판단이 들었고 결국 그 부분을 삭제했다. 삭제하고 나니 좀 더 예술적 맛이 나는 것 같았다.

옛말에 서로 사귀어 이롭고 보탬이 되는 친구로는 직直(정직)·양諒(믿음)·다문多聞(지식)의 세 종류가 있다 했는데 나는 거기에 총명함을 하나 더 보태야 한다고 생각한다. 총명함과 지식은 결코 같지 않다.

진묵 선생은 후기에 자신의 이름을 거론하지 말아달라고 부탁했다. 그러나 도움을 준 사람에게 감사를 표하는 것이 인간 된 도리이자 국제적으로 통용되는 예절이기에 이 책에서는 그분의 이름을 들어 감사를 표한다. 그러나 진묵 선생의 의사를 존중하기 위해 중국 내륙에서 출판한 책에는 그분의 이름을 언급하지 않았다.

2003년 9월 1일

《신조협려》는 양과와 소용녀의 애틋한 사랑을 다루었다. 내가 처음 소용녀와 양과를 만난 것은 1960년대 말이었다. 당시 나는 밤을 새워가며 양과와 소용녀의 지고지순한 사랑에 빠져 있었다. 목숨보다 소중한 순수한 사랑은 동서고금을 막론하고 사람의 마음을 요동치게 만든다. 30년이 지난 지금, 다시 《신조협려》를 번역하면서 인간 내면에 잠재된 성선_{性善}을 확인하고 그때의 뜨거운 눈물을 되돌아보는 즐거움을 맛보았다.

양과와 소용녀, 그들의 사랑은 이제 고전이 되었다. 이루어질 수 없는 사랑을 기어이 이루어낸 두 사람의 '오직 하나의 사랑'을 보며 현대인은 어떤 느낌을 받을지……

소설 원본에는 양과가 소용녀를 고고_{姑姑}라고 부르는데 굳이 직역하자면 '고모'라고 할 수 있다. 근자에도 늦둥이 바람이 불어 터울을 많이 두고 애를 또 한 명 낳는 경향이 있는데, 우리 부모님 시대만 해도 아이를 많이 낳다 보니 이모나 고모가 조카와 나이가 비슷한 경우를 흔히 볼 수 있었다. 어쩌면 그 표현은 과거 친한 사람에게 이모와 누님이라고 부르는 애교 섞인 칭호인지도 모르겠다. 하지만 원본대로 고고라 부르기엔 아무래도 어색할 것 같아 선자仙子라고 바꾸어 표현했다. 선자는 선녀 또는 아름다운 여자를 뜻한다. 이것이 인간 세상이 아닌 별천지에서 온 천사 같은 분위기를 지닌 소용녀와 어울릴 것 같아 이렇게 표현했다.

아시다시피 중국과 우리의 문법은 확연히 다르다. 우리는 '밥을 먹는다'라고 하지만 중국에선 '먹는다, 밥'이 된다. '나는 학교에 간다'도 '나는 간다, 학교'로 표현한다. 모든 문장이 그러니 원본 번역에 충실하다 보면 때로 문장이 매끄럽지 못한 경우도 있다. 다른 무협지 같으면 편역 형식으로 역자 임의대로 문장을 고치기가 쉬운데 김용 소설, 특히 〈사조삼부곡〉《사조영웅전》《신조협려》《의천도룡기》)은 워낙 광범위한 독자층이 있고, 그중에는 원본을 해독할 수 있는 중국어 실력자도 많아 가능한 한 원문을 그대로 옮겨놓는 데 주력했다.

그리고 중국어에선 반말, 존댓말이 뚜렷하지 않아 번역 과정에서 그 호칭의 선택이 모호한 경우도 없지 않았다. 긍정적 표현인 '是' 하나에도 '네' '그렇다' '그렇소' '그래요' '그렇다네' '그렇습니다' 등 우리는 여러 가지로 표현할 수 있다. 물론 말투가 확연히 구분되는 경우도 있지만 때로는 역자의 판단에 따라 그때그때 상황과 분위기에 따라 선택해야 하는 경우가 많았다.

시대적 배경, 무대가 주로 무림이라 무공을 펼쳐 싸우는 장면이 많이 묘사될 수밖에 없다. 그런데 김용 작품의 특성이 동작 하나하나를 세세하게 묘사하는 데 있다 보니 '오른손을 뻗어 반원을 그리며, 왼손으로 검을 곧추세워서, 오른발은 식탁 모서리를 딛고, 왼쪽 다리를 살짝 구부렸다가 바람을 가르며 상대방의 턱을 향해 날렸는데⋯⋯'와 같이 문장이 끊기지 않고 줄줄이 이어져 지루하게 느껴질 수 있다. 게다가 '오른손을 뻗고, 왼발을 뻗고, 검을 뻗고'와 같은 수식어가 중복되는 경우가 허다하다. 지문도 대부분 '양과 도道', 즉 '양과가 말하다'이거나, 아니면 '한숨을 쉬며 도道' '담담하게 도道' '큰 소리로 도道' 같은 단순한 수식어가 주를 이룬다. 역자는 그때그때 상황에 맞추어 지문을 만들어 넣을 수밖에 없었다. 그러다 보니 같은 형용사가 반복되기도 하고 더러는 지루한 감도 없지 않으나 원본에서 완전히 벗어나지 않는 범위에서 수식어를 재미있게 구사하려고 노력했다. 내용은 SF소설에 버금가는 스릴과 박진감이 있어 번역을 하면서도 김용의 작품 구상에 감탄을 금치 못했다.

1960년대 말부터 1980년대 초까지만 해도 번역 무협이 주를 이루었다. 당시 시중에 출간된 무협소설은 역자가 거의 대만에 가서 구해와 국내에 소개했는데 와룡생, 진천운, 소슬, 고룡, 사마령, 동방옥, 독고홍, 조약빙, 유잔양, 제갈청운, 우문요기 같은 사람들의 작품이 주를 이루었다. 그런데 김용의 작품은 역사적 사실과 인물이 복잡하게 얽혀 있어서 당시만 해도 무협 독자들이 상당히 부담스러워했다. 그래서인지 출판사 측에서도 작품 출간을 기피했다.

그러나 몇 년 지나지 않아 그의 작품은 무협의 백미로 소개되었고,

크게 호응을 받아 거의 모든 작품이 영상물로 각색되어 국내에 소개되었다. 필자는 국내에 들어온 그의 거의 모든 영상물을 번역한 바 있다. 그중에서도 사조삼부곡 시리즈는 여러 번 번역되어 시청자의 사랑을 받았는데, 김용이 심혈을 기울여 새롭게 개작한 《신조협려》를 다시 번역하게 되어 기쁘기 그지없었다.

번역은 십인십색十人十色이라 하리만치 번역자의 기량과 주관에 따라 다르다. 최고의 번역이란 독자의 느낌이라고 생각한다. 또 역자의 입장에서는 도道를 닦는 자세로 최고의 번역을 탄생시킨다고 생각한다. 비록 이 책이 완벽한 번역이라고 호언할 수는 없지만, 최고의 번역을 위해 한정된 시간 내에서 최선을 다했다. 부디 다시 한번 김용의 작품이 독자들의 큰 호응을 얻었으면 하는 바람을 가져본다.

이덕옥